KB057606

우리가
사랑한
대표 한시
312수

우리가 사랑한 대표 한시 312수

초판 1쇄 발행 2020년 7월 1일
초판 2쇄 발행 2022년 9월 8일

지은이 이은영
발행인 박효상
편집장 김현
기획 · 편집 장경희
교정 · 교열 오현미
디자인 임정현
마케팅 이태호 이전희
관리 김태옥

종이 월드페이퍼 **인쇄 · 제본** 예림인쇄 · 바인딩
출판등록 제10-1835호
발행처 사람in
주소 04034 서울시 마포구 양화로11길 14-10(서교동) 3F
전화 02) 338-3555(代) **팩스** 02) 338-3545
E-mail saramin@netsgo.com
Website www.saramin.com

:: 왼쪽주머니는 사람in의 임프린트입니다.
:: 책값은 뒤표지에 있습니다.
:: 파본은 바꾸어 드립니다.

ISBN 978-89-6049-850-1 03800

우리가 사랑한 대표 한시 312수

한시가 인생으로
들어오다

이은영 편역

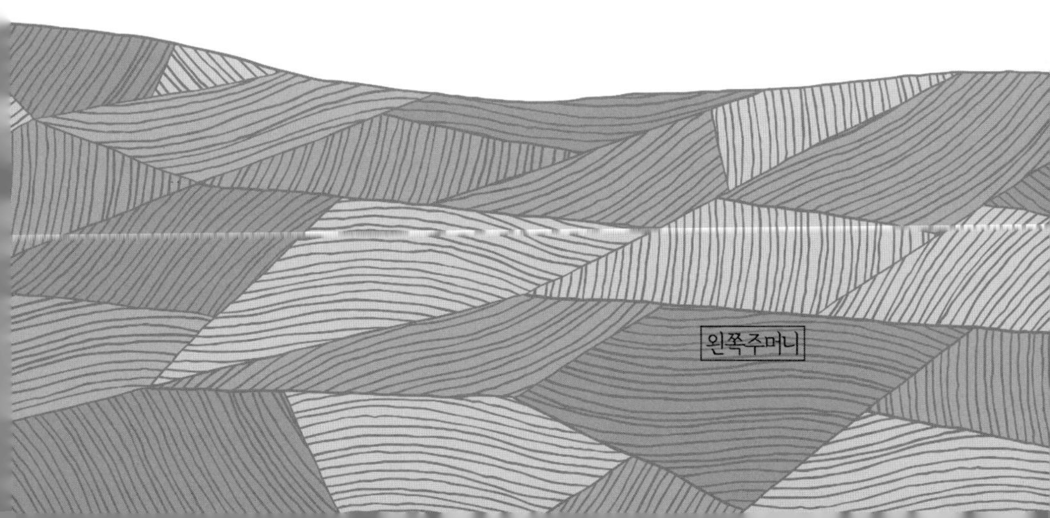

머리말

한시 한 구절에 품은 우주를 찾아서

한시는 한문으로 쓴 시다. 한문은 중국 문자인 한자로 된 문자 체계를 말하며, 시란 자기의 생각이나 감동을 간결한 언어로 나타낸 문학의 한 형태다. 한문은 복잡하고 배우기 어려워서 고리타분한 것으로 여기는 사람이 많다. 시는 상징과 비유를 통해 진지한 주제를 심미적으로 표현하며 고도로 농축된 의미를 내포하고 있어서 좋아하는 사람도 있으나, 많은 이가 쉽고 직설적인 대중가요 가사에 더 친숙한 것도 사실이다. 특히 사회관계망서비스SNS상에서 다양한 콘텐츠를 쌍방향으로 교환하며 자극적인 재미를 만끽하는 시대에 '고리타분한 한문'으로 쓴 '골치 아픈 시'를 종이책으로 내니 내심 걱정하는 친구들도 있다.

그러나 한시는 지금도 우리 주변에 생각보다 가까이, 많이 있다. 우리말 국어사전에 나오는 표제어의 70퍼센트 정도가 한자어다. 20세기 이후 본격적으로 들어오기 시작한 외래어와 한자어는 그 성격이 완전히 다르다. 세종대왕이 한글을 만들어 널리 펴시기 전까지 우리 민족은 긴 세월 동안 한자를 빌려 써야만 했다. 오천 년 한민족의 역사를 불과 100여 년 전까지도 한자로 기록했다. 유럽에서도 근대사회 이전인 몇 세기 전까지 라틴어로 주요 문서를 작성했다. 지금도 전문용어의 경우 대부분 라틴어에서 파생되었으며, 전문가나 지식인들은 라틴어 지식을 은근히 과시하기도 한다. 서양인에게 라틴어가 있다면 동양인에게는 한문이 있다. 자신의 외국어나 한문 실력을 뽐내는 것은 바람직스럽지 않지만, 우리 선조의 생각이나 정서를 접하려면 한문을 알아야 한다. 한문으로 쓰인 여러 기록 중에서도 한시는 내용이 함축적이며 문장 또한 가장 아름답다. 그래서 지금도 정치인들이나 지식인들이 격식을 갖춰 만날 때면 상황에 맞는 한시를 즐겨 인용한다. 연설을 하거나 글을 쓸 때에도 서두에 한시 한 구절을 인용하며 시작하는 경우가 많다. 한자 문화권에서는 한시를 알아야만 교양인으로 인정받는다.

교양인이 되기 위해 한문을 공부하는 가장 좋은 방법은 한시를 읽고 써보며 즐기는 일이다. 필자는 초등학교에 들어가기 전부터 한글과 한자를 배우기 시작했는데 당시에는 무조건 외우는 방식으로 배웠다. “하늘 천, 땅 지, 검을 현, 누를 황, 집 우, 집 주, 넓을 홍, 거칠 황….” 큰 소리로 낭랑하게 외울라치면 주변의 어른들이 기특한지 머리를 쓰다듬어 주거나, 흔치 않은 모습이라며 기이하게 여겼던 기억이 떠오른다. 그러나 무조건 외우는 것보다 뜻을 이해하는 것이 더 중요하며, 이해하는 것보다 즐기는 것이 공부하는 데 있어 좋은 길이다. 내가 60여 년 전에 외웠던《천자문》의 심오한 철학을 제대로 이해하게 된 것은, 즉 천지현황天地玄黃은《주역》과《노자》에 나오는 사상이고, 우주홍황宇宙洪荒은 공간宇과 시간宙이 무한대로 확장되고 지속한다는《묵자》의 우주관이라는 사실을 안 것은, 어른이 되고도 한참 후의 일이었다. 암기하지 않아도 되고 이해하지 못해도 상관없다. 이 책에 소개한 한시들을 읽고 써보며 즐기는 동안 독자 여러분은 자신도 모르는 사이에 동양의 교양인인 선비가 되어 있을 것이다.

《우리가 사랑한 대표 한시 312수》는 한시를 천지인풍天地人風 크게 네 개로 분류한 다음, 또다시 각각 여섯 개의 키워드로 소분류를 했다. 천지인풍의 뜻은 다음과 같다. ‘하늘과 땅 사이에서 인간이 생겨났으되 인간은 감각과 생각을 통해 하늘과 땅을 존재케 한다. 그러나 천지인 모두 변화하는 존재로, 순풍을 만나면 흥하고 역풍을 만나면 망한다. 천시天時, 하늘의 도움이 있는 시기와 지리地利, 땅의 생긴 모양의 이로움에 인화人和, 인심이 화합함가 서로 어우러져 삼박자가 맞으면 순풍이 된다. 그 바람 역시 유전流轉, 쉼 없는 변천하므로 순풍이 역풍 되고 역풍은 순풍이 된다. 이것을 풍류風流, 속사를 떠나 멋들어지게 노는 일라 한다.’

이 책이 나오기까지 많은 분의 도움을 받았다. 모든 분의 성함을 일일이 나열하지 않겠다. 그저 이 책을 즐김으로써 독자들은 선비가 되고, 이런 독자들이 도움을 준 많은 사람의 기쁨이자 보람이 될 것이다.

맑고 푸른 날

이은영

차례

10. 孤(외로울 고) 그리움도 한이건만 · 150

11. 別(나눌 별) 낙양 길 아득한데 언제 다시 만나랴 · 164

1장 天理 천리

하늘의 이치

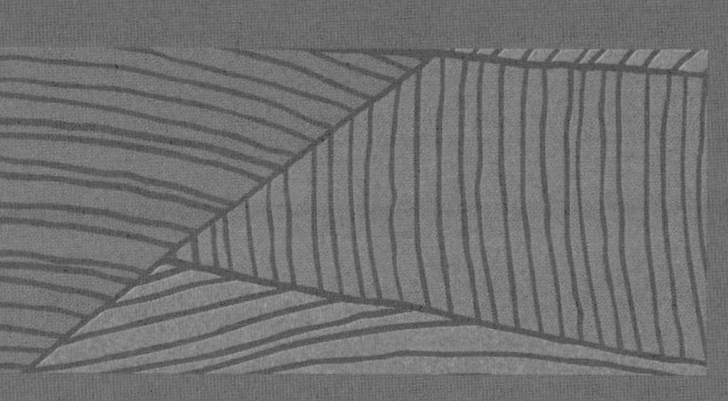

1.

禪 선선

불 속이라도 서늘하리

안인게 安忍偈 참된 깨달음

두순학(杜荀鶴, 846~907?)

삼복더위에 문 닫아걸고 누더기 걸친 채
솔숲 대숲 시원한 법당 모두 다 아니라네
어찌 꼭 산수 좋은 곳이어야 참선이랴
마음속의 욕심 버리면 불 속이라도 서늘하리

三伏閉門被一衲　兼無松竹蔭房廊
삼 복 폐 문 피 일 납　겸 무 송 죽 음 방 랑

安禪不必須山水　滅得心頭火自涼
안 선 불 필 수 산 수　멸 득 심 두 화 자 량

도道를 깨닫고자 용맹 정진勇猛 精進으로 참선하는 수도승의 모습에는 우리네 범인이 차마 범접할 수 없는 위엄과 경건함이 있다. 삼복더위에 방문을 어째서 닫아걸어야 할까? 누덕누덕 겹쳐 기운 승복은 꼭 입어야 하나? 그냥 웃통 벗고 에어컨 틀고 시원하게 앉아서 참선하면 안 되나? 소나무 숲이나 대나무 숲이 없어도, 호젓한 산사山寺의 그늘진 시원한 법당이 아니어도, 다시 말해 산수 좋고 경치 좋은 명산의 유명 사찰이 아니어도 참선할 수 있다니 말이다. 문을 닫은 이유는 세속의 풍진을 막기 위함이요, 승복을 걸친 것은 본분을 잊지 말자는 뜻일 것이다. 깨달으면 더위니 추위니 사실 아무것도 아니다. *

衲(납) : 기우다, 중의 옷, 중
蔭(음) : 그늘, 가리다, 덮다
房廊(방랑) : 방과 행랑, 여기서는 절을 가리킴

관음찬 觀音讚
관세음보살

소소매(蘇小妹, ?~?)

바닷속 한 떨기 붉은 연꽃이여
푸른 파도 깊은 곳에 그 자태 납시더니
어젯밤 보타산에 계시던 관음보살이여
오늘은 이 도량에 강림하시었도다

一葉紅蓮在海中　碧波深處現神通
일 엽 홍 련 재 해 중　벽 파 심 처 현 신 통
昨夜寶陀觀自在　今日降赴道場中
작 야 보 타 관 자 재　금 일 강 부 도 장 중

소소매는 소동파의 누이동생이다. 이름은 전해지지 않으나 그녀의 글과 일화는 불교계에서 지금까지 이어져 내려온다. 이 게송은 소소매가 새로 지은 관음전에 올릴 주련을 받고자 찾아온 스님에게 출타 중인 오빠 소동파를 대신해 써 준 것이다. 관음보살은 천 개의 손과 천 개의 눈을 가지고 현세를 굽어살피며 중생을 구원해주는 성인이다. 바다 한가운데 붉은 연꽃은 우리 육신 속에 숨겨져 있는 영성靈性이며 이는 곧 관음보살이다. 인간이 해탈해 불심佛心이 나타나면 그것이 곧 관음보살의 현신現身이다. 자비심으로 중생을 어려운 현실에서 구제하는 관음보살은 곧 불자들이 닮고자 하는 완성된 인격체이기도 하다. *

寶陀(보타) : 중국 불교 4대 명산인 보타산(푸퉈산), 아미산(어메이산), 오대산(우타이산), 구화산(주화산) 중 하나, 관음보살이 계시는 곳

수류화개 水流花開 물 흐르고 꽃은 피네

황정견(黃庭堅, 1045~1105)

구만리 멀고 먼 푸른 하늘에
구름이 일고 비가 내리듯
인적 끊긴 산속에서도
물 흐르고 꽃은 핀다네

萬里青天　雲起雨來
만 리 청 천　운 기 우 래

空山無人　水流花開
공 산 무 인　수 류 화 개

'空山無人 水流花開 공산무인 수류화개'는 근세 이후 중국과 조선의 많은 화가가 화제畵題, 그림에 써놓은 시를 비롯한 각종 글귀로 썼다. 서예가들도 즐겨 쓰는 구절이다. 유명한 화가인 최북, 김홍도도 수류화개도水流花開圖를 그렸다. 추사 김정희 선생의 글씨도 전해온다. 수류화개란 구절은 멀리 당나라 시인인 사공도와 유건, 송나라 소동파의 시에도 나온다. 황정견의 시집에서 이 시는 발견되지 않지만 萬里青天 만리청천이란 구절이 나오기에 황정견의 시라고 전해진다. 하늘은 우주 또는 신을 의미한다. 구름이 일고 비가 온다는 말은 자연의 법칙을 나타낸다. 인간의 역할이 없어도 자연의 섭리는 물 흐르듯 때를 좇아 꽃을 피운다. 이 시에는 불교의 해탈解脫과 노장의 무위자연無爲自然이 함께 담겨 있다. *

空山(공산) : 빈 산, 사람이 없는 산

오수 午睡
낮잠

김정희(金正喜, 1786~1856)

베갯머리 편안하여 저물도록 시원터니
내 눈 속의 신묘한 경지는 심원한 원광
누가 알리 꿈과 깸이 원래 둘이 아님을
들나비 떼 날아드니 해도 길어졌네

一枕輕安趁晩涼　眼中靈境妙圓光
일 침 경 안 진 만 량　안 중 영 경 묘 원 광
誰知夢覺元無二　蝴蝶來時日正長
수 지 몽 각 원 무 이　호 접 래 시 일 정 장

나른한 봄날 오후, 낮잠에서 막 깨어난 추사는 비몽사몽非夢似夢 속에서《장자》의 '호접몽'을 생각했다. 꿈속에서 나비가 된 장자와 꿈에서 깬 후 장자가 된 나비 중 어느 것이 실체인가? 다시 말해 원래의 장자가 잠을 자다가 나비가 되는 꿈을 꾼 것인가? 아니면 원래의 나비가 장자의 삶을 살고 있는가?《장자》의〈제물편〉에 나오는 '나비의 우화'를 말하면서 추사는 변할 수 없는 밝은 해와 원광을 들어 사물의 탈바꿈 이전 상태인 본질을 말하고 있다. 이 시의 제목 원문은 이렇다. "不知 周之夢爲胡蝶與 胡蝶之夢爲周與부지 주지몽위호접여 호접지몽위주여" '장주莊周가 꿈에 나비가 되었는지, 나비가 꿈에 장주가 되었는지 알 수 없다.' *

趁(진) : 좇다, 따라붙다
無二(무이) : 둘이 아님, 하나, 다르지 않음
蝴蝶(호접) : 나비

등아미산 登峨眉山 아미산에 올라

이제현(李齊賢, 1287~1367)

뭉게구름 땅 위에서 피어오르고
밝은 태양은 산허리로 기운다
삼라만상이 태초의 무극無極으로 돌아가니
온 우주가 스스로 고요하고 텅 비었다

蒼雲浮地面　白日轉山腰
창 운 부 지 면　백 일 전 산 요

萬象歸無極　長空自寂寥
만 상 귀 무 극　장 공 자 적 요

이제현은 고려 말기 유학자로 조선의 건국이념인 성리학의 기초를 닦은 분이다. 정몽주와 정도전의 스승인 이색이 그의 제자다. 전반부는 아미산어메이산에 올라서 본 풍경을 읊은 것처럼 보이지만 후반부에서 말하고자 하는 태극설太極說을 설명하기 위한 도구로 쓰였다. 태극은 성리학 이전, 《주역》에도 언급이 되는데 '우주 만물이 조화하는 근원'을 뜻한다. 구름과 태양은 하늘이니 양陽이고 땅과 산은 음陰이다. 양기는 위로 오르지만 태양처럼 올랐다가 기우는 법이다. 음양은 서로 바뀌며 변한다. 태극 문양에 잘 나타나 있다. 무극이란 태극의 전 단계 또는 태극의 맨 처음 상태를 말한다. 불교의 공空과도 통한다. 진공묘유眞空妙有라 유불儒佛의 도道가 서로 통하나 보다. *

峨眉山(아미산, 어메이산) : 중국 불교 4대 명산 중 하나. 보현보살이 계시는 곳
長空(장공) : 끝없이 길고(시간) 먼(공간) 하늘, 즉 우주
眞空妙有(진공묘유) : 있고 없고를 초월해 존재하는 근원적 도리

임종게 臨終偈 임종게

보우(普愚, 1301~1382)

사람의 한평생은 물거품처럼 허무해
팔십여 년 세월이 일장춘몽이라네
오늘 죽으며 가죽 자루를 벗어던지니
또 하루 붉은 해가 서산에 저문다

人生命若水泡空　八十餘年春夢中
인 생 명 약 수 포 공　팔 십 여 년 춘 몽 중

臨終如今放皮帒　一輪紅日下西峰
임 종 여 금 방 피 대　일 륜 홍 일 하 서 봉

사람의 목숨은 그저 물거품처럼 속이 텅 빈 것이자, 순간에 꺼져버리는 헛된 것이다. 참 허무한 것이 사람 목숨이다. 미처 활짝 피지도 못한 열일곱 꽃봉오리건 낡고 찢어진 80년 묵은 가죽 자루건 한바탕 봄날의 꿈, 일장춘몽인 것은 마찬가지다. 그러니 애면글면 걱정을 끓이며 살 일이 아니다. 남을 해치며 제 목숨과 제 욕심만 차리는 일은 더더욱 해선 안 된다. 나 하나 죽어 없어지는 것이 해가 서산에 지는 것과 무엇이 다르리오. 태양은 내일 또다시 떠오를 텐데. 무엇을 아쉬워하리오. 고려 말기 태고국사의 말씀이다. 그러나 오해 말라. 내 목숨은 파리처럼 하찮지만 남의 목숨은 온 세상과도 바꿀 수 없을 만큼 소중한 것이다. 임종게는 고승이 입적할 때 수행으로 얻은 깨달음을 후인에게 전하는 마지막 말이나 글을 뜻한다. *

放(방) : 놓다, 놓아주다, 추방하다, 버리다
帒(대) : 가방, 전대, 포대 자루

법언 法言 설법

경한(景閑, 1299~1374)

평상시의 마음이 곧 도라네
모든 법은 보이는 그대로가 진리일세
법과 법은 서로 상관하지 않으니
산은 산이요 물은 물일세

平常心是道　諸法觀體眞
평 상 심 시 도　제 법 관 체 진

法法不相到　山山水是水
법 법 불 상 도　산 산 수 시 수

세계에게 가장 오래된 금속활자본 서적은《백운화상초록불조직지심체요절白雲和常抄錄佛祖直指心體要節》이다. 줄여서 직지直指라고 한다. 1377년 고려에서 간행되어 구텐베르크보다 78년 앞선다.《직지심경》의 저자가 바로 이 선시禪時를 쓴 경한 스님이다. 후에 성철 스님이 이 시에서 빌려와 유명해진 법언이 있다. "산은 산이요, 물은 물이다" 선禪을 통해서 얻어지는 平常心평상심이 곧 道도다. 모든 부처님의 가르침, 법은 눈에 보이는 그 자체가 진리라는 말씀이다. 법이니 도니 진리眞理니 하며 구분하지 말라. 모든 사물이 있는 그대로, 보이는 그대로 가치를 가지며 또한 진리로 통하니 억지로 의미를 부여하거나 제멋대로 해석하지 말라는 가르침을 주고 있다. 산은 산이고 물은 물이듯이 옳은 건 옳고 그른 건 그르다. *

공선 空船 빈 배

야부 도천(冶父 道川, 1127~?)

나뭇가지 붙들고 매달리는 것은 흔한 일
매달린 절벽에서 손을 놓아야 대장부라네
싸늘한 밤, 물이 차서 물고기 안 보이니
빈 배에 달빛만 가득 싣고 돌아가노라

得樹攀枝未足奇　懸崖撤手丈夫兒
득 수 반 지 미 족 기　현 애 철 수 장 부 아
水寒夜冷魚難覓　留得空船載月歸
수 한 야 냉 어 난 멱　유 득 공 선 재 월 귀

전반부 두 구는《백범일지》에 두 번 나온다. 1896년 김구 선생이 일본군 장교를 죽일 때와 1932년 훙커우 공원 사건 거사 전날 윤봉길 의사에게 용기를 북돋우면서 이 문구를 사용했다. 하반부는 월산대군의 시조 "추강秋江에 밤이 드니 물결이 차노매라/ 낚시 드리치니 고기 아니 무노매라/ 무심한 달빛만 싣고 빈 배 저어 오노라"의 원전原典이다. 불교 경전에 이 시와 비슷한 일화가 나온다. 천 길 낭떠러지 중간에 나뭇가지를 잡고 사람이 매달려 있다. 절벽 밑에는 굶주린 사자 무리가 있다. 나뭇가지는 쥐가 갉아먹고 있어 곧 끊어진다. 그 가지에 매달려 옆에 있는 벌집의 꿀을 먹는 맛, 이것이 인생이다. 그러나 대장부는 대의를 위해 자신을 내던진다. *

攀(반) : 붙잡고 오르다, 매달리다
撤(철) : 거두다, 치우다

삼몽사 三夢詞
세 꿈 이야기

휴정(休靜, 1520~1604)

주인은 손님에게 제 꿈 이야기하고
손님은 주인에게 제 꿈 이야기하네
지금 각자 꿈 이야기하는 두 사람
이들 또한 꿈속의 사람들일지어니

主人夢說客　客夢說主人
주 인 몽 설 객　객 몽 설 주 인
今說二夢客　亦是夢中人
금 설 이 몽 객　역 시 몽 중 인

우리네 인생은 한바탕의 꿈이고, 우리는 그 꿈속에서 사는 사람들이다. 옛말로 하면 세상만사가 일장춘몽이다. 서산대사西山大師 휴정이 친구 노수신盧守愼에게 보낸 편지 말미에 이 시를 썼다. 삼몽三夢이란 첫 번째, 대사가 태어나기 전 그의 어머니가 꾼 태몽이고, 두 번째는 대사가 세 살 때 아버지의 꿈에 노인이 나타나 이름을 운학雲鶴이라 지어준 꿈이다. 세 번째 꿈은 서산대사 자신의 일생이 그저 한갓 꿈이었다는 뜻이다. 그래서 대사는 자신의 한평생을 스스로 기록하고 이를 일컬어 《삼몽록三夢錄》이라 이름 지었다. 꿈속에서 꿈 이야기를 한다는 것은 꿈꾸는 꿈을 꾸어봐야 가능한 일일 터. 어쨌든 인생은 꿈이다. '꿈은 이루어진다'는 그 꿈 말고. *

主人(주인) : 편지를 받는 노수신을 가리킴
客(객) : 서산대사 자신
盧守愼(노수신) : 1515~1590, 유학자, 문인, 영의정까지 했으나 정여립 모반 사건으로 파직

일선암 一禪庵
일선암

휴정(休靜, 1520~1604)

산은 절로 그냥 푸르고
구름 또한 저절로 그저 하얗다네
이 둘 사이에 한 어른이 계시고
이분 또한 그저 무심객이라네

山自無心碧　雲自無心白
산 자 무 심 벽　운 자 무 심 백

其中一上人　亦是無心客
기 중 일 상 인　역 시 무 심 객

이 선시에 무슨 해설이 필요하랴. 그저 무심을 가슴에 새겨놓으면 되는데 굳이 유심有心으로 군더더기 같은 설명을 하자면, 산은 땅地이고, 구름은 하늘天이다. 하늘과 땅 사이에 인간이 산다. 이를 줄여서 천지인天地人이라 한다. 산이 그저 푸르고 구름이 그냥 하얀 것처럼 그 중간에 사는 인간도 그저 이 세상에 빈손으로 왔다가 때가 되면 훌훌 털고 가는 나그네客일 뿐이니 집착과 감정을 모두 버리고 무념무상無念無想, 무심으로 살라는 가르침이다. 무심은 불교 용어지만 일반인이 사용하면서 뜻이 변한 말 중 하나다. 남의 일에 관심을 두지 않는 냉정한 사람을 흔히 무심한 사람이라 한다. 하지만 무심객은 아무나 될 수 없는 도인道人이다. *

上人(상인) : 어르신, 불교에서는 덕이 높은 고승
亦是(역시) : 이 또한

가강장자시 家康長子示

덕천가강의 큰아들에게

유정(惟政, 1544~1610)

저 큰 공간은 아무리 채워도 끝이 없고
깨달음에는 냄새와 소리가 없다네
방금 설법을 듣고서 무엇을 번거롭게 또 묻는가
구름은 푸른 하늘에 물은 병 속에 있건마는

一大空間無盡藏　寂知無臭又無聲
일 대 공 간 무 진 장　적 지 무 취 우 무 성
只今聽說何煩問　雲在靑天水在甁
지 금 청 설 하 번 문　운 재 청 천 수 재 병

임진왜란 후 종전 협상을 위한 외교관으로 유교를 신봉하는 관료가 아닌 승려 사명당四溟堂 유정이 가게 된 이유가 무엇일까? 조선의 건국이념인 유교는 아직 위세가 꺾이지 않았는데 말이다. 유학자와 종교인의 내공의 차이였을까. 아니면 의심 많은 선조의 용인술이었을까. 당시 일본이 문약한 유교보다 불교를 더 높이 여겼는가? 이 시에서 하나의 실마리를 얻을 수 있다. "家康長子有意禪學求語再勸仍示之가강장자유의선학구어재권잉시지"라고 사명당이 시 앞머리에 제목 삼아 써놓았다. '도쿠가와 이에야스의 큰아들이 선불교에 뜻이 있어 법언을 다시 청하기에 이 시를 주다'라는 뜻이다. 사대事大 말고 실력이 있어야 떳떳한 외교다. *

無盡藏(무진장) : 덕이 넓어 끝이 없다, 닦고 닦아도 끝이 없는 부처님의 뜻
寂知(적지) : 조용한 가운데 깨닫다

제연곡사향각 題燕谷寺香閣

연곡사 향각에 쓰다

태능(太能, 1562~1649)

수만 권의 경전은 손가락질 같아서
손가락 따라서 하늘에 있는 달을 보지만
달이 지고 손가락 잊어도 아무 일 없으니
배고프면 밥 먹고 곤하면 자게나

百千經卷如標指　因指當觀月在天
백 천 경 권 여 표 지　인 지 당 관 월 재 천

月落指忘無一事　飢來喫飯困來眠
월 락 지 망 무 일 사　기 래 끽 반 곤 래 면

온갖 경전에 쓰여 있는 교리는 그저 깨달음으로 이끌어주는 수단에 불과한 것이다. 손가락으로 달을 가리키는데 달은 안 보고 손가락만 보면 뭐 하나. 달은 진리 또는 본질이요, 손가락은 경전 또는 수행법이다. 수단이나 도구에 집착하지 말고 목적이나 본질을 추구하라는 뜻으로 손가락만 보지 말고 달을 보라는 말을 많이 하지만, 이 스님은 진리건 경전이건 모두 다 헛된 것이라 말한다. 깨달음의 경지는 생각과 분별 모두 다 버리고 배고프면 밥 먹고 졸리면 잠자듯 자연스러운 상태라는 말이다. 구례 지리산 자락 연곡사에 가면 소요당의 글씨는 없어졌지만 지금도 그의 부도浮屠, 승려의 사리나 유골을 안치한 묘탑가 있다. *

標指(표지) : 나타내고자 하는 주된 뜻, 主旨(주지), 指(지)는 손가락, 標(표)는 가리키기를 뜻한다
因(인) : 까닭으로, 유래

대인명 大人銘
큰 인물

혜심(慧諶, 1178~1234)

보살이 수양하는 바는 먼지 닦는 걸레 같으니
더러운 때는 내가 맡고 깨끗한 것 남에게 주네
나는 비록 못났으나 이로써 스스로 빛나리니
나를 모르는 사람들은 나를 티끌로 보겠지만
때 묻히는 수치를 견디면 참 진리를 잃지 않으리
여러분께 권하노니 이 말을 새겨들으시오

菩薩所養 如拭塵巾 攢垢在己 推淨與人
보살소양 여식진건 찬구재기 추정여인

我雖不肖 以是自珍 不知我者 祖我如塵
아수불초 이시자진 부지아자 조아여진

含垢忍恥 內不失眞 願言同學 聞者書紳
함구인치 내불실진 원언동학 문자서신

보살이라는 호칭은 여자 신도를 높여 부르는 말로 많이 쓰지만 꼭 여자만 지칭하는 표현은 아니다. 보살은 보리살타菩提薩埵의 준말이다. 보리는 깨달음이란 뜻이고 살타는 중생 또는 '존재하는 것'을 의미한다. 깨달음을 추구하고 중생을 구제하는 수행자를 보살이라 부른다. "上求菩提 下化衆生 상구보리 하화중생"은 보살의 의무이자 득도에 이르는 길이다. 해탈이나 득도라 하면 대단히 어렵고 고차원인 것처럼 들리지만 이 게송처럼 걸레가 되면 그것이 바로 해탈이다. 걸레의 미덕은 자신을 버려서 세상을 깨끗하게 만든다는 점이다. 자신을 태워 세상을 밝히는 촛불이나 자신을 녹여 상대를 썩지 않게 하는 소금과도 같은 것이다. *

攢(찬) : 여럿이 모이다, 떼를 짓다

2.

覺 깨달을 각

깊은 산 먼 종소리

과향적사 過香積寺

향적사를 지나며

왕유(王維, 701~761)

향적사는 어디 있나 구름 덮인 산을 헤매는데
고목 우거져 인적 끊긴 깊은 산속에 먼 종소리
바위틈에 샘물은 졸졸 햇빛 차가운 푸른 솔숲
저물녘 빈 골짜기에서 망령 걷어내는 고요한 좌선

不知香積寺 數里入雲山 古木無人徑 深山何處鐘
부지향적사 수리입운산 고목무인경 심산하처종
泉聲咽危石 日色冷青松 薄暮空潭曲 安禪制毒龍
천성열위석 일색냉청송 박모공담곡 안선제독룡

향적사 위치를 모른 채 구름 속으로 중난산에 올랐다. 숲속은 사람의 자취가 없고 길도 끊겼다. 그때 어디선가 종소리가 가냘프게 들려온다. 거친 바윗돌에 부딪히며 흐르는 물소리도 흐느끼듯 들린다. 구름 사이로 햇빛이 드는 솔숲이 시원하다. 서산에 비낀 해가 저녁을 재촉하는데 빈 골짜기가 너무 조용하고 신비스러워 자신도 모르게 선정禪定, 참선하여 삼매경에 이름에 든다. 마음이 고요히 가라앉으며 온갖 번뇌가 사라진다. 향적사를 찾아왔으되 그 절을 못 찾으면 어떠하랴. 내 마음속에서 법열法悅을 느끼며 망령된 마음이 씻기는데. 부처님의 깨달음보다 절을 믿거나, 예수님의 가르침을 외면하고 교회만 믿는 것은 모두 허망한 짓이다. *

咽(열) : 목구멍 인, 삼킬 연, 목이 멜 열
毒龍(독룡) : 망령된 마음

배신월 拜新月
초승달에 빌다

이단(李端, 743~782)

주렴을 걷으니 초승달이 보인다
곧바로 계단을 내려가 절을 올린다
조용히 비는 말은 들리지 않는데
북풍이 불어와 치맛자락 찰랑인다

開簾見新月　卽便下階拜
개 렴 견 신 월　즉 편 하 계 배

細語人不聞　北風吹裙帶
세 어 인 불 문　북 풍 취 군 대

주로 상인들 사이에 음력 초사흗날이면 고사를 지내는 집이 많았다. 해는 매일 아침 똑같은 모양으로 떠오르지만 달은 그 모양과 위치가 항상 변한다. 달이 완전히 없어졌다가 새로이 초승달이 되면 시작을 의미하기 때문에 초사흗날에 조상신을 비롯한 온갖 신에게 한 달 동안의 안녕과 복을 빌었다. 그뿐만 아니라 아들이나 남편을 위해 우리 조상 여인네들은 달밤에 정화수井華水, 첫새벽에 길은 우물물를 떠놓고 치성을 드리는 일이 흔했다. 행여 다른 식구나 이웃에게 들릴세라 작은 목소리로 간구하는 여인의 소박한 정성으로 우리네 조상 남성들은 자신의 뜻을 펴왔다. 남편과 자식을 위해 이 땅의 여인들은 지금도 정화수를 올린다. *

新月(신월) : 초승달
卽便(즉편) : 즉시, 곧, 설사 ~하더라도
裙(군) : 치마

소서 消暑 더위 삭이기

백거이(白居易, 772~846)

찌는 더위를 어찌 삭일까 집 안에 단정히 앉아 있게나
번잡한 것 다 치우면 창가에 시원한 바람 불거야
마음 고요하니 열기가 삭이고 빈방은 서늘하다네
이는 스스로 느끼는 것 남과 함께하긴 어렵지

何以消煩暑 端居一院中　眼前無長物 窗下有淸風
하 이 소 번 서 단 거 일 원 중　안 전 무 장 물 창 하 유 청 풍

熱散由心靜 凉生爲室空　此時身自得 難更與人同
열 산 유 심 정 량 생 위 실 공　차 시 신 자 득 난 갱 여 인 동

백거이다운 시다. 간결하고 쉬운 글자에 그 뜻 또한 단순하고 경쾌하다. 성격이 조급한 사람은 한겨울 추운 방 안에서도 땀을 흘린다. 반면에 느긋한 마음으로 조용히 앉아 있으면 아무리 더워도 참을 만하다. 방 안에 거추장스러운 온갖 가구로 치장해놓으면 그 가구들 때문에 더워진다. 마음속에 잡념이 꽉 차 있으면 그 생각으로 몸에는 땀이 돋는다. 한창 더울 때는 아무리 좋아하는 사람일지라도 누가 옆에 있기만 해도 덥다. 이렇게 더울 때 더위를 삭이는 비결을 백거이가 가르쳐준다. 장식물 하나 없는 썰렁한 빈방에 달랑 책상 하나 놓고 마음에 드는 책 한 권 골라잡아 홀로 독서 삼매경에 빠져보시라. *

以(이) : ~로써
長物(장물) : 쓸데없는 것
由(유) : ~로 말미암아, ~를 통하여
身(신) : 몸, 신체, 나 자신

제서림벽 題西林壁

서림사 벽에 쓰다

소식(蘇軾, 1036~1101)

비껴 보면 깊은 산, 곁에서 보면 봉우리
멀고 가깝고 높고 낮고 제각각 다르구나
여산의 참모습을 알지 못함은
그저 제 스스로 산속에 있는 탓일세

橫看成岭側成峰　遠近高低各不同
횡 간 성 령 측 성 봉　원 근 고 저 각 부 동

不識廬山眞面目　只緣身在此山中
불 식 여 산 진 면 목　지 연 신 재 차 산 중

풍경이나 사물을 묘사하는 것처럼 보이나 사실은 자신의 깨달음을 나타내는 시를 설리시說理詩라 한다. 소식이 살던 송나라 때 유행했던 풍조다. 여산루산산의 웅장한 아름다움을 묘사한 이 시에는 우리에게 교훈이 되는 메시지가 담겨 있다. 숲속에서는 숲을 못 본다. 산속에서는 산 전체를 볼 수 없다. 한 발짝 물러나 생각하거나 조금 떨어져서 보면 진면목이 보인다. 비슷한 말로 '장님 코끼리 만지기'가 있다. 사자성어로는 좌정관천坐井觀天, 관중규표管中窺豹가 있다. 영국의 과학자 뉴턴은 자신을 바닷가에서 조약돌을 가지고 노는 어린아이라 했다. 우주宇宙의 진면목을 느낀 사람의 말이다. *

岭(령) : 산이 으슥하다, 산이 깊다
緣(연) : 因緣(인연)
坐井觀天(좌정관천) : 우물 속에서 하늘 보기
管中窺豹(관중규표) : 대롱으로 표범 보기, 표범의 일부 무늬만 볼 수 있다

탐춘 探春 봄을 찾아

대익(戴益, ?~?)

종일토록 헤맸으나 봄을 찾지 못하고

짚신 신고 산과 구름 속 두루 다니다가

그냥 돌아와 매화나무 밑을 지나려니

봄은 매화 가지에 이미 무르익었더라

盡日尋春不見春　芒鞋踏遍隴頭雲
진 일 심 춘 불 견 춘　망 혜 답 편 롱 두 운

還來適過梅花下　春在枝頭已十分
환 래 적 과 매 화 하　춘 재 지 두 이 십 분

행복을 찾으려 집을 떠나 몇 년 동안 고생하다 빈손으로 돌아온 나그네가 반갑게 맞아주는 가족을 보며 그토록 찾아 헤매던 행복을 발견한다는 동화가 생각난다. 송나라 때 학자 나대경이 쓴《학림옥로鶴林玉露》6권에도 이 시가 전해온다. 세 번째 구에 "歸來笑拈梅花嗅귀래소염매화후"라고 썼다. '돌아와 웃으며 매화 향기 맡으니'라는 의미로, 나대경은 어느 비구니가 오도송悟道頌, 선승이 자신의 깨달음을 읊은 선시으로 읊었던 것을 기록했다고 책에 썼다. 진리를 찾아 온 세상을 헤매고 산속과 구름 위까지 다녔지만 결국은 집 마당에 핀 매화 향기에서 도를 깨우쳤다는 고백이다. 종교의 진리나 깨달음 역시 행복과 마찬가지로 먼 곳에 있지 않고 내 마음속에 있다는 뜻이다. *

芒鞋(망혜) : 짚신, 미투리
遍(편) : 두루
隴頭(롱두) : 롱산(지명) 꼭대기
適過(적과) : 때마침(우연히) 지나가다

정단 正旦
설날

혜심(慧諶, 1178~1234)

새해의 불법을 그대에게 내리노라
대지와 풍류 그 기상이 높고 크다
묵은 장애와 오랜 재앙 눈처럼 녹이고
신령한 빛 두루 비추며 해야 솟아라

新年佛法爲君宣　大地風流氣浩然
신 년 불 법 위 군 선　대 지 풍 류 기 호 연
宿障舊殃湯沃雪　神光遍照日昇天
숙 장 구 앙 탕 옥 설　신 광 편 조 일 승 천

고려의 큰스님 중 한 분인 진각국사 혜심이 어느 해 설날을 맞아 설법 삼아 내린 시다. 새해 아침 눈을 떠보니 땅 위의 모든 풍경이 속되지 않고 그 기운이 높고 깨끗하다. 상서로운 기운이 온 세상에 가득하다. 새해에는 묵은 여러 가지 장애와 낡고 오래된 모든 재앙이 눈 녹는 것처럼 사라지고, 부처님의 신령한 빛이 떠오르는 태양과 같이 온 세상에 두루 비추기를 기원한다. 설날이란 단순히 새로운 해를 맞아 달력을 바꾸는 날이 아니다. 자신의 마음이 바뀌지 않으면 아무런 변화가 없다. 설날은 우리 모두 지난날의 마음속 장애물을 치우고 해로운 업보도 그 인연의 고리를 끊고서 힘차게 새 출발하는 날이다. *

正旦(정단) : 元旦(원단), 설날 아침
浩然(호연) : 마음이 넓고 태연함, 흐름에 그침이 없음
遍照(편조) : 두루 비추다

시동범 示同梵 도반에게

충지(沖止, 1226~1293)

계족봉 앞에 오래된 절이 있어
이제 와 보니 푸른 산 유달리 빛나네
맑은 시냇물 소리가 곧 부처님 말씀인데
무엇 하러 또다시 주절주절 설법을 하리

鷄足峰前古道場　今來山翠別生光
계 족 봉 전 고 도 장　금 래 산 취 별 생 광
廣長自有清溪舌　何必喃喃更擧揚
광 장 자 유 청 계 설　하 필 남 남 갱 거 양

전남 순천시 서면 계족산 중턱에 정혜사란 오래된 절이 있다. 742년에 지은 이후 여러 번 중창을 거쳐 정갈하고 영험한 절의 모습을 갖추고 있다. 800년 전 원감국사가 주지로 이곳에 갔을 때 도반들이 설법을 청하자 국사는 "푸른 산이 부처님 몸이요, 시냇물 소리가 부처님 말씀일진대 내가 설법을 해봐야 헛소리에 불과하다"고 이 시를 보이며 사양한다. 본뜻은 자연을 보고 느끼며 스스로 깨달으라는 말씀이다. 이 시는 소동파의 시구를 참고했다. "溪聲更是廣長舌 山色豈非清淨身 계성경시광장설 산색기청정신" '시냇물 소리가 곧 부처님 말씀이요, 산은 부처님 몸이 아니겠나' 계족산은 지금도 여전히 푸르름으로 빛난다. *

同梵(동범) : 불가의 동료
廣長舌(광장설) : 장광설, 지금은 쓸데없이 긴 말이란 뜻이지만 원래는 부처님의 말씀
喃喃(남남) : 지루하게 지껄임, 글 읽는 소리

기무열사 寄無說師 무열 스님께

김제안(金齊顔, ?~1368)

세상일 옳다 그르다 시비가 분분하니
십 년간 벼슬살이에 내 옷만 더럽혔다오
봄바람 속에 지는 꽃 울어 예는 새들과
어느 산중에서 그대는 홀로 살고 계시는가

世事紛紛是與非　十年塵土汚人衣
세 사 분 분 시 여 비　십 년 진 토 오 인 의
落花啼鳥春風裏　何處青山獨掩扉
낙 화 제 조 춘 풍 리　하 처 청 산 독 엄 비

이 세상이 온통 시비를 가리는 일로 어지럽다. 저마다 자기가 옳다고 목소리를 높이며, 온갖 궤변과 술수가 날뛰는 세상이다. 지은이는 10여 년의 벼슬살이에 자신의 옷만 더럽혔다고 고백한다. 활짝 피웠던 꽃도 바람에 시들어 떨어지듯 덧없는 세상인데 이런 진흙탕에서 뒹굴고 있는 자신이 한심해서 스님이 더욱 보고 싶어졌단다. 깊은 산속에 홀로 숨어 살며 속세의 티끌을 모두 끊고 도를 닦고 있는 무열 스님이 부럽다고 말한다. 김제안은 고려 말기 강직한 선비로서 요승 신돈을 죽이려다 오히려 신돈에게 죽임을 당했다. 무열 스님 같은 구도자도 소중하지만, 현실 세상의 시비를 가릴 김제안 같은 사람도 필요하다. *

寄(기) : 부치다, 보내다
說(열) : 고할 설, 말씀 설, 기꺼울 열, 즐겁고 기쁠 열, 달랠 세
獨掩扉(독엄비) : 사립문(扉) 걸어 잠그고(掩) 홀로 살다, 모든 인연을 떠나 혼자 살다

승원 僧院 절

석영일(釋靈一, 728?~762?)

골 따라 달 따라 깊은 산속 들어서니
눈 덮인 솔가지에 넌출이 얽혀 있고
청산은 끝없는데 산길이 끊어진 곳
흰 구름 깊은 곳에 늙은 스님들 모여 있다

虎溪閑月引相過　帶雪松枝掛薜蘿
호 계 한 월 인 상 과　대 설 송 지 괘 설 라

無限青山行欲盡　白雲深處老僧多
무 한 청 산 행 욕 진　백 운 심 처 노 승 다

호랑이가 나오는 깊은 산속, 바쁠 것 없는 무심한 스님 한 분이 절을 찾아가고 있다. 밤하늘에 덩그러니 떠 있는 달은 보는 사람의 마음이 한가하니 한월閑月이 되어 이 스님과 함께 호젓한 산길을 간다. 눈 덮인 산속을 한참 들어가니 눈이 무거워 축 늘어진 솔가지에 칡넝쿨이 얽혀 있는데 그 모습이 괴이하면서 또한 선경仙境, 경치가 신비스럽고 그윽한 곳이다. 길은 끊기고 더 이상 사람이 갈 수 없는 곳에 다다랐다. 흰 구름이 온통 시야를 가린 곳에 곧 허물어질 듯한 낡은 절이 눈앞에 나타났다. 속세와 완전히 단절된 그 절에는 고승들이 도를 닦고 있다. 구도자의 길은 호랑이 같은 맹수가 들끓고 허리까지 빠지는 눈이 쌓여 있어 아무나 갈 수 없다. 한가로운 달과 함께 가는 길이다. *

薜羅(설라) : 넝쿨, 덩굴
欲(욕) : ~하려 하다

제승사 題僧舍

승방에 쓰다

이숭인(李崇仁, 1347~1392)

오솔길이 산을 남북으로 가르는 곳
송홧가루 머금은 비 어지러이 흩날리고
도인이 물을 길어 띠집으로 들더니
흰 구름 물들이는 한 줄기 푸른 연기

山北山南細路分　松花含雨落繽粉
산 북 산 남 세 로 분　송 화 함 우 락 빈 분

道人汲井歸茅舍　一帶青煙染白雲
도 인 급 정 귀 모 사　일 대 청 연 염 백 운

송홧가루 날리는 외딴 봉우리에는 눈먼 처녀 대신 도를 닦는 스님이 더 자연스럽다. 물을 길어 초가집에 들어간 후 차를 달이는 파란 연기는 한시에 자주 등장하는 소재이지만 이 시에서처럼 감각적인 표현은 흔치 않다. 이숭인은 호가 도은陶隱이다. 포은圃隱 정몽주, 목은牧隱 이색과 함께 야은冶隱 길재 대신 고려 말기 삼은三隱으로 꼽히는 사람이다. 남과 북으로 난 갈림길은 이숭인이 처한 현실을 떠오르게 한다. 둘째 구의 松송 자를 보면 송도가 연상되고 이는 곧 고려를 뜻한다. 고려 왕조가 멸망의 위기에 놓여 있다는 안타까운 속내가 보인다. 이숭인은 이성계가 조선을 건국하기 직전 유배지 순천에서 정도전이 보낸 자객에게 피살된다. *

繽粉(빈분) : 가루가 어지럽게 흩날리다
茅舍(모사) : 띠풀로 엮어 지은 오두막

제승축 題僧軸
스님 두루마리에 쓰다

양녕대군(讓寧大君, 1394~1462)

아침에는 산 노을을 밥 삼아 마시고
밤에는 덩굴에 걸린 달이 등이라네
외로운 초막에서 홀로 머물며
마음에는 오직 하나 탑 한 층 쌓는다네

山霞朝作飯　蘿月夜爲燈
산 하 조 작 반　나 월 야 위 등

獨宿孤庵下　惟存塔一層
독 숙 고 암 하　유 존 탑 일 층

깨끗한 시다. 우리를 부끄럽게 하는 시다. 세상을 등진 채 모든 욕심을 버리고 자연과 더불어 구도求道의 수행修行 길을 걷는 한 스님에게 세종대왕의 형이자, 왕위에 오르지 않으려 짐짓 광인 흉내까지 냈던 양녕대군이 그 스님의 두루마리에 써 준 시다. 이 스님이 마음속에 가지고 있는 것은 오직 하나, 깨달음을 향해 쌓아가는 조그만 탑이란다. 만족을 모르고 끊임없이 더 많은 소유를 위해 핏발 선 눈으로 살아가는 이 세상 많은 이에게 무소유無所有를 몸소 실천하고 입적한 법정 스님 같은 고승이 되라고 할 수는 없는 일. 그저 부끄러움을 알라고 권하고 싶다. 양녕대군은 시서화詩書畵에 능한 멋쟁이 풍류객이었다. *

軸(축) : 바퀴의 중심 막대, 여기서는 종이 두루마리
霞(하) : 노을
蘿(라) : 무, 미나리, 댕댕이, 덩굴, 담쟁이덩굴
惟(유) : 생각하다, 도모하다, 꾀하다, 벌여놓다

도봉사 道峯寺 도봉사

나식(羅湜, 1498~1546)

굽이굽이 개울을 돌고 돌아
구불구불 산길을 오르고 올라
황혼 무렵 절에 다다르니
맑은 소리 구름 가로 흩날리네

曲曲溪回復　登登路屈盤
곡 곡 계 회 부　등 등 로 굴 반

黃昏方到寺　淸聲落雲端
황 혼 방 도 사　청 성 낙 운 단

나식은 조광조의 문인門人이었다. 조광조는 조선 중종 때 사림파의 대표로서 개혁을 추진하다 훈구파에게 화를 당했는데 이것이 기묘사화(1519)다. 이후 사림파가 재집권했지만 훈구파인 윤원형 일당의 모함으로 다시 나식을 포함하여 사림 세력 대부분이 역모죄를 뒤집어쓰고 죽임을 당했으니 이 사건이 바로 을사사화(1545)다. 시를 보면 그 시를 쓴 사람의 됨됨이를 알 수 있다. 가깝게 사귀는 친구들을 보면 그 사람의 성향을 알 수 있다. 짐작건대 나식은 맑은 영혼을 가진 사람임이 틀림없다. 나라를 안정시키고 백성의 복리를 추구했던 그 당시의 사림파는 일신의 부귀영화를 노려 권력을 추구한 훈구파와는 사뭇 달랐다. 사화士禍는 지금도 반복된다. *

回復(회부) : 回= 돌아올 회, 復= 돌아올 복, 다시 부
方(방) : 여기서는 이제, 今(금), 方今(방금)

설야 雪夜
눈 오는 밤

혜즙(惠楫, 1791~1858)

희미한 호롱불 아래 불경을 읽노라니
넓은 빈 뜰에 밤눈이 오는 줄도 몰랐다
깊은 산 숲속에는 아무 소리 없지만
고드름은 수시로 돌난간에 떨어진다

一穗寒燈讀佛經　不知夜雪洪空庭
일 수 한 등 독 불 경　부 지 야 설 홍 공 정

深山衆木都無籟　時有檐氷墮石牀
심 산 중 목 도 무 뢰　시 유 첨 빙 타 석 상

눈 오는 겨울밤, 희미한 등불 아래서 불경을 읽는 스님은 이따금 고드름 떨어지는 소리만 듣고 있다. 이뿐이다. 그러나 《장자》를 읽은 사람은 이 시가 그저 눈 오는 절간의 겨울밤을 읊은 시가 아니라는 것을 알 것이다. 《장자》의 〈제물론〉에 보면 "큰 나무 구멍에서는 세상 모든 소리가 난다. 사람의 소리는 세 구멍짜리 피리 소리요, 땅의 소리는 많은 구멍에서 나는 소리다… 사람의 소리는 듣지만 땅의 소리는 듣지 못하는구나." "이른바 '내가 아는 것'이 과연 '내가 모르는 것'이 아님을 어찌 알겠는가?"라는 구절이 나온다. 법호法號가 철선鐵船인 이 스님이 자신은 아직 큰 도를 깨우치지 못하고 한갓 고드름 소리만 듣고 있으며, 불경을 열심히 파고들었지만 아직 멀었다고 고백하고 있다. *

鐵船 惠楫(철선 혜즙) : 조선 말기 학승, 楫(즙)은 숲속의 나무, 이 시의 衆木(중목)은 자신을 말함
籟(뢰) : 피리, 소리

3.

空 빌 공

모래밭에 한 마리 갈매기

여야서회 旅夜書懷

나그네의 밤

두보(杜甫, 712~770)

미풍에 잔풀 나부끼는 둑, 홀로 정박한 밤 배
별 드리운 들판은 넓고 달 아래 흐르는 긴 강물
글솜씨로 이름났으되 늙고 병들어 물러난 벼슬
떠돌이 이 몸은 모래밭에 한 마리 갈매기 신세

細草微風岸 危檣獨夜舟 星垂平野闊 月湧大江流
세 초 미 풍 안 위 장 독 야 주 성 수 평 야 활 월 용 대 강 류

名豈文章著 官應老病休 飄飄何所似 天地一沙鷗
명 개 문 장 저 관 응 노 병 휴 표 표 하 소 사 천 지 일 사 구

안록산의 난 이후 두보는 친구인 청두成都 절도사 엄무嚴武에게 몸을 의탁했다. 765년 엄무가 죽자 청두를 떠나 양쯔강을 따라 무작정 방랑하는 도중에 쓴 시다. 이 시절 두보는 앞으로 살아갈 걱정과 잃어버린 가족을 향한 근심에 잠이 올 리 없었다. 밤하늘에 총총한 별과 그 밑으로 드넓은 평야가 펼쳐졌다. 달이 솟아오르자 유유히 흐르는 강물이 모습을 드러낸다. 문장으로 온 세상에 이름을 떨쳤건만 지금은 홀로 내팽겨진 늙고 병든 나그네 신세다. 하늘처럼 높고 땅만큼 넓으며 강처럼 끝없이 긴 이 세상길을 정처 없이 떠도는 자신의 신세가 강가 모래밭에 홀로 잠이 든 갈매기와 같다고 탄식한다. *

危檣(위장) : 위태롭게 높은 돛대
著(저) : 나타나다, 두드러지다
飄(표) : 방향이 일정하지 않은 바람, 방랑하다

화비화 花非花
꽃이 아닌 꽃

백거이(白居易, 772~846)

꽃이어든 꽃 아니고 안개이되 안개 아니야
한밤중에 왔다가 날이 새면 떠나는데
봄 꿈처럼 살짝 와서 잠깐 동안 머물다가
아침 구름처럼 떠나가니 찾을 곳이 없어라

花非花 霧非霧　夜半來 天明去
화 비 화 무 비 무　야 반 래 천 명 거

來如春夢幾多時　去似朝雲無覓處
래 여 춘 몽 기 다 시　거 사 조 운 무 멱 처

예쁜 꽃이라 할 수도 있지만 꽃이 아니다. 온 세상을 뒤덮었다가도 한순간에 사라지는 안개 같은 존재이나 그렇다고 안개도 아니다. 그는 한밤중에 살며시 찾아왔다가 동틀 무렵이면 가버린다. 그가 오면 봄날의 꿈결인 양 아늑하고 또 아뜩하다. 그러니 시간이 어떻게 갔는지 모르겠다. 그가 갈 때는 아침 구름처럼 흔적도 없이 사라진다. 찾고 싶어도 찾을 길이 없다. 그가 떠난 자리에는 쓸쓸하고 슬픈 외로움만 한 움큼 남는다. 남몰래 만나는 연인의 이야기일까? 그럴 수도 있다. 그러나 찾아오는 '그'를 우리네 인생이라고 볼 수도 있겠다. 인생무상人生無常, 일장춘몽一場春夢이다. 꽃도 안개도 아닌 것, 이내 사라지는 것, 이것이 우리네 삶이다. *

夜半(야반) : 한밤중
天明(천명) : 동틀 무렵
幾多時(기다시) : '그 얼마나 긴 시간인가' 즉 짧다는 말

음주간모란 飮酒看牡丹

모란꽃 아래서 술 마시다

유우석(劉禹錫, 772~842)

오늘은 꽃을 마주하고 술을 마신다
까짓것 취하라지 여러 잔을 마신다
부질없이 슬픈 건 꽃들끼리 하는 말
이 늙은이를 위해 핀 것이 아니란다

今日花前飮　甘心醉數杯
금 일 화 전 음　감 심 취 수 배
但愁花有語　不爲老人開
단 수 화 유 어　불 위 노 인 개

나이가 들수록 감상에 빠지기 쉽다. 외로움과 소외감도 있지만 지나온 세월에 대한 회한과 아련한 그리움도 있다. 그런 날은 하릴없이 취하고 싶어진다. 오늘이 바로 그런 날이다. 모란꽃을 보니 젊었던 시절의 달콤새큼한 추억이 주마등처럼 떠오른다. 불혹不惑이니 이순耳順이니 불유구不踰矩 같은 따분한 말은 모르겠고, 나이 드는 것도 신경 쓰지 않는다. 무작정 술에 취하고 싶어진다. "모란꽃아 너도 한잔해라. 나도 한잔하마." 꽃과 더불어 권勸커니 작酌커니 취기가 오른다. 술 취한 모란이 입바른 소리를 한다. "할아버지! 우리는 할아버지를 위해 핀 것이 아니랍니다." 아뿔싸 내가 지나쳤구나. 그래, 젊음은 좋은 것이야. 긴 한숨 쉬고… 다시 한 잔. *

牡丹(모란) : 牧丹(목단)
甘心(감심) : 기꺼이 원하다, 달게 여기다

제화산사벽 題花山寺壁

화산사 벽에 쓰다

소순흠(蘇舜欽, 1008~1048)

꽃 때문에 이름 얻은 산속의 절
무성하던 꽃 사라지고 잡초만 우거졌다
가꾸고 손질하기 힘이 많이 드는 법
꽃은 시들기 쉬우나 풀은 쉽게 자란다

寺裏山因花得名　繁英不見草縱橫
사 리 산 인 화 득 명　번 영 불 견 초 종 횡
栽培剪伐須勤力　花易凋零草易生
재 배 전 벌 수 근 력　화 이 조 영 초 이 생

금은 쇠보다 무르다. 총칼이나 연장은 말할 것도 없고 하다못해 젓가락을 만들 때도 금보다 철이 더 유용하다. 그런데도 사람들은 쇠보다 황금을 더 귀하게 여긴다. 그 가치를 따지는 데에는 희귀성이 효용성보다 한 수 위인 것이다. 꽃을 피우려면 거름을 주고 곁가지를 잘라주는 등 공을 들여 키워야 한다. 그러나 잡초는 뻔뻔스러운 불청객처럼 아무 데서나 뿌리를 내린다. 그뿐만 아니다. 꽃은 때를 좇아 한때 피었다가 이내 시든다. 풀은 꽃보다 먼저 나와 늦가을 서리 때까지 버틴다. 소순흠은 아마도 자신을 풀에 빗댄 것 같다. 그 역시 젊어서는 꽃과 같은 화려한 때가 있었으나 화무십일홍 花無十日紅, 한 번 성한 것은 얼마 못 가서 반드시 쇠하여진다는 의미 신세가 되었으니 말이다. *

英(영) : 꽃부리, 영웅
剪伐(전벌) : 잘라 주고 솎아주다
凋零(조영) : 시들어 마르다

소우소 笑又笑 웃고 또 웃고

유의손(柳義孫,1398~1450)

소와정 늙은이가 한가로이 누워 웃네
고개 들어 크게 웃고 또다시 길게 웃네
내가 웃는다고 사람들아 따라 웃지 말라
불쾌하면 찡그리고 우스우면 웃는단다

笑臥亭翁閒臥笑 仰天大笑復長笑
소 와 정 옹 한 와 소 앙 천 대 소 부 장 소
傍人莫笑主人笑 嚬有爲嚬笑有笑
방 인 막 소 주 인 소 빈 유 위 빈 소 유 소

"一笑一少 一怒一老일소일소 일노일로" 웃으면 젊어지고 화내면 늙는다. 웃고 살라는 말이다. '웃는 얼굴에 침 뱉으랴'는 속담도 있다. 대인 관계에 해당하는 처세훈이다. 웃으면 엔도르핀이 나와 건강에도 좋단다. 그러나 모든 웃음이 긍정적이고 친화적인 것은 아닌 것 같다. '웃는 얼굴에 가난은 없다'란 말도 있지만 가난이 웃음을 앗아가는 것 또한 현실이다. 그럼에도 그냥 웃으라고? 그런 웃음은 웃음의 본질인 공포요, 항복이다. 낙관이 아닌 비겁한 포기로서의 웃음은 현실도피다. 이 시의 웃음에는 허무와 비판과 저항이 복잡하게 섞여 있다. 세조의 왕위 찬탈이 있은 후 유의손은 벼슬을 버리고 칩거해 교육과 학문에만 전념했다. 웃고 또 웃으며. *

傍人(방인) : 곁에 있는 사람
嚬(빈) : 찌푸리다, 찡그리다 (=顰 찡그릴 빈)

강두 江頭
강 머리에서

오순(吳洵, ?~?)

가없는 봄 강은 밤안개에 잠겼고
낚싯대 드리우고 홀로 앉은 한밤중
미끼 밑에 잔고기 몇 마리 있건마는
자라 낚을 헛된 욕심에 십 년이 흘렀다

春江無際暝烟沈　獨把漁竿座夜深
춘 강 무 제 명 연 침　독 파 어 간 좌 야 심
餌下纖鱗知幾箇　十年空有釣鰲心
이 하 섬 린 지 기 개　십 년 공 유 조 오 심

길고도 아까운 10년 세월을 과거 공부에 흘려보냈다자라를 낚을 욕심. 급제했다 한들 미관말직에 머물다 말 것을 뻔히 알면서도잔고기 몇 마리, 아직도 밤늦도록 공허한 문자文字 속을 허우적거리며 살고 있다한밤중의 낚시. "春江無際暝烟沈춘강무제명연침" 밤안개가 자욱해서 바로 앞도 보이지 않는데 이 강물이 바다를 향해 잠시도 쉬지 않고 흐르는 것처럼 내 인생도 흐르는 시간 속에서 덧없이 시들어간다는 사실만큼은 나도 알고 있다. 1478년 서거정이 집대성한 《동문선東文選》에 오순吳洵이란 이름과 함께 이 시 한 수가 전해온다. 급제 여부를 떠나 그는 이 시 한 수라도 후세에 남겼으니 그나마 잔고기는 낚았다. 공수래공수거空手來空手去. *

際(제) : 가장자리(=邊 가 변), 끝(=極 다할 극)
漁竿(어간) : 낚싯대
餌(이) : 먹이, 미끼
纖鱗(섬린) : 가는 비늘 즉 잔고기
鰲(오) : 큰 자라

제산수화 題山水畫

산수화에 쓰다

김수온(金守溫, 1410~1481)

산과 물을 그린 솜씨 가히 신의 경지로다
갖가지 풀과 꽃이 흐드러진 봄이로구나
이 모두가 필경에는 한바탕의 꿈일러니
그대와 나 역시 허깨비인 걸 그 누가 알까나

描山描水總如神　萬草千花各自春
묘 산 묘 수 총 여 신　만 초 천 화 각 자 춘

畢竟一場皆幻境　誰知君我亦非眞
필 경 일 장 개 환 경　수 지 군 아 역 비 진

작가가 산수화 한 폭을 가지고 와서 그림의 여백에 시 한 수를 써달라는 친구의 부탁을 받고 즉석에서 쓴 시다. 그림 속에는 산과 물을 배경으로 기화요초琪花瑤草, 기이한 꽃과 풀가 각자 자태를 뽐내며 봄이 무르익어 있다. 실제 경치가 되었건 단지 그림이건 상관없이 아름다운 풍경을 보고서 그저 감탄하고 묘사하는 것만으로는 맥이 빠진 시가 되고 만다. 언중유골言中有骨이라, 말속에도 뼈가 있듯이 시에도 뼈가 있어야 제맛이 난다. 이 시의 후반부가 바로 뼈에 해당한다. 이 시인은 이 아름다운 봄 풍경 그림을 보면서 일장춘몽을 떠올린다. 그대와 나 그리고 우리네 삶이 모두 허깨비란다. *

畢竟(필경) : 마침내, 끝내, 결국
皆(개) : 모두, 다
幻(환) : 변하다, 홀리다, 허깨비, 迷惑(미혹)
幻境(환경) : 꿈의 경지, 미혹의 상태

유풍악 遊楓嶽
풍악산 유람

정사룡(鄭士龍, 1491~1570)

만이천 봉 좋다는 곳 둘러보고 내려오는 길
흩날리는 단풍잎은 옷 위로 떨어지고
찬비 내리는 정양사 향불 사르는 밤
돌이켜보니 오십 평생을 잘못 살았노라

萬二千峰領略歸　紛紛黃葉打征衣
만 이 천 봉 령 약 귀　분 분 황 엽 타 정 의

正陽寒雨燒香夜　蘧瑗方知四十非
정 양 한 우 소 향 야　거 원 방 지 사 십 비

정사룡은 조선시대의 전형적인 고위 관리였다. 풍류객과는 거리가 먼 분이다. 그러나 시와 문장에 뛰어나 명나라에까지 필명을 날렸다. 그의 시와 문장은 용의주도하게 다듬어져 사람들에게 감탄을 자아냈으나 막상 감동은 적었다. "正陽寒雨燒香夜정양한우소향야" '찬비 내리는 정양사 향불 사르는 밤'처럼 운치 있는 구절 뒤에 거원蘧瑗처럼 멋없이 딱딱한 말이 나오는 이 시도 그렇다. 거원은 중국 위나라 대부였다. 《장자》에 그의 말이 나온다. "行年五十而知四十九年之非행년오십이지사십구년지비" '50년을 살다 보니 그중 49년이 잘못임을 알겠더라'는 뜻이다. 금강산의 절경을 보며 인간의 왜소함을 느끼고, 불교의 진리 앞에 인생의 헛됨을 깨닫게 되었다는 뜻이다. *

領略(영약) : 중요한 곳만 둘러보다
正陽(정양) : 정오, 음력 정월, 여기서는 내금강 절경 속에 자리 잡은 정양사를 말한다

시선상인 示禪上人
선 스님께

보우(普雨, 1509~1565)

얽히고설킨 인간 세상 너무도 어지러워
다시금 옛 선원으로 돌아가려 하오
차라리 굶어 죽고 얼어 죽을지언정
내 다시는 세상일 꿈에도 싫으오

人間多澒洞　還向舊禪庭
인 간 다 홍 동　환 향 구 선 정

饑凍寧投死　不曾夢世情
기 동 영 투 사　불 증 몽 세 정

때로는 하기 싫은 일도 해야 한다. 내가 아닌 다른 사람이 해주었으면 하는 일도 있다. 그러나 하필 그때 그 자리에 내가 있었고 누군가는 해야 할 일이 일어났다면 그냥 피해버릴 수 없을 것이다. 이런 사정을 몸소 겪었던 보우 스님이 처음부터 속세를 등진 채 참선參禪만으로 구도의 길을 가는 어느 스님에게 하소연한 시다. "나도 당신처럼 용맹 정진할 수도 있었소. 속세의 잡것들과 목숨을 내놓고 싸우는 일은 이제 그만두겠소." 그러나 보우 스님은 쓴 잔을 남에게 넘기지 않았다. 보우 스님은 억압받던 불교의 중흥을 위해 큰 업적을 남겼으나 유학자의 시기를 한 몸에 받아 제주도로 귀양 간 뒤 그곳에서 매 맞아 죽었다. *

澒洞(홍동) : 수은 홍, 덩어리질 홍, 잇닿을 홍, 홍동은 어지러운 모양, 서로 연속된 모양
寧(녕) : 편안하다, 차라리 ~하다
曾(증) : 일찍이, 지난번, 거듭, 다시

압구정 狎鷗亭 압구정

기대승(奇大升, 1527~1572)

거친 숲 뒤엉킨 풀이 높은 언덕 뒤덮었으나
화통하게 놀던 그 모습 아련히 떠오르네
백 년 넘게 사는 사람 그 몇이던가
어지러운 강 풍경에 머릿속이 복잡하다

荒榛蔓草蔽高丘　緬想當時辦勝遊
황 진 만 초 폐 고 구　면 상 당 시 판 승 유
人事百年能幾許　滿江煙景入搔頭
인 사 백 년 능 기 허　만 강 연 경 입 소 두

압구정은 한명회가 지은 정자의 이름이자, 한명회의 호다. 압구狎鷗는 갈매기와 친하다는 뜻으로 욕심 없는 사람에게만 갈매기가 따른다는 속설에 따라 지은 이름인데, 한명회는 욕심이 많아 당시 사람들은 누를 압押을 써서 압구정押鷗亭이라 놀렸다. 고봉高峰 선생이 압구정에 올라 피폐해진 주변 경치를 보면서 잘나가던 시절의 한명회를 회상하며 이 시를 지었다. 인생무상과 공명정대한 삶이 화두로 떠오른다. 100년도 못 사는 인생인데 죽은 뒤에 자신이 어떻게 평가받을지 생각하며 떳떳하게 살 일이다. 수양대군을 옹위하여 계유정난(1453)을 일으키는 등 수많은 사람을 죽이고 권세를 잡아 떵떵거리며 살았지만 죽은 뒤 부관참시까지 당한 한명회의 인생이 머리를 복잡하게 한다. *

鷗(구) : 갈매기, 鳩(구)는 비둘기
榛(진) : 개암나무
蔓(만) : 넝쿨
緬想(면상) : 아득한 일을 생각하다
辦(판) : 힘쓰다, 갖추다
搔(소) : 긁어내다, 휘젓다, 분분하다

망월 望月 달

송익필(宋翼弼, 1534~1599)

원 되기 전엔 원 되는 게 늦어 한이더니
원 되고 나니 이지러지기 어찌 이리 쉽나
서른 날 밤 중에 둥글기는 단 하룻밤
백 년 사는 인생살이 이와 똑 닮았다네

未圓常恨就圓遲　圓後如何易就虧
미 원 상 한 취 원 지　원 후 여 하 이 취 휴
三十夜中圓一夜　百年心事總如斯
삼 십 야 중 원 일 야　백 년 심 사 총 여 사

사람들은 너도나도 으뜸이 되려 한다. 많은 노력 끝에 숱한 경쟁을 뚫고 정상을 차지해도 바로 그 순간부터 더 올라갈 곳이 없어 내리막으로 접어든다. 모두가 일등을 할 수 없는 것처럼 항상 좋을 수만도 없는 법. 좋은 일이 있으면 나쁜 일도 생기게 되어 있고, 일등이 있으면 꼴찌도 있기 마련인데 우리는 종종 이런 사실을 잊고 산다. 송익필은 정철을 도와 기축옥사(1589)를 일으켜 무고한 선비 천여 명을 죽이고 잠시 부귀영화를 누리다가 원래 신분인 천민으로 되돌아갔다. 이 시를 보면 송익필은 자신의 못된 짓에 대한 반성 없이 몰락한 자신의 신세만 한탄한다. 순리에 따라 분수를 지키며 살라! "月滿則虧 월만칙휴" '달도 차면 기운다.' *

圓(원) : 둥글 원. 여기서는 보름달을 의미한다
如何(여하) : 사정이 어떠함. 如何間(여하간), 어떻게 해서든지
虧(휴) : 이지러질 휴
斯(사) : 이것 사

야 夜 밤

정약용(丁若鏞, 1762~1836)

저무는 강 마을 성긴 울타리 너머 개 짖는 소리
찬 물결에 별빛 부서지고 눈 덮인 먼 산이 외려 밝구나
먹고살 일 대책 없건만 책 읽을 등잔불은 있네
깊은 근심 끝이 없으니 한평생을 어찌 마칠까

黯黯江村暮 疏籬帶犬聲　謀食無長策 親書有短檠
암 암 강 촌 모 소 리 대 견 성　모 식 무 장 책 친 서 유 단 경

水寒星不靜 山遠雪猶明　幽憂耿未已 何以了平生
수 한 성 부 정 산 원 설 유 명　유 우 경 미 이 하 이 료 평 생

1800년 당시 집권 세력인 노론 쪽에서 남인 계열인 정약용 형제를 천주교와 연결 지어 귀양 보냈다. 정약용은 1818년 귀양에서 풀려 승지承旨를 제수 받았으나, 석 달 만에 사직하고 고향 남양주로 낙향한다. 그때까지 권력을 잡고 있던 노론 세력의 견제를 견딜 재간이 없어서다. 두물머리 근처 고향 집에서 먹고살 일을 걱정하는 다산 선생의 모습이 현재 절대빈곤에 시달리는 우리나라 노인들의 현실과 겹친다. 끼닛거리가 걱정일 만큼 어려운 처지에 세상일 또한 암담할 뿐이었던 다산 선생의 근심은 무덤 속에서조차 그치지 않고 있는 것 같다. *

黯(암) : 어둡다, 검다, 슬프다
檠(경) : 등잔걸이
耿(경) : 깨끗하다, 빛나다, 근심하다, 걱정되어 잠 못 들다

산주 山晝

산속의 한낮

한용운(韓龍雲, 1879~1944)

창 너머엔 뭇 봉우리 번잡하고
눈보라 처량하기 지난 세월 같구나
사람 자취 없어 한낮에도 썰렁한데
매화 지니 저승 이승 전생이 다 헛것

群峰蝟集到窓中　風雪凄然去歲同
군 봉 위 집 도 창 중　풍 설 처 연 거 세 동

人景寥寥晝氣冷　梅花落處三生空
인 경 요 요 주 기 냉　매 화 낙 처 삼 생 공

설악산 백담사는 겨울이면 인적이 끊겨 한낮에도 조용하기가 밤중과 다를 게 없다. 선방禪房, 참선하는 방의 봉창을 열고 산을 쳐다보니 군봉群峰, 많이 솟아 있는 산봉우리이 창가로 모여드는 듯하다. 소리 없이 내리는 눈이 참으로 속절없다. 만해萬海 한용운이 참선 도중 잠시 감회에 젖는다. 열여덟 나이에 어지러운 세상을 피해 처음으로 백담사에 들어왔을 때를 회상한다. '그때도 오늘처럼 처량하게 눈만 내렸었지' 어언 10여 년이 지났고, 그동안 깨달음을 얻었고 스님이 되었다. 떨어진 매화꽃같이 덧없는 인생이요, 쌓였다가 녹는 눈처럼 속절없는 세월이다. 과거, 현재, 미래란 무엇인가? 전생과 이승, 저승은 또한 무엇인가? 헛되고 헛되도다. 인생이여. *

蝟集(위집) : 고슴도치 털처럼 많이 모임, 번잡함
凄然(처연) : =凄凄(처처). 쓸쓸하고 가여운 모양
寥寥(요요) : 쓸쓸하고 고요함, 공허함

4.

節 마디 절

꽃 다시 더 심지 마라

백화헌 百花軒

백화헌

이조년(李兆年, 1269~1343)

알리노니 꽃 다시 더 심지 말라
백화헌에 몇 그루 채웠으니 되었노라
눈 속의 매화, 서리 맞은 국화, 그 깨끗한 줄기
이 밖에 울긋불긋 헛된 것 더 심지 말라

爲報栽花更莫加　數盈於百不須過
위 보 재 화 갱 막 가　수 영 어 백 불 수 과

雪梅霜菊淸標外　浪紫浮紅也漫多
설 매 상 국 청 표 외　낭 자 부 홍 야 만 다

백화헌은 이 시인의 아호雅號이자 당호堂號 즉 그가 사는 집의 이름이다. 백화헌 마당에 눈 속에서 피는 매화나무와 서리 맞아야 더 화사한 국화를 심었으니 허랑虛浪하고 부질없이 울긋불긋한 여러 가지 기이한 꽃과 풀을 심지 말라고 한다. 또는 심지 않겠다고 선언한다. 매화와 국화는 절개와 고매한 인격을 나타내는 꽃이다. 선비의 집 마당에 이 매화와 국화만 있으면 되었지 화려하고 요란한 꽃을 심으면 천박해진다. 똑같이 선비의 마음속에 절개와 지조 그리고 고매한 인격이 들어 있으면 되었지 온갖 재주와 욕심이 무슨 필요가 있겠는가? 진정한 선비라면 반드시 마음속에 요란하고 화려한 꽃을 심으려는 유혹을 뿌리쳐야 하리라. *

爲報(위보) : 알리노라
於百(어백) : 백화헌에
不須過(불수과) : 필히 넘치게 하지 마라, 不須(불수)는 ~하지 마라
標(표) : 나무의 높은 가지, 나뭇가지의 끝부분
漫(만) : 질펀하다, 어지럽다

제구월산소암 題九月山小庵

구월산 암자에 쓰다

조운흘(趙云仡, 1332~1404)

무진년에 쌓인 눈이 아직 하얀데
버들 눈 트이니 기사년 봄이로구나
세상의 흥망성쇠를 내 이미 보았으니
이 몸이 빈궁하다 한탄할 일 없더라

山中猶在戊辰雪　柳眼初開己巳春
산 중 유 재 무 진 설　류 안 초 개 기 사 춘

世上榮枯吾已見　此身無恨付窮貧
세 상 영 고 오 이 견　차 신 무 한 부 궁 빈

겨울이 아무리 추워도 어김없이 봄은 온다. 눈이 덜 녹았어도 새해가 되니 버들가지에 움이 튼다. 세상사도 마찬가지다. 잘나갈 때가 있으면 시들할 때도 있고, 어려움을 견디면 좋은 날도 오기 마련이다. 억지로 재산과 권력을 탐하면 화가 미치나니 제 분수를 지키며 살 일이다. 자식이 제 부모를 닮듯이 문학작품은 작가를 닮는다. 조운흘은 고려 말기에 높은 벼슬을 지내며 많은 공을 세우고 백성에게 선정을 베풀었다. 만년에는 관직을 뿌리치고 고향으로 돌아가 은거하며 검소하게 살았다. 고려에서 조선으로 이어지는 변혁기에 권력투쟁에서 한발 비낀 채 의리도 지키고 자신의 안위도 보전한 현자라 하겠다. *

戊辰(무진) : 1388년, 이성계의 위화도회군이 있던 해
己巳(기사) : 1389년, 공양왕이 즉위한 해. 신구 세력 간 권력투쟁 시작

석회음 石灰吟
석회

우겸(于謙, 1398~1457)

천 번 깨고 만 번 뚫어 산속에서 캐낸 석회
뜨거운 불로 태워도 대수롭지 않게 견디며
살을 에고 뼈를 부숴도 두려움 전혀 없어라
그저 이 세상에 청백리로 남기만을 바랄 뿐

千錘萬鑿出深山　烈火焚燒若等閑
천 추 만 착 출 심 산　열 화 분 소 약 등 한

粉身碎骨渾不怕　要留清白在人間
분 신 쇄 골 혼 불 파　요 류 청 백 재 인 간

1449년 몽골군이 포로로 잡은 명나라 황제 영종을 끌고 베이징 근처까지 왔다. 위기의 순간이었다. 병부상서 우겸은 영종의 동생을 황제로 옹립하고 방위선을 구축했다. 새로운 황제가 즉위한 것을 본 몽골군은 포로인 영종이 쓸모가 없어졌고, 명의 방위선이 견고하여 결국 몽골로 퇴각했다. 1년 뒤 몽골은 몸값을 받지 못했어도 영종을 풀어주어 명나라의 분열을 노렸다. 그 후 7년이 지나 영종은 황제에 복위하고 우겸을 대역죄로 처형했다. 나라를 몽골족으로부터 구한 충신 우겸은 이 시를 짓고 죽었다. 강직한 성격의 우겸은 자신을 석회에 비유하여 맑고 하얀 깨끗한 존재로 남겠다고 했다. 현재 부패하지 않은 관리, 즉 청백리와는 사뭇 다른 의미다. *

錘(추) : 저울의 추, 쇠망치
鑿(착) : 뚫다, 캐다
等閑(등한) : =等閒(등한), 마음에 두지 않고 그냥 보아 넘김, 소홀
渾(혼) : 흐리다, 물이 합치다
怕(파) : 두려워하다

절명시 絶命詩 절명시

성삼문(成三問, 1418~1456)

둥둥둥 북소리 울려 내 목숨을 재촉한다
머리 돌려 바라보니 해가 지려 하누나
저승길에는 주막집 하나 없다는데
오늘 밤은 내 어느 집에서 묵어갈까

擊鼓催人命　回首日欲斜
격 고 최 인 명　회 수 일 욕 사

黃天無一店　今夜宿誰家
황 천 무 일 점　금 야 숙 수 가

세종대왕의 둘째 아들 수양대군이 어린 조카인 단종을 몰아내고 왕이 되었다. 성삼문 등 사육신은 세조 즉 수양대군을 죽이고 다시 단종을 복위하려다 실패하고 능지처참을 당한다. 음력 6월 8일, 처형장에서 죽음을 앞두고 읊은 이 시에서 성삼문의 꼿꼿한 기개와 의연함을 볼 수 있다. 성삼문이 집현전에서 세종의 총애를 받던 젊은 시절에 읊었던 이 시조는 마치 이런 상황을 예측이라도 했던 것 같다. "이 몸이 죽어가서 무엇이 될꼬 하니/ 봉래산 제일봉에 낙락장송 되었다가/ 백설이 만건곤할 제 독야청청하리라" 삼대三代가 멸족당한 성삼문은 역사에 충절忠節의 화신化身으로 길이 살아남았으나, 세조의 편에 서서 부귀영화를 누렸던 신숙주는 상하기 쉬운 숙주나물에 그 이름이 전해온다. *

催(최) : 재촉하다
店(점) : 가게, 여관

제한운효월도 題寒雲曉月圖

새벽달 그림에 부쳐

박팽년(朴彭年, 1417~1456)

우거진 잡초도 봄 좋은 건 아는데
그 누가 한겨울 눈바람을 좋아하리
아니야 풀 따위야 몰라서 그렇다오
고사리 캐던 그분은 찬바람이 좋다네

紛紛衆卉覺芳辰　誰向窮陰風雪親
분 분 중 훼 각 방 신　수 향 궁 음 풍 설 친
植物無知猶爾許　西山獨有採薇人
식 물 무 지 유 이 허　서 산 독 유 채 미 인

첫 번째 구의 우거진 잡초는 이 세상 속에서 얽히고설키어 복작거리며 사는 우리네 인간이다. 고사리 캐는 사람, 採薇人채미인은 지조를 지키려고 수양산에서 굶어 죽은 백이伯夷와 숙제叔齊를 가리킨다. 이 시는 첫째 구와 셋째 구, 둘째 구와 넷째 구가 짝을 이룬다. 평범한 사람들은 따뜻한 바람에 녹음방초가 향기로운 봄을 좋아한다. 그들은 식물처럼 의식이 없이 편하고 잘사는 것만 좇는다. 그러나 힘들고 혹독한 시련을 피하지 않고 기꺼이 받아 견디는 의식이 깬 사람들도 있다. 에리히 프롬이 말한 혁명적 인간이다. 이들이 역사를 만들어낸다. 요즘은 평범한 사람 중에도 의식이 있는 분이 많다. 이들은 바람보다 먼저 눕고 바람보다 먼저 일어난다. 우리는 이들을 민중이라 부른다. *

紛紛(분분) : 뒤숭숭하고 시끄럽다, 흩어지고 뒤섞여 어수선한 모양
卉(훼) : 풀, 초목
芳辰(방신) : 좋은 계절, 즉 봄
窮陰(궁음) : 섣달, 한겨울
爾(이) : 너(you), 그러하다

사목단 寫牧丹
모란 그리기

김굉필(金宏弼, 1454~1504)

눈 속에 핀 찬 매화와 비 온 뒤의 난초는
볼 때는 쉬워도 그리려면 어려운 것
사람들 눈에 차지 않을 것 미리 알았더라면
연지를 쥐고 편안히 모란꽃이나 그릴걸

雪裏寒梅雨後蘭　看時容易畫時難
설 리 한 매 우 후 란　간 시 용 이 화 시 난
早知不入時人眼　寧把臙脂寫牡丹
조 지 불 입 시 인 안　영 파 연 지 사 모 란

사군자는 매난국죽梅蘭菊竹이다. 매화, 난초, 국화, 대나무를 말한다. 매화는 추위를 이겨내고 맨 처음 피는 꽃이다. 지조 있는 군자君子를 떠올리게 한다. 난초는 단출하고 고고한 자태로 은은한 향기를 풍기는 선비의 모습이다. 사군자는 모두 지조와 절개를 상징한다. 선비의 이상과 가치를 나타내는 것이다. 반면에 모란꽃은 크고 화려해서 꽃 중의 여왕으로 불린다. 모란은 부귀영화를 상징한다. 이 시는 재물을 밝혀 부자가 되고 높은 지위에 올라 귀한 대접을 받는 영화榮華를 누리기보다는, 지조 있는 선비가 되겠다는 의지를 역설적으로 표현했다. 김굉필은 갑자사화(1504) 때 유자광과 한명회 등 훈구파에 의해 죽임을 당했다. 누가 매란梅蘭이고 누가 모란牡丹인가? *

牧丹(목단) : =牡丹(모란)
寧(영) : 편안하다
臙脂(연지) : 입술 등에 바르는 화장품, 붉은색 물감

농중압 籠中鴨 새장 속 오리

김정(金淨, 1486~1521)

주인의 사랑과 은혜가 결코 얕지 않거늘
타고난 야성을 스스로 없애지 못했나 보다
서리 낀 달밤 하늘에서 우는 기러기 소리에
새장 속에서 깨닫지 못한 채 날고만 싶다

主人恩愛終非淺　野性由來不自除
주 인 은 애 종 비 천　야 성 유 래 부 자 제
霜月數聲雲外侶　籠中不覺意飄如
상 월 수 성 운 외 려　농 중 불 각 의 표 여

집오리와 야생의 기러기를 비교해 시인은 자신의 마음을 나타낸다. 주인은 임금인 중종을, 집오리는 자신을 의미한다. 새장은 궁중 또는 벼슬 생활을 뜻한다. 새장 속에서 주인이 주는 모이에 길들여진 집오리는 나는 방법을 잊었다. 서리 내린 어느 날 밤, 구름 밖에서 울며 날아가는 기러기의 울음소리를 듣고 집오리는 조금 남아 있던 야성이 되살아났다. 오리는 잠시 주인의 고마움을 잊고 기러기처럼 하늘 높이 날아다니기를 꿈꾼다. 김정은 벼슬살이를 하는 동안 재산을 탐하지 않았고 뇌물을 받지 않았다. 녹봉을 받으면 어려운 친족에게 골고루 나누어 주었다. 벼슬을 해도 백성을 위해서 했지 자신을 위해서 하지 않았다. *

侶(려) : 짝, 벗, 함께하다, 여기서는 기러기를 나타냄
籠(롱) : 대바구니, 새장

종죽 種竹
대나무를 심었더니

박지화(朴枝華, 1513~1592)

작은 오두막이 낙낙해 날마다 휘파람인데
장맛비 열흘에 나그네 발길 끊겼네
댓돌 앞에 대나무 둘러 심은 뒤로는
낮잠 든 베개 맡에 찬바람 소리 배로 늘었네

斗屋寬閑日嘯歌　連旬溽雨斷經過
두 옥 관 한 일 소 가　연 순 욕 우 단 경 과
自從種得階前竹　午枕寒聲一倍多
자 종 종 득 계 전 죽　오 침 한 성 일 배 다

비 오는 날 빈대떡을 부쳐 먹으며 쉬는 집은 잘사는 축이다. 임진왜란 직전 조선 백성의 상황은 하루 한 끼도 감지덕지할 정도였다. 장맛비에 방바닥이건 이부자리건 눅진눅진한데 아무리 고명한 선비라지만 그 누가 찾아올 것인가. 배고픔을 잊으려면 그저 낮잠만 한 것이 없다. 재물과 권력에 욕심이 없으니 배고파도 항상 즐겁다. 콧노래가 절로 나온다. 비록 단칸 오두막이지만 선비가 사는 집임을 나타내기 위해 대나무를 둘러 심었다. 대나무 잎이 서로 스치는 소리가 시원하다. 대나무 잎은 실제로 탁월한 해열제로 쓰인다. 박지화는《동의보감》을 쓴 허준의 스승으로 알려진 인물이다. 유불선儒佛仙을 아울렀던 분이다. *

斗屋(두옥) : 아주 작은 집 또는 방 = 斗室(두실)
嘯(소) : 휘파람 불다, 읊조리다
溽(욕) : 무덥다, 젖다, 습하다
自(자) : ~에서부터

영황백이국 詠黃白二菊

두 송이 국화

고경명(高敬命, 1533~1592)

황국만 제빛인 양 귀하다 쳐주지만
흰 국화도 타고난 자태가 아름답네
사람들은 꽃 색깔로 구별하여 보네마는
서리에도 꿋꿋한 기상은 모두 한가지네

正色黃爲貴　天姿白亦奇
정 색 황 위 귀　천 자 백 역 기

世人看自別　均是傲霜枝
세 인 간 자 별　균 시 오 상 지

국화는 노란 꽃을 더 귀하게 여긴다. 하지만 먼지를 허옇게 뒤집어쓴 길가의 볼품없는 들국화도 노란 꽃, 흰 꽃이 있다. 색깔 이전에 국화는 공통점이 있다. 다른 꽃이 다 시들고 잎마저 떨어진 추운 날, 차가운 눈과 서리 속에서 그 자태를 더욱 뽐낸다는 점이다. 인간도 그렇다. 양반만이 귀한 존재가 아니다. 천한 백성도 모두 하늘이 점지해주신 귀한 인간이다. 신분과 계급을 나누는 것은 사람이 만든 것이다. 아무리 화려한 꽃도 서리 맞고 흐느적거리면 꽃이 아니듯 양반이라도 절개와 기상을 버리면 참인간이 아니다. 고경명은 임진왜란 때 의병장인데 국난의 위기를 맞아 비겁한 양반보다 나라를 지키려 목숨을 내놓은 소위 상놈이 더 국화답다는 말을 하고 있다. *

奇(기) : 이상하다, 뛰어나다
傲(오) : 오만하다, 거만, 傲霜枝(오상지)는 서리에 굴하지 않는 국화

불매향 不賣香
향기를 팔지 않아

신흠(申欽, 1566~1628)

오동은 천년을 늙어도 항상 제가락을 지니고
매화는 일생을 추위에 떨어도 향기를 팔지 않아
달은 천 번을 이지러져도 본디 모습 남아 있고
버드나무는 백 번을 꺾여도 새 가지가 돋아난다

桐千年老恒藏曲　梅一生寒不賣香
동 천 년 로 항 장 곡　매 일 생 한 불 매 향

月到千虧餘本質　柳經百別又新枝
월 도 천 휴 여 본 질　류 경 백 별 우 신 지

신흠은 조선 중기의 문인이다. 그의 호를 따서 만든 시문집《상촌선생집 象村先生集》에 나오는 시다. 오동의 명성은 소리의 울림이 뛰어나기 때문이고, 매화는 평생을 춥게 살지언정 제 향기를 팔지 않는다. 선비의 자질과 지조를 강조한 말이다. 달은 매월 이지러져 안 보이지만 본질은 그대로다. 버드나무는 가지가 꺾여도 항상 새 가지를 돋아낸다. 아무리 어려운 상황이 닥쳐도 자신의 본성 本性을 지키며 항상 꺾이지 않는 기개와 끈기를 가진 진정한 선비 정신을 강조했다. 양반의 명예와 군자의 품격은 그냥 얻어지는 것이 아니다. 부귀영화를 좇느라 절개와 자존심을 포기하면 타락한 선비가 아닌 그냥 천민일 뿐이다. 애초부터 포기할 자존심이 없었다면 그것은 짐승임이 틀림없다. *

虧(휴) : 이지러지다
百別(백별) : 折柳(절류)는 이별을 상징함

시비음 是非吟

시비 가리기

허후(許厚, 1588~1661)

진정으로 옳은 것도 따져 들면 틀려진다
세파 따라 시비에 얽매일 필요 없어라
차라리 시비 떠나 높은 곳에서 보면서
옳은 것 옳다 하고 그른 것 그르다 하리

是非眞是是還非 不必隨波强是非
시 비 진 시 시 환 비 불 필 수 파 강 시 비

却忘是非高着眼 力能是是又非非
각 망 시 비 고 착 안 역 능 시 시 우 비 비

바둑이나 장기에서 구경꾼 눈에는 잘 보이는 것도 정작 당사자들은 못 보는 경우가 많다. 세상에는 옳고 그름이 분명한데도 불구하고 이기심과 개인의 이익에 눈이 멀어 자신에게 유리한지 불리한지만 따지며 억지를 부리는 사람이 있다. 또한 너무 세세한 일에 완벽을 추구하며 정작 큰일을 놓치는 사람도 많다. 큰 뜻을 품은 사람은 주변의 모든 사람을 포용하는 법이다. 시비를 가리되 사소한 일은 감싸 안아야 큰 인물이다. 허후는 젊은 시절 너무 강직했다. 그는 지난 세월의 시비 다툼이 부질없었다고 후회하는 심정을 읊었다. 그러나 후회는 후회고 어쨌든 옳은 건 옳고 그른 건 그르단다. 허후는 진정한 선비다. *

還(환) : ~가 바뀌어 ~가 되다, 도리어 ~가 되다
强(강) : 억지로 ~을 강요하다
又(우) : 또, 그리고

부경 赴京
한양에 부임하며

송시열(宋時烈, 1607~1689)

강물은 화가 나서 꾸짖는 듯 흐르고
푸른 산은 찌푸린 채 말없이 서 있다
산과 물의 뜻을 조용히 헤아려보니
벼슬길 탐하는 나를 미워하는구나

綠水喧如怒　青山默似嚬
녹 수 훤 여 노　청 산 묵 사 빈

靜觀山水意　嫌我向風塵
정 관 산 수 의　혐 아 향 풍 진

조선시대 서인의 대표 논객이자 노론의 영수인 우암尤庵 송시열은 성격이 강직하고 정열적인 분이었다. 당쟁에 패하여 화양구곡에 은거하던 중 남인이 실각하고 다시 서인 세력이 정권을 잡자 송시열은 그리 내키지 않았지만 벼슬길로 다시 들어선다. 송시열은 주자학에 밝은 유학자이자 한 정파를 이끄는 현실 정치인이기에 개인적으로 싫고 좋고를 떠나 공인으로서 하지 않으면 안 될 일이 있었던 것이다. 그러한 심정을 읊은 시다. 이 시를 읊으며 올라간 벼슬길이 죽음에 이르는 길이 되었다. 장희빈의 아들을 세자로 책봉하는 데 반대하다 제주도로 유배되었고 결국 사약을 받고 객사했다. 우암은 산수山水의 뜻에 따르기보다 풍진風塵, 세상에서 일어나는 어지러운 일이나 시련의 길을 간 것이다. *

赴(부) : 나아가다, 알리다,
喧(훤) : 의젓하다, 두려워하다
嚬(빈) : 찡그리다
嫌(혐) : 싫어하다, 의심스럽다

상원석 上元夕
대보름 밤

김인후(金麟厚, 1510~1560)

높고 낮음은 땅의 형세를 따르고
아침저녁은 하늘의 때로부터 나오니
사람들 말 한마디에 어찌 흔들릴쏘냐
달은 본시 광명정대한 것일러니

高低隨地勢　早晩自天時
고 저 수 지 세　조 만 자 천 시
人言何足恤　明月本無私
인 언 하 족 휼　명 월 본 무 사

산이 높고 낮음은 지세를 좇아 자연스러운 것이고, 아침과 저녁이 교대로 바뀌는 것은 천시에 따름이니 사람이 어찌할 수 있는 것이 아니다. 달은 하늘의 이치에 따라 커지고 작아진다. 정월 대보름날 둥근 달을 보며 천리天理와 천심天心을 생각하고 있다. 하늘의 마음天心은 달과 같아서 밝고明 맑고淸 둥근圓 것이다. 지공무사至公無私, 광명정대光明正大하다. 명明, 청淸, 원圓을 닮고자 하는 군자의 기풍이 보인다. 해와 달이 모여 밝을 명明이 되었고, 한 일一과 큰 대大가 모여 하늘 천天이 되었다. 유일하고 가장 큰 것이 하늘이란 뜻이다. 또한 두 이二와 사람 인人이 모여 하늘 천天이 되었다. 너와 나 곧 우리가 하늘이란 말이다. *

隨(수) : 따르다
自(자) : ~로부터, 비롯되다
恤(휼) : 불쌍히 여기다, 사랑하다

5.

賢 어질 현

강산이 내 가슴속으로

취가 醉歌
술 취한 노래

육유(陸游, 1125~1210)

옥으로 만든 큰 배를 한 손에 쥐고 보니
이 몸이 수정궁 안에서 노니노라
이내 술 한 잔 쭈욱 들이켜니
강산이 내 가슴속으로 들어오노라

手把白玉般　身游水晶宮
수 파 백 옥 반　신 유 수 정 궁

方我吸酒時　江山入胸中
방 아 흡 주 시　강 산 입 흉 중

술을 마시려거든 이 정도로 호탕하게 마셔야 한다. 백옥으로 깎아 만든 술잔을 한 손에 쥐고 잔 속을 들여다보니 맑고 그윽한 술 속에 수정궁이 있고, 그 속에서 놀고 있는 자신의 모습이 보인다. 그 잔을 입에 대고 쭉 들이켜니 세상이 모두 내 것 같다. 이 지구가 술상으로 보인다. 바다에 떠가는 큰 배에 술을 가득 채워 그 배를 한 손으로 쥐고 한숨에 톡 털어 넣으니 기분이 상쾌해진다. 온 세상이 가슴속으로 술과 함께 들어온다. 술 한 잔 속에 내 모습이 담겨 있고, 또 한 잔의 술 속에 이 세상이 녹아 있다. 술 속에 이 우주가 녹아 있다. 모름지기 술을 먹으려거든 이렇게 호방하게 먹어야 한다. *

把(파) : 잡다, 한 손으로 쥐다
游(유) : 헤엄치다, 뜨다, 놀다, 별궁
方(방) : 方今(방금), =今(금)

우서일절 偶書一絶

우연히 쓴 시

충지(沖止, 1226~1293)

비 그친 뜨락은 쓸어낸 듯 고요하고
바람이 창문을 스쳐 가자 가을처럼 시원해
산 빛과 물소리에 솔바람 소리 더하니
티끌 같은 속세의 일 어찌 떠오를 것인가

雨餘庭院靜如掃　風過軒窓凉似秋
우 여 정 원 정 여 소　풍 과 헌 창 량 사 추
山色溪聲又松籟　有何塵事到心頭
산 색 계 성 우 송 뢰　유 하 진 사 도 심 두

원감국사 충지 스님의 속명은 위원개魏元凱다. 그는 19세에 장원급제 하고 벼슬을 얻어 승승장구했으나 29세에 출가했다. 시와 문장에 뛰어났을뿐더러 유불선을 아우르는 큰스님이 되었다. 이 시는 속세를 떠난 스님보다 은거하는 선비의 시와 같은 느낌을 준다. 하기야 스님이나 선비나 진리를 찾아 중생을 구제하고 백성을 교화하기는 마찬가지일 것이다. 한여름 소나기가 쓸고 지나간 뒤뜰은 정갈하다. 한 가닥 바람이 처마 끝을 거쳐 창문을 스치고 지나갔다. 가을바람처럼 시원하다. 바람 역시 한바탕 소나기로 깨끗해진 솔숲을 거쳐 오며 세속의 먼지를 털고 해탈한 모양이다. 이 시를 읽는 것만으로도 마음이 깨끗해진다. *

軒(헌) : 추녀, 처마, 집, 수레(지붕과 벽이 있는)
籟(뢰) : 세 구멍 퉁소, 소리 울림

백아 伯牙 백아

신항(申沆, 1477~1507)

나는 내 식으로 거문고를 튕길 뿐
내 소리를 알아줄 이가 필요 없다네
종자기는 도대체 뭐 하는 사람이기에
억지로 소리의 뜻을 분별하려는가

我自彈吾琴 不必求賞音
아 자 탄 오 금 불 필 구 상 음
鍾期亦何物 强辨絃上心
종 기 역 하 물 강 변 현 상 심

《열자》〈탕문편湯問篇〉에 백아절현伯牙絶絃이란 고사故事가 나온다. 백아는 최고의 거문고 연주자였고 종자기는 그 거문고 소리를 제대로 알아듣는 유일한 사람이었다. 종자기가 죽자 백아는 거문고 줄을 끊고 그 후로 연주하지 않았다. 나를 알아주는 이가 없으면 내 존재 이유가 없다는 말이다. 그러나 이 시인은 세상이 나를 알아주지 않아도 '나는 내 식으로 살겠다'며 선비의 자존심을 내세운다. "人不知而不慍 不亦君子乎 인부지이부온 부역군자호" '남이 알아주지 않아도 성내지 않으면 군자일세' 공자님 말씀이다. 나를 알아줄 종자기를 찾지 않고 내가 누군가의 종자기가 되어 그로 하여금 능력을 발휘하게 하면 이 또한 군자라 부를 만하지 않겠나? *

賞(상) : 기리다, 칭찬하다
鍾期(종기) : 鍾子期(종자기)를 줄인 말
强辨(강변) : 억지로 구분하다

제화원 題畵猿 원숭이

나식(羅湜, 1498~1546)

늙은 원숭이 한 마리가 제 무리를 떠나
해 질 무렵 홀로 나뭇가지에 앉았는데
꼿꼿이 앉아 머리도 돌리지 않는 모습
온 산의 울림 소리를 듣고 있는가 보다

老猿失其群　落日孤査上
노 원 실 기 군　낙 일 고 사 상
兀坐首不回　想聽千峰響
올 좌 수 불 회　상 청 천 봉 향

어떤 짐승이건 마찬가지지만 촐랑 방정 원숭이도 늙으면 지혜가 생기고 영험해지나 보다. 사람도 젊어서 오두방정으로 경박했다가도 나이 들면 어느 정도 중후해지는 경우를 많이 보았다. 이 시는 나식이 원숭이 그림의 화제로 즉석에서 지어 써넣었다. 이 자리에는 신광한, 정사룡 등 당대 유명 시인들이 함께 있었는데 모두 감탄하고 칭찬을 아끼지 않았다고 전해온다. 그림에 어울리는 화제는 그림을 돋보이게 하며 그림을 감상하는 데 도움을 준다. 그래서 이달은 이 시를 '그림 속에 다시 그림이 있다'라고 평가했다. *

査(사) : 여기서는 나뭇가지의 뜻으로 씀=槎(떼사, 나무벨 차), 楂(뗏목 사)
兀(올) : 우뚝하다, 움직이지 않다
畵題(화제) : 그림에 써넣는 글

표은 豹隱
표범의 꿈

김인후(金麟厚, 1510~1560)

요순 세상 왔다지만 나는 아직 홑옷 신세
세상 사람 그 누가 이 내 몸을 알아주랴
이레 굶은 표범이 어찌 털 무늬 이룰 날 없을까
서린 용이 구름 타고 오를 때가 있으리라

生逢堯舜尙單衣　千萬何人表見知
생 봉 요 순 상 단 의　천 만 하 인 표 견 지
豹隱豈無成彩日　龍蟠會有起雲時
표 은 기 무 성 채 일　용 반 회 유 기 운 시

모든 사람이 요순시대라 입을 모아 칭송할지라도 내가 못살면 그게 무슨 소용인가? 저 혼자 잘났다고 아무리 뻐겨봐야 남들이 알아주지 않으면 무슨 소용 있겠는가? 표범은 원래 성질이 깔끔하여 비가 오거나 안개가 끼면 7일 동안 굶을지라도 굴에서 나오지 않는다. 털의 윤기를 잃을까 염려해서다. 이를 표은豹隱이라 한다. 선비도 마찬가지다. 세상이 어지러워 티끌이 묻을 것 같으면 선비는 아무리 못살아도 또한 아무도 알아주지 않아도 은둔하여 자신의 몸과 이름을 보전한다. 그리하여 때가 이르렀을 때 물에 잠겨 있던 용이 승천하듯 자신을 드러내는 것이다. 김인후는 세상을 잘못 만나 젊어서부터 반용蟠龍으로 살았지만, 학문과 인품으로 존경을 받았다. *

尙(상) : 오히려, 아직, 높이다
豈(기) : 어찌, 어찌 ~할쏘냐
蟠(반) : (용이) 서리다, 반용은 승천하기 위해 지상에 서린 용

배산 杯山
술잔 같은 산

전겸익(錢謙益, 1582~1664)

산의 모습이 술잔처럼 생겼네
호수는 이미 찰랑찰랑 채워졌는데
나는 잔 속에 담긴 것을 좋아하노니
이 잔을 타고서 건너려 하네

山如一酒杯　湖水嘗灌注
산 여 일 주 배　호 수 상 관 주

我愛杯中物　還乘此杯渡
아 애 배 중 물　환 승 차 배 도

산은 술잔이고 또한 배가 된다. 호수는 그 술잔 속에 담긴 술이고 또한 그 잔을 띄우는 물이 된다. 잔 속에 담긴 술이 어떻게 그 잔을 띄울 수 있을까? 삼차원의 세계에서는 있을 수 없는 일이다. 그러나 우리가 몸담은 이 우주가 꼭 삼차원의 세계일까? 지구는 둥글다. 앞만 보고 반듯이 가다 보면 다시 그 자리에 다다른다. 현대물리학에 따르면 빛이 무한대로 뻗어가다 보면 다시 그 자리로 온단다. 앞만 쳐다보는데 내 뒤통수가 보이는 꼴이다. 어느 한 부분의 모양이 전체의 모양과 같으면서 그 모양이 무한히 반복하는 프랙탈작은 구조가 전체 구조와 비슷한 형태로 끝없이 되풀이되는 구조과도 같은 시다. 술을 통해 피안彼岸의 세계로 들어가면 프랙탈 같은 우주가 보인다. *

嘗(상) : 맛보다, 시험하다, 일찍, 이미
灌注(관주) : 물을 채움, 물이 흘러 들어감

대언 大言 큰소리

장유(張維, 1587~1638)

손가락 튕겨서 곤륜산을 날려버리고
콧바람 불어서 땅덩이를 깨부순다
온 우주를 가두어 붓끝으로 모은 뒤에
동해 기울여 내 벼루에 따르리라

彈指兮崑崙粉碎　噓氣兮大塊粉破
탄 지 혜 곤 륜 분 쇄　허 기 혜 대 괴 분 파
牢籠宇宙輸毫端　傾瀉瀛海入硯池
뇌 롱 우 주 수 호 단　경 사 영 해 입 연 지

허풍쟁이와 통 큰사람을 어떻게 구분할까? 소인小人이 사실보다 과장해서 말하면 허풍이 되고, 대인大人이 자신의 큰 뜻을 말로 설명하려니 구차해서 과장법을 쓰면 이처럼 통 큰 시가 된다. 소인은 자신과 제 가족을 최우선으로 생각하는 사람이고, 대인은 자신의 이익에 앞서 대의명분을 따르는 사람이다. 장유는 조선시대 문인으로 광해군을 몰아내고 인조를 내세운 인조반정(1623)의 공신이었다. 그는 정주학 일변도의 조선 유학을 비판하며 학문의 다양성을 강조했고 병자호란(1636) 때 최명길과 함께 주화론主和論을 주장하여 삼전도의 굴욕을 대가로 무지렁이 백성이 전쟁의 고초를 면하게 했다. 주화론은 주전론主戰論을 편 허풍보다 통 큰 결단이라 생각한다. 우리 시대의 통 큰 대인은 누구인가. *

崑崙(곤륜) : 발해 동쪽 신선이 사는 상상의 산
噓(허) : 탄식하다, 숨을 내쉬다
塊(괴) : 흙덩어리, 땅
牢(뢰) : 견고하다, 가축우리
毫端(호단) : 털끝, 여기서는 붓
硯池(연지) : 먹물이 담기는 벼루의 움푹한 곳, 벼루

약산동대 藥山東臺 약산의 동대

이유태(李惟泰, 1607~1684)

약산의 바윗돌은 천년을 지나왔고
맑은 강물은 만 리를 거쳐 흐른다
문 열고 나와 한 번 크게 웃으며
홀로 서서 지는 해를 바라본다

藥石千年在　晴江萬里長
약 석 천 년 재　청 강 만 리 장
出門一大笑　獨立倚斜陽
출 문 일 대 소　독 립 의 사 양

김소월의 대표작 〈진달래꽃〉에 나오는 "영변에 약산" 그곳이다. 평안북도 영변은 지세가 험준하기로 유명하다. 그중에서도 약산은 가장 가파르고 험한 산이다. 이유태는 이곳에서 1년 동안 귀양을 살았다. 서인 소론이었던 이유태가 남인으로부터 탄핵을 받았기 때문이다. 이 시인은 어느 날 약산의 동대에 올라, 지는 해를 바라보며 우주를 생각한다. 우주홍황宇宙洪荒, 하늘과 땅 사이는 넓고 커서 끝이 없음이다. 끝없이 넓고, 까마득한 옛날부터 무한한 미래까지 영원한 시간을 가진 우주다. 천년과 만 리가 대구를 이루면서 시간宙과 공간宇의 무한함을 강조한다. 우주를 생각하면 이 좁은 나라에서의 하찮은 권력 다툼은 그저 웃고 넘길 만하다. 이유태는 백성과 나라를 위한 구체적인 정책안을 건의했으나 채택이 되지 않자 낙향해 은거했다. *

晴(청) : 날씨가 개다, 맑다
倚(의) : 의지하다, (난간이나 기둥에) 기대다

파관 罷官 벼슬을 그만두고

홍세태(洪世泰, 1653~1725)

이제야 물러났냐고 국화가 비웃겠지만
술 익었으니 꽃과 마주 앉아 한잔 마셔야지
세상사야 상관없는 내 몸 밖의 일이지만
내 배 속에 든 시심은 귀신도 빼앗지 못하리

黃花笑我解官遲　酒熟花前可一巵
황 화 소 아 해 관 지　주 숙 화 전 가 일 치

榮辱不關身外事　鬼神難奪腹中詩
영 욕 불 관 신 외 사　귀 신 난 탈 복 중 시

국화는 수많은 꽃이 다투어 피는 봄여름을 다 보내고 서리를 맞으며 꽃을 피운다. 은퇴해서 고향 시골집에 머물던 백거이가 좋아했던 꽃이다. 1년 사계절을 우리네 인생에 빗대어 보면 가을은 50~60대 장년에 해당한다. 평생 하던 일을 정리하고서 은퇴하는 시기와 결실을 거두는 가을은 서로 통한다. 젊은 시절 관직에 올라 영욕榮辱을 번갈아 맛보며 치열하게 살다가 모든 관직을 내려놓고, 욕심도 버리고, 세상일 나 몰라라 모든 것을 잊고 사니 마음이 편하단다. 가진 것이 많든 적든, 나이가 들어 잡다한 일에 아옹다옹하지 않으며 자신이 좋아하는 글과 시를 읽고 쓰면서 사는 것 또한 나쁘지 않으리라. *

黃花(황화) : 국화
巵(치) : 술잔

사인증금금 辭人贈錦裘

비단옷을 사양하며

니시야마 다다시(西山正, ?~?)

한평생 무명 갖옷만 입고 살았는데
추위와 더위에 몸을 맞추면 편하다오
아름답고 따뜻한 비단옷 나는 싫으니
선비의 가난한 멋을 그대여 막지 마오

平生慣著木綿裘　寒暖適身還自由
평 생 관 착 목 면 구　한 난 적 신 환 자 유

錦被奇溫非我好　莫教高士減風流
금 피 기 온 비 아 호　막 교 고 사 감 풍 류

실력과 인격을 갖춘 선비가 입신양명에 연연하지 않고 초야에 묻혀 자기 수양과 후진 양성에 매진하는 경우가 많았다. 니시야마 역시 그런 고고한 선비였다. 오사카에서 의학과 주자학을 공부한 후 29세에 고향으로 돌아와 30년 동안 교육에 전념하며 일생을 모범적으로 살았다. 어느 날 평소에 그를 존경하던 부자가 그에게 비단옷을 선물로 주었다. 이 옷을 사양하며 읊은 시다. 비단옷은 귀족과 높은 관직을 상징한다. 무명이나 갖옷은 평민을 의미한다. 관직은 겉모양이 훌륭하고 윤택한 생활을 보장한다. 향리에 묻혀 소박하게 살면 춥고 초라하지만 대신에 자유로움을 얻을 수 있다. 이것이 선비의 멋이다. *

辭(사) : 사양하다
慣著(관착) : 입는 데 익숙하다
裘(구) : 갖옷(짐승의 털가죽으로 안을 댄 옷)
奇(기) : 빼어나다

우래 憂來 근심거리

정약용(丁若鏞, 1762~1836)

술주정하며 시비 거는 수천 사내 속에서
의연한 선비 단정한 모습 장하다
수천 사내들 저마다 열 손가락질하면서
"이놈 혼자 미쳤다"라고 떠든다

酗誶千夫裏　端然一士莊
후 수 천 부 리　단 연 일 사 장

千夫萬手指　謂此一夫狂
천 부 만 수 지　위 차 일 부 광

다산 정약용은 유능한 관료이자 위대한 학자로서 조선 후기를 빛낸 분이다. 그를 총애하던 정조대왕이 죽자 오랜 귀양살이를 시작한다. 강진에서 유배 생활을 하며 학문과 사상을 정리하는 틈틈이 한시를 쓰면서 마음을 다스렸다. 마음이 통쾌하거나 반대로 근심거리가 생기거나 모든 감정을 한시로 표현했다. 이 시는 〈우래憂來〉라는 제목의 연시 12수 중 하나다. 외눈박이 세상에서 두 눈 가진 사람이 비정상이듯, 모든 사람이 무엇엔가 취한 세상에서는 맨 정신을 가진 사람이 비난받는다. 그럼에도 선비는 흔들리지 않고 자신을 지켜야 하고, 광야에서 외치는 선지자가 되어야 한다. 깨어 있는 사람들이 뭇사람의 지탄을 이겨내며 역사의 진보를 이끌어왔다. *

酗誶(후수) : 술주정 후, 꾸짖을 수, 몰아세울 수
端然(단연) : 예의 바른 모습, 바르게 정돈됨
謂(위) : 일컫다, 말하다

몽시 夢詩
꿈속에서 지은 시

정약용(丁若鏞, 1762~1836)

눈 덮인 깊은 산속에 꽃 한 송이
분홍 복숭아꽃 붉은 비단보다 아름답도다
내 마음은 이미 금강석이 되었으니
풍로가 있다 한들 그대가 어찌 녹이리

雪山深處一枝花　爭似緋桃護絳紗
설 산 심 처 일 지 화　쟁 사 비 도 호 강 사
此心已作金剛鐵　縱有風爐奈如何
차 심 이 작 금 강 철　종 유 풍 로 내 여 하

다산은 이 시에 긴 제목을 달아놓았다. 그의 나이 49세(1810) 때다. "11월 6일 다산초당에서 홀로 자는데 꿈에 한 미녀가 나타나 나를 유혹했다. 나도 감정이 동했으나 잠시 후 사양하고 보내면서 이 시를 지어 그녀에게 주었다." 다산 정약용은 꿈속에서조차 이토록 반듯했으니 평소의 삶이 어땠을까? 자신에게 엄격한 후에라야 남에게도 도덕성을 요구할 수 있지 않겠는가. 간음한 여인을 심판하려는 군중을 향해 "죄 없는 자만이 저 여인에게 돌을 던지라"던 예수의 말이 생각난다.《목민심서》가 그냥 나온 책이 아님을 알겠다. *

緋(비) : 붉은 빛
絳(강) : 진홍색
金剛鐵(금강철) : 금강의 원뜻은 어떤 무기에도 부서지지 않고, 무엇이든 부술 수 있는 세상에서 가장 센 무기, 金剛心(금강심)은 불심이 깊어 변치 않는 굳센 마음

효음 曉吟
새벽에 읊다

유혁연(柳赫然, 1616~1680)

매서운 눈보라는 새벽이 되니 더 거세어
병든 장군의 이불 속으로 한기가 파고드네
억지로 일어나 앉아 활시위를 튕기니
음산에서 한바탕 사냥하고픈 마음 간절해

獰風驅雪曉來深　寒透將軍病臥衾
영 풍 구 설 효 래 심　한 투 장 군 병 와 금
平明强起彈弓坐　惟有陰山大獵心
평 명 강 기 탄 궁 좌　유 유 음 산 대 엽 심

조선시대에 무신은 찬밥 신세였다. 유혁연은 무신이었고, 소수파인 남인南人에 속했다. 북벌론을 주장해 임금의 총애를 받았으나, 문신 특히 서인으로부터 견제를 받을 수밖에 없었다. 평안도 선천부사 시절 이 시를 지었다. '병든 장군'이란 표현에서 비록 벼슬은 하고 있으나 녹록지 않은 현실을 내비치고 있다. 결국 유혁연은 경신환국(1680) 때 윤휴와 함께 사약을 받고 죽었다. 송시열을 영수로 한 서인 노론老論이 정쟁에서 이긴 것이다. 이후 조선 말기까지 노론이 정권을 독차지하며 장기집권에 들어갔다. 이 시는 무인의 호방한 기운이 잘 표현되었다. 유혁연은 무인으로서는 드물게 시詩와 서書에도 능통했다. *

獰(영) : 모질다, 흉악하다
驅(구) : 몰다, 달리다
平明(평명) : 동틀 무렵, 여명

6.

香 향기 향

오로봉을 꺾어 붓 만들고

오로봉 五老峰 오로봉

이백(李白, 701~762)

오로봉을 꺾어 붓을 만들고
삼상 강물을 끌어 벼룻물 삼아
푸른 하늘 한 장 큰 종이 위에
내 마음의 시를 써 보리라

五老峰爲筆　三湘作硯池
오 로 봉 위 필　삼 상 작 연 지
靑天一張紙　寫我腹中詩
청 천 일 장 지　사 아 복 중 시

조선 침략의 원흉인 이토 히로부미를 1909년 10월 26일 하얼빈역에서 사살한 안중근 장군은 뤼순 감옥에서 약 200여 점의 유묵을 남겼다. 대부분 일본인의 손에 들어갔고 국내에는 보물 569호로 지정된 26점만 남았다. 그중 이 시를 쓴 유묵은 홍익대 박물관에서 소장하고 있다. 이 시는 이백의 작품이라 전해오지만 《이백전집》에는 포함되어 있지 않아 불명확하다. 안중근 장군의 친필에는 세 번째 구에 "靑天一丈線 청천일장선"이라고 쓰여 있다. 그러나 이 시를 휘호로 남긴 것으로 추측건대 안 장군의 애송시인 것만은 확실하고, 이로써 안 장군의 호연지기 浩然之氣의 일단을 확인할 수 있다. 그의 복중시 腹中詩는 '민족독립'과 '동양평화' 그리고 경천 敬天이라 하겠다. *

五老峰(오로봉) : 루산산의 다섯 봉우리
三湘(삼상) : 둥팅호로 흘러드는 세 강, 소상(샤오샹), 증상(정샹), 원상(위안샹)을 말함
硯池(연지) : 벼루의 움푹 파인 곳

하지 夏至 하지

권덕여(權德與, 759~818)

천체의 운행에는 머무름이 없다오
사계절이 차례 지켜 서로 갈마든다네
이글거리는 햇볕 뜨거운 열기도
오늘부터 음기가 하나씩 생긴다네

璇樞無停運　四序相錯行
선 추 무 정 운　사 서 상 착 행

寄言赫曦景　今日一陰生
기 언 혁 희 경　금 일 일 음 생

우주와 자연의 운행 질서는 한 치의 오차도 없이 1년 사계절 24절기를 반복한다. 가장 성할 때 쇠함이 생기고, 가장 높은 곳에 이르면 반드시 내리막이 기다린다. 이 또한 세상사의 질서다. 하지는 양력으로 6월 21일이다. 1년 중 태양이 가장 높이 뜨는 날이다. 따라서 낮이 가장 길다. 음양으로 보면 이날의 양기가 1년 중 가장 세다. 그러나 하지가 지나면 양은 쇠하고 음이 성해진다. 물론 여전히 밤보다 낮이 훨씬 길지만 이날부터 낮은 점차 짧아지고 밤은 길어지기 시작한다. 인간사도 마찬가지다. 권력의 정점에 오르면 그날부터 내리막이다. 이것이 역사의 교훈 아니겠는가. *

璇樞(선추) : 선(璇)은 북두칠성의 두 번째 별 이름, 추(樞)는 북두칠성의 첫 번째 별, 우주, 천체
錯(착) : 섞이다, 버무리다(混 혼), 갈마들다(交 교), 《중용》에 如四時之錯行(여사시지착행)이란 말 나옴
寄言(기언) : 전하는 말에 따르면
赫曦(혁희) : 불 이글거릴 赫(혁), 햇빛 曦(희), 이글거리는 햇빛, 더위가 심한 모양

감우 感遇
소감

두순학(杜荀鶴, 846~907?)

파도치는 너른 바다 오히려 얕다오
한 치밖에 안 되는 사람 속이 더 깊다네
바다가 마르면 마침내 바닥을 보이지만
사람은 죽어도 그 속마음 알 수가 없다네

大海波濤淺　小人方寸深
대 해 파 도 천　소 인 방 촌 심
海枯終見底　人死不知心
해 고 종 견 저　인 사 부 지 심

10년 후의 나랏일은 짐작이 가능하지만 한 개인의 내일 일은 알 수가 없다. 현대 과학으로 깊은 바닷속과 멀고 먼 우주의 끝 그리고 까마득한 과거의 일은 어느 정도 파헤쳐 설명할 수 있지만, 인간의 마음은 아직도 미지의 영역으로 남아 있다. 바다보다 깊은 것이 인정人情이요, 우주보다 넓은 곳으로 한없이 뻗어 나가는 것이 인간의 상상력이다. 인간의 지능은 빛보다 빠르며, 감성은 깃털보다 가볍다. 그러나 인간의 이기심과 욕심 또한 그 끝이 없다. 자신을 포함해서 인간이란 도대체 믿을 수 없는 존재라고 경고하는 시다. 우리 속담에도 있다. '열 길 물속은 알아도 한 길 사람 속은 모른다.' *

淺(천) : 얕다, 위에서 바닥까지의 길이가 짧다
小人(소인) : 작고 어린 사람, 마음이 좁고 도량이 작은 사람
方寸(방촌) : 사방 한 치의 넓이, 좁은 넓이, 사람의 마음
枯(고) : 마르다, 말라 죽다

제양차공춘란 題楊次公春蘭
춘란 그림에 쓰다

소식(蘇軾, 1036~1101)

춘란은 미인을 닮아서
캐어질지언정 스스로 바치지는 않네
이따금 바람결에 향기 흩날리지만
쑥대밭 무성해서 보이지는 않네

春蘭如美人　不採羞自獻
춘 란 여 미 인　불 채 수 자 헌

時聞風露香　蓬艾深不見
시 문 풍 로 향　봉 애 심 불 견

양 씨 문중의 둘째 아들이 난을 잘 쳤다. 어느 날 소동파를 초대하여 정성스러운 주안상을 올려 대접하더니 자기가 그린 난초를 보여준다. 그림의 여백에 글을 써달라는 요청을 받은 소동파가 지그시 눈을 감고 시상을 떠올리더니 붓을 잡고 써 내려갔다. 난초는 뭇 잡초와 다른 품위를 가진 미인과 같아서 스스로 남의 눈에 띄기를 바라지 않는다. 자신을 알아주는 사람을 기다리며 조용히 제 향기를 준비할 뿐이다. "蘭香千里 人德萬里 난향천리 인덕만리"라 한다. 난이 꽃을 피우면 그 향기가 천 리를 간다. 사람도 그렇다. 꼭 미인이 아니더라도 남자건 여자건 조용히 자신의 향기를 준비하고 있으면 만 리 밖에서도 알아주는 사람이 있기 마련이다. *

羞(수) : 부끄러워하다, 羞恥(수치)
蓬艾(봉애) : 쑥

감로사 甘露寺 감로사

김부식(金富軾, 1075~1151)

속세 인간 오지 않는 곳, 올라와 보니 마음이 맑아
가을이라 산 더 예쁘고 밤이라 강물 더욱 빛나
흰 새는 아득히 날고 돛배 외로이 떠가는데
좁은 세상에서 공명이나 좇던 내가 부끄러워라

俗客不到處 登臨意思清 山形秋更好 江色夜猶明
속객부도처 등림의사청 산형추갱호 강색야유명
白鳥高飛盡 孤帆獨去輕 自慚蝸角上 半世覓功名
백조고비진 고범독거경 자참와각상 반세멱공명

김부식은 《삼국사기》를 쓴 고려 중엽의 권신이다. 그는 《삼국유사》를 쓴 일연 스님과는 달리 사대주의적이고 보수적인 역사관을 가졌다. 평생토록 공명이나 좇던 자신이 부끄럽다고 한탄하고 있지만 김부식은 은둔하지도 기득권을 포기하지도 않았다. 권력과 명예에 대한 욕심이 유달랐던 김부식은 묘청의 난(1135) 진압을 빙자해 문학의 라이벌이었던 정지상을 역적으로 몰아 죽였다. 구한말 역사학자 신채호는 만약 묘청의 난이 성공했다면 이후 우리 한민족의 기상이 대륙에 뻗었을 것이라 했다. 세 번째 구의 "白鳥高飛盡 孤帆獨去輕 백조고비진 고범독거경"은 이백의 시 〈경정산敬亭山〉의 "衆鳥高飛盡 孤雲獨去閑 중조고비진 고운독거한" 에서 빌렸다.*

甘露寺(감로사) : 개성 근처에 있는 절, 이 시의 원제목은 〈제송도감로사차혜원운(題松都甘露寺次惠遠韻)〉이다
慚(참) : 부끄러움, 부끄럽다
蝸角(와각) : 달팽이 뿔, 좁은 세상, 《장자》에 나오는 말

자관 自寬
자신에게 너그러움

이장용(李藏用, 1201~1272)

세상만사 그저 씨익 한번 웃고 말게나
창창한 하늘 아래 원한다고 다 되진 않아
다만 내가 가는 길이 옳은지만 알면 되지
해 질 무렵 홀로 누각에 올라 고민하지 마시게

萬事唯宜一笑休　蒼蒼在上豈容求
만 사 유 의 일 소 휴　창 창 재 상 기 용 구
但知吾道何如耳　不用斜陽獨依樓
단 지 오 도 하 여 이　부 용 사 양 독 의 루

'꿈은 이루어진다!' '나는 한다면 한다.' 모두 좋은 말이다. 원대한 꿈을 간직한 채, 그 꿈을 실현하기 위해 계획을 세우고 실천하면서 꾸준히 노력하면 자신의 야망과 꿈을 이룰 수 있을 것이다. 그러나 누구나 자기가 원한다고 모든 일을 이룰 수는 없다. 마음을 비우면 행복해지는 것 또한 사실이다. 그렇다고 모든 사람이 해탈하여 무욕의 삶을 살 수도 없다. 이장용은 고려 중엽의 유능한 관리요 외교관이자 현인賢人이었다. 항상 만족하기는 불가능하다. 욕망에서 자유로워져라. 자기가 가는 길이 정도正道인지 항상 반성하라. 출세만 좇지 말고 대범하게 웃으며 살라고 스스로 타이른다. *

唯宜(유의) : 오직 마땅히
豈(기) : 어찌~하겠는가?
耳(이) : 귀, 여기서는 말 그칠 이, ~뿐

한중자경 閑中自慶
한가함을 즐기며

충지(沖止, 1226~1293)

날마다 산을 쳐다봐도 늘 더 보고 싶고
언제나 물소리 듣건마는 지겹지 않아
귀와 눈 모두 다 절로 맑고 시원하니
그 산과 물속에서 평온을 가꾸기 좋아라

日日看山看不足　時時聽水聽無厭
일 일 간 산 간 부 족　시 시 청 수 청 무 염
自然耳目皆清快　聲色中間好養恬
자 연 이 목 개 청 쾌　성 색 중 간 호 양 념

깊은 산속에 들어가 휴가를 즐기면 나름 운치가 있겠지만, 그곳에서 단 며칠을 보내고 나면 심심하고 갑갑해지는 것이 도시인의 속성이다. 하지만 자연과 더불어 평안하고 고요한 마음을 가꾸는 구도자求道者에게는 날마다 보는 산이지만 더 보고 싶다. 쉼 없이 들리는 개울물 소리가 아무리 들어도 지겹지 않다. 자연이 그의 눈과 귀를 맑고 상쾌하게 해주기 때문이다. 이 구도자가 마음을 고요하고 편안하게 가꾸는 데 산과 물이 큰 역할을 한다. 그러나 더 중요한 것은 구도자의 마음 자체다. 시끄럽고 번잡한 도시에서도 마음먹기에 따라 염일恬逸을 즐길 수 있다. 일체유심조一切唯心造다. 모든 일은 마음먹기 나름이다. *

慶(경) : 축하하다, 즐거워하다
恬(념) : 편안, 고요, 태평
恬逸(염일) : 마음이 편하고 자유로움

서좌벽 書座壁
벽에 쓰다

성운(成運, 1497~1579)

지난 일 어찌하리 어진 이 생각에 눈물만 나네
물 말라 용이 타 죽고 소나무 쓰러져 학 날아가네
죽으면 헛될지라도 사는 동안 시비는 가려야지
태양을 우러르니 그 누가 찬란한 빛을 가리랴

事往嗟何及 懷賢淚滿衣　波乾龍爛死 松倒鶴驚飛
사 왕 차 하 급 회 현 루 만 의　파 건 용 란 사 송 도 학 경 비
地下忘恩怨 人間說是非　仰瞻黃道日 誰得掩光輝
지 하 망 은 원 인 간 설 시 비　앙 첨 황 도 일 수 득 엄 광 휘

이미 지난 일은 어찌할 도리가 없으니 그저 탄식만 할 뿐이다. 어진 분을 생각하면 눈물에 옷이 흠뻑 젖는다. 강물이 마르면 용은 타 죽기 마련이고 소나무가 꺾여 쓰러지면 학은 놀라 날아서 달아나는 법이다. 사람이 죽어 땅에 묻히면 은혜와 원망이 모두 헛된 것에 불과할지라도, 살아 있는 동안에는 옳고 그름을 가려야 하지 않겠는가. 우주의 질서에 따라 운행하는 밝은 해를 쳐다보라. 누가 그 찬란한 빛을 가릴 수 있으랴. 조선시대 최고 호걸 중 한 분인 백호白湖 임제가 유일하게 스승으로 모셨던 성운은 평생을 속리산 밑에서 은거하며 학문에 정진했다. 두 손으로 해를 가릴 수 없듯이 역사의 진실도 왜곡할 수 없는 일. *

嗟(차) : 탄식하다, 슬퍼하다, 한숨 소리
爛(란) : 밝다, 무르익다, 썩다, 불에 데다
瞻(첨) : 우러러보다
黃道(황도) : 태양이 1년 동안 지나는 길

기황강 寄黃江
황강에게

조식(曺植, 1501~1572)

깊은 산골 외딴 마을 장맛비에 어둑하고
문밖엔 뽕과 삼뿐 마음 통할 사람 없네
가슴속 이 답답함 무슨 일 때문인가
명리를 좇아서도 가난 때문도 아니지

冥冥積雨窮深巷　門外桑麻沒得人
명 명 적 우 궁 심 항　문 외 상 마 몰 득 인

果腹噎懷緣底事　不緣名利不緣貧
과 복 일 회 연 저 사　불 연 명 리 불 연 빈

그렇지 않아도 깊은 산골 외딴 마을인데 며칠씩 장맛비가 계속되니 갑갑하기 이를 데가 없다. 집 안은 어두컴컴한 데다 끈적거리는 습기까지 참으로 답답하다. 문밖에는 장마에 뽕잎이 짙게 우거지고 삼대는 불쑥 올라와 있다. 온다던 친구는 이 비에 기대할 수도 없다. 뱃속에 응어리처럼 맺혀 있는 이 답답한 마음은 과연 무슨 일 때문에 생겨났을까. 명예와 재물은 잊은 지 오래고 그렇다고 이 가난이 새삼스러운 것도 아닌데, 단지 마음 맞아 함께 뜻을 나눌 친구가 없어서 이토록 갑갑하단 말인가. 임금이 불러도 안 나가는 강직한 선비 조식도 이런 장마에 불쑥 얼굴 내미는 짜증은 어찌할 수 없나 보다. *

冥(명) : 어둡다, 깊숙하다, 그윽하다
噎(일) : 근심하여 목메다, 가로막다

천심 天心 하늘의 뜻

곽재우(郭再祐, 1552~1617)

북두성은 태초부터 제 길 따라 돌고
봄바람도 때를 좇아 어언 새롭구나
하늘의 뜻에는 본시 차별이 없나니
누추한 이곳에도 봄이 푸르다

北斗星初轉　東風氣已新
북 두 성 초 전　동 풍 기 이 신
天心無厚薄　陋巷亦青春
천 심 무 후 박　누 항 역 청 춘

민심이 천심이다. 인내천人乃天이다. 사람이 곧 하늘이다. 사람이 둘이면 인仁이라 한다. 원래 인은 사람과 사람 사이에서 마땅히 지킬 도리를 말하는 것이다. 천天도 두 이二에 사람인人을 쓴다. 사람이 모여 하늘은 이룬다는 뜻이다. 그래서 천天은 사람이면서 하느님이다. 또한 하늘은 신이자 동시에 이 우주를 나타낸다. 우주는 엄격한 법칙에 따라 움직인다. 모든 별이 북극성을 중심으로 돌듯 천체의 움직임에 따라 계절이 바뀐다. 그 법칙 역시 천심이다. 순천자흥順天者興이요 역천자망逆天者亡이다. 예전에는 왕이 하늘이었으나 오늘날 민주사회에서는 백성이 하늘이다. 백성의 뜻을 거역하면 망한다. 민심이 곧 천심이다. *

北斗星(북두성) : 북두칠성의 준말
初(초) : 처음, 근본, 옛날
陋巷(누항) : 좁고 더러운 뒷골목, 좁은 동네
青春(청춘) : 봄, 청년

단양일집관헌 端陽日集觀軒

단옷날 집관헌에서

이덕무(李德懋, 1741~1793)

빨간 석류꽃이 초록 가지를 불태우는 듯하고
발에 비친 꽃 그림자는 햇빛 따라 움직인다
실연기 잦아들 제 보글보글 찻물 끓는 소리
이때가 바로 내가 책 읽고 그림 그리는 때라

的的榴花燒綠枝　緗簾透影午暉移
적 적 류 화 소 록 지　상 렴 투 영 오 휘 이

篆烟欲歇茶鳴沸　政是幽人讀畵時
전 연 욕 헐 다 명 비　정 시 유 인 독 화 시

음력으로 5월 5일은 단오다. 나무들이 햇볕을 받아 녹음이 짙어가는 때다. 활짝 핀 석류꽃은 마치 초록색 나뭇가지를 불사르는 듯 새빨갛게 이글거린다. 방문을 활짝 열고 성긴 비단으로 만든 발을 드리웠다. 그 위로 한낮의 햇빛을 받은 나무 그림자가 해를 따라 조금씩 옮겨간다. 마당 한쪽에서 올라오던 한 줄기 가느다란 연기가 그치려는데 찻물 끓는 소리가 들린다. 한가한 오후, 차 한잔 마시며 책을 읽을 시간이다. 책이 머리에 안 들어오면 먹을 갈아 사군자를 치면 된다. 이덕무는 시서화에 능해 정조의 총애를 받았으나 서얼 출신이라 높은 벼슬을 하지 못했다. 결구의 幽人유인은 자신을 일컫는 말이다. *

端陽(단양) : 단오
的的(적적) : 명백한 모습
緗簾(상렴) : 담황색 비단으로 만든 발
沸(비) : 끓다
幽人(유인) : 속세를 피해 숨어 사는 사람 =隱者(은자)

동야독서 冬夜讀書

겨울밤 책 읽기

간 사잔(菅茶山, 1748~1827)

눈에 파묻힌 산속의 집 나무 그림자 길고
풍경 소리도 그친 채 밤은 깊어가네
흩어진 책 정리하며 모르는 구절 헤아리니
한줄기 등불에 어리는 옛 성현의 마음

雪擁山堂樹影深　檐鈴不動夜沈沈
설 옹 산 당 수 영 심　첨 령 부 동 야 침 침
閑收亂帙思疑義　一穗青燈萬古心
한 수 난 질 사 의 의　일 수 청 등 만 고 심

간 사잔은 일본 에도시대의 한학자다. 정약용 선생보다 열네 살이 많다. 아호雅號가 같으나 두 사람 사이에 교류가 있었는지는 알 수 없다. 다만 진지한 자세로 학문을 연마하고 몸가짐을 바르게 살았던 선비의 풍모는 서로 비슷하다. 나이가 들어 벼슬을 사양하고 고향에 돌아와 후학을 양성하던 간 사잔은 폭설이 내린 밤중에 등불을 밝히고 옛 경전을 펼쳤다. 평소에 그 뜻을 잘 몰라 의문이 나던 부분을 여러 다른 책과 비교해가며 살피니 흐린 등불 아래서 한 가닥 밝은 빛줄기가 나타나듯 그 뜻이 환하게 머리에 들어왔다. "學而時習之 不亦悅乎학이시습지 불역열호"의 경지다. 배우고 때때로 익히니 그 아니 즐거우랴. *

擁(옹) : 끌어안다, 잡다, 소유하다
檐(첨) : 처마

유춘동 留春洞
봄이 머무는 마을

이서구(李書九, 1754~1825)

숲속에 꽃향기 끊이지 않고
뜰에는 풀잎이 푸르러가네
마음속에 봄은 항상 있으나
오직 고요한 사람만이 안다네

林花香不斷　庭草綠新滋
임 화 향 부 단　정 초 녹 신 자
物外春長在　惟應靜者知
물 외 춘 장 재　유 응 정 자 지

춥고 삭막한 겨울이 지나면 따뜻한 봄이 온다. 봄이 오면 온갖 꽃이 피어나 세상이 화사해지며 꽃향기가 더해져 사람들에게 행복을 준다. 그러나 봄은 잠깐이다. 꽃이 지고 연초록 잎은 짙은 녹색으로 바뀌며 이내 여름이 온다. 이렇게 계절이 바뀐다. 그러나 이것은 우리의 감각으로 느끼는 것일 뿐이고 한여름 더위나 한겨울의 칼바람도 생각하기에 따라 봄처럼 느낄 수 있다. 가난과 부富는 가진 것의 양과 관계없이 스스로 만족하나 못 하나에 달린 문제인 것과 마찬가지다. 감각으로 느끼는 이 세상 말고 고요한 마음으로 세상 너머를 보는 사람에게는 항상 봄바람이 분다. 우리는 이런 사람을 도사道士라 부른다. *

滋(자) : 번성하다, 불다, 더욱
物外(물외) : 눈에 보이지 않는 것, 이 세상 밖의 것
惟(유) : 생각하다, 여기서는 오직 =唯(오직 유)
應(응) : 응당 ~하다

2장 地氣 지기

땅의 기운

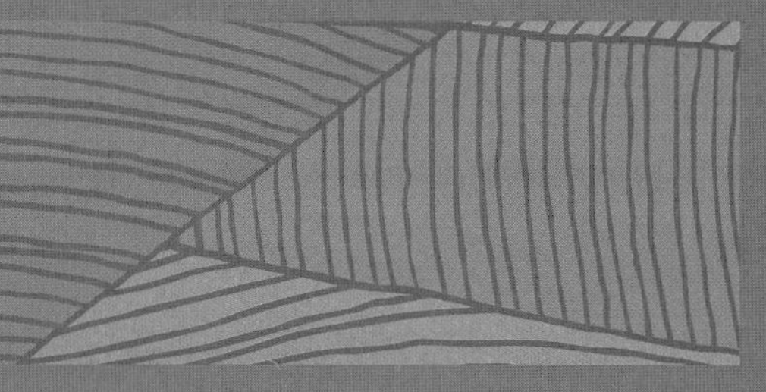

7.

望 바랄 망

바람 불어 꽃이 져도

곡지하 曲池荷
곡지의 연꽃

노조린(盧照隣, 637?~689?)

흩날리는 향기는 곡지曲池 물가에 감돌고
연잎 둥근 그림자 물에 비친 꽃에 어린다
나 항상 두려운 것은 철 이른 가을바람
바람 불어 꽃이 진대도 내 님은 모르실 텐데

浮香繞曲岸　圓影覆華池
부 향 요 곡 안　원 영 복 화 지
常恐秋風早　飄零君不知
상 공 추 풍 조　표 령 군 부 지

신비로운 빛깔과 청초한 자태를 뽐내는 연꽃에 자신을 비유한 이 시인은 어떤 사연을 간직한 채 물속에 몸을 던져 자살했을까? 젊은 시절 관직에 올랐고 또한 출중한 글재주로 주위에 향기를 뿌리며 살던 이 시인은 지금도 고치기 어렵다는 통풍痛風으로 평생을 시달리다가 병마에 못 이겨 스스로 목숨을 던졌다. 화려한 연꽃으로 수놓인 연못 위로 둥근 잎의 그림자가 뒤덮이는 둘째 구부터 심상치 않은 분위기가 느껴지더니 가을바람이 너무 빨리 불어와 꽃이 지는 것을 두려워한단다. 정말 두려운 것은 꽃이 지는 것을 그 님이 모르는 것이란다. 낙화落花도 슬프거늘 떠나간 님을 향한 그리움이 더욱 애잔하다. *

曲池(곡지) : 長安城(장안성) 동남쪽 曲江(곡강, 취장) 가의 연못
繞(요) : 두르다, 둘러싸다. 얽히다
華(화) : 꽃, 꽃이 피다, 화려하다
飄零(표령) : 회오리바람에 시들어 떨어지다

규원 閨怨 여인의 후회

왕창령(王昌齡, 698~755?)

안채의 젊은 마님은 근심 걱정 몰랐지
어느 봄날 짙게 화장하고 누각에 올랐는데
문득 밭 둔덕의 파릇파릇한 버들잎을 보고서
낭군 벼슬살이 보낸 것을 후회한다네

閨中少婦不知愁　春日凝妝上翠樓
규 중 소 부 부 지 수　춘 일 응 장 상 취 루

忽見陌頭楊柳色　悔教夫婿覓封侯
홀 견 맥 두 양 류 색　회 교 부 서 멱 봉 후

과거의 신분 계층을 말할 때 흔히 사농공상士農工商이라 한다. 그러나 이 말은 일부만 포함한 말이다. 선비 위에 봉토를 소유한 귀족과 왕 그리고 신의 대리인 격인 황제가 있었고, 상인常人 밑에 천민賤民과 노예가 있었다. 조선시대에 사士는 선비고 양반이며, 농공상農工商은 평민 즉 상인이지만 조선시대와는 달리 중국에서 선비士는 귀족과 평민의 중간에 속하는 계층이었다. 지체 높은 귀족 마님도 파릇파릇한 봄날에는 외로움을 느끼는 똑같은 여인인데 신분은 누가 언제 어찌 나누었을까? 陌頭맥두를 저잣거리, 翠樓취루를 기생집으로 해석하여 욕정에 눈이 먼 다락한 여자로 해석하는 사람도 있다. *

凝妝(응장) : 짙은 화장, 凝(응)은 엉기다, 열중하다, 물이 얼다
翠樓(취루) : 푸른빛 누각, 기생집
陌頭(맥두) : 두렁의 윗부분, 길가, 陌(맥)은 두렁, 저잣거리
教(교) : ~로 하여금 ~하게 하다
覓(멱) : 찾다, 구하다, 곁눈질하다

추야기구원외 秋夜寄丘員外 편지

위응물(韋應物, 737~804?)

때는 마침 가을밤, 그대가 그리워서
차가운 바람 속을 시 읊으며 걸었지요
인적 없는 산속에 솔방울 떨어지는데
임자도 응당 아직 잠 못 들었겠지요

懷君屬秋夜　散步詠凉天
회 군 속 추 야　산 보 영 량 천
空山松子落　幽人應未眠
공 산 송 자 락　유 인 응 미 면

위응물이 절친한 친구인 구단丘丹에게 보낸 시다. 가을밤에 문득 친구가 그리워 시를 써 편지로 전했다. 나도 그대가 그리워 함께 읊던 시를 떠올리며 산책하는데 그대 역시 조용한 산속에서 잠 못 이루고 있을 것이라 말하며 담백한 우정을 나눈다. 구단은 벼슬을 버리고 린핑산臨平山에 들어가 도를 닦고 있다. 이 시를 본 구단은 곧바로 답장을 보낸다. "露滴梧葉鳴 秋風桂花發 中有學仙人 吹簫弄山月 노적오엽명 추풍계화발 중유학선인 취소농산월" '오동 잎에 이슬 맺히는 소리/ 가을바람에 계수나무 꽃 피고/ 그 가운데 신선 공부하는 이 있어/ 피리 불며 산과 달을 희롱하네' 1300년 전 도사道士들이 주고받은 편지다. *

員外(원외) : 정원을 초과하여 뽑은 벼슬
屬(속) : 때마침
幽人(유인) : 隱者(은자)

불견래사 不見來詞 오지 않는 님

시견오(施見吾, 791~?)

까마귀와 까치 들 천 번 만 번 울건마는
내 님은 오지 않고 노을만 지는구나
부질없이 연지 곤지 분갑들 꺼내 놓고
열었다 닫았다 또 열었다 닫았다

烏鵲語千回　黃昏不見來
오 작 어 천 회　황 혼 불 견 래
漫教脂粉匣　閉了又重開
만 교 지 분 갑　폐 료 우 중 개

까치가 울면 기쁜 소식이 오거나 반가운 손님이 오신다는데, 오늘은 유난히도 까치가 자주 울기에 사랑하는 그 님이 오실까 은근히 기대했건만, 해가 서산에 지는데도 님은 오지 않는다. 그래도 혹시나 오실지 몰라 예쁘게 화장을 하고 기다려야지 마음먹었다가도 날 저물도록 오지 않은 님인데 오늘도 못 오시나 보다 포기하며 분갑을 닫았다. 그러다가 또다시 행여 오시지 않을까 분갑을 열었다. 열었다 닫았다 또다시 열고 닫기를 반복한다. 님을 기다리는 이 여인의 설렘이 이 시를 읽는 이들로 하여금 감미로운 사랑의 감정에 빠지게 한다. 사랑스러운 이 여인에게 오직교가 되어주고 싶은 마음이 절로 인다. *

不見來詞(불견래사) : 오지 않는 님을 기다리는 노래
漫教(만교) : 멋대로 ~하게 하다

제위보 濟危寶 제위보

이제현(李齊賢, 1287~1367)

시냇가 빨래터 수양버들 아래서
백마 탄 낭군과 손잡고 속삭였네
처마 끝에 삼월 봄비 몇 날을 내려도
손끝에 남은 향기 어이 차마 씻으리

浣紗溪上傍垂楊　執手論心白馬郎
완 사 계 상 방 수 양　집 수 논 심 백 마 랑

縱有連簷三月雨　指頭何忍洗餘香
종 유 연 첨 삼 월 우　지 두 하 인 세 여 향

고려의 유행가 가사를 이제현 대감이 한시로 번역한 작품이다. 《고려사高麗史》〈악지樂志〉에 전해온다. "앵두나무 우물가에 동네 처녀 바람났네" 50년대 유행가 가사다. 700년 전 고려의 유행가는 "버드나무 빨래터에 동네 처녀 바람났네"이니 그 긴 세월이 별 차이가 없어 보인다. 제위보는 고려시대 관청 이름이다. 요즘의 119구조대와 보건소, 복지관의 역할을 하던 곳이라 보면 맞다. 큰 고을마다 설치되어 관리가 파견되었다. 제목을 보면 백마 탄 낭군은 그곳의 관리였나 보다. 그가 얼마나 좋으면 손가락 끝에 남은 낭군의 체취를 간직하려 손을 씻지 않으려 하나. 청춘이 있어 봄바람이 향긋하고 봄비는 싱그럽다. *

浣紗(완사) : 세탁할 완, 비단 사
傍(방) : 옆, 곁
簷(첨) : 처마

유소사 有所思 그리운 사람아

월산대군(月山大君, 1454~1488)

아침에도 그리운 사람 저녁에도 그리운 그대
내 사랑은 어디 계시나 천 리 길 아득한 곳이라네
거친 풍랑에 건널 수 없고 구름 속 기러기라 소식 못 전해
내 오랜 사랑 전하려는데 내 마음은 엉클어진 실타래

朝亦有所思 暮亦有所思 所思在何處 千里路無涯
조 역 유 소 사 모 역 유 소 사 소 사 재 하 처 천 리 로 무 애

風潮望難越 雲雁托無期 欲寄音情久 中心難如絲
풍 조 망 난 월 운 안 탁 무 기 욕 기 음 정 구 중 심 난 여 사

"추강에 밤이 드니 물결이 차노매라/ 낚시 드리우니 고기 아니 무노매라/ 무심한 달빛만 싣고 빈 배 저어 오노매라" 월산대군의 시조다. 한명회 등 권신들의 농간으로 왕좌에 오르지 못했으나 울분을 감춘 채 자연을 벗 삼아 풍류를 즐기다 젊은 나이에 요절했다. 멀리 떨어져 만나지 못하는 사랑하는 님, 찾아갈 수도 없고, 소식을 전할 수도 없는 님. 사랑을 전하려 해도 엉클어진 마음에 가닥을 잡을 수 없는 고통이 느껴진다. 이룰 수 없는 사랑이어도 좋고, 빼앗긴 권좌라도 좋다. 어찌 되었든 월산대군은 스스로 마음을 다잡고 달빛 실은 빈 배가 되었다. *

所思(소사) : 생각하는 바, 그립고 사랑하는 님
中心(중심) : 心中(심중), 마음속

도의사 擣衣詞 다듬이질

김삼의당(金三宜堂, 1769~1823)

얇은 여름옷으로 추워서 어쩌시나
일 년 중 달빛이 가장 밝다는 추석에
낭군은 겨울옷 오기를 기다릴 텐데
다듬이 맑은소리에 밤은 깊어가네

薄薄輕衫不勝寒　一年今夜月團團
박 박 경 삼 불 승 한　일 년 금 야 월 단 단
阿郎應待寄衣到　强對淸砧坐夜闌
아 랑 응 대 기 의 도　강 대 청 침 좌 야 란

삼락성三樂聲이란 말이 있다. 갓난아이의 고고성呱呱聲, 소년들의 글 읽는 소리 그리고 여인네들의 다듬이 소리를 뜻한다. 특히 며느리와 시어머니가 마주 앉아 다듬이질하면 박자가 어우러진 그 소리도 소리지만 훈훈한 정경에 마음이 따뜻해진다. 지금은 어쩌다 국악 공연장에서나 들을까 말까 한 소리다. 한편 글 읽는 소리는 우리 주변에서 사라진 지 오래다. 서당집 담 너머로 여러 명이 함께 글 읽는 소리가 흘러나오면 동네 처녀들 마음이 설렜다. 김삼의당의 남편은 과거 공부를 위해 오랫동안 집을 떠났었다. 이 시에서는 다듬이 소리와 함께 글 읽는 소리도 귀에 어른거리는 듯하다. *

團(단) : 둥글다
阿郞(아랑) : 산비탈 아, 사나이 랑, 여기서는 남편
砧(침) : 다듬잇돌
闌(란) : 가로막다, 방지하다

무제 無題 무제

최경창(崔慶昌, 1539~1583)

그대는 서울 사시고 첩은 양주에 있어
날마다 님 그리워 취루에 올라와 보면
풀은 더욱 무성하고 버들잎은 쇠는데
해 질 녘 부질없이 흐르는 물만 보네요

君居京邑妾楊州　日日思君上翠樓
군 거 경 읍 첩 양 주　일 일 사 군 상 취 루
芳草漸多楊柳老　夕陽空見水西流
방 초 점 다 양 류 로　석 양 공 견 수 서 류

자신을 사랑하고 그리워하는 관기官妓 홍랑의 마음을 고죽孤竹 최경창이 대신 읊었다. 신분의 벽을 뛰어넘은 두 사람의 지고지순한 사랑은 소름 돋는 감동 그 자체다. 홍랑은 고죽이 죽자 정절을 지키기 위해 자신의 얼굴을 스스로 망가뜨린 채 3년 동안 시묘살이를 했다. 임진왜란이 일어나자 홍랑은 고죽의 시 원고만을 챙겨 안전하게 간직하여 고스란히 후세에 전했다. 이 시는 당시 조정朝廷의 법도에 따라 함께 있지 못하고 떨어져 사는 홍랑의 안타까운 마음을 표현했다. 봄이 다 지나가도록 그리운 이를 만나지 못하고 님이 계시는 서쪽으로 흐르는 물을 바라보며, 강물에 마음을 실어 보내는 여인 홍랑과 그 마음을 받아 시로 읊는 고죽. 두 사람의 사랑이 아름답다. *

空(공) : 부질없다, 헛되다

자술 自述 넋두리

이옥봉(李玉峰, ?~?)

요즘 어찌 지내시나 안부를 여쭙니다
창가에 달 밝으니 소첩의 한 깊습니다
꿈속에서 오가던 제 발길에 자취 있다면
님의 문 앞 돌밭 길은 모래가 되었으리다

近來安否問如何　月到紗窓妾恨多
근 래 안 부 문 여 하　월 도 사 창 첩 한 다

若使夢魂行有跡　門前石路半成砂
약 사 몽 혼 행 유 적　문 전 석 로 반 성 사

가슴이 먹먹해지는 사랑이다. 현실에서 이루어지지 못하는 사랑인데 꿈속에서 마저도 만날 수 없으니 애타는 그리움으로 이 여인은 한이 깊다. 얼마나 자주 찾아가 서성거렸으면 돌이 닳아서 모래가 되었을까? 옥봉玉峰은 얼녀孽女다. 전주 이씨 왕족의 피를 받았으나 여종의 몸에서 태어났으니 아무리 예쁘고 똑똑해도 양반의 정실부인이 될 수 없는 신분이었다. 15세에 첩이 되어 나이가 들자 남편에게 버림받고 외롭게 살다가 임진왜란 때 죽었다고 추정된다. 조선시대 신분 차별과 여성에게만 강요되었던 정조貞操는 이 여인을 이중으로 옥죄는 굴레였으나, 정작 본인은 이 모순에 저항은커녕 당연한 것으로 받아들였으니 더욱 갑갑하다. *

紗窓(사창) : 비단 창문
若使(약사) : 만약 ~라면

규정 閨情 여인의 마음

이옥봉(李玉峰, ?~?)

온다던 님은 어이해 이리 늦을까
뜨락에 핀 매화는 지려고 하는데
갑자기 들리는 나무 위의 까치 소리에
공연히 거울 보며 눈썹만 그린다오

有約郎何晩　庭梅欲謝時
유 약 랑 하 만　정 매 욕 사 시

忽聞枝上鵲　虛畵鏡中眉
홀 문 지 상 작　허 화 경 중 미

봄이 오면 돌아오겠다는 낭군의 약속이 있었다. 꿈에도 그리던 님은 봄이 다 가도록 오질 않는다. 애초부터 약속이나 말 것이지, 오늘은 오시려나 매화나무에 꽃이 맺힐 때부터 기다린 지 몇 날인가. 꽃이 지려는 데도 님은 여전히 안 오신다. 까치가 울면 반가운 소식이 온다고 해서 기대를 했건만 몇 번이나 속았는가. 오늘도 꽃이 시들어가는 매화나무 가지 위에서 까치가 운다. 또 한 번 속으려니 하지만, 그래도 혹시나 화장을 고치고 있다. 이옥봉은 서얼 출신이기에 정실부인이 못되고 첩이 되었다. 오지 않을 것을 알면서도 부질없이 화장을 고쳐보는 애처로운 기다림의 몸짓이 태어날 때부터 씌워진 고통의 멍에를 거부할 줄 모르는 순종의 비극을 더욱 극명하게 보여준다. *

謝(사) : 물러나다
忽(홀) : 갑자기, 돌연

정야사 靜夜思
님 그리는 밤

차천로(車天輅, 1556~1615)

만날 길 없는 사랑이 무슨 사랑인가요
달콤한 사랑도 잠깐뿐이었어요
외로운 꿈길은 변방이 얼마나 먼 줄 몰라
달빛 따라 헤매다 하늘 끝에 닿지요

相思無路莫相思　暮雨遙雲只暫時
상 사 무 로 막 상 사　모 우 요 운 지 잠 시

孤夢不知關邊遠　夜隨明月到天涯
고 몽 부 지 관 변 원　야 수 명 월 도 천 애

변방의 전쟁터로 나간 남편을 그리는 여인의 외로움을 표현한 애틋한 서정시다. 남편이 있는 국경 지역은 너무 멀어 꿈에서만 갈 수 있다. 그리운 마음에 매일 밤 꿈속에서 달빛 따라 하늘 끝을 헤맨다. 이 시대에도 부부가 생이별하여 떨어져 사는 경우가 적지 않았다. 해외 근무나 자녀의 조기유학 등으로 부부가 따로 사는 것에 비하면 주말부부는 오히려 애교스럽다. 1년에 한두 차례 만나는 기러기아빠, 경제적으로나 시간상으로 여건이 안 되어 몇 년 동안 만나지 못하는 펭귄아빠도 있다. 본인들이 어렵게 선택한 결단이겠지만 옆에서 보는 사람들은 안타까울 뿐이다. *

遙(요) : 멀다, 아득하다, 길다
只(지) : 다만, ~뿐
暫(잠) : 잠깐, 별안간
隨(수) : 따르다, 따라가다

추사 秋思
가을날 님 그리워

매창(梅窓, 1573~1610)

어젯밤 찬 서리에 기러기 울어 예는 가을
님의 옷 다듬던 아낙네 슬며시 누각에 오르네
먼 곳에 가신 님은 편지 한 장 없으니
위태로운 난간에 기대어 남모를 시름에 잠기네

昨夜淸霜雁叫秋　擣衣征婦隱登樓
작 야 청 상 안 규 추　도 의 정 부 은 등 루

天涯尺素無緣見　獨倚危欄暗結愁
천 애 척 소 무 연 견　독 의 위 란 암 결 수

부안의 기생 시인 매창이 그녀의 첫사랑이자 평생 마음에 간직해온 연인인 유희경을 그리며 읊었던 시다. 어젯밤에는 첫서리가 내렸다. 곧 본격적인 추위가 닥칠 것이다. 매창은 사랑하는 님을 위해 두툼히 솜을 넣어 누빈 겨울옷을 준비했다. 유희경은 임진년 이래 의병으로 나서 왜군을 무찌르느라 편지도 자주 띄우지 못했다. 매창은 소식 없는 님이 야속하지만 제발 몸만이라도 성하길 바라며 먼 하늘을 바라볼 뿐이다. 유희경과 이별 후 매창은 이별의 한과 절절한 그리움을 시로 표현했다. 유희경을 만난 이후 그녀의 나머지 인생은 기다림과 외로움이 한으로 맺혀 거문고 가락으로 흩어지는 바람이었다. *

叫(규) : 부르짖다, 울다
擣(도) : (절구에) 찧다, 무찌르다, 두드리다, 다듬이질하다
尺素(척소) : =尺牘(척독), 글을 적은 판자, 편지
倚(의) : 기대다, 의지하다

회최가운 懷崔嘉運 최가운을 그리며

백광훈(白光勳, 1537~1582)

적막한 뜨락에 개울물도 쓸쓸하고
풀숲에선 온갖 벌레 어지러이 우는데
오늘 밤은 유난히도 달이 밝구나
서울 계신 님에게도 저 달은 비추겠지

庭靜水空去　草深蟲亂鳴
정 정 수 공 거　초 심 충 란 명
今宵有明月　應照洛陽城
금 소 유 명 월　응 조 낙 양 성

가을밤 시골집에서 밝은 달을 쳐다보며 친구를 그리워하는 마음을 읊은 시다. 백광훈은 조선 선조 때 이달, 최경창과 더불어 삼당시인三唐詩人이라 불리던 유명한 시인이었다. 한미寒微한 가문의 후손으로 진사시에 합격했으나 이후 과거를 포기하고 시인 묵객으로 어렵게 지내던 시절에 쓴 시다. 이 시의 전반부는 자신의 외로운 처지를 나타내고 있다. 물은 텅 빈 곳으로 흐르고, 뭇 벌레는 명을 재촉하듯 울고 있다. 후반부에서는 자신을 알아주고 또한 간간이 경제적으로 도움을 주기도 하는 서울 사는 친구 가운嘉運 최경창을 생각하고 있다. '내가 저 달을 보고 있는 것처럼 친구도 서울에서 저 달을 쳐다보며 내 생각을 하고 있겠지' 하며. *

嘉運(가운) : 최경창의 자
空(공) : 빌 공, 헛되고 쓸쓸하다는 뜻도 있음
宵(소) : 밤
洛陽城(낙양성) : 이 시에서는 한양을 가리킴

8.

鄕 시골 향

저 구름 편에 부친 편지

월야부운 月夜浮雲
달밤의 뜬 구름

혜초(慧超, 704~787)

고향길 바라보는 달밤, 뜬구름만 급히 가네
저 구름 편에 부친 편지, 바람 급해 흩어졌어라
고향은 북쪽 하늘 끝, 내 몸은 서역 땅 모서리
남국엔 기러기도 없으니, 누구를 계림에 보낼까나

月夜瞻鄉路 浮雲颯颯歸　緘書參去便 風急不聽迴
월 야 첨 향 로　부 운 삽 삽 귀　함 서 참 거 편　풍 급 부 청 회

我國天涯北 他邦地角西　日南無有雁 誰爲向林飛
아 국 천 애 북　타 방 지 각 서　일 남 무 유 안　수 위 향 림 비

불교의 발상지 인도에 다녀와 《왕오천축국전往五天竺國傳》을 쓴 신라 출신 당나라 유학승 혜초의 시다. 수만 리 머나먼 인도까지 가서 성지를 순례하고 불도를 닦는 고승인 혜초 역시 고향을 그리는 마음은 어쩔 수 없었나 보다. 외로운 타향 땅에서 고향을 그리워하는 나그네 심정은 평범한 사람이나 하나도 다를 게 없다. 거센 바람을 타고 고향인 신라 쪽으로 흘러가는 구름을 보며 저 구름 편에 소식이라도 함께 날려 보내고 싶은데 바람 소리가 요란하니 스님의 외침이 구름까지 닿지 못한다. 남쪽 나라 천축국天竺國에는 기러기도 오지 않으니 소식을 전할 방법이 전혀 없다. 소통의 끈이 끊어진 절대적인 단절은 외로움이 아니라 차라리 막막함이다. *

瞻(첨) : 쳐다보다
颯(삽) : 바람소리(의성어)
林(림) : 鷄林(계림)을 줄인 말, 신라를 상징함
天竺(천축) : 인도의 옛 이름

장신추사 長信秋詞

장신궁 가을 노래

왕창령(王昌齡, 698~755?)

우물가의 오동 잎이 누렇게 물든 가을
님은 오지 않고 서리만 내리는 밤
귀한 장롱과 옥 베개가 무슨 소용이랴
궁궐의 물시계 소리만 들리는 긴 밤

金井梧桐秋葉黃　珠簾不捲夜來霜
금 정 오 동 추 엽 황　주 렴 불 권 야 래 상

熏籠玉枕無顏色　臥聽南宮清漏長
훈 롱 옥 침 무 안 색　와 청 남 궁 청 루 장

반첩여班婕好는 한나라 성제의 후궁이었다. 역사책《한서漢書》를 쓴 반고班固의 고모할머니다. 첩여란 비妃, 빈嬪 다음 서열인 왕녀를 일컫는 말이다. 한성제의 총애를 조비연에게 빼앗기자 장신궁으로 물러나 황후를 모시고 살았다. 그녀는 미모와 함께 학식과 지혜를 갖추었으며 당대에 시인으로도 이름이 높았다. 반첩여는 궁중의 권력 다툼 속에서 최후의 승자가 되어 반씨 집안을 명문가로 일으켰으나 이 시를 포함해 반첩여를 소재로 한 시 대부분은 버림받은 여인의 한을 주제로 삼았다. * 124

長信(장신) : 장신궁, 西宮(서궁)
珠簾不捲(주렴불권) : 주렴이 말려 젖혀지지 않는다, 즉 기다리는 사람이 오지 않는다
熏籠玉枕(훈롱옥침) : 호화 가구와 왕의 베개
無顏色(무안색) : 무안하고 무색하다, 부끄러워 볼 낯이 없다
南宮(남궁) : 장안성, 성제와 조비연이 있는 곳
清漏(청루) : 물시계

제제안성루 題齊安城樓
제안성루

두목(杜牧, 803~852)

강가 성루의 뿔피리 소리 잦아들고
찬물 가에 지는 햇빛 잔물결에 부서지네
난간에 기대어 고개 돌린들 무슨 소용 있나
고향은 여기서 삼천 리 밖인데

嗚軋江樓角一聲　微陽瀲瀲落寒汀
명 알 강 루 각 일 성　미 양 렴 렴 락 한 정

不用憑欄苦回首　故鄉七十五長亭
불 용 빙 란 고 회 수　고 향 칠 십 오 장 정

저우안齊安은 후베이성 황저우湖北省 黃州의 옛 이름이다. 두목이 황저우자사黃州刺史로 있을 때 쓴 시다. 시인은 하루 일과를 마치고 강가에 있는 성루에 올랐다. 멀리서 마치 흐느끼는 듯 들려오는 뿔피리 소리가 쓸쓸한 감상을 부추긴다. 겨울의 짧은 해는 벌써 강변으로 나지막하게 기울었다. 잔물결에 부서지는 희미한 햇볕은 이 시인으로 하여금 객수客愁를 불러일으키며 심란하게 한다. 누대樓臺의 난간에 기대어 고향 쪽을 향해 고개를 돌린들 무슨 소용이 있나. 여기 황저우에서 고향인 장안까지는 중간에 역참이 75개나 있는 삼천 리 먼 길인데…. 그러나 중국의 거리 감각으로 보면 아주 먼 거리는 아니어서 더욱더 그리운 고향이다. *

嗚軋(명알) : 부서지는 듯 들리는 소리, 흐느끼는 듯한 소리
瀲瀲(렴렴) : 물이 넘치는 모양, 여기서는 잔물결이 일어남을 뜻함
汀(정) : 물가
亭(정) : 역참에 있는 휴게소

야우기북 夜雨寄北
비 오는 밤 아내에게

이상은(李商隱, 813~858)

그대는 돌아올 날 묻지만 기약이 없네요
여기는 밤비에 가을 못 물 불어나는데
어느 때나 함께 앉아 촛불 심지 잘라가며
파산의 밤비 젖은 이 마음을 말해줄까요

君問歸期未有期　巴山夜雨漲秋池
군 문 귀 기 미 유 기　파 산 야 우 창 추 지
何當共剪西窓燭　却話巴山夜雨時
하 당 공 전 서 창 촉　각 화 파 산 야 우 시

차가운 밤비가 하염없이 내린다. 비 오는 밤이면 외로움이 배로 커진다. 외로움에 사무칠수록 그리움도 더해간다. 며칠 전 아내가 보내온 편지를 다시 꺼내어 읽어본다. 절절히 묻어나는 사랑을 느낀다. 언제쯤이나 돌아올 수 있냐고 아내는 묻고 있다. 하지만 나라의 녹을 받고 사는 변방의 관리는 돌아갈 날을 기약할 수 없다. 언젠가는 돌아가겠지. 그때가 되면 그동안 나누지 못했던 회포를 풀며 밤새도록 오순도순 이야기보따리를 풀어야지. 파산바산의 오늘 밤 가을비가 추적추적 오는데 그리움에 젖어 잠 못 들며 뒤척이던 지금 이 마음을 말해주어야지. 사랑해요, 여보. 비 오는 가을밤 변방의 관리는 아내에게 편지를 쓴다. *

寄北(기북) : 북(쪽에 있는 아내 앞)으로 (편지를) 보내다
君(군) : 당신, 여기서는 아내를 가리킴
巴山(파산, 바산) : 지금의 쓰촨성 난장현에 있는 산

주중야음 舟中夜吟
밤배에서

박인량(朴寅亮, ?~1096)

고국 삼한 땅은 아득히 멀어
갈바람에 나그네 시름도 많네
하룻밤의 꿈을 실은 외로운 배
동정호 파도 속에 달은 지는데

故國三韓遠　秋風客意多
고 국 삼 한 원　추 풍 객 의 다
孤舟一夜夢　月落東庭波
고 주 일 야 몽　월 락 동 정 파

어느덧 달이 지고 있다. 새벽이다. 바다만큼 넓은 동정호(둥팅호), 그 위에 떠서 파도에 흔들리는 배 한 척, 그 배 속에서 깊은 잠을 못 이루는 나그네 한 명, 그의 마음속에서 떴다 지기를 반복하는 고향 꿈. 가을 나그네의 객수가 달빛이 파도에 부서지듯 잘게 나뉘어 천 리를 흐른다. 박인량은 고려시대 유명한 문인으로 1080년 송나라에 사신으로 간 적이 있다. 그때 송나라 문인들과 교유하며 글재주로 명성을 떨쳤다. 고려가 후삼국을 통일한 지 150년이 지난 시절임에도 이 시인은 고국을 고려라 하지 않고 삼한이라 부르고 있다. 박인량은 그의 선조가 고려 초 삼한벽상공신三韓壁上功臣으로 추대되어 지금의 안성 지역을 식읍으로 받은 호족 출신이다. 그 당시에도 고려 호족의 힘이 막강했음을 알 수 있다. *

三韓(삼한) : 마한, 변한, 진한이 있었던 지금의 호남 충청 지역

송우환향 送友還鄕
친구를 보내고

임억령(林億齡, 1496~1568)

강 위에 뜬 저 달은 둥글다가 이지러지고
뜰 안에 핀 매화는 졌다가 다시 폈는데
봄을 맞아 아직 돌아가지 못하고
홀로 동산에 올라 고향을 그리노라

江月圓復缺　庭梅落又開
강 월 원 부 결　정 매 락 우 개

逢春歸未得　獨上望鄕臺
봉 춘 귀 미 득　독 상 망 향 대

시계를 자주 보는 사람에게 시간은 더디 가는 법이다. 달이 이지러졌다 다시 둥글어 지면 한 달이요, 매화가 졌다가 다시 피면 1년이 지난 것이다. 달과 계절은 자연의 시계다. 한 눈금이 한 달이고 1년인 대단히 큰 시계다. 이 커다란 자연의 시계를 자주 보는 이 시인은 세월이 참 느리게 간다고 푸념하는 듯하다. 다시 말하지만 기다리는 사람에게 시간은 더디 가는 법이다. 그리고 같은 이유로 그리워하면 더욱 멀게 느껴지는 법이다. 잊고 살면 편할 것을 뭐 하러 그리 기다리고 그리워하나? 아니다. 딱 그 정도 수준이 인간인 걸 어떡하랴. 잊으려 하면 더욱 그리워질 터인데, 애써 잊으려 하지도 말 일이다. 달처럼 꽃처럼 때를 따라 무심하게 살고 지면 그 또한 행복이 아니겠는가. *

圓復缺(원부결) : 보름달이 다시 이지러지다
望鄕臺(망향대) : 고유명사로 정해진 이름이 아니고, 고향이 그리울 때 올라가는 곳

새하곡 塞下曲 변방의 노래

신흠(申欽, 1566~1628)

어둡고 찬바람 몰아치는 사막의 밤
관문 밖 머나먼 곳 여기는 국경의 요새
사람들아 오랑캐의 슬픈 피리 불지 마라
기러기 날아간 먼 고향 못 가는 신세란다

沙磧沈沈朔氣來　玉門關外是龍堆
사 적 침 침 삭 기 래　옥 문 관 외 시 용 퇴

居人莫吹更羌笛　雁盡遙天客未廻
거 인 막 취 갱 강 적　안 진 요 천 객 미 회

조선시대 유명한 문인이자 영의정까지 지낸 신흠의 시가 분명한데 마치 중국 사람의 시처럼 보인다. 중국의 서북쪽 변방에 있는 옥문관과 용퇴룽두이가 왜 이 분의 시에 나올까? 1950년대 대중가요에 아리조나 카우보이가 나오는 것처럼 사대주의와 관련이 있지 싶다. 또한 한시의 모범으로 여기고 있는 당시唐詩를 모방하다가 지나치게 표현한 것 같다. 이 분이 직접 둔황敦煌까지 갔다 온 적이 없기 때문에 하는 말이다. 하긴 산수화를 그려도 아름답고 아기자기한 우리나라 진경산수화眞景山水畵가 아니고 중국 화첩에 나오는 기괴한 그림을 그대로 베낀 것을 더 알아주던 시절이었다. 그러나 이 시 자체로는 나그네의 객수가 녹아 있는 걸작이다. *

塞(새) : 요새, 변방
朔(삭) : 초하루, 북방
龍堆(용퇴, 룽두이) : 중국 서북부 변방 지역

몽친 夢親
부모님 꿈

호소이 헤이슈(細井 平洲. ?~?)

향기로운 풀 하루하루 새롭게 푸르러
돌아가고픈 마음 봄 되니 더해지네
고향 땅은 여기서 멀고 먼 삼천 리
어젯밤 꿈에서 늙으신 부모님 뵈었다

芳草萋萋日日新　動人歸思不勝春
방 초 처 처 일 일 신　동 인 귀 사 불 승 춘

鄕關此去三千里　昨夢高堂謁老親
향 관 차 거 삼 천 리　작 몽 고 당 알 노 친

고향을 그리는 마음에 어찌 나라와 계절이 있겠냐마는 사람마다 어릴 적 추억에 얽힌 망향의 감정은 계절과도 서로 엮여 있을 터이다. 우리 한민족이나 중국 사람들은 예로부터 가을 낙엽이 질 때 둥근 달과 기러기를 보며 고향 생각을 하는 경우가 일반적인데, 일본 사람들은 봄에 잎이 새로 돋아나는 새싹을 보면 고향 생각이 나나 보다. 봄만큼 사람들에게 고향으로 돌아가고픈 마음을 일으키는 계절이 없단다. 요즘 우리 주변에는 다양한 나라에서 온 많은 외국인이 있다. 이들 역시 삼천 리도 아닌 삼만 리 떨어진 고향을 그리워할 것이다. 우리와는 이질적인 문화지만 다양성을 인정하고 존중하며 따뜻하게 대해주자. *

萋(처) : 풀이 무성한 모습
不勝(불승) : ~를 이기지 못함, ~를 참지 못함
高堂(고당) : 부모, 부모가 사는 집

회백형 懷伯兄
맏오라버니 그리며

박죽서(朴竹西, 1817~1851)

험하고 먼 길 산은 또 몇 겹인가
한 번 헤어진 뒤로 못 뵌 지 몇 해인가
새벽녘 찬 등불 아래 그리움만 더하는데
잘 지내고 있다는 소식 언제나 전해드릴까

崎嶇長路幾重山　一別將爲隔歲顔
기 구 장 로 기 중 산　일 별 장 위 격 세 안

曉壁寒燈懷益切　不知何日報平安
효 벽 한 등 회 익 체　부 지 하 일 보 평 안

시집간 여자에게 친정은 엄마 품처럼 아늑한 곳이며, 어릴 적 추억이 오롯이 남아 있는 마음의 안식처다. 특히 생활이 고달프거나 외로운 여인에게 친정은 그리움 이상의 존재다. 또한 시집간 누이에게 친정 오빠란 어떤 의미를 가질까? 더구나 친부모가 돌아가신 뒤 오빠는 여인네들에게 추억이나 그리움을 넘어 든든한 버팀목은 아닐까? 박죽서는 서녀 출신으로 양반가의 첩이 되었다. 경제적인 어려움은 없었을지라도 자신의 표현을 빌리자면 '평생 새장에 갇힌 갈매기' 신세로 살았다. 그러나 오빠에게는 잘 살고 있다고 걱정 마시라고 소식을 전하고 싶은데 현실은 그것마저도 여의치 않다. 오빠 역시 서얼이라 일정한 거처가 없었던 모양이다. 조선시대 서자들의 비애는 어땠을까. *

崎嶇(기구) : 험할 기, 험할 구, 산이 험하다, 팔자가 사납다, 두 가지 뜻이 모두 해당한다
切(체) : 온통 체, 끊을 절

사고향 思故鄕
고향 생각

박죽서(朴竹西, 1817~1851)

난간에 홀로 기대서니 서글픔만 밀려오는데
북풍한설 눈보라에 날은 저물어 황혼이네
구름 밖 먼 곳에 기러기 울며 날기에
동녘 하늘 바라보니 고향은 하늘 끝

獨倚欄干恨更長　北風吹雪夜昏黃
독 의 난 간 한 갱 장　북 풍 취 설 야 혼 황

數聲鴻雁遠雲外　東望故園天一方
수 성 홍 안 원 운 외　동 망 고 원 천 일 방

지금까지 나온 우리나라 대중가요의 가사를 보면 태반이 사랑을 주제로 삼았다. 사랑 다음으로 많이 나오는 주제어는 아마도 고향이 아닐까 한다. 19세기 초 조선 후기에 서녀로 태어난 박죽서는 자의식이 강하나 감성이 여린 시인이었다. 풍족한 현실 생활을 위해 양반집 소실이 되었으나 30여 년 짧은 생을 남편을 남편이라 부르지 못하는 사랑하는 남편을 기다리며 살았다. 외로움이 밀려올 때면 사랑하는 남자 다음으로 어릴 적 살던 고향이 생각났을 것이다. 그녀의 시에서 사랑과 고향을 그리는 중년 여인의 정서가 엿보인다. 그래서인지 이 시의 시어詩語와 정서가 흘러간 대중가요를 닮았다. *

倚(의) : 기대다, 의지하다
故園(고원) : 옛 동산, 고향

망향 望鄕 망향

이학규(李學逵, 1770~1835)

봄날 정자에 올라 고향 쪽 쳐다보니
저 멀리 북쪽 끝에 한양 땅 있으련만
석양을 등지고 아득한 곳 바라보니
햇빛에 빛나는 산 넘어 산

春日登樓望故關　遙知極北是長安
춘 일 등 루 망 고 관　요 지 극 북 시 장 안
夕陽也與人想負　照出無窮山外山
석 양 야 여 인 상 부　조 출 무 궁 산 외 산

조선시대에는 귀양살이하던 선비들이 많았다. 이학규도 장래가 촉망되는 젊은 인재였으나 천주교도를 탄압한 신유박해(1801) 때 그의 외가와 연관되어 24년 동안 김해 지역에 유배당했다. 유복자로 태어나 32세의 한창나이에 기약 없는 유배에 처해진 이학규는 객지에서 얼마나 외로웠을까. 한양에 두고 온 가족을 그리워하며, 또한 자신의 무너진 꿈을 달래려 시 창작에 몰두했다. 마지막 구절은 "山外山不盡 路外路無窮 산외산부진 로외로무궁" 도연명의 시 〈사계 四季〉에서 빌렸다. '산 넘어 산은 가없고, 길과 길은 끝이 없는 먼 곳'인 한양 땅을 바라보는 시인의 그리움도 한없이 길고 멀다. *

故關(고관) : 고향 =故里(고리), 故丘(고구), 故山(고산), 故園(고원), 故土(고토)
長安(장안) : 당나라의 수도이지만, 수도의 통칭이며 여기서는 한양

한식기경사제제 寒食寄京師諸弟

한식날 아우들에게

위응물(韋應物, 737~804?)

빗속에 불을 금하니 빈방이 싸늘한데
강가의 꾀꼬리 소리 홀로 앉아 듣노라
술잔 들고 꽃을 보니 여러 아우 생각나는데
한식날 두릉에도 풀이 한창 푸르겠지

雨中禁火空齋冷　江上流鶯獨坐聽
우 중 금 화 공 재 냉　강 상 류 앵 독 좌 청

把酒看花憶諸弟　杜陵寒食草青青
파 주 간 화 억 제 제　두 릉 한 식 초 청 청

한식寒食은 청명淸明과 겹치거나 하루 뒤에 온다. 이날은 불을 피우지 못하고 찬 음식을 먹는 날이라서 한식이라 부른다. 위응물이 쑤저우자사蘇州刺史 시절에 지은 시다. 비 오는 한식날, 불을 넣지 못해 차가운 객사에 홀로 앉아 술잔을 기울이고 있다. 귀로는 강물 위를 나는 꾀꼬리 소리를 들으며, 눈으로는 마당에 핀 꽃을 본다. 머릿속에는 고향 땅 장안에 있는 동생들이 생각난다. 동생들과 뛰어놀던 추억이 서린 杜陵두릉에도 지금쯤 풀이 자라서 한창 푸르겠구나, 하며 눈을 감고 고향 땅과 고향 사람들을 떠올린다. 위응물은 이 시를 일필휘지一筆揮之로 써서 고향 동생에게 부친다. *

寄(기) : (물건이나 편지를) 부치다, 맡기다, ~에 의뢰하다, 기생하다
齋(재) : 목욕재계하다, 여기서는 살고 있는 집 즉 객사를 뜻함
杜陵(두릉) : 장안 남동쪽 근교에 있는 한나라 의제(宜帝)의 묘

차충주망경루운 次忠州望京樓韻

망경루

윤결(尹潔, 1517~1548)

멀리 온 이 나그네 돌아가고픈 마음 간절해
누각에 올라 북쪽 서울을 바라본다
강 위를 나는 기러기도 나와 마찬가지라
가을이 끝나가니 남쪽으로 내려온다

遠客思歸切　登樓北望京
원 객 사 귀 절　등 루 북 망 경

還同江上雁　秋盡又南征
환 동 강 상 안　추 진 우 남 정

장래가 촉망되는 젊은 선비 윤결이 충주에 머물 때 서울 집을 생각하며 망경루에 올라 그곳에 붙어 있는 시의 운韻을 받아 즉석에서 읊었다. 겨울이 되자 남쪽으로 내려온 기러기를 보며 자신의 처지와 비교하고 있다. 버들가지를 꺾는 절류折柳가 이별을 나타내는 것만큼이나 登樓등루, 즉 누각에 오르는 행위는 한시에서 고향을 그리는 뜻으로 쓰인다. 윤결은 지조와 기개를 갖춘 꼿꼿한 선비였다. 을사사화를 비판하다 윤원형 일파인 진복창의 밀고로 장형杖刑에 처해 살점이 떨어져 나가고 뼈가 부서지는 등 처참하게 죽었으니 그의 나이 서른둘 한창때였다. 지금은 개명 된 세상이라 자리에서 쫓겨날망정 죽임을 당하는 사람이 없으니 그나마 다행이다. *

還(환) : 도리어, 돌이켜보건대
征(정) : 쳐들어가다, 취하다, 여기서는 가다(行, 다닐 행)는 뜻

9.

情 뜻 정

해 질 녘 친구가 그립다

영회 詠懷 17
마음속 생각 17

완적(阮籍, 210~263)

빈방에 홀로 앉았으니 누구랑 즐기랴
문 나서도 끝없는 길에 인적이 끊겼네
산에 올라 두루 살피니 빈 들판 적막해
외로운 새는 북으로, 외톨이 짐승은 남으로
해 질 녘 친구 그립다 내 신세 털어놓고파

獨坐空堂上 誰可與親者　出門臨永路 不見行車馬
독좌공당상 수가여친자　출문임영로 불견행거마

登高望九州 悠悠分曠野　孤鳥西北飛 離獸東南下
등고망구주 유유분광야　고조서북비 이수동남하

日暮思親友 晤言用自寫
일모사친우 오언용자사

하루 종일 방 안에 혼자 우두커니 앉았다가 밖으로 나왔다. 찾아올 사람도 없거니와 딱히 갈 곳도 없다. 뒷산에 올라 사방을 살펴봐도 적막강산이다. 나라 사정도 마찬가지다. 왕은 무능해 권력을 탐하는 무리에 휘둘리고 있다. 뜻있는 사람들은 제 살길을 찾아 뿔뿔이 흩어져 숨었다. 외로운 새孤鳥와 무리에서 벗어나 홀로 된 짐승離獸은 제각기 반대 방향으로 가고 있다. 孤鳥고조와 離獸이수는 자신과 주변 인물을 가리킨다. 나라 꼴은 이미 지는 해처럼 기울었다. 망해가는 나라에 대해 함께 걱정할 동지가 그립다. *

九州(구주) : 중국, 온 나라
曠野(광야) : 황야, 빈 들판
晤(오) : 사리에 밝다, 마음을 터놓다

분원 憤怨
분하고 원통하니

거인(巨仁, ?~?)

우공이 통곡하니 삼 년 가뭄이 들고

추연이 애통하니 오월에 서리 내렸다

지금 나의 억울한 한이 이와 같은데

어찌하여 무심한 하늘은 푸르기만 한가

于公痛哭三年旱　鄒衍含悲五月霜
우 공 통 곡 삼 년 한　추 연 함 비 오 월 상

今我幽愁還似古　皇天無語但蒼蒼
금 아 유 수 환 사 고　황 천 무 오 단 창 창

우리 역사에서 오직 신라에만 여왕이 있었다. 골품제에 따라 성골 출신만이 왕이 될 수 있는데 성골 남자가 없으면 공주가 왕위를 계승했다. 진성여왕은 행실이 음란하고 사치와 방탕에 빠져 국정을 소홀히 했다. 이를 비방하는 격문이 나돌았고, 여왕은 범인으로 지목된 거인을 잡아 가두었다. 거인이 분하고 억울한 마음에 이 시를 지어 감옥의 벽에 쓰자 갑자기 천둥 번개가 치며 우박이 내렸다. 여왕은 두려워 거인을 돌려보냈다.《삼국사기》의 기록이다. 于公우공과 鄒衍추연은 소통이 막힌 상황에서 억울하고 분한 일을 당한 사람들이다. 그들의 한이 3년 가뭄과 한여름 서리로 나타났다. 하늘을 두려워한 진성여왕은 못난이였나 보다. 그래도 모질이보다 낫다. *

但(단) : 다만, 부질없이

이창조댁야음 李倉曹宅夜飮

술 마시며

왕창령(王昌齡, 698~755?)

서리 내리는 밤 함께 술 마시니 옛정이 즐겁고
은촛대 금화로가 추운 밤을 녹여주네
오강의 옛 이별에 대한 내 마음을 묻는다면
청산의 명월을 꿈결에 보았노라

霜天留飮故情歡　銀燭金爐夜不寒
상 천 유 음 고 정 환　은 촉 금 로 야 불 한

若問吳江別來意　靑山明月夢中看
약 문 오 강 별 래 의　청 산 명 월 몽 중 간

촛불 환하게 밝히고 화롯불 피워놓으니 밖은 추워도 방 안은 훈훈하다. 오랜 친구와 술잔을 건네며 정을 나누니 더욱 즐겁다. 주흥이 무르익자 대화가 패왕별희霸王別姬로 이어졌다. 항우와 우희의 비장한 최후를 묘사한 이 대목은 예나 지금이나 중국 사람들이 가장 좋아하는 이야기다. 경극京劇에 나오는 패왕별희가 곧 오강우장의 이별이다. 1993년 장국영과 공리가 주연한 영화 〈패왕별희〉는 그 해 칸영화제에서 황금종려상을 받았다. 왕창령은 항우와 같은 영웅과 우희와 같은 미인이 청산에 밝은 달靑山明月처럼 청사靑史에 빛나고 후세에 길게 기억될지라도 이 모든 것이 꿈속에 흘러간 허망한 일이라고 말한다. *

倉曹(창조) : 정부 물자를 관리하는 벼슬
吳江別(오강별) : 항우와 우희가 오강(우장) 가에서 죽음의 이별을 함

방왕시어 訪王侍御

왕 선생을 찾아

위응물(韋應物, 737~804?)

아흐레 일하고 모처럼 하루 쉬는 날
그대의 집을 찾았으나 못 만나고 돌아왔소
님의 시풍이 뼛속까지 시원하여 궁금했는데
집 앞에는 맑고 찬 시냇물 뒷산에는 눈이 가득

九日驅馳一日閑　尋君不遇又空還
구 일 구 치 일 일 한　심 군 불 우 우 공 환

怪來詩思清人骨　門對寒流雪滿山
괴 래 시 사 청 인 골　문 대 한 류 설 만 산

인터넷은 물론이고 자동차나 전화가 없던 시절이다. 평소 존경하고 흠모하는 선비를 찾아가 만나 뵈려고 벼르다가 드디어 시간이 났다. 물론 미리 약속을 정할 수는 없었다. 철학을 논하고 시를 함께 나누며 새로운 가르침을 받을 수 있어 들뜬 발걸음으로 그 선비 집에 도착했으나 그는 집에 없었다. 그의 시에는 뼛속까지 서늘하게 하는 맑은 기운이 서려 있어 예사 사람이 아님을 느끼고 있었는데 그가 사는 집에 와서 보니 문 앞에는 맑고 차가운 내가 흐르고, 집 뒤로는 온통 눈으로 쌓인 산이 있어 속세를 벗어난 신선이 사는 곳처럼 느껴졌다. 이런 곳에 살기 때문에 맑은 시가 나왔을까? 원래 성품이 이런 곳에 자리 잡고 살게 했을까? *

侍御(시어) : 임금을 모시는 벼슬
驅馳(구치) : 바쁘게 뛰어다니다. 驅(구)는 말을 몰다. 馳(치)는 말 타고 달리다

죽지사 竹枝詞 10
죽지사 10

유우석(劉禹錫, 772~842)

수양버들 푸르고 강물은 잔잔한데
강 위에서 부르는 님의 노래 듣노라
동쪽은 해가 쨍쨍 서쪽은 비가 내리니
이런 날을 흐리다 하리오 개었다 하리까

楊柳青青江水平　聞郎江上唱歌聲
양 류 청 청 강 수 평　문 랑 강 상 창 가 성
東邊日頭西邊雨　道是無晴却有晴
동 변 일 두 서 변 우　도 시 무 청 각 유 청

유우석이 동갑인 백거이와 더불어 개혁 정치를 펼치다 실패하고 쿠이저우자사로 좌천된 적이 있다. 그는 이 지방의 민요를 채록해 9수의 연작시로 엮고 제목을 〈죽지사〉라 붙였다. 이후 죽지사란 제목의 그의 시 2편이 따로 발견돼 총 11편이 전해온다. 본래 노래 가사 용도로 지었기에 한글 음으로 읽어도 리듬감이 느껴진다. 네 번째 구의 갤 청晴은 마음 정情과 중국어 발음이 똑같다. 그냥 노래로만 들으면 '사랑하지 않는다 말하는 것이 도리어 사랑한다는 것'이라고 들을 수 있다. '흐린 날씨라 말하지만 오히려 맑게 갠 날입니다'라고 해석해도 좋다. 한 문장에 여러 뜻을 표현한 솜씨가 일품이다. 이런 것이 한시의 묘미다. *

竹枝詞(죽지사) : 주로 사랑을 노래한 지방 민요의 통칭
道(도) : 말하다
却(각) : 물러나다, 그치다

동일 冬日 8
겨울날 8

범성대(范成大, 1126~1193)

눈 내리는 겨울밤 활활 타는 장작불
난로에 데우는 술은 국물처럼 따뜻한데
안주 없다고 늙은 주모를 타박 마소
빙그레 눈짓하네 재 속의 고소한 군밤

榾柮無烟雪夜長　地爐煨酒暖如湯
골 돌 무 연 설 야 장　지 로 외 주 난 여 탕

莫嗔老婦無盤飣　笑指灰中芋栗香
막 진 노 부 무 반 정　소 지 회 중 우 율 향

시골 생활의 사계절을 총 60수로 읊은 범성대의 《사시전원잡흥四時田園雜興》 중 쉰여섯 번째 시이자, 겨울편 중 여덟 번째 시다. 눈 내리는 겨울밤에 동네 주막에서 친구들이 모여 술추렴을 하고 있다. 바짝 마른 장작은 연기도 없이 잘 탄다. 술도 적당히 데워졌다. 이때 한 친구가 주모에게 채근한다. "여기 안주는 없소?" 이때 주모가 말없이 미소 지으며 손가락으로 화톳불 가에 재를 가리킨다. 그 재 속에서 막 익어가는 군밤과 토란의 고소한 냄새가 풍겨 나온다. 밖에는 소리 없이 눈이 내리고 밤은 깊어 가는데, 따뜻한 주막에서는 정겨운 친구들의 웃음꽃이 피어난다. *

榾柮(골돌) : 마들가리, 장작
地爐(지로) : 땅바닥을 파서 만든 화로
煨(외) : 재에 묻어 굽다
嗔(진) : 성내다
飣(정) : 음식을 쌓아두다
芋(우) : 토란

연 戀 그리움

잇큐 소준(一休 宗純, 1394~1481)

그대 생각나는 달밤 그리움은 끝이 없어
밤 깊도록 그리다가 나 홀로 잠이 들었네
꿈속에서 그대 손 잡고 사랑 얘기 나누려는데
새벽종에 놀라 깨니 애간장이 녹는구려

月夜思君長不忘　夜深戀慕臥空牀
월 야 사 군 장 불 망　야 심 연 모 와 공 상

夢中携手欲相語　被駭曉鐘又斷腸
몽 중 휴 수 욕 상 어　피 해 효 종 우 단 장

만해 한용운의 시에 나오는 '님'은 우리 민족의 광복 또는 깨달음이나 해탈을 의미한다. 그러나 이 시에서는 그리움의 대상을 그렇게 고상하게 볼 수도 있겠지만, 있는 그대로 사랑하는 님을 그리는 마음으로 이해하는 것이 좋겠다. 왜냐하면 일본은 스님들도 결혼하기 때문이다. 잇큐 스님도 결혼했었다. 그가 노년에 이르러 새로 만난 사랑하는 여인에게 '고목나무에 꽃이 피도록 해준' 고마움을 표현한 시가 그의 문집인《광운집狂雲集》에 실려 있다. 잇큐 스님은 학식과 불심을 두루 갖춘 고승이었으나 호탕한 언행과 기행奇行으로도 유명한 분이다. 해탈은 곧 무애無碍다. 독자들도 각자 취향대로 읽으면 되겠다. *

空牀(공상) : 독수공방
駭(해) : 놀라다, 놀라게 하다

도산월야영매 陶山月夜詠梅
달밤에 매화를 읊다

이황(李滉, 1501~1570)

늦게 핀 매화의 속내를 다시 헤아리니
내가 추위를 겁내는 줄 알아서라네
애석하다 이 밤에 내 병이 낫는다면
밤새도록 달과 더불어 노닐 텐데

晩發梅兄更識眞　故應知我怯寒辰
만 발 매 형 갱 식 진　고 응 지 아 겁 한 진
可憐此夜宜蘇病　能作終宵對月人
가 련 차 야 의 소 병　능 작 종 소 대 월 인

퇴계 선생은 만년에 도산서원을 짓고 은거하며 후학을 양성하는 데 전념했다. 글을 읽는 틈틈이 계절을 좇아 다섯 친구를 가꾸며 그들과 더불어 살았다. "내 벗은 다섯이니 솔, 국화, 매화, 대, 연꽃이라, 사귀는 정이야 담담하여 싫지가 않네"라고 노래했다. 도산서원 안에 화단을 만들어 절우사節友社라 이름 짓고 몸소 화초를 가꾸었다. 윤선도는 물水, 돌石, 솔松, 대竹, 달月, 이 다섯을 친구라 했으니 소나무와 대나무가 겹쳤다. 일반적으로는 매난국죽梅蘭菊竹에 소나무 혹은 연꽃을 포함하여 오우五友라 했다. 퇴계는 이 오우 중에서도 매화를 가장 좋아했다. 매화와 달과 퇴계가 서로 정을 나누는 모습이 이미 신선의 경지다. *

故應(고응) : 응당 ~이기 때문이다
蘇病(소병) : 병에서 깨어나다, 蘇(소)는 蘇生(소생)하다
宵(소) : 밤, 야간, 작다

도망 悼亡
아내를 애도함

이달(李達, 1561~1618)

향주머니 향기 잃고 경대엔 먼지만 수북
인적 없는 정원에 복사꽃 홀로 적막한 봄
누대에서 보는 밝은 달은 예전과 같건마는
모르겠구나 저 발을 누가 걷어줄 것인가

羅幃香盡鏡生塵　門掩桃花寂寞春
라 위 향 진 경 생 진　문 엄 도 화 적 막 춘
依舊小樓明月在　不知誰是捲簾人
의 구 소 루 명 월 재　부 지 수 시 권 렴 인

아내가 죽고서 처음 맞는 봄, 복사꽃은 무심하게도 때를 좇아 피었다. 꽃 위로 보름달이 떠오른다. 이 시인은 먼저 보낸 아내 생각에 잠 못 이룬다. 아내가 쓰던 향낭에 향기가 말랐듯이 복사꽃 향기도 무덤덤할 뿐이다. 아내의 경대에 먼지만 수북한 것처럼 주인 잃은 후원은 지난해 떨어진 낙엽이 그대로 나뒹굴어 을씨년스럽고 적막하다. 오늘처럼 꽃이 피고 달이 뜨는 밤이면 이 시인의 아내는 주렴을 걷고 뜰에 내려가 "이리 나오세요" 하며 손을 잡고 같이 거닐자고 채근했었다. 이 밤에 아내를 닮은 복사꽃이 달빛을 받아 애처롭다. 사랑하는 이를 잃은 홀아비는 더욱 안쓰럽다. *

悼亡(도망) : 죽은 이를 슬퍼함, 亡(망)은 죽다, 망하다, 달아나다, 여기서는 죽은 사람
羅幃(라위) : 비단으로 만든 향주머니, 비단 휘장
掩(엄) : 닫다, 가리다

원조대경 元朝對鏡 설날 거울 앞에서

박지원(朴趾源, 1737~1805)

모르는 사이 몇 가닥 턱수염이 늘었네
육 척 장신 이 내 몸은 그대로인데
거울 속 내 얼굴은 해마다 달라가지만
어릴 적 내 마음은 아직 그대로인걸

忽然添得數莖鬚　全不加長六尺軀
홀 연 첨 득 수 경 수　전 불 가 장 육 척 구

鏡裏容顏隨歲異　稚心猶自去年吾
경 리 용 안 수 세 이　치 심 유 자 거 년 오

설날 아침, 아무리 바빠도 이날만은 거울을 보며 자신의 얼굴을 잘 살펴보자. 당신이 중년이라면 턱에 난 수염에 흰 털이 더 늘었을 것이며, 팔팔한 청년이라면 턱수염이 더 굵어지고 촘촘해졌을 것이다. 이 시는 아마도 박지원이 젊었을 때 쓴 것 같다. 늙어가면 턱수염은 오히려 줄고 흰 털만 늘어난다. 키도 역시 그대로가 아니고 줄어든다. 청년 박지원이 설날 아침 거울에 비친 자기 얼굴을 보며 더욱 어른스러워진 자신을 대견스러워하는 모습이 너무 귀엽다. 200년 이상 앞선 분이지만 그분에게도 치기 어린 젊은 시절이 분명 있었으리라. 나이가 들어가도 항상 젊은 마음을 가지고 살면 그가 바로 영원한 청년 아니겠는가. *

忽然(홀연) : 갑자기
莖(경) : 줄기, 가지, 기둥
鬚(수) : 수염, 입가에 난 털
猶(유) : 오히려, 지금도 역시, 마치 ~와 같다, ~조차

증우인 贈友人 친구여

최림(崔林, 1779~1841)

밝은 해도 아침과 저녁이 다르지만
푸른 산은 예나 지금이나 변함없어
한 동이 술이면 영욕을 떨치거늘
마주 앉아 툭 터놓고 잡담이나 나누세

白日有朝暮　青山無古今
백 일 유 조 모　청 산 무 고 금

一樽榮辱外　相對細論心
일 준 영 욕 외　상 대 세 론 심

하늘 높은 곳에서 밝게 빛나는 태양은 아침에는 동쪽에 있다 가도 저녁이면 서쪽으로 진다. 돈과 권력 명예도 한때는 빛나지만 결국 언젠가는 사라진다. 그러나 푸른 산과 같은 친구나 동지는 시간이 아무리 흘러도 변하지 않고 항상 그 자리에서 그 모습을 지키고 있다. 좋아하는 친구와 함께 술잔을 나누며 마음을 터놓고 편하게 대화를 나누는 것이 그 얼마나 아름다운가! 애써 교언영색巧言令色, 좋은 말을 꾸미는 것 할 필요 없고, 허장성세虛張聲勢, 허세를 부리며 과장 할 필요도 없다. 고담준론高談峻論, 굳이 수준 높은 주제를 가지고 지식을 뽐냄 하지 않아도 좋다. 오늘 문득 마음에 있는 말을 입에서 나오는 대로 편하게 나눌 수 있는 친구와 만나 술잔을 기울이고 싶다. *

樽(준) : 술동이, 술 단지
相對(상대) : 서로 마주 봄
細論(세론) : 자세하게 의논함

사석 寺夕 절간의 밤

정약용(丁若鏞, 1762~1836)

온갖 새들도 잠든 밤 홀로 슬피 우는 두견새
짝이 없어 외롭고 깃들 가지조차 없나 보다
지난 세월 봄바람 생각에 긴 밤이 무섭겠지
달이 지고 나도 잠들면 네 서러움 그 누가 알까

百鳥眠皆穩 悲鳴獨子規　畸孤寧有匹 棲息苦無枝
백 조 면 개 온 비 명 독 자 규　기 고 녕 유 필 서 식 고 무 지

眇眇春風憶 蒼蒼夜色疑　月沈人正睡 淸絶竟誰知
묘 묘 춘 풍 억 창 창 야 색 의　월 침 인 정 수 청 절 경 수 지

숲속에 사는 모든 축생이 평온히 자고 있는 깊은 밤에 두견새 한 마리가 홀로 슬프게 운다. 두견새는 짝을 잃고 외로운 신세인 데다 깃들어 쉴 곳도 없다. 그 새는 아마도 지난 시절 봄바람 불던 때를 기억하며 오늘 밤 외로움과 막막함에 떨고 있나 보다. 달이 지고 나도 잠이 들면 두견새의 애절한 그 뜻을 누가 알아주랴. 고적한 산사에서 한밤중에 잠 못 이루는 다산이 깊은 숲속에서 밤새도록 울고 있는 두견새와 교감을 나누고 있다. 강진 땅 다산초당에 가면 지금도 두견새의 슬픈 울음소리에 자신의 외로움을 투영하며 유배지의 산사에서 뒤척이던 다산 선생의 숨결이 솔잎 바람결에 묻어날 것 같다. *

穩(온) : 편안하다, 온당하다
畸(기) : 기이하다, 남과 다르다
寧(녕) : 안녕, 여기서는 喪中(상중)이란 뜻

간경 看鏡
거울을 보며

김병연(金笠, 1807~1863)

백발이시여, 자네 김 진사 아닌가
나 역시 청춘에는 옥처럼 고왔는데
주량이 느는 만큼 가진 돈은 말라갔지
세상사 알 만하니 백발이 새롭구나

白髮汝非金進士　我亦青春如玉人
백 발 여 비 김 진 사　아 역 청 춘 여 옥 인
酒量漸大黃金盡　世事纔知白髮新
주 량 점 대 황 금 진　세 사 재 지 백 발 신

아이들 커가는 것은 보여도 자신이 늙어가는 것은 못 느끼는 것이 어른들의 흔한 착각 중 하나다. 김삿갓이 어느 날 거울을 들여다보았다. 그 속에 낯선 백발노인네가 보였다. 젊었을 적의 옥과 같은 모습은 어디 가고 술에 찌든 빈털터리 노인이 거울 안에 있다. 인생 100년이 문풍지 사이로 말이 달려가는 모습을 보는 것처럼 순간이라지만 김삿갓도 순간 당황했을 것이다. 그러나 역시 김삿갓이다. 거울 속 자신의 얼굴에 묻는다. "어이 자네 흰머리! 그대가 정녕 김삿갓이란 말인가?" 인생무상을 재치와 해학이 넘치는 자문자답으로 승화함으로써 읽는 이로 하여금 쓴웃음을 자아내게 한다. 공자가 말한 애이불비 哀而不悲, 속으로는 슬퍼하지만 겉으로는 슬픔을 나타내지 않음다. *

汝(여) : 너, 또래나 손아랫사람을 부르는 말
纔(재) : 겨우, 방금, 비로소

10.

孤 외로울 고

그리움도 한이건만

서궁추원 西宮秋怨

궁녀의 한

왕창령(王昌齡, 698~755?)

단장한 여인은 부용 꽃보다 아름답고
별궁에 바람 부니 비췻빛 향기로다
버림받은 궁녀는 그리움도 한이건만
밝은 달 쳐다보며 부질없이 님 기다리네

芙蓉不及美人粧　水殿風來珠翠香
부 용 불 급 미 인 장　수 전 풍 래 주 취 향
却恨含情掩秋扇　空懸明月待君王
각 한 함 정 엄 추 선　공 현 명 월 대 군 왕

평소 온 신경을 써서 몸을 가꾸고 정성스레 화장을 하는 이 여인은 여전히 부용 꽃보다 더 아름답다. 서궁 안 연못가에 자리 잡은 그녀의 침전에 산들바람이 불어오니 비취보다 더 푸른 여인의 향기가 흩날린다. 한때 왕의 총애를 받다 버림받은 이 궁녀는 긴 세월 동안 왕을 그리워하다 가슴에 시퍼런 멍이 들었다. 한밤중에 달을 쳐다보면서 아직도 부질없이 왕을 기다리며 잠 못 이룬다. 왕이 또다시 이 여인을 찾을 리 없다는 것을 남들은 모두 알고 있지만 이 궁녀는 그것 외에 다른 희망을 가질 수 없었으니 여인이 아름다울수록 더 애처롭다. 가을 부채처럼 버림받은 여인 반첩여班婕妤, 서한시대 후궁이자 문학가는 가을을 앓는다. *

西宮(서궁) : 長信宮(장신궁, 중국 한나라의 장락궁 안에 있던 궁으로 주로 태후가 살았음), 반첩여가 쫓겨나 살던 궁
秋扇(추선) : 가을 부채, 버림받은 여인을 상징
懸(현) : =觀(관), 보다

절구 絶句 3
절구 3

두보(杜甫, 712~770)

꾀꼬리 두 마리 푸른 버들 숲에서 울고
백로는 한 줄로 파란 하늘에 높이 난다
창문에 머금은 서쪽 준령의 천년설
문 앞에 정박한 수만 리 동쪽에서 온 배

兩箇黃鸝鳴翠柳　一行白鷺上青天
양 개 황 리 명 취 류　일 행 백 로 상 청 천

窓含西嶺千秋雪　門泊東吳萬里船
창 함 서 령 천 추 설　문 박 동 오 만 리 선

혹독했던 추위가 끝나고 꾀꼬리가 노래하는 봄이 왔다. 두보도 오랜 피난살이를 끝내고 모처럼 이곳 청두에서 안정된 생활을 되찾았다. 이 지역의 관찰사인 친구, 엄무嚴茂가 돌봐주었기 때문이다. 두보가 기거하는 초당의 창문을 통해 만년설을 머리에 인 산봉우리가 그림처럼 펼쳐 있다. 문밖에는 멀리 동쪽 오나라 땅에서 온 배가 닻을 내리고 정박해 있다. 건강이 좋지 못해 청명한 봄날인데도 방 안에 있는 두보는 마음이 답답하다. 백로처럼 날아 북쪽으로 갈까, 배를 타고 동쪽 오나라 땅으로 갈까. 마음은 이미 훨훨 날아 멀리 떠난다. 한시의 맛은 아무래도 이 시처럼 대구의 어울림에 있다. 兩양과 一일, 黃鸝황리와 白鷺백로, 翠柳취류와 青天청천, 窓창과 門문, 西서와 東동, 千秋雪천추설과 萬里船만리선 모두 대구다. *

152

鸝(리) : 꾀꼬리
泊(박) : 배를 물가에 대다

제야숙석두역 除夜宿石頭驛

제야 석두역에서

대숙륜(戴叔倫, 732~789)

여관방에 누가 오랴 찬 등불만 곁에 있다
한 해가 다하려는 이 밤 만리타향 떠도는 사람
서글퍼라 지난 일 우습구나 이내 몸
쉰 털에 걱정스러운 얼굴로 내일 또 새해를 맞는다

旅館誰相問 寒燈獨可親 一年將盡夜 萬里未歸人
여 관 수 상 문 한 등 독 가 친 일 년 장 진 야 만 리 미 귀 인
寥落悲前事 支離笑此身 愁顔與衰鬢 明日又逢春
요 락 비 전 사 지 리 소 차 신 수 안 여 쇠 빈 명 일 우 봉 춘

지금은 잘 쓰지 않는 말로 이중과세二重過歲란 말이 있었다. 쿠데타로 집권한 박정희가 이중과세를 없애자며 설날을 공휴일에서 제외시킨 적이 있었다. 그저 천박스럽다 하기보다 어떤 음모가 보여 무서웠었다. 근대화랍시고 우리 선조가 수천 년 지켜온 전통을 천덕꾸러기 취급하며 무조건 미국이나 일본을 닮아가자는 소위 근대화의 기수들이 다시 부활한 것 같았다. 섣달그믐은 객지를 떠돌던 나그네도 집으로 찾아드는 날이다. 조상님께 차례를 모시고 살아 계신 어른들을 찾아뵈며 세배를 드려야 하기 때문이다. 찾아갈 집이 없거나 너무 멀어 집에 갈 수 없는 이들의 아쉬움이 얼마나 큰지 요즘 사람들은 짐작하기 어려울 것이다. *

寥落(요락) : 성김, 쓸쓸함, 영락
支離(지리) : 부질없이 오래 걸려 괴롭고 싫증 남
衰鬢(쇠빈) : 쇠약해진 구레나룻, 흰 귀밑머리

전송 餞送
송별연

락기란(駱綺蘭, ?~?)

천만사 강버들이 석양에 흔들리는데
아스라이 서쪽으로 떠나는 저 돛단배
외로워라, 어디서 이 저녁을 보낼까
달 밝은 밤 갈대꽃에 나그네 꿈 맑으리

江柳千條揖夕陽　片帆西去水茫茫
강 류 천 조 읍 석 양　편 범 서 거 수 망 망

孤舟今夜宿何處　明月蘆花客夢凉
고 주 금 야 숙 하 처　명 월 노 화 객 몽 량

강어귀 양쪽 둑에는 석양볕을 받아 황금빛 수양버들이 줄지어 서서 바람에 살랑살랑 흔들리고 있다. 그 모습이 마치 수천 개의 손을 가진 도인道人이 손을 흔들며 해를 향해 인사하는 듯하다. 해가 뉘엿뉘엿 수평선에 걸렸는데 조그만 돛단배 한 척이 오히려 떠나가고 있다. 이 배를 보는 시인은 왠지 안쓰럽고 불안하다. 다른 배들은 포구를 찾아 들어오는 시간인데 무슨 사연이 있어 저 조그만 돛단배는 이 황혼에 물길을 거슬러 나가는 걸까? 밤에는 어디에 닻을 내리고 머물 것인가? 걱정이다. 다행히도 오늘은 보름밤이다. 어디 강가 갈대밭에라도 배를 매고 좋은 꿈꾸기를 빌어준다. 이 시인의 마음이 도인 같은 수양버들을 닮았다. *

揖(읍) : 두 손을 모아 깍지 끼고 인사함, 공손하다
蘆花(노화) : 갈꽃

십오야망월 十五夜望月

보름달을 보며

왕건(王建, 768~830)

달빛 밝은 안뜰에 까마귀 떼 날아들고
찬 이슬은 소리 없이 목서 꽃 적시는데
오늘 밤 밝은 저 달을 누구나 보련마는
모르겠네 그 누가 가을 시름에 젖을는지

中庭地白樹棲鴉　冷露無聲濕桂花
중 정 지 백 수 서 아　냉 로 무 성 습 계 화
今夜月明人盡望　不知秋思在誰家
금 야 월 명 인 진 망　부 지 추 사 재 수 가

밝은 달빛이 내려앉아 하얗게 보이는 뜰, 뜰 안의 나무 위에는 검은색 갈까마귀 몇 마리가 깃들어 잠자고 있다. 흑백의 대비가 감각적이다. 찬 이슬이 소리 없이 하얀 꽃을 적시는 밤이다. 휘영청 밝은 한가위 보름달을 본 사람들이 모두 같은 느낌을 받지는 않을 터인데, 이 시인처럼 가을날의 적막한 심정을 그 누가 또 느끼고 있을까? 추석날 보름달을 바라보며 고향 생각에 잠기는 정황을 절제된 감정 표현으로 단아하게 읊었다. *

地白(지백) : 가을은 오행(五行)상 금(金)에 속한다. 색으로는 백색(白色)이고, 방향은 서(西)쪽이다. 참고로 봄은 목(木)이며 청색(青色)과 동(東), 여름은 불(火)이며 적색(赤色)과 남(南), 겨울은 수(水)이며 흑색(黑色)과 북(北)에 속한다. 중앙은 황색(黃色)이며 토(土)인데 계절과는 상관이 없다

鴉(아) : 갈까마귀

桂花(계화) : 계수나무 꽃은 봄에 핀다. 여기서는 가을에 피는 목서 꽃을 의미함

소상야우 瀟湘夜雨 소상강 밤비

이인로(李仁老, 1152~1220)

푸른 파도 넘실대는 양쪽 언덕은 가을인데
바람결에 가랑비는 돌아가는 배를 적신다
밤이 되어 강가 대숲 곁에 배를 댔더니
잎새에 이는 차가운 소리는 모두가 시름일세

一帶蒼波兩岸秋　風吹細雨灑歸舟
일 대 창 파 양 안 추　풍 취 세 우 쇄 귀 주
夜來泊近江邊竹　葉葉寒聲摠是愁
야 래 박 근 강 변 죽　엽 엽 한 성 총 시 수

고려 명종은 무신들에 의해 옹립된 허수아비 왕이었다. 조심스러운 처세로 강제 폐위를 면했고 천수까지 누릴 수 있었다. 살얼음판 인생에서 명종은 그림과 문학에 열중함으로써 긴장을 해소했다. 그 당시 명종의 어명으로 이광필이 그린 〈소상팔경도瀟湘八景圖〉 여덟 폭을 보고 이인로가 이 시를 썼다. 때는 가을이다. 바람이 불고 가랑비가 내린다. 밤이 되었다. 쓸쓸함의 극치다. 둘째 구에서 "歸舟귀주"라 했으니 돌아가는 배, 즉 장소가 타향임을 알 수 있다. 배에 탄 사람은 강가에 배를 대고 누워 잠을 청하고 있다. 때와 장소가 이러할진대 잠이 오겠는가. 바람결에 서로 스치는 댓잎 소리는 이 나그네의 객수처럼 밤새도록 이어진다. *

瀟湘(소상, 샤오샹) : 둥팅호 남쪽 소수(샤오수이강)와 상수(샹장강)가 만나는 지역으로 풍광이 아름답다
灑(쇄) : 끼얹다, 씻다, 흩어지다
摠(총) : 모두

영매 詠梅 10
매화를 읊다 10

정도전(鄭道傳, 1342~1398)

고요한 밤에 눈은 막 그쳤고
맑은 달이 하늘 반쯤 기울었다
애간장 끊어질라! 남녘 나그네
시를 읊조리며 홀로 잠 못 이룬다

夜靜雪初霽　淡月橫半天
야 정 설 초 제　담 월 횡 반 천
腸斷江南客　哦詩獨不眠
장 단 강 남 객　아 시 독 불 면

제목이 〈영매詠梅〉인 이 시에는 매화가 없다. 정도전은 자신을 매화라 생각했나 보다. 매화를 남녘 나그네로 표현한 은유가 절묘하다. 정도전은 실제로 매화 같은 삶을 산 풍운아였다. 그는 고려 말기 유학을 바탕으로 한 신진 세력의 일원으로 이성계와 손잡고 조선을 건국한 후 나라의 기틀을 잡았다. 그러나 그는 절대왕정이 아닌 유학자를 중심으로 한 신권臣權 정치를 꿈꾸었다가 건국의 동지인 태종 이방원에게 참살당했다. 정도전은 그의 나이 34세와 50세 때 두 번에 걸쳐 전남 나주로 귀양을 갔다. 개성과 한양에서 주로 살았던 그가 남녘 나그네가 된 것은 귀양 갔을 때였으니 이 시는 그 시절에 지었으리라 짐작할 뿐이다. *

霽(제) : 비나 눈이 그치다, 개다, 기분이 풀리다
哦(아) : 읊조리다

우계동헌운 羽溪東軒韻

우계 동헌에서

이우(李堣, 1469~1517)

창틈으로 눈 들이쳐 촛불이 깜박이고
달빛 거른 솔 그림자 서쪽 처마에 흔들리네
밤 깊어서야 알았네 산바람 지난 줄을
담 너머 서걱거리는 으스스한 댓잎 소리

雪逼窓虛燭滅明　月篩松影動西榮
설 핍 창 허 촉 멸 명　월 사 송 영 동 서 영
夜深知得山風過　墻外蕭騷竹有聲
야 심 지 득 산 풍 과　장 외 소 소 죽 유 성

우계는 강원도에 있는 옛 고을 이름이다. 동헌은 조선시대 지방관이 기거하며 업무를 집행하던 집이다. 이우는 퇴계 이황의 숙부로 강원도 관찰사를 역임했다. 이때 관동 지역 여러 곳을 유람하며 많은 시문을 지어《관동행록關東行錄》을 엮었다. 이 시에는 자신의 감성을 전혀 표현하지 않은 채 주변의 정경과 소리를 객관적으로 묘사했을 뿐이지만 독자로 하여금 시인의 잠 못 이루는 객수를 느끼도록 하고 있다. 한겨울 강원도의 눈 내리는 밤, 구름 사이로 간간이 내비치는 달빛은 소나무 가지를 비추고 그 그림자가 동헌의 서창에 비친다. 담 너머 대밭에서 댓잎 부딪히는 소리에 바람을 느낀다. 적막한 밤의 객수에 몸이 시리다. *

逼(핍) : 가깝다, 핍박하다, 여기서는 들이치다
篩(사) : 체, 체질하다
榮(영) : 영화, 추녀
蕭騷(소소) : 바람 소리가 쓸쓸하고 처량함

만궁원 挽宮媛 궁녀를 애도함

이희보(李希輔, 1473~1548)

문 굳게 닫힌 궁궐에 달도 기우는데
열두 번 종소리 또렷이 들리는 밤
청산 어드메에 아리따운 몸 묻혔는가
갈바람에 낙엽 소리 차마 듣지 못하겠소

宮門深鎖月黃昏　十二鐘聲到夜分
궁 문 심 쇄 월 황 혼　십 이 종 성 도 야 분

何處靑山埋玉骨　秋風落葉不堪聞
하 처 청 산 매 옥 골　추 풍 낙 엽 불 감 문

이희보는 책벌레로 유명했다. 만 권의 책을 읽었다 한다. 연산군 시절 과거에 급제하여 벼슬길에 올랐다. 연산군이 총애하던 장녹수에게 줄을 대어 아부했다는 이유로 중종반정(1506) 이후 탄핵을 받아 직제학조선시대 홍문관, 예문관, 규장각의 정3품 관직에서 물러났다. 3년 후 이희보의 학식을 높이 산 중종의 배려로 다시 기용되었으나 한동안 한직에 머물렀다. 이 시가 장녹수를 기리는 작품이라 하여 사람들에게 빈축을 사기도 했다. 그러나 이런 전후 사정을 무시하고 이 시만 놓고 감상하면 어떨까? 어린 나이에 궁녀로 뽑혀와 평생 바깥출입도 못 한 채 독수공방으로 늙어 죽는 궁녀들의 한을 생각하면 어찌 안쓰럽지 않겠는가. 아무리 玉骨옥골이라도 땅에 묻히면 추풍낙엽인 것을. *

宮媛(궁원) : 궁녀
玉骨(옥골) : 살빛이 희고 고결한 사람
不堪(불감) : 감당할 수 없다

제황강정사 題黃江亭舍

황강정에 쓰다

조식(曺植, 1501~1572)

제비가 물에 스칠 듯 나는 비 머금은 어스름
보리밭 누렇게 익어 누렁 송아지 구분이 안 돼
지금도 나그네 마음 갈피를 못 잡았으니
외로운 기러기인가 떠가는 구름인가

江鷰差池雨欲昏　麥黃黃犢不能分
강 연 치 지 우 욕 혼　맥 황 황 독 불 능 분
向來客意無詮次　旋作孤鴻又作雲
향 래 객 의 무 전 차　선 작 고 홍 우 작 운

은둔보다 더 어려운 것이 속세에 몸담고 있으면서 지조를 지키는 일이다. 조식은 평생 벼슬을 하지 않았다. 25세에 과거를 위한 헛공부를 버리고 학문에 뜻을 두게 된 이후 수십 차례 임금의 부름에도 불구하고 단 한 번도 벼슬에 나가지 않았다. 그렇다고 그가 속세를 등진 은둔 도사도 아니었다. 일이 있을 때마다 임금까지도 가차 없이 비판하는 상소를 올리는 우국연민憂國憐民의 산림처사山林處士였다. 황강黃江은 조식의 절친한 동지이자 친구인 이희안의 호다. 갈피를 못 잡았다는 것은 겸손한 표현이다. 외로운 기러기거나 구름이거나 탈속의 자유는 마찬가지다. *

鷰(연) : =燕(연), 제비
差(치) : 어릴 차, 가릴 차, 어긋날 치, 제비가 나는 모습 치
犢(독) : 송아지
向來(향래) : 지금까지
詮次(전차) : 말에 차례가 있음, 순서

기부강사독서 寄夫江舍讀書

공부하러 간 남편에게

허난설헌(許蘭雪軒, 1563~1589)

제비는 쌍쌍이 처마 끝을 스쳐 날고
낙화는 어지러이 비단옷을 두드리지만
규방 어디를 봐도 봄기운이 없네요
강남에 풀 푸르러도 그대는 오지 않으니

燕掠斜簷兩兩飛　落花撩亂撲羅衣
연 략 사 첨 양 양 비　낙 화 요 란 박 라 의

洞房極目傷春意　草綠江南人未歸
동 방 극 목 상 춘 의　초 록 강 남 인 미 귀

요즘에는 어림도 없는 말이지만 조선시대에는 여자가 재주가 많으면 불행해진다는 편견이 있었다. 아마도 허난설헌을 두고 생긴 말일지도 모른다. 열다섯 꽃다운 나이에 시집가서 호된 시집살이와 남편 김성립의 무관심에 마음고생을 하다 27세에 요절하고 만 허난설헌이 새댁 시절 과거 공부하러 간 남편을 그리워하며 쓴 시다. 집 안에 만발한 꽃과 풀이 무슨 필요인가. 몸에 걸친 비단옷이 무슨 소용인가. 봄이 되어 제비도 쌍쌍이 나는데, 봄이 왔어도 남편 없는 그녀의 독수공방에 봄은 없었다. 그녀는 아마도 이 시를 남편에게 보내지 못하고, 혼자서 썼다가 찢어버리기를 무수히 반복했으리라. *

掠(략) : 빼앗다, 스쳐 지나가다
簷(첨) : 처마
撩亂(요란) : 가지런하지 못하고 어지럽다
極目(극목) : 보이는 곳 어디에나

도중 途中 나그네 길

권필(權韠, 1569~1612)

해가 저물어 외딴 주막에 들었노라
산이 깊어서인가 사립문 열려 있다
새벽닭 울 제 갈 길을 물었노라
노란 잎 떨어져 날 향해 날아온다

日入投孤店　山深不掩扉
일 입 투 고 점　산 심 불 엄 비
鷄鳴問前路　黃葉向人飛
계 명 문 전 로　황 엽 향 인 비

요즘 유행하는 말로 '쿨'한 시다. 황혼 녘 나그네가 주막에 들어가는 상황과 낙엽이 흩날리는 새벽녘에 주막에서 나오는 상황을 감상感傷이나 주변 풍광을 생략하고 건조하게 읊었다. 하지만 그 어떤 방랑시보다 더 쓸쓸하고 애잔한 느낌을 준다. 권필은 허균과 동갑 친구로 19세에 과거에 장원급제 했으나 한 글자를 잘못 썼다 하여 취소된 후 벼슬을 마다하고 유랑 생활을 했다. 광해군의 외척인 유씨 형제들을 풍자하여 비난하는 궁류시宮柳詩로 필화筆禍, 발표한 글이 사회적으로 문제를 일으켜 제재를 받음를 입어 곤장을 맞고 장독杖毒으로 죽었다. 권필은 "捨則石 用則器사칙석 용칙기"란 말로 유명하다. '버려두면 돌이요 사용하면 그릇'이라는 뜻으로 재주는 많으나 중용되지 못한 자신의 처지를 한탄한 말이다. *

掩扉(엄비) : 사립문(扉)을 잠그다(掩)

제야 除夜
선달그믐 날 밤

강백년(姜栢年, 1603~1681)

술은 떨어지고 등불 깜박이는데 잠이 안 와
새벽종 울린 뒤에도 엎치락뒤치락하는 것은
오늘 밤이야 내년엔들 또 없으랴마는
한 해를 보내는 아쉬운 마음에서라오

酒盡燈殘也不眠　曉鐘鳴後轉依然
주 진 등 잔 야 불 면　효 종 명 후 전 의 연

非關來歲無今夜　自是人情惜去年
비 관 래 세 무 금 야　자 시 인 정 석 거 년

선달그믐 날 밤, 저물어가는 한 해를 되돌아보면서 홀로 술잔을 기울인다. 준비된 술은 바닥이 나고, 기름이 마른 등불도 깜박거리는 것을 보면 밤이 상당히 깊었나 보다. 여전히 잠은 오질 않는다. 성문을 여는 파루罷漏 종소리가 울린 뒤로도 한참을 엎치락뒤치락하고 있다. 이 시인이 잠 못 이루는 이유는 이 밤이 선달그믐 날, 잠을 자지 않는 풍속 때문도 아니고, 또한 새해를 맞아 새로운 각오를 다지고자 함도 아니다. 그저 한 해를 보내고 새해를 맞으며 너무 빨리 지나간 1년이 아쉬운 것이다. 지나간 세월을 아쉬워하는 것이 인지상정 아니냐고 묻고 있다. *

除夜(제야) : 한 해의 마지막 밤, 섣달그믐 날 밤
殘(잔) : 해치다, 손상하다, 무너뜨리다, 멸하다
曉鐘(효종) : 새벽에 울리는 종, 罷漏(파루, 새벽 4시 성문을 여는 신호로 서른세 번 울리는 종)

11.

別 나눌 별

낙양 길 아득한데 언제 다시 만나랴

춘야별우인 春夜別友人 벗을 보내는 봄밤

진자앙(陳子昂, 661~702)

파란 연기 토하는 촛불, 귀한 술, 훌륭한 잔치
지난 우정 떠오르나 이별 길이 산천을 감도네
달은 큰 나무에 가렸고 은하수 스러지는 새벽
낙양 길 아득한데 이런 만남 언제 다시 있으랴

銀燭吐靑煙 金樽對綺筵 離堂思琴瑟 別路繞山川
은 촉 토 청 연 금 준 대 기 연 리 당 사 금 슬 별 로 요 산 천

明月隱高樹 長河沒曉天 悠悠洛陽道 此會在何年
명 월 은 고 수 장 하 몰 효 천 유 유 낙 양 도 차 회 재 하 년

만나고 헤어지는 것이 그리 쉬운 일은 아니다. 옷깃을 스치는 것도 몇만 겁의 인연이라는 불가의 가르침에서 보듯 만남 그 자체가 큰 사건이다. 만남이 그럴진 데 이별 역시 예삿일은 아니다. 더 나아가 다시 만나는 일, 재회는 더더욱 어려운 일이다. 그래서일까? 송별연은 길게 이어졌고 거하게 치르기 마련이었다. 촛불을 밝히고 좋은 술을 내어 마주한 자리에서 우정을 나누던 지난 시절이 떠오른다. 어느덧 달은 기울어 나뭇가지 사이로 숨었고, 은하수는 여명에 빛을 잃고 사그라진다. 석별의 정으로 하얗게 밤을 새워버린 것이다. 다시 만날 기약이 없으니 갑갑할 노릇이다. 그 시절 이별은 죽음과도 같았다. *

樽(준) : 술통, 술 단지
綺筵(기연) : 아름다운 잔치
琴瑟(금슬) : 부부간의 정, 여기서는 友情(우정)

송맹호연 送孟浩然
맹호연을 송별함

이백(李白, 701~762)

벗은 황학루를 떠나 동쪽으로 간다네
꽃 피는 삼월에 양주로 간다네
외로운 돛배 먼 그림자 허공 속에 사라지고
하늘 끝으로 흐르는 장강만 보노매라

故人西辭黃鶴樓　烟花三月下揚州
고 인 서 사 황 학 루　연 화 삼 월 하 양 주

孤帆遠影碧空盡　唯見長江天際流
고 범 원 영 벽 공 진　유 견 장 강 천 제 류

이백은 자신보다 열두 살 많은 띠동갑 맹호연을 무척 좋아했다. 이백은 〈증맹호연贈孟浩然〉이란 시를 지어 세속의 욕심을 버리고 풍류를 즐기면서 때로는 높은 산 같지만 맑은 향기를 내는 그의 인품을 칭송한 적도 있다. 그런 맹호연을 태우고 양주양저우로 떠나는 배를 황학루에 올라 수평선 너머로 사라질 때까지 보다가 이 시를 읊은 것이다. 원제목은 〈황학루송맹호연지광릉黃鶴樓送孟浩然之廣陵〉이다. '황학루에서 광릉광링으로 가는 맹호연을 송별하다'란 뜻이다. 이 시는 후반부가 일품인데 특히 碧空盡벽공진, 天際流천제류 등 이백다운 시어가 가슴을 때린다. *

廣陵(광릉, 광링) : 장쑤성 양주(양저우)의 옛 이름
西辭(서사) : 서쪽에서 물러나다, 양저우는 황학루의 동쪽임, 사(辭)는 거절의 뜻
唯見(유견) : 오로지 ~가 보일뿐이다, 오직 ~를 볼뿐이다

송원이사안서 送元二使安西
원이를 보내며

왕유(王維, 701~761)

위성의 아침 비가 먼지를 씻어내니
객사 앞의 버드나무 푸르름이 새롭다
그대여 이 술 한잔 더 비우시게
함양 땅 서쪽에는 옛 친구 없으리라

渭城朝雨浥輕塵　客舍靑靑柳色新
위 성 조 우 읍 경 진　객 사 청 청 유 색 신
勸君更盡一杯酒　西出陽關無故人
권 군 갱 진 일 배 주　서 출 양 관 무 고 인

친구가 안서도호부 관찰사로 부임하게 되어 위성 웨이청 까지 나와 송별연을 벌였다. 아침에 내린 비로 번잡한 거리에 먼지가 모두 씻겨 상큼한 날씨다. 봄비에 버드나무는 그 푸르름이 더해졌다. 송별연치고는 분위기가 좋다. 영전하여 부임지로 갈 예정이니 헤어지는 게 서운할지라도 축하할 일이다. 함양 咸陽, 셴양 의 서문을 벗어나면 오늘 이 자리처럼 마음 터놓고 술잔을 나눌 수 있는 친구가 없을 것이다. 고위 공직자로 연고가 없는 지방에 부임하게 되면 처신을 조심하고 매사에 긴장할 수밖에 없는 것은 예나 지금이나 마찬가지 아니겠나. 이 시를 외워두면 송별연에서 품격 있는 권주가로 요긴하게 쓸 수 있겠다. *

元二(원이) : 원 씨 가문의 둘째 아들
渭城(위성, 웨이청) : 진나라 수도였던 함양(셴양)의 다른 이름, 당나라 수도 장안의 서쪽에 있음
浥(읍) : 적시다
陽關(양관) : 함양(셴양)의 관문

송이시랑부상주 送李侍郎赴常州
이시랑을 보내며

가지(賈至, 718~772)

눈 그치고 구름 개자 북풍이 차갑구려
초나라 물 건너 오나라 산 넘어 험한 길로
오늘 그대 보내는데, 우리 잔뜩 취해보세
내일 아침 서로 그리워도 길은 아득할 테니

雪晴雲散北風寒　楚水吳山道路亂
설 청 운 산 북 풍 한　초 수 오 산 도 로 난

今日送君須盡醉　明朝相憶路漫漫
금 일 송 군 수 진 취　명 조 상 억 로 만 만

판소리 〈춘향가〉 중 오리정 이별 대목에 이 시가 나온다. 춘향이 이 도령의 말고삐를 붙잡고 술상을 보게 한 뒤 "今日送君須盡醉금일송군수진취라는데 어서 한잔 드시오"라며 이별주를 권한다. 한시를 알면 판소리를 제 흥대로 맛볼 수 있다. 가지와 이시랑李侍郎은 뤄양에서 이별주를 나누고 있다. 이시랑이 부임하는 창저우는 상하이와 난징 사이에 있는 도시다. 창저우가 과거 초나라와 오나라 땅에 속하는 곳이어서 楚水吳山초수오산이라 했다. 초한지楚漢誌에 나오는 초나라이고 고사성어 오월동주吳越同舟에 나오는 오나라다. 귀양 보내거나 좌천되어 떠나는 길은 아니다. 그러나 아무리 그리워도 쉽게 볼 수 없는 '길이 멀고도 아득한 곳路漫漫'은 맞다. 겨울바람이 이 시처럼 차갑다. *

赴(부) : 나아가다, 부임하다, 알리다
須(수) : 모름지기, 마땅히
漫漫(만만) : 멀고 아득하다

사정송별 謝亭送別
사정송별

허혼(許渾, 791~854?)

뱃노래 한 가락에 헤어져 떠나는 배
붉은 잎 푸른 산 사이로 물조차 서둘러 흐른다
해는 지고 술은 깨고 님도 이미 멀리 떠나버려
하늘 가득 비바람 속에 서쪽 누각을 내려온다

勞歌一曲解行舟　紅葉青山水急流
노 가 일 곡 해 행 주　홍 엽 청 산 수 급 류

日暮酒醒人已遠　滿天風雨下西樓
일 모 주 성 인 이 원　만 천 풍 우 하 서 루

글자로는 있으되 요즘 여간해서 경험하지 못할 감정 중 하나가 석별惜別의 정한情恨이다. 교통이 발달한 지금은 국내는 물론이고 해외로 이민을 떠난다 해도 다시 만날 가능성이 커 그리 애석하지 않다. 그러나 천년 전 드넓은 중국 땅에서 나이 든 사람끼리의 송별의 정은 각별한 것이었다. 한 번 이별하면 다시 만날 기약이 어려웠다. 그래서인지 옛 한시에는 송별시送別詩가 많다. 그뿐만 아니라 송별연送別宴이 길고 거창했다. 하지만 이별의 순간은 짧은 것 아니겠는가. 님을 실은 배는 빠른 물살을 타고 이미 멀리 사라졌다. 빈 강물을 쳐다보며 망연자실한다. 해는 지고 술도 깬다. 하늘도 내 마음을 아는 듯이 비바람이 몰아친다. 그 비를 맞으며 누각을 내려온다. *

勞歌(노가) : 일 하면서 부르는 노래, 노동요, 여기서는 뱃노래
解行舟(해행주) : 떠나가는 배, 解(해)는 나누다, 풀다, 이해하다

권주 勸酒 권주

우무릉(于武陵, 810~?)

그대에게 이 술잔을 권하노니
넘치는 잔이라 사양하지 마시오
꽃이 필 때면 비바람이 잦듯이
우리네 인생살이에 이별도 많거늘

勸君金屈巵　滿酌不須辭
권 군 금 굴 치　만 작 불 수 사

花發多風雨　人生足離別
화 발 다 풍 우　인 생 족 이 별

달관達觀은 세속을 벗어난 높은 견식을 가진 상태 또는 사소한 일에 얽매이거나 흔들리지 않는 경지를 의미한다. 그런데 세속적인 일에 달통해서 거침없는 경우도 달관이라 표현하기도 한다. 세 번째 구의 "花發多風雨화발다풍우"는 호사다마好事多魔라 해석할 수도 있고, 달도 차면 기운다는 우주의 질서처럼 회자정리會者定離 또한 인생사의 진리라고 주장하는 말일 수도 있다. 생명에는 죽음이 따르고, 만남에는 이별이 내포되어 있음을 아는 것 또한 달관이리라. 이별도 많이 해 보면 달관의 경지에 오르나 보다. 그런데 이 시에서 보이는 달관은 우울한 달관 같다. 여운이 없이 너무 쿨한 이별이다. *

金屈巵(금굴치) : 금으로 만든 고급 술잔
足(족) : 여기서는 많다는 뜻=多(다)

봉별소판서세양 奉別蘇判書世讓

소판서와 이별

황진이(黃眞伊, ?~?)

달빛 어린 뜨락에 오동 잎 지고 서리 맞은 들국화 노랗네
누각이 높아 하늘과 한 척이요 취한 이는 연신 술이라
강물은 거문고와 어우러지고 매화 향기 피리 소리에 깃들어
내일 아침 이별 후에는 그리움은 물결인 양 끝이 없으리

月下庭梧盡 霜中野菊黃　樓高天一尺 人醉酒千觴
월 하 정 오 진 상 중 야 국 황　누 고 천 일 척 인 취 주 천 상

流水和冷琴 梅花入笛香　明朝相別後 情與碧波長
유 수 화 냉 금 매 화 입 적 향　명 조 상 별 후 정 여 벽 파 장

소세양蘇世讓은 전라도 관찰사에 이어 여러 판서判書를 두루 섭렵한 고관이었다. 어느 때인지 확실치는 않으나 이분이 친구들과 '황진이와 한 달을 기약하고 동거를 하되 아무리 유혹해도 하루도 그 기한을 넘기지 않겠다'는 내기를 했다. 약속한 마지막 날 황진이가 이 시를 읊으며 더 머물기를 청하자 그는 내기에서 지고 만다. 황진이의 유혹에 대장부의 체통과 위신을 포기한 것이다. 30년 면벽 수도한 지족선사知足禪師와 고관대작 소판서蘇判書는 황진이의 유혹에 넘어갔다. 이들의 손자뻘인 풍류객 임제 역시 그녀의 무덤가에서 흥을 돋우다가 벼슬을 놓친다. 이분들이 화담花潭 서경덕보다 더 멋있어 보이는 것은 내 경박 때문인가? *

蘇世讓(소세양) : (1486~1562) 시서에 능했으며, 형조, 호조, 이조, 병조판서 등을 역임
徐花潭(서화담) : (1489~1546) 서경덕, 황진이의 유혹에 넘어가지 않은 유학자
觴(상) : 술잔

별보상인 別寶上人

벗과 이별하며

보우(普雨, 1509~1565)

물결 따라 흘러가는 사람의 일이라 알 수 없으니
다시 온다고 부질없는 약속은 하지 맙시다
만물과 하늘 간에 어찌 미리 약속이 있었겠소만
봄바람에 움트지 않는 나무가 어디 있습디까

波飜人事儘難知　莫謾重來豫作期
파 번 인 사 진 난 지　막 만 중 래 예 작 기
物豈與天先有約　春風無樹不生枝
물 기 여 천 선 유 약　춘 풍 무 수 불 생 지

조선 건국 이래 탄압을 받아 만신창이가 된 불교를 중흥시킨 이가 허응당虛應堂 보우 스님이다. 든든한 후원자였던 문정왕후가 죽자 스님은 제주도로 유배되어 그곳에서 맞아 죽었다. 이 시는 유배지로 떠나기 직전 쓴 것으로 보인다. 인간 세상의 일은 알 수가 없는 노릇이니 다시 돌아온다는 약속은 부질없는 짓이라고 전반부에서 말하고 있다. 스님은 자신이 다시 돌아올 수 없음을 잘 알고 있으면서도 이별을 슬퍼하는 상대방에게 한 가닥 여운을 남기고 있다. 아무리 추운 겨울이라도 머지않아 봄이 올 테고 봄바람이 불면 나무마다 가지에 움이 튼다며 달랜다. 더불어 피폐된 불교도 언젠가는 다시 소생할 것이라는 희망을 던져주고 있다. *

飜(번) : 뒤치다, 엎어지다, 넘쳐흐르다
莫(막) : 없을 막, ~하지 말다, 저물 모, 고요할 맥
謾(만) : 속이다, 헐뜯다, 느리다
重(중) : 거듭, 다시, 무겁다
豈(기) : 어찌 ~겠는가?

송인환음 送人還吟
송별 후

유정(惟政, 1544~1610)

관문 밖으로 그대를 보내려니 첩첩 산이 막아 서 있네
밤 되자 애끓는 원숭이 울음, 캄캄한 구름 끝에 눈발은 날리고
해 질 녘 서울 길은 먼데, 하늘 높이 기러기 찬 그림자
언제 우리 다시 보랴, 석양빛 너머를 나 홀로 바라본다

關外送君去 千山更萬山 斷猿啼夜後 飛雪暗雲端
관 외 송 군 거 천 산 갱 만 산 단 원 제 야 후 비 설 암 운 단

日暮神州遠 天高雁影寒 何時重會面 獨望夕陽殘
일 모 신 주 원 천 고 안 영 한 하 시 중 회 면 독 망 석 양 잔

고적한 산사에서 며칠을 함께 머물며 불도와 유학을 논하고 때로는 세상 돌아가는 이야기도 나누던 벗이 서울로 돌아간단다. 강원도 금강산에서 한양까지 가려면 수많은 산을 넘어야 하는데 걱정이 앞선다. 더구나 잔뜩 흐린 데다 눈발까지 흩날리니 보내는 마음이 무겁다. 이제 헤어지면 언제 다시 만날지 기약할 수 없는 이별은 애가 끊어지는 슬픔이다. 결국 친구는 가고 없는데 홀로 친구가 떠난 서쪽 하늘 먼 곳을 망연히 보고 있다. 사명당四溟堂 유정은 속세를 떠난 승려의 몸이지만 그의 시에는 감정을 자제하기보다 느끼는 그대로 표현하는 솔직함이 있어 고승의 면모를 자아낸다. *

斷猿(단원) : 새끼를 잃은 어미 원숭이가 슬픔으로 애가 끊어져 죽은 고사에서 나온 말
神州(신주) : 서울

절양류 折楊柳
뒷버들

홍랑(洪娘, ?~?)

산버들 꺾어 천 리 길 가실 이께 드리오니
뜰 앞에 심어두고 나처럼 여기소서
밤사이 새잎 나오면 반드시 아실 거예요
야위고 시름에 찬 눈썹이 바로 저니까요

折楊柳寄千里人　爲我試向庭前種
절 양 류 기 천 리 인　위 아 시 향 정 전 종
須知一夜生新葉　憔悴愁眉是妾身
수 지 일 야 생 신 엽　초 췌 수 미 시 첩 신

"묏버들 가려 꺾어 보내노라 님의 손에/ 자시는 창밖에 심어두고 보소서/ 밤비에 새잎 나거든 날인가 여기소서" 애절한 이별의 노래다. 사랑이 깊은 만큼 그 이별의 슬픔은 곱으로 더해진다. 천년 전부터 이별의 정표로 버들가지를 꺾었으나 그 이유를 몰랐는데 홍랑이 이 시조 한 수로 정리했다. 사랑하는 님이 주무시는 방 창밖에 심어두고 항상 보면서 나처럼 생각하시라고, 여린 새잎이 돋아나면 그 이파리가 당신을 그리다가 야윈 내 눈썹인 줄 아시라고 꺾어주는 것이란다. 함경도 경성 관기 홍랑이 연인 최경창에게 준 이 시조를 한역했다. *

爲我(위아) : 나로 간주하라
向(향) : 북쪽으로 난 창(함경도는 서울의 북쪽), 향하다, 나가다
須知(수지) : 반드시 알아라, 필히 알 것이다

경안 驚雁 놀란 기러기

정약용(丁若鏞, 1762~1836)

동작나루 건너편엔 그믐달이 기울고
놀라 깬 기러기 한 쌍 푸드득 난다
갈대숲 눈밭에서 이 밤을 지새우고
내일이면 머리 돌려 헤어질 기러기

銅雀津西月似鉤　一雙驚雁度沙洲
동 작 진 서 월 사 구　일 쌍 경 안 도 사 주

今宵共宿蘆中雪　明日分飛各轉頭
금 소 공 숙 노 중 설　명 일 분 비 각 전 두

조선 후기 실학자 다산 정약용 선생이 그의 나이 40세 때인 1801년 천주교와 관련되어 경상도 장기로 귀양 가는 길에 과천까지 동행한 부인과 마지막 밤을 함께 보내며 한 쌍의 기러기로 자기 부부를 비유했다. 진리를 탐구하는 학자로서, 백성과 나라를 생각하는 관료로서 끊임없이 고민하며 새로운 학문 체계를 모색하던 당시에는 진보적인 다산 선생을 조정의 보수 정객들은 눈엣가시로 여겨 귀양을 보냈다. 거대한 권력 앞에서 한갓 미물에 불과한 기러기 신세가 되어 날이 밝으면 앞날을 기약할 수 없이 헤어져야 하는 부부의 신세가 독자들의 심금을 울린다. 이날 이후 다산은 18년간 긴 유배가 시작되었고, 이 기간에 다산의 학문이 완성되었으니 유배가 다산과 우리 민족에게 큰 도움을 준 계기가 되었다. *

鉤(구) : 갈고리, 낫
宵(소) : 밤, 야간
蘆(노) : 갈대

무제 無題 무제

금란(金蘭, ?~?)

북으로 김낭군 남으로 단월승
제 마음은 정처 없는 구름이라오
맹세처럼 정말로 산이 무너졌다면
월악산은 지금껏 여러 번 무너졌지요

北有金君南有丞　妾心無定似雲騰
북 유 김 군 남 유 승　첩 심 무 정 사 운 등

若將盟誓山如變　月岳于今幾度崩
약 장 맹 서 산 여 변　월 악 우 금 기 도 붕

금란은 충주 기생이다. 김낭군은 김목이란 사람이다. 서로 각별한 사이였다. 김목이 서울로 떠날 때 금란은 맹세했다. "월악산이 무너질지언정 제 마음은 변치 않습니다." 그러나 금란이 단월승이란 사람과 깊은 관계라는 소문이 서울에 있는 김목에게 전해졌다. 김목이 금란에게 편지를 썼다. "네가 단월승을 사랑한단 소문을 듣고 내 마음은 그곳으로 달려간다. 내 기필코 육모방망이를 들고 가서 월악산이 무너진다는 네 약속을 추궁하겠다." 금란의 답장이 이 시다. 순진하게도 기생의 절개를 믿었던 김목은 어리석은 사람일까? 남자의 우직한 순정에 견줘 여우 같은 금란의 배신이 얄밉다. *

于(우) : 가다, 여기, ~부터, ~하다

산가 山歌 산마을 노래

황준헌(黃遵憲, 1848~1905)

새벽닭 울어대며 길 떠나라 재촉하네
물이 동서로 갈리듯 님을 떠나보내야 하리
흐르는 물은 잡아둘 길이 없으나
다시는 새벽에 우는 닭을 키우지 않으리

催人出門鷄亂啼　送人離別水東西
최 인 출 문 계 난 제　송 인 이 별 수 동 서
挽水西流想無法　從今不養五更鷄
만 수 서 류 상 무 법　종 금 불 양 오 경 계

황준헌은 청나라 말기 외교관이자 빼어난 시인이었다. 조선은 청나라와 일본과 손을 잡고 미국과 조약을 맺어 러시아의 남하 정책에 대비해야 한다는 내용의 《조선책략朝鮮策略》으로 우리에게 잘 알려진 이다. 또한 각운과 형식을 과감히 버리고 자유시를 개척한 뛰어난 시인이다. "我手寫我口아수사아구"라는 유명한 말을 했다. '내 입에서 나오는 말을 그대로 글로 표현한다'는 뜻이다. 이 시는 황준헌의 고향인 광둥성 지방 민요를 글로 옮긴 것이다. 19세기 말 서양 열강이 식민지 개척을 위해 어지럽게 얽혀 합종연횡하는 현장을 목격하며 청나라와 조선의 장래를 걱정하던 이 선각자도 세월처럼 흐르는 물은 잡을 수 없었나 보다. *

催(최) : 재촉하다
挽(만) : 말리다, 잡아당겨 못 하게 하다
從今(종금) : 지금부터

12.

愁 근심 수

외기러기 들에서 울고

영회 詠懷 1
마음속 생각 1

완적(阮籍, 210~263)

한밤중 잠 못 이루고 앉아 거문고를 타노라
앞창에는 밝은 달빛 옷깃에는 맑은 바람
외기러기 들에서 울고 새는 찬 숲에서 우짖네
헤매며 무얼 찾나 근심에 홀로 마음 아파라

夜中不能寐 起坐彈鳴琴　薄帷鑒明月 清風吹我襟
야 중 불 능 매　기 좌 탄 명 금　박 유 감 명 월　청 풍 취 아 금

孤鴻戶外野 翔鳥鳴北林　徘徊將何見 憂思獨傷心
고 홍 호 외 야　상 조 명 북 림　배 회 장 하 견　우 사 독 상 심

완적은 죽림칠현 중 한 사람이다. 조조가 중원을 재패했으나 위나라의 실권은 사마씨 일가가 차지했다. 사마의의 독재와 폭정을 피해 현실을 외면하고 음주가무와 음풍농월을 일삼으며 목숨을 부지했던 귀족 일곱 명을 후세에 현인으로 치켜세워 죽림칠현이라 불렀다. 그들은 불의에 맞서 싸우지는 못하더라도 시대의 모순을 기록으로 남겨 역사의 감시자가 되려는 노력도 하지 않았다. 귀족이자 지식인으로서 자신의 책임을 회피했다고 볼 수 있다. 목숨이 아까워 현실도피를 했으나 울분과 자괴감이 마음속에서 이는 것은 어찌할 수 없었나 보다. 완적은 자신의 갑갑한 마음을《영회시詠懷詩》82수에 담았다. 이 시는 그 첫 번째 시다. *

帷(유) : 휘장, 커튼
鑒(감) : 비치다, 성찰하다

추야곡 秋夜曲 가을밤

왕유(王維, 701~761)

달은 막 떠오르고 밤이슬 아직 적지만
얇은 비단옷 바꿔 입을 생각도 없이
밤 깊도록 하염없이 거문고를 타면서
독수공방 두려워 차마 돌아갈 수 없다네

桂魄初生秋露微　輕羅已薄未更衣
계 백 초 생 추 로 미　경 라 이 박 미 갱 의
銀箏夜久殷勤弄　心怯空房不忍歸
은 쟁 야 구 은 근 롱　심 겁 공 방 불 인 귀

箏쟁은 가야금과 비슷한 현악기다. 열세 개의 줄로 된 섬세한 악기로 주로 여자들이 연주한다. 이 시에서 밤늦도록 정성을 다해 쟁을 뜯는 이는 누구를 위해 연주하고 있을까? 독수공방이 무서워 차마 돌아가지 못하는 여인은 그냥 앉아 있자니 청승맞게 보일까 봐 하릴없이 쟁을 탄다. 낮에 입었던 얇은 비단옷이 가을 달밤의 서늘한 한기를 막아주지 못하지만 방에 들어가기 싫어 가벼운 옷차림 그대로 추위를 참으며 앉아 있다. 옷을 더 껴입은들 마음속의 허전함이 없어질 리 없고, 따뜻한 방으로 들어간들 시린 고독이 풀리지 않는데, 울려 퍼지는 추야곡秋夜曲은 이 여인의 외로움처럼 가을 하늘에 바람이 되어 흩어진다. *

桂魄(계백) : 계수나무의 넋, 즉 달
殷勤弄(은근롱) : 정성스럽고 다정하게 연주하다, 弄(롱)은 연주하다

추우 秋雨 가을비

혜정(慧定, ?~?)

가을비 쓸쓸한 시월의 금강산
가을 빗속에서 나뭇잎이 운다
십 년 소리 없이 홀로 흘린 눈물이여
눈물 젖은 가사는 부질없는 시름일 뿐

九月金剛蕭瑟雨　雨中無葉不鳴秋
구 월 금 강 소 슬 우　우 중 무 엽 불 명 추
十年獨下無聲淚　淚濕袈衣空自愁
십 년 독 하 무 성 루　루 습 가 의 공 자 수

음력 구월의 금강산은 단풍이 절정이다. 이런 선경仙境을 시샘하듯 가을비가 내린다. 단풍잎이 빗속에서 울고 있다. 가을비가 그치고 나면 곧 겨울이 되고 잎은 떨어질 것이다. 세상과 이별이 아쉬워서인지 지난 시절의 인연이 그리워선지 가을비를 맞으며 울고 있는 나뭇잎처럼 이 여승도 속세를 떠난 10년 동안 속으로 눈물을 흘렸다. 소리 없이 흘러내린 눈물로 가사袈裟가 마를 날이 없었다. 그 눈물이 부질없는 것임을 알면서도 흐르는 눈물을 막을 수가 없었다. 색즉시공色卽是空, 형체는 헛것이다. 색色 안에 근심 수愁도 있다면 수즉시공愁卽是空, 근심은 헛것이 아닌가. 세상사 모두가 부질없는 시름일 뿐이거늘…. 가을비가 내린다. *

蕭瑟(소슬) : 가을바람이 부는 소리
袈衣(가의) : 가사(袈裟), 중의 옷

규정 閨情 아낙네 마음

이단(李端, 743~782)

달은 지고 별빛 흐려 먼동이 트려는데
호롱불 덩그러니 뜬눈으로 지새운 밤
외투 껴입고 나가 문밖을 살피는데
반가운 까치 소리에 화난 마음 달랜다

月落星稀天欲明　孤燈未滅夢難成
월 락 성 희 천 욕 명　고 등 미 멸 몽 난 성
披衣更向門前望　不念朝來鵲喜聲
피 의 갱 향 문 전 망　불 념 조 래 작 희 성

밤새도록 돌아오지 않는 남편을 기다리며 날이 밝도록 잠 못 이룬 이 여인. 날이 샌 지금이라도 행여 남편이 들어올까 문밖으로 나가 멀리 큰길 쪽을 살피고 있는데, 잠에서 막 깬 까치가 울고 있다. 까치가 울면 기쁜 소식이 온다고 했다. 반가운 까치 소리에 서운하고 화난 마음을 스스로 풀어버리는 마음 착한 아내다. 백제 가요 〈정읍사井邑詞〉와 비슷한 분위기다. "달하 노피곰 도다샤/ 멀리곰 비치오시라/ 전주장에 가셨나요/ 진 데를 드디올세라…" 이 시 속의 여인은 아마도 새색시인가 보다. 내 아내는 내가 들어오는 줄도 모르고 초저녁부터 잠을 잔다. *

披(피) : 나누다, 쪼개다, 옷을 입다
鵲喜(작희) : (기쁜 소식 전한다는) 까치, =喜鵲(희작)

추석 秋夕
가을밤

두목(杜牧, 803~852)

촛불 밝힌 가을밤에 꽃 병풍도 차가운데
조그만 비단 부채로 개똥벌레를 쫓다가
문득 궁 안의 밤빛이 물처럼 쌀쌀하여
우두커니 바라보는 견우성과 직녀성

銀燭秋光冷畫屛　輕羅小扇撲流螢
은 촉 추 광 냉 화 병　경 라 소 선 박 유 형
天階夜色凉如水　坐看牽牛織女星
천 계 야 색 량 여 수　좌 간 견 우 직 녀 성

이 시의 제목인 〈추석〉은 한가위가 아니다. 그냥 가을밤이다. 중국에서는 한가위를 중추절이라고 한다. 최남선은 중추월석仲秋月夕을 줄여 추석이라 조선 후기부터 썼다고 어원을 풀이했다. 신정新正을 설날로 바꾸었듯이 한가위라는 아름다운 우리말로 바꾸어 부르면 좋겠다. 이 시는 궁녀의 고독과 한을 노래했다. 구중궁궐 깊이 들어앉은 독수공방이 여름이라고 쌀쌀하지 않았을까마는, 가을밤이 깊어가며 서늘해지자 황제의 관심에서 벗어난 궁녀의 마음은 더욱 쓸쓸하다. 더구나 병풍 속의 꽃처럼 벌 나비가 찾아들지 않으니 어찌 자신을 꽃이라 부를 수 있을까. 1년에 단 한 번 만난다는 견우와 직녀가 오히려 부럽단다. *

扇(선) : 부채, 가을 부채는 버림받은 여인을 뜻한다
撲(박) : 때리다

우중문앵 雨中聞鶯

빗속의 꾀꼬리 소리

소순흠(蘇舜欽, 1008~1048)

순박하고 아리따운 소녀가 사는 집
꽃가지 사이에서 우는 듯 속삭이는 듯
해 질 무렵 빗속에 봄바람도 급하니
떨어져 날리는 꽃잎은 누구에게 붙으려나

嬌騃人家小女兒　半啼半語隔花枝
교 애 인 가 소 녀 아　반 제 반 어 격 화 지
黃昏雨密東風急　向此飄零欲泥誰
황 혼 우 밀 동 풍 급　향 차 표 영 욕 니 수

봄날이 한창이다. 길고 긴 해도 어느덧 서쪽으로 기운 황혼 녘. 한적한 시골집에서 아리따운 작은 소녀가 꾀꼬리 소리를 듣고 있다. 제법 불어대는 봄바람 속에 가랑비가 자욱한데, 비를 맞으며 꾀꼬리가 꽃가지 사이를 날아다닌다. 마치 소녀에게 말을 거는 듯하다. 꽃잎이 바람에 실려 그 소녀 쪽으로 날아온다. 비에 젖은 꽃잎이 소녀의 머리로 어깨로 내려앉는다. 꾀꼬리가 보낸 이 꽃잎은 소녀가 남몰래 혼자서 그리워하는 윗마을 소년이 꾀꼬리를 시켜 보내온 편지인가 보다. 봄바람에 떨어지는 꽃잎은 주로 부귀영화의 덧없음을 상징하는데 이 시에서는 시골 소녀를 등장시켜 애틋한 사랑을 노래한다. *

嬌騃(교애) : 아리따울 교, 어리석을 애
泥(니) : 진흙, 이슬 맺힌 모습

연자루 燕子樓
연자루

서거정(徐居正, 1420~1488)

연자루 밖에는 해마다 제비 날아들지만
늙은 기생 호호는 이미 세상에 없도다
풍류 인물은 지금 어디 계신가
비파 한 곡조에 해가 반쯤 기울었네

樓外年年燕子飛　樓中好好已成非
루 외 년 년 연 자 비　루 중 호 호 이 성 비
風流人物今安在　一曲琵琶半落暉
풍 류 인 물 금 안 재　일 곡 비 파 반 락 휘

연자루란 이름을 가진 정자가 여러 곳에 있다. 같은 이름의 한시도 여러 수가 전해온다. 중국에서는 백거이와 소동파의 〈연자루〉가 유명하다. 서거정의 연자루는 순천 죽도봉에 있다. 맹사성은 김해에 있는 연자루를 읊었다. 순천의 연자루는 열십자형 정자로 물 찬 제비처럼 날렵한 모양새가 무척 아름답다. 때는 춘삼월 강남의 제비가 순천만에 돌아왔다. 그러나 연자루 안에 기생 호호는 이미 없다. 풍류 인물은 고려 때 순천부사 손억을 가리킨다. 기생 호호와 사랑에 빠진 일화가 전해온다. 손억이 훗날 호호를 찾아 순천에 왔지만 호호는 이미 죽고 없었다는 슬픈 사연이다. 봄날에 풍광이 멋진 곳에 올라 풍류를 즐기는 시인의 여유가 물씬 풍긴다. *

燕子(연자) : 제비
安在(안재) : 어디 있는가? 安(안)은 의문사

신력 新曆
새 달력

강극성(姜克誠, 1526~1576)

하늘의 때와 사람 일은 도무지 알 수 없으니
병든 몸으로 새 달력 차마 쳐다보기 힘드이
올 한 해 삼백 일 무슨 일 벌어질까 모르지
비바람은 얼마나 치고 몇 번을 울고 웃을지

天時人事太無端　新曆那堪病後看
천 시 인 사 태 무 단　신 력 나 감 병 후 간

不識今年三白日　幾番風雨幾悲歡
불 식 금 년 삼 백 일　기 번 풍 우 기 비 환

나라건 여염집이건 새해를 맞으면 악귀를 물리치고 좋은 일이 벌어지기를 기원하는 의식을 행하거나 마음속으로 간절히 기도하기 마련이다. 개인적으로는 올해도 내내 건강하고, 뜻하는 일이 이루어지기를 서로 축원하는 것이 우리네 새해 풍속이다. 그러나 몸이 편찮은 어른은 자손들의 세배를 사양하기도 한다. 나쁜 기운이 행여 그들에게 옮을까 저어하며 혹은 이제 살 만큼 살았으니 아랫사람들에게 문안을 받는 것도 남우세스럽다는 사양지심에서 그리한다. 하늘의 뜻과 세상일 돌아가는 이치에 순응할 줄 알고 겸손한 자세를 가져야 존경받기에 합당한 어른이 되기 때문이다. *

無端(무단) : 아무 까닭이 없다
那堪(나감) : 어찌 나, 견딜 감, 어찌 견딜 수 있을까

화학 畵鶴

그림 속의 학

이달(李達, 1539~1612)

학 한 마리가 먼 하늘을 올려본다
밤이 차가워 한 다리를 들었나 보다
찬바람이 대숲을 흔들고 지나가니
가을 이슬이 온몸 가득 방울진다

獨鶴望遙空　夜寒拳一足
독 학 망 요 공　야 한 권 일 족
西風苦竹叢　滿身秋露滴
서 풍 고 죽 총　만 신 추 로 적

고고한 자태를 가진 학 한 마리, 그러나 안타깝게도 날지 못하는 그림 속의 학이다. 특출난 시인이었으나 서얼인 이달의 처지와 딱 그대로다. 학은 그저 먼 하늘만 쳐다보며 하늘 저편의 더 나은 세상을 그려볼 뿐이다. 현실은 어디를 봐도 차가운 밤처럼 앞이 보이지 않고 온몸이 시리다. 다리 한쪽을 말아 올린 것은 몸과 마음이 모두 추워서일 것이다. 쌀쌀한 가을바람이 대숲을 흔들고 지나간다. 바람에 댓잎이 몸서리를 친다. 홀로 서 있는 하얀 학의 깃털마냥 모든 댓잎이 떨며 차가운 이슬을 방울방울 흩날린다. 이 시인의 마음속에 있는 고독과 몸을 휘감고 있는 현실의 고달픔을 누가 알아줄까. 문득 진저리치듯 찬 기운을 털어내며 이 시인은 그저 먼 하늘만 쳐다본다. 가을밤에 온몸으로 찬 이슬을 맞으면서. *

遙空(요공) : 멀고 아득한 하늘

봉화낙선재 奉和樂善齋
낙선재

인평대군(麟坪大君, 1622~1658)

서리 가득 하늘에는 기러기 소리 차갑고
까마득한 은하수 아래 수정같이 맑은 밤기운
청나라에 와 병들어 누웠으니 잠은 안 오고
내 마음 깊은 곳을 비추는 주렴 밖 밝은 달

一天霜雁送寒聲　河漢迢迢夜氣晶
일 천 상 안 송 한 성　하 한 초 초 야 기 정

臥病胡床仍不寐　透簾明月照深情
와 병 호 상 잉 불 매　투 렴 명 월 조 심 정

인평대군은 조선 인조의 셋째 아들로 학문이 깊고 시서화에 두루 능했다. 병자호란 이후 19세에 청나라에 볼모로 끌려갔다. 1650년 이후 사신으로 청나라에 네 차례 다녀왔다. 인평대군은 조선 사신의 숙소인 낙선재에서 밤이 깊도록 잠을 이루지 못하며 상념에 젖어들었다. 차가운 밤하늘에는 보름달이 휘영청 밝고 은하수가 아스라이 하늘을 가르며 흐른다. 이때 남쪽으로 날아가는 기러기 떼의 울음소리가 인평대군의 스산한 마음을 더욱 춥게 만든다. 왜란과 호란이 연거푸 닥치며 백성은 초근목피草根木皮, 풀뿌리와 나무껍질로 연명하는데, 조정 대신들은 권력 싸움에 바쁘고, 청나라는 무리한 요구를 일삼는다. 그러니 이분은 나라 걱정에 잠이 올 리 없다. *

河漢(하한) : 은하수
迢(초) : 까마득히 높고 멀다
仍(잉) : 거듭하다, ~로 인하다

전춘 餞春
봄을 보내고

능운(凌雲, ?~?)

어젯밤 꽃 피는 봄을 여의고 와서
깊은 슬픔 못 이겨 술 많이 마셨소
동백꽃은 아직도 붉게 피어 남아 있어
호랑나비 때때로 담 넘어 날아드오

芳郊前夜餞春同　不耐深悲强把盃
방 교 전 야 전 춘 동　불 내 심 비 강 파 배

猶有柏花紅一樹　時看蛺蝶度墻來
유 유 백 화 홍 일 수　시 간 협 접 도 장 래

사랑하는 님을 떠나보내고, 그 슬픔을 술로 달래보는 기생은 동백꽃을 닮았다. 베르디의 오페라 〈라 트라비아타La Traviata〉는 우리말로 '춘희'라고 번역되었다. 다시 풀면 '동백 아가씨'다. 이 오페라의 여주인공 비올레타도 기생이다. 그녀는 신분의 벽을 뛰어넘어 귀족 젊은이와 사랑을 맺었으나 현실의 장벽에 막혀 비극적인 죽음을 맞는다. 능운의 이 시에서도 동백꽃처럼 붉은 사랑이 보인다. 그리고 슬픈 이별과 자포자기가 느껴진다. 자신을 뭇 사내들이 탐내는 동백꽃에 비유하며 자조自嘲한다. 오페라 〈춘희〉는 알렉상드르 뒤마의 소설 《춘희》를 각색했다. 능운의 이 시까지 셋 모두 19세기 중반의 작품이다. 동백꽃의 꽃말은 애타는 사랑이다. *

餞春(전춘) : 봄을 마지막으로 보냄, 사랑하는 남자를 보냄
蛺蝶(협접) : 호랑나비
度(도) : 지나다 =過(과), 渡(도)

봉화운고 奉和雲皐
가을 노래

박죽서(朴竹西, 1817~1851)

백 년을 산다지만 시름만 백 년인데
예부터 가장 견디기 어려운 건 가을이라
서풍이 건 듯 불어 오동나무를 흔드니
잎마다 정에 얽혀 다락 아래로 지는구나

百年人在百年愁　從古難堪最是秋
백 년 인 재 백 년 수　종 고 난 감 최 시 추
西風偏入梧桐樹　葉葉關情墜下樓
서 풍 편 입 오 동 수　엽 엽 관 정 추 하 루

욕심과 집착을 버리면 근심 걱정이 덜해질 것이다. 자아自我를 버리고 절대자에게 의지하는 사람이 있다면 그는 아마도 시름이 무엇인지 모를 것이다. 그러나 어디 그런가? 인간인 이상 번민이 없을손가. 더구나 늦가을 쌀쌀한 날씨에 바람이라도 불면 외로움이 더해지는 게 인지상정이다. 그래서 근심 수愁는 가을 추秋에 마음 심心이 붙어 있나 보다. 가을바람에 오동 잎이 떨어진다. 시름에 겨운 이 여인은 낙엽이 예사로 보이지 않는다. 떨어지는 오동 잎 하나하나가 정에 얽혀 제각기 사연을 가진다고 느낀다. 남편에게 소박맞은 자신과 낙엽이 하나가 된 것이다. 길지도 않은 30여 년을 병약한 몸과 섬약한 감상感傷으로 살다간 가녀린 이 여인이 이 가을에 더욱 애처롭다. *

皐(고) : 부르는 소리, 언덕, 물가
難堪(난감) : 견디기 어렵다

춘망 春望 봄을 맞아

두보(杜甫, 712~770)

나라가 깨져도 산천은 그대로
봄이 오니 초목은 푸르러 가지만
시절이 슬퍼서 꽃만 봐도 눈물이고
이별이 한스러워 새를 봐도 놀라네
봉홧불은 석 달을 계속 타오르니
집에서 온 편지는 만금이 싸도다
흰 머리카락 긁다 보니 더욱 짧아져
이제 정말 비녀조차 버겁네

國破山河在 城春草木深　感時花濺淚 恨別鳥驚心
국 파 산 하 재　성 춘 초 목 심　감 시 화 천 루　한 별 조 경 심

烽火連三月 家書抵萬金　白頭搔更短 渾欲不勝簪
봉 화 연 삼 월　가 서 저 만 금　백 두 소 갱 단　혼 욕 불 승 잠

나에게 하늘이 무너질 만큼 큰일이 닥쳤는데도 세상은 아무 일 없다는 듯이 흘러갈 때 처음에는 어이가 없거나 화가 났다가도 곧이어 내 존재의 왜소함과 무력함을 깨닫게 된다. 어디 그뿐인가? 나라가 망해도 어김없이 봄은 오고 꽃은 핀다. 그러나 한 사람의 생명이 사라지면 그가 소속된 나라는 물론이고 우주 전체가 사라진다. 그래서 사람이 곧 하늘이다. 두보가 안록산군에게 잡혀 장안에 있을 때 쓴 대표작 중 하나다. *

濺淚(천루) : 눈물을 흩뿌리다
抵(저) : 거스르다, 거부하다, 밀어내다
搔(소) : 긁다
簪(잠) : 비녀

3장　人生 인생

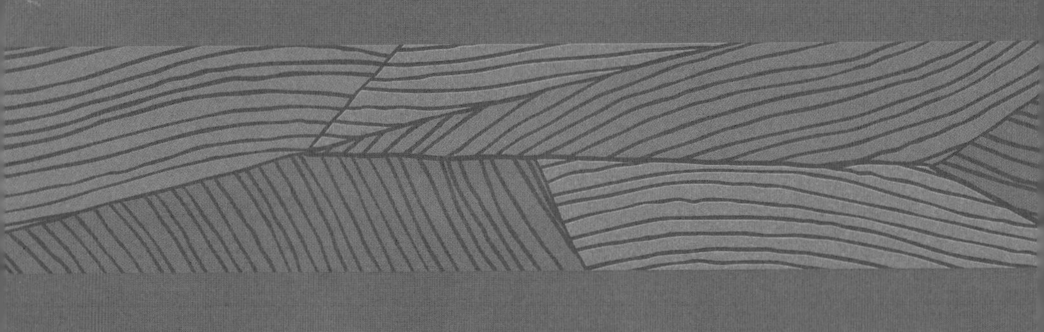

사람의 삶

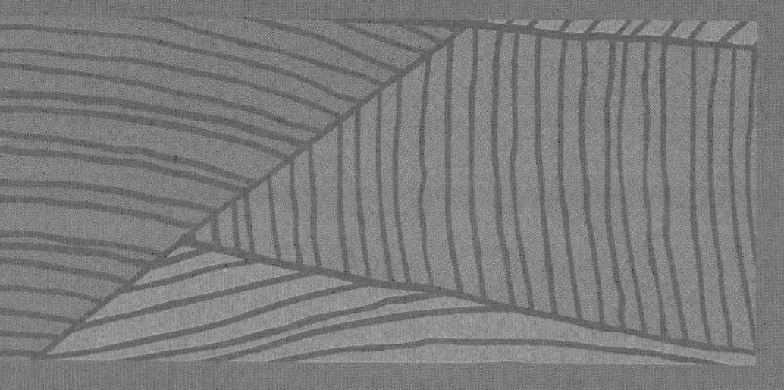

13.

哀 슬플 애

허물어진 누각에 버들잎은 새롭고

소대람고 蘇臺覽古
옛 생각

이백(李白, 701~762)

옛 동산 허물어진 누각에 버들잎은 새롭고
마름 노래 맑은 목청 봄을 도와 더 서럽다
지금 무심하게 떠 있는 서강의 저 달은
옛날 오왕궁에 살던 귀인들을 비췄으리

舊苑荒臺楊柳新　菱歌淸唱付勝春
구 원 황 대 양 류 신　능 가 청 창 부 승 춘

至今唯有西江月　曾照吳王宮裏人
지 금 유 유 서 강 월　증 조 오 왕 궁 리 인

삼국지에 나오는 오吳나라를 생각하며 지은 시다. 조조의 위魏는 황허 유역을 포함한 화베이 지역을 차지하고 있었고, 손권의 오吳는 양쯔강 유역 이남의 화난 지역에 세력 기반을 두었다. 유비의 촉蜀은 내륙 깊숙한 곳에 작은 영토를 차지하고 있을 뿐이었다. 중국의 삼국시대는 이백이 살았던 때로부터 약 500년 전이다. 이백이 황폐해진 오나라 궁궐터를 둘러보고 세월 앞에 힘없이 사그라진 영화榮華를 생각하며 감회가 깊었던 모양이다. 특히 봄을 맞아 연록색 새순이 돋는 자연의 생명력과 인생과 권력의 허무함을 대비해 독자들의 공감을 이끌어내고 있다. 허물어진 옛 왕궁터를 소재로 인생무상을 읊은 한시가 많은데 이 시가 그 원조 격이다. *

覽古(람고) : 옛날을 보다
菱歌(능가) : 마름 딸 때 부르는 민요
曾(증) : 일찍, 일찍이

소군원 昭君怨
왕소군의 한

동방규(東方虯, ?~?)

오랑캐 땅에는 꽃이 피지 않았으니
봄이 왔어도 봄 같지 않구나
저절로 허리띠가 느슨해진 것이지
몸매를 날씬하게 하려는 게 아닐세

胡地無花草　春來不似春
호 지 무 화 초　춘 래 불 사 춘

自然衣帶緩　非是爲腰身
자 연 의 대 완　비 시 위 요 신

왕소군王昭君은 역대 중국 4대 미녀 중 한 사람이다. 중국 한나라 때 궁녀였다. 진시황이 만리장성을 쌓을 정도로 무서워했던 흉노는 기원전 2세기경 한나라와 전쟁에서 이겨 한나라를 동생 나라로 삼고 매년 공물을 상납 받았다. 그 당시 왕소군은 흉노 왕에게 그 미모가 눈에 띄어 후궁으로 징발되었다. 중국 사람들은 이 사건을 매우 수치스럽게 생각했으며, 후세에까지 두고두고 원통하게 생각했다. 그래서 거의 천 년 정도 세월이 지난 당나라 때 이 시가 나왔고 사람들 사이에 애송되었다. 이태백이 지은 같은 제목의 시도 전해온다. 두 시 모두 중국 한족의 우월주의가 보인다. 왕소군이 흉노 왕에게 잘 보이려고 날씬해진 게 아니라는 말에 가시가 있다. *

胡地(호지) : 오랑캐 땅
緩(완) : 느리다, 느슨하다
腰(요) : 허리

망부석 望夫石

망부석

왕건(王建, 768~830)

남편을 기다리던 곳 무심한 강물만 흐르고

돌이 되었으니 고개조차 돌릴 수 없어

산마루엔 날마다 비바람뿐인데

떠나간 이 돌아오면 망부석도 입을 열리라

望夫處 江悠悠　化爲石 不回頭

망 부 처 강 유 유　화 위 석 불 회 두

山頭日日風和雨　行人歸來石應語

산 두 일 일 풍 화 우　행 인 귀 래 석 응 어

이 강산에는 망부석이라 불리는 바위가 곳곳에 많이 있다. 저마다 절절한 사연을 담아 전설로 전해오며 우리의 가슴을 아리게 하는 바위들이다. 그런데 웬일인가, 팽목항에는 살아 있는 망부석이 오늘도 비바람 속에서 흐느끼고 있다. 그뿐이 아니다. 온 나라 방방 골골에 말을 잃은 망부석이 늘어서 있다. 온 국민이 상주喪主가 되어 망연자실했다. 무능과 무책임에 몰염치하기까지 했던 정부의 대응이 찢어진 가슴에 소금을 뿌려 후볐다. 세월호 참사는 규제 완화, 비정규직, 민영화를 밀어붙인 신자유주의 탓이다. 노후 선박 운항을 연장해주고, 선장과 선원은 1년짜리 임시직이었다. 인명구조까지 민영화해 이런 참극이 일어났다. 당시 대한민국에는 떠나간 민주주의를 기다리는 망부석이 온 나라에 떼 지어 늘어서 있었다. *

박진회 泊秦淮
진회에 배를 대고

두목(杜牧, 803~852)

강 위엔 안개 서리고 모래톱엔 달빛 어린 밤
진회나루에 배를 대니 술집들이 가까워
술집 기생들 망해가는 나라 사정 모르고
강 너머에서 부르는 질탕한 노랫소리

烟籠寒水月籠沙　夜泊秦淮近酒家
연 롱 한 수 월 롱 사　야 박 진 회 근 주 가

商女不知亡國恨　隔江猶唱後庭花
상 녀 부 지 망 국 한　격 강 유 창 후 정 화

예전에 체통을 중시하던 양반은 어지간해서는 화를 내거나 심한 욕을 하지 않았다. 심각한 상황이나 어려운 자리에서 상황 파악을 못하고 촐랑거리는 사람에게 핀잔을 줄 때 양반이 하는 말이 있다. "常女不知亡國恨상녀부지망국한이로고! 쯧쯧!" 나 또한 학생운동에 몰두하던 시절, 미팅이다 고고장이다 찾아다니며 문제의식 없이 노는 친구들에게 이 말을 했던 기억이 있다. 두목은 당나라가 망해가는 상황을 보며 〈후정화後庭花〉란 노래를 통해 당 현종과 양귀비를 비판하고 있다. *

籠(롱) : 새장, 둘러싸다
秦淮(진회) : =淮水(회수, 화이수이강), 난징(南京)에 흐르는 강
後庭花(후정화) : 남북조시대(6세기) 진나라 마지막 왕 후주가 방탕을 일삼으며 즐기던 노래, 이후 음란한 노래들의 총칭이 됨, 한편 말뜻 그대로 뒤뜰에 핀 꽃, 즉 궁녀와 첩의 애칭으로 쓰임

도중피우유감 途中避雨有感

길 가다 비를 피하며

이곡(李穀, 1298~1351)

큰길가 대 저택에 홰나무 우거지고
솟을대문은 자손을 위해 높게 세웠겠지
세월 지나 주인 바뀌니 손님도 그치고
그저 지나가다 비를 피하는 나그네뿐

甲第當街蔭綠槐　高門應爲子孫開
갑 제 당 가 음 록 괴　고 문 응 위 자 손 개
年來易主無車馬　唯有行人避雨來
년 래 역 주 무 거 마　유 유 행 인 피 우 래

강남자재江南子才의 일류대 진학 비율이 강북보다 월등히 높다. 어느 유수 사립대는 강남 출신 수험생들에게 특혜를 준 적도 있다. 일류대 입학은 할아버지의 재력과 어머니의 정보력 그리고 아버지의 무관심에 비례한단다. 송나라 때 왕우王祐란 사람은 집에 홰나무를 심어 자손 중에 삼공三公이 나왔고, 한나라 우공于公은 아들이 재상이 될 것을 예상하고 대문을 마차가 다닐 수 있도록 높였다. 왕우나 우공은 세 번 이사한 맹모孟母와 더불어 치맛바람의 원조라 하겠다. 하지만 세월이 지나 이 홰나무 솟을대문 집안도 몰락했다. 출세는 자기가 하기에 달렸지 공들인다고 되는 것이 아니다. *

甲第(갑제) : 큰 저택
槐(괴) : 홰나무, 삼공의 상징임
高門(고문) : 솟을대문, 지체 높은 가문
易主(역주) : 주인이 바뀌다

고란사 皐蘭寺
고란사

서거정(徐居正, 1420~1488)

고란사 옛 절에는 고란초가 자라고
난 잎과 난 꽃은 달빛 받아 더욱 밝다
산새들도 나라 잃은 설움을 아는지
고란초 만발한 밤새워 흐느낀다

皐蘭古寺皐蘭生　蘭葉蘭花帶月明
고 란 고 사 고 란 생　난 엽 난 화 대 월 명
山鳥亦知亡國恨　蘭皐完血至今鳴
산 조 역 지 망 국 한　난 고 완 혈 지 금 명

백제의 고도 부여, 부소산 기슭에 있는 고란사는 알려진 이름에 비해 아주 작은 절이다. 백제 750년의 찬란한 문화가 당나라 군대에 유린당한 설움을 상징하는 듯 고란사는 항상 눈물에 젖어 있다. 낙화암 곁을 돌아 백마강 강물이 찰랑거리는 절벽 아래쪽으로 내려오다 보면 중간에 까치집만 한 법당이 바위틈에 얹혀 있다. 극락전 뒤 벼랑에는 고란초가 두어 포기 달려 있다. 고란사는 달밤에 봐야 정취를 제대로 느낄 수 있다. 객수에 잠 못 이루는 나그네 귓가에서 망국민의 비명처럼 산새가 흐느낄 때 그 눈물을 먹고 자란 고란초가 달빛 받아 피운 꽃에서는 등에 소름이 돋도록 귀기鬼氣가 흐른다. *

皐蘭(고란) : 고란초. 고란초과에 속하는 상록 여러해살이풀로 주로 벼랑에 붙어 서식한다

송도 松都
송도

황진이(黃眞伊, ?~?)

흩날리는 눈송이 고려의 한이 서리고
차가운 종소리는 옛 나라 때 그대로네
남쪽 망루에 수심 겨워 홀로 섰노라니
허물어진 성터에는 저녁연기 모락모락

雪中前朝色　寒鐘故國聲
설 중 전 조 색　한 종 고 국 성
南樓愁獨立　殘廓暮烟香
남 루 수 독 립　잔 곽 모 연 향

망국의 한이 서린 고려의 도읍지요, 분단의 비극인 휴전선 바로 위에서 통일의 염원으로 이어온 고도古都인 개성의 옛 이름은 개경이며 조선시대에는 송도라 불렀다. 고려가 망한 뒤 100년의 세월이 지난 후 송도에서 황진이가 태어났다. 살아서는 만인의 연인으로, 죽어서도 만고에 매력적인 여인으로 전해오는 그녀는 이미 생전에 송도삼절松都三絶, 송도에는 세 가지 존재, 서화담, 황진이, 박연폭포가 유명하다고 황진이가 일컬은 말로 이름을 날렸다. 차가운 겨울 해 질 녘에 흩날리는 눈발에 실려 누각에 홀로 오른 기생 명월이는 이미 망해 없어진 나라를 생각하며 자신의 처지를 고려와 동일시한다. 그러나 인간 황진이는 저녁 짓는 연기 냄새를 맡으며 곧바로 마음을 추스른다. '그래, 쓸쓸하고 서러워도 씩씩하게 살자!' *

前朝(전조) : 앞의 왕조, 즉 고려
故國(고국) : 옛 나라, 즉 고려

과서도 過西都
평양을 지나며

유정(惟政, 1544~1610)

청류벽 아래 옛길이 남아 있어
풀 우거진 저녁노을에 사람들이 오간다
천년 세월의 흥망사를 묻고 싶은데
백운교 옆에는 들꽃만 피어 있다

清流壁下古今路　青草夕陽人去來
청 류 벽 하 고 금 로　청 초 석 양 인 거 래
欲問千秋興廢事　白雲橋畔野花開
욕 문 천 추 흥 폐 사　백 운 교 반 야 화 개

서도는 평양의 별칭이다. 청류벽은 대동강가 모란봉의 부벽루에서 연광정으로 가는 중간에 있는 바위 절벽의 이름이다. 그 밑으로 오래전부터 길이 나 있어 당시에는 오가는 사람들로 제법 분주했나 보다. 평양성은 고구려의 도읍지였다. 사명당 유정은 이곳 평양을 지나며 고구려 천년의 역사를 생각하고 있다. 한때 중원을 호령하던 광개토대왕과 장수왕의 거침없는 기상을 회고하며 감상에 젖은 유정은 지나는 이 아무나 붙잡고 우리 민족의 영욕과 흥망사를 함께 이야기하고 싶은 충동이 일었다. 하지만 각박한 현실에 누가 대꾸를 해주겠는가. 백운교 양옆에 피어난 이름 모를 들꽃하고나 말 상대를 해야겠지. *

欲(욕) : ~하고 싶다, ~하고자 한다
千秋(천추) : 천년, 오랜 세월
畔(반) : 두둑, 경계, 물가

낭음 浪吟
낭랑하게 읊다

박수량(朴遂良, 1475~1546)

벙어리와 귀머거리가 된 지 오래지만
그래도 아직 두 눈은 멀쩡하다
어지럽고 헝클어진 이놈의 세상사
할 말은 못 해도 다 보고 있다

口耳聾啞久　猶餘兩眼存
구 이 농 아 구　유 여 양 안 존
紛紛世上事　能見不能言
분 분 세 상 사　능 견 불 능 언

국민과 나라의 안위보다 사사로운 이익을 위해 권력을 남용하는 간신배는 예나 지금이나 변함없이 많다. 동서고금의 역사는 우리에게 '간신이 밑에서 권력을 농단하면 나라가 망한다'고 경고한다. 아무리 언론을 손아귀에 틀어쥐고 온갖 조작을 일삼을지라도 백성은 말을 안 해서 그렇지 간신들이 한 일을 다 알고 있다. 백성과 약속을 손바닥 뒤집듯 어기며 오만 방자하게 구는 것도 백성은 말을 안 해서 그렇지 다 보고 있다. 기묘사화 때 파직당했던 박수량이 뭇 간신에게 경고한 시다. 국민 대통합은 국민의 귀를 뚫어주고, 입을 열어주는 것에서 시작된다. 그보다 먼저 권력자가 자신의 귀부터 열 일이다. 듣는 것이 서툴면 말도 서툴어지는 법이니까. *

聾啞(농아) : 귀머거리와 벙어리

영금 詠琴

거문고를 노래함

조광조(趙光祖, 1482~1519)

아름다운 거문고로 천년의 가락을 타노라니
속된 이들은 뭣도 모르며 그저 들을 뿐인데
내 곡조를 알아줄 친구가 없음을 슬퍼하노니
이 세상에 그 누가 내 마음을 알아줄까나

瑤琴一彈千年調　聾俗紛紛但聽音
요 금 일 탄 천 년 조　농 속 분 분 단 청 음

怊悵鍾期沒已久　世間誰知伯牙心
초 창 종 기 몰 이 구　세 간 수 지 백 아 심

1519년 조광조는 훈구파의 모략에 역적죄로 죽는다. 연산군을 몰아내고 왕이 된 중종이 훈구파를 견제하기 위해 발탁한 조광조 등 사림파는 여러 가지 개혁 정책을 추진했다. 이에 따라 자신들의 기득권에 위협을 느낀 훈구파가 사림파를 역적으로 몰아, 수십 명이 사사되거나 유배당했다. 이 사건이 기묘사화다. 조광조는 자신의 개혁 정책을 아름다운 거문고 소리에 비유한다. 그러나 자기와 함께 개혁을 추진할 동지가 없음을 고사故事를 통해 한탄하고 있다. 伯牙백아는 거문고의 명인인데 조광조 자신을 의미한다. 鍾期종기란 종자기鍾子期를 말한다. 백아의 연주를 알아듣는 유일한 친구다. 이들의 관계를 지음知音이라 한다. *

瑤(요) : 아름다운 옥
但(단) : 다만, 단지
怊悵(초창) : 슬프거나 섭섭하여 마음이 멍함

연무당 鍊武堂
연무당

김정희(金正喜, 1786~1856)

진법도가 그려진 화각의 동쪽에는
여섯 성이 한 가닥 길로 이어져 보루로 통한다
쇠잔해진 이 산천이 선춘령의 자취련가
윤관 장군 시절 생각하니 슬픔이 밀려온다

魚鳥風雲畵閣東　六城一路垜頭通
어 조 풍 운 화 각 동　육 성 일 로 타 두 통
殘山剩水先春迹　惆悵當年尹侍中
잔 산 잉 수 선 춘 적　추 창 당 년 윤 시 중

김정희는 24세 때인 1809년 9월, 청나라에 사신으로 가는 그의 부친 김노경을 따라 자제 군관의 자격으로 연경 베이징의 옛 이름 에 갔다. 도중에 추사는 스승 박제가가 자주 말해주던 박지원의 《열하일기》를 떠올리며, 고조선 이래 만주 지역의 고토故土를 생각한다. 여진족을 정벌하고 만주 동북 지방에 9성을 쌓은 윤관 장군은 두만강 북쪽 700리에 있는 선춘령 부근 공험진에 성을 쌓은 후 이곳이 고려의 영토라고 새긴 비석을 세웠다. 역사학자이자 지리학자였으며 금석학과 고증학에 밝았던 추사는 북방 오랑캐를 호령하던 윤관 장군 시절과 쇠약해진 국력과 나약한 사회체계를 가진 당시의 조선을 비교하며 슬픔에 잠겨 한탄한다. *

魚鳥風雲(어조풍운) : 고대의 군사 진법
垜(타) : 보루, 장벽
殘山剩水(잔산잉수) : 무너진 산 넘치는 물
惆悵(추창) : 슬퍼하다, 한탄하다

운명 殞命 죽음

전봉준(全琫準, 1855~1895)

때를 만나서는 세상 모두가 힘을 합쳤으되
운이 다하니 영웅인들 어쩔 도리가 없구나
백성 사랑과 정의뿐인 내게 허물이 없건만
나라를 위한 일편단심 그 누가 알아줄까

時來天地皆同力　運去英雄不自謀
시 래 천 지 개 동 력　운 거 영 웅 부 자 모
愛民正義我無失　愛國丹心誰有知
애 민 정 의 아 무 실　애 국 단 심 수 유 지

갑오농민전쟁(1894~1895)은 공식 명칭이 동학란에서 동학농민운동으로 바뀌었다. 역사 학계에서도 해석하는 입장에 따라 동학 대신 갑오농민전쟁 또는 갑오혁명으로 바꾸어 부른다. 전봉준 역시 반란 수괴에서 장군으로 호칭이 격상되었다. 그는 탐관오리의 학정으로부터 백성을 구하며, 일본의 침략으로부터 나라를 지키기 위해 민중의 힘을 모았다. 전북 고창에 집결한 농민군 앞에서 전봉준은 전쟁의 당위성을 주창한 〈창의문倡義文〉을 낭독했다. 여기서 그는 보국안민輔國安民, 국정을 보필해 백성을 편안하게 함을 거듭 강조했다. 공주 우금치전투에서 일본군에게 패하고 후퇴하다 체포된 전봉준은 1895년 4월 26일 사형당했다. 그의 일편단심이 우리를 숙연케 한다. *

殞命(운명) : 죽음

거국음 去國吟
나라를 떠나며

이상룡(李相龍, 1858~1932)

이미 내 논밭과 집을 빼앗더니
다시 내 처자식을 해치려 하는구나
이 머리는 차라리 자를 수 있을지언정
이 무릎을 꿇어 종이 될 수는 없도다

既奪我田宅　復謀我妻息
기 탈 아 전 택　복 모 아 처 식

此頭寧可斫　此膝不可奴
차 두 녕 가 작　차 슬 불 가 노

석주石洲 이상룡 선생은 대한민국 임시정부 초대 국무령을 지냈다. 조선시대 말부터 안동에서 의병활동과 계몽운동을 하다 1911년 일가식솔을 이끌고 간도로 망명하여 독립운동을 하신 분이다. 압록강을 앞에 두고 나라를 떠나면서, 슬픈 마음을 억누르고 독립을 이루려는 비장한 의지를 이 시에 담았다. 안동시 법흥동에 있는 고성 이씨 종택인 임청각臨淸閣의 사랑채 군자정君子亭 대청마루에 이 시가 붙어 있다. 무릎 꿇고 노예로 사느니 서서 싸우다 주인으로 죽겠노라는 이 분의 기개가 오늘날 이 나라의 주춧돌이 되었다. 대한민국의 법통이 임시정부가 아닌 이승만의 남한 단독정부라 주장하는 사람들이 득세하는 현실을 이분은 어떻게 이해할까? *

寧(녕) : 편안할 녕이나 여기서는 차라리
斫(작) : 쪼개다, 베어내다
膝(슬) : 무릎, 此膝不可奴(차슬불가노)는 내 가족을 노예로 만들지 않겠다는 뜻으로 해석할 수도 있다

14.

歡 기쁠 환

손님은 어디서 오셨소?

회향우서 回鄕偶書 고향에 돌아와

하지장(賀知章, 659~744)

어릴 적에 집을 떠나 늙어서야 돌아오니
고향 사투리 그대론데 내 머리만 희었다
아이들은 날 보면서 누군지 모르고
손님은 어디서 오셨소? 웃으며 묻는다

少小離家老大回　鄕音無變鬢毛衰
소 소 이 가 로 대 회　향 음 무 변 빈 모 쇠
兒童常見不相識　笑問客從下處來
아 동 상 견 불 상 식　소 문 객 종 하 처 래

하지장은 복을 많이 받은 사람이다. 학문은 물론 말도 잘하고, 글과 글씨에도 뛰어났으며, 당 현종의 총애를 받아 노년에 이르도록 요직을 두루 거쳤다. 그는 이백李白의 글재주와 호방한 성격을 높이 사서 40세 이상의 나이 차이를 뛰어넘어 가까이 지내며 후견인이 되었다. 술 좋아하기로는 이백보다 오히려 한 수 위였다. "知章騎馬似乘船지장기마사승선 眼花落井水底眠안화낙정수저면" 두보가 지은 〈음중팔선가飮中八仙家〉의 맨 첫 번째 구절로, 하지장은 술 마시고 우물에 빠지면 거기서 그냥 잔다고 썼다. 이런 대단한 사람이 은퇴 후 조용히 고향에 돌아갔나 보다. 고향 아이들이 그를 몰라보았다니 말이다. 이 복받은 노인은 만년에 도사가 되었단다. *

偶書(우서) : 우연히 쓰다
鬢毛(빈모) : 살쩍, 귀밑털
眼花(안화) : 눈앞이 어른거리는 눈병

문유십구 問劉十九 유십구에 묻다

백거이(白居易, 772~846)

새로 담은 술에 거품이 괴고
작은 화로에는 숯불이 벌겋소
저녁 되면 눈이 올 것 같은데
어떻소, 술 한잔하려오?

綠蟻新醅酒　紅泥小火爐
녹 의 신 배 주　홍 니 소 화 로
晩來天欲雪　能飮一杯無
만 래 천 욕 설　능 음 일 배 무

심한 추위에 언 마음을 녹여주는 훈훈한 맛이 물씬 풍기는 시다. 갓 담아서 거품이 괴는 맛있는 술이 있고 화로에는 숯불이 빨갛게 이글거리고 있다. 하늘에는 두꺼운 구름이 잔뜩 껴 있어 금방이라도 함박눈이 내릴 것 같다. 이런 날 여러분이라면 어쩌겠는가? 조용히 혼자서 아니면 사랑하는 아내와 단둘이서 화롯가에 앉아 오붓하게 술잔을 기울이려는가? 요즘 세태는 당연히 그럴 것이다. 그러나 백거이는 기꺼이 친구를 선택한다. 한겨울에는 점심을 먹고 나면 금방 해가 기운다. 옆 동네 사는 유협객에게 급히 이 시 한 수를 써서 기별을 보낸다. '빨리 오시오! 같이 술 한잔합시다그려!' *

劉十九(유십구) : 유씨 집안의 열아홉 번째 서열에 있는 사람
綠蟻(녹의) : 술독 위에 뜨는 거품, 좋은 술
醅酒(배주) : 잘 익었으나 거르지 않은 술
能~無(능~무) : ~할 수 있나 없나?, 無(무)는 의문문 어미

제야유회 除夜有懷

제야의 회포

최도(崔塗, 854~?)

멀고 험한 삼파의 길 만리타향 떠돌이 신세
눈 쌓인 깊은 산속 잠 못 든 외로운 나그네
혈육은 점차 멀어지고 하인들이 더 가깝구나
방랑 생활 끝내야겠다 내일이면 새해라네

迢遞三巴路 羈危萬里身 亂山殘雪夜 孤燭異鄉人
초 체 삼 파 로 기 위 만 리 신 난 산 잔 설 야 고 촉 이 향 인

漸與骨肉遠 轉於僮僕親 那堪止漂泊 明日歲華新
점 여 골 육 원 전 어 동 복 친 나 감 지 표 박 명 일 세 화 신

양쯔강 상류 지역인 쓰촨성은 산세가 험한 곳이다. 삼파길은 쓰촨성에서도 험하기로 유명한 지역이다. 한 번 쌓인 눈은 이듬해 봄이 될 때까지 잔설로 남아 있는 추운 곳이다. 가족과 떨어져 이러한 변방에서 벼슬살이하는 이 시인은 밤늦도록 잠 못 이룬다. 설날이 되어도 고향에 갈 수 없는 매인 몸이다 보니 더욱 가족이 그립다. 현재 우리 주변에도 이런 외로운 사람들이 많다. 특히 이주민 노동자들과 다문화 가정을 이루고 있는 외국에서 온 신부들은 설 명절을 맞으면 고향과 가족이 얼마나 그리울까. 그들을 평소에 늘 다정하고 가깝게 대하는 것이 좋겠지만 외로움이 더 크게 느껴질 명절 때만이라도 관심을 더 기울여야겠다. *

迢遞(초체) : 높고 먼 상태가 겹친 모양
羈危(기위) : 위험에 메이다, 羈(기)는 굴레, 재갈
那堪(나감) : 어찌 견딜까

절구 絶句
머피의 법칙

진사도(陳師道, 1053~1102)

재미있고 좋은 책을 읽으려 해도 찾기 어렵고
사람 같은 손님은 기다려도 오지 않아
세상일 어긋남이 매양 이러하니
일생 동안 품은 좋은 뜻 몇 번이나 펼쳐볼까

書當快意讀易盡　客有可人期不來
서 당 쾌 의 독 이 진　객 유 가 인 기 불 래

世事相違每如此　好懷百歲幾回開
세 사 상 위 매 여 차　호 회 백 세 기 회 개

머피의 법칙이 있다. 일이 항상 나쁜 쪽으로 꼬일 때 쓰는 말이다. 아무리 기다려도 빈 택시가 오질 않아 길 건너편으로 갔더니 방금 건너온 쪽에 빈 택시가 지나가는 경우 머피의 법칙이라 한다. 반대로 샐리의 법칙이란 말도 있다. 영화 〈해리가 샐리를 만났을 때〉에 나오는 여주인공 샐리의 이름을 딴 말인데, 항상 행운이 따를 때 쓰는 말이다. 전철역에 내려가자 바로 전철이 도착하거나, 집에 도착하자마자 소나기가 내리는 등 재수가 좋은 일이 반복되는 경우 샐리의 법칙이라 한다. 머피의 법칙이든 샐리의 법칙이든 다 마음먹기에 달렸다. 긍정적인 생각을 하면 샐리가 다가오고 부정적이면 머피가 나온다. 적극적이고 성실한 자세로 노력하면 머피 대신 샐리가 항상 미소 지으며 다가올 것이다. *

快意(쾌의) : 좋은 마음, 기분 좋은 뜻
可人(가인) : 쓸 만한 사람

설중방우인불우 雪中訪友人不遇
눈 속에 찾아간 벗을 못 만나고

이규보(李奎報, 1168~1241)

쌓인 눈이 종이보다 더 희길래
채찍으로 내 이름을 써놓고 가니
바람이 눈 위에 쓴 글씨 지우지 말아
주인이 올 때까지 남았으면 좋으련만

雪色白於紙　擧鞭書姓字
설 색 백 어 지　거 편 서 성 자
莫教風掃地　好待主人至
막 교 풍 소 지　호 대 주 인 지

방우불우訪友不遇는 친구를 찾아갔으나 만나지 못했다는 뜻으로 한시에 자주 나오는 주제다. 지금처럼 통신이 발달한 세상이 아니어서 편지 한 통을 보내는 일도 비용이 만만찮은지라 미리 약속을 정할 수 없는 일이니 큰마음을 먹고 찾아갔어도 만나지 못하는 일이 간혹 있었으리라. 그러나 이대로 돌아가려니 안타까운 일, 집 마당에 쌓인 눈 위에 채찍을 들어 큼직하게 이름을 써놓고 발길을 돌렸다. 친구가 집에 돌아와서 그 이름을 보면 얼마나 반가워할까. 그러나 눈이 녹아버리거나 바람이 눈밭을 쓸고 지나가면 지워질 터이니 이 또한 씁쓸한 일 아닌가. 친구를 향한 애틋한 그리움이 잔설殘雪처럼 남는 시다. *

遇(우) : 만나다, 우연히 만나다
於(어) : ~보다 더
姓字(성자) : 姓名(성명)을 소중히 여겨 평소에 名(명)대신 號(호)나 字(자)를 썼다
莫教(막교) : ~ 못하게 하다, 莫(막)은 없다, 말다, 教(교)는 ~를 하게 하다

강구 江口 강어귀

정포(鄭誧, 1309~1345)

배 타고 가다 급한 소나기 만났지
노를 붙잡고 구름 걷히기 바라는데
거친 바다에 육지가 없는 듯했지
산이 보이자 마을이 있어 기뻤다네

移舟逢急雨　倚棹望歸雲
이 주 봉 급 우　의 도 망 귀 운
海闊疑無地　山明喜有村
해 활 의 무 지　산 명 희 유 촌

강과 바다가 만나는 강구는 썰물과 밀물에 따라 물의 흐름이 급격히 바뀌는 곳이라서 작은 배를 타고 다니기에는 때로는 위험하다. 이곳을 조각배를 타고 지나는데 갑자기 먹구름이 새카맣게 몰려오더니 장대 같은 소낙비가 내린다. 한 치 앞을 볼 수 없는 데다 갑자기 불어난 물에 노를 저어도 배를 통제할 수 없다. 조각배가 난바다로 나가면 큰 낭패다. 구름이 걷히고 비가 그치기만을 바랄 뿐이다. 여름 소나기는 갑자기 내렸다 금세 그친다. 비구름이 물러가자 바로 앞에 섬이 보인다. 해가 나오자 소나기에 씻긴 산이 환하게 다가왔다. 산 밑의 섬마을이 반갑다. 아이고, 살았다. *

舟(주) : 작은 배, 배를 나타내는 한자는 船(선), 舶(박), 舫(방), 艇(정), 艦(함) 등 40여 개가 있다
棹(도) : 노, 키
闊(활) : 트이다, 멀다, 거칠다

등송악 登松嶽
송악산에 올라

이숭인(李崇仁, 1347~1392)

이른 새벽 산에 올라 하늘까지 다녀왔네
온 산에 얼음과 눈 켜켜이 쌓였으나
소년의 다리 힘은 실로 믿고 맡길 만하더군
아스라한 봉우리를 한순간에 날아올랐네

蓐食晨登至天還 層氷積雪滿山顔
욕 식 신 등 지 천 환 층 빙 적 설 만 산 안
少年脚力眞堪託 飛上危巓一瞬間
소 년 각 력 진 감 탁 비 상 위 전 일 순 간

이숭인이 20세 전후에 지은 젊음과 패기가 넘치는 시다. 이때만 해도 그는 장래가 촉망되는 소년 급제한 수재였다. 그러나 앞으로 전개될 시대의 상황은 이 천재적인 시인이자 학자를 그냥 놔두지 않았다. 1368년 중국에서는 원나라가 망하고 명나라가 세력을 키워가고 있었다. 고려는 신돈의 개혁 정책으로 구세력과 신진 사대부 세력이 힘을 겨루고 있었다. 고려 말 격변기를 거쳐, 결국 이숭인은 조선 건국 직후 동문수학同門修學한 정도전에게 비참하게 죽임을 당했다. 아무리 천재인들 자신의 앞날을 어찌 알랴. 정도전 역시 그 이후 이방원의 손에 죽는다. 젊은 패기일지라도 권력투쟁의 소용돌이 속에서는 그저 물거품이다. *

蓐食(욕식) : 아침 일찍 잠자리에서 하는 식사, 蓐(욕)은 자리, 깔개, 새싹
晨(신) : 새벽
危巓(위전) : 높은 봉우리, 危(위)는 위태롭다, 높다, 여기서는 높다는 뜻

포도 葡萄
포도

김시습(金時習, 1435~1493)

몽실한 살결 위에 포도알로 점을 찍었나
비단 적삼 반쯤 벗고 가려운 곳 긁고 있네
외간 남자의 눈길을 자주 가게 말라
그것은 애간장 녹이는 날 없는 칼일지니

凝脂肌面點葡萄　半脫羅衫痒處搔
응 지 기 면 점 포 도　반 탈 나 삼 양 처 소

莫遣別人頻着眼　無鋒便是割腸刀
막 견 별 인 빈 착 안　무 봉 변 시 할 장 도

응지凝脂를 직역하면 비곗덩어리다. 《비곗덩어리》는 19세기 프랑스 작가 모파상의 소설 제목이며, 주인공인 창녀의 별명이다. 그러나 이 시에서는 여성을 비하하는 표현이 아니고 몽실 솟아오른 젖가슴을 말한다. 조선 제일의 천재요 기인奇人인 김시습은 세조의 왕위 찬탈 이후 광인 행세를 하고 중이 되어 속세를 등졌다. 생육신 중 한 사람이다. 그는 40대 중반 환속 후 몇 년간 결혼 생활을 했고, 그 외에는 평생 떠돌이 생활을 했다. 떠돌이 당시에 어느 여인이 그를 유혹했나 보다. 여인의 젖가슴을 보고 남자의 창자를 끊는 날 없는 칼이라니. 매월당이 그 여인을 사랑했나 보다. 딴 남자들 눈길을 끌지 말라니. *

肌(기) : 살갗, 피부
痒(양) : 옴, 가려움증
搔(소) : 긁다
莫遣(막견) : ~하게 하지 말라, ~로 내몰지 말라

영탄시 詠嘆詩 영탄시

조하망(曺夏望, 1682~1747)

바위산과 골짜기의 절경은 아름답고
탁 트인 천지의 기세는 당당도 하다
뽐냈다 비굴했다 다투는 소인배들이여
여기 와서 눈을 뜨고 마음을 넓히게

巖壑絶觀俱瑰瑰　乾坤遠世此堂堂
암 학 절 관 구 괴 괴　건 곤 원 세 차 당 당

欲便誇卑傾奪輩　於今縱目拓心腸
욕 변 과 비 경 탈 배　어 금 종 목 탁 심 장

강원도관찰사 김상성金尙星이 화공畵工을 시켜 관동십경關東十經을 진경산수로 그리도록 한 뒤 가까운 선비들의 시를 받아 적었다. 이른바 〈관동십경화첩〉이다. 당시 강릉부사였던 조하망이 간성의 청간정淸澗亭을 그린 그림을 보며 이 시를 지었다. 해변의 기암절벽과 소나무 밑으로 청간정을 작게 그려 넣고 화면 가득히 막 해가 떠오르는 동해가 시원한 그림이다. 근 20년 연하의 관찰사 밑에서 강릉부사로 있으면서 어찌 아니꼬운 일이 없었겠나. 비단 청간정만 아니라 어디서든 바다를 보면 마음이 확 트이고, 세상사 크고 작은 일이 모두 허허롭고 사소하게 느껴질 것이다. *

瑰瑰(괴괴) : 옥과 보배처럼 아름답다
誇(과) : 자랑하다, 뽐내다
卑(비) : 돕다, 쇠퇴하다, 쓸모없이 되다
拓(탁) : 밀치다, 꺾다, 넓히다

견여아 遣女兒 딸에게 보내다

정약용(丁若鏞, 1762~1836)

훨훨 나는 저 새가 우리 뜰 매화에 앉았다
꽃향기가 짙어서 고맙게도 찾아왔나 보다
이제 머물러 살며 네 집안을 즐겁게 할 거야
꽃이 활짝 피었으니 그 열매 또한 풍성하리

翩翩飛鳥 息我庭梅　有烈其芳 惠然其來
편 편 비 조 식 아 정 매　유 열 기 방 혜 연 기 래

爰止爰棲 樂爾家室　華之旣榮 有賁其實
원 지 원 서 낙 이 가 실　화 지 기 영 유 분 기 실

다산 선생은 천주교와 관련되었다는 죄목으로 18년 동안 유배를 당했다. 딸의 결혼식에도 참석할 수 없었다. 딸이 결혼한 지 1년 후, 다산은 부인이 보내온 낡은 치마에 매조도梅鳥圖를 그리고 이 시를 쓴 뒤 족자로 만들어 딸에게 보냈다. 이 시는《시경詩經》에 나오는 두 편의 시를 인용했다. 상체常棣에 나오는 "宜爾室家 樂爾妻帑의이실가 락이처노" '집안을 화목케 하고 처자를 즐겁게 하라'는 뜻이다. 두 번째로 "有賁其實 宜其家室유분기실 의기가실" '주렁주렁 열매 맺어 시집 살림 화목하겠네'는 〈도요桃夭〉라는 시에 나오는 구절이다. 상체는 가족의 화목을 노래하고, 도요는 결혼을 축하하는 내용이다. 아버지 다산의 딸 사랑이 녹아 있는 시다. *

爰(원) : 이때에, 여기
爾(이) : 너
華(화) : 빛(나다), 꽃(피다)
賁(분) : 크다

성동피서 城東避暑

성동에서 더위를 피하며

김정희(金正喜, 1786~1856)

발해국의 남경 땅에 붉게 물든 저녁노을

산천은 여전히 그 시절의 웅장한 패기로다

지팡이 짚고 느긋하게 변경을 살피나니

버들 물결과 솔 파도에 더위가 흩어진다

大氏南京夕照紅　山川猶記霸圖雄

대 씨 남 경 석 조 홍　산 천 유 기 패 도 웅

一筇只管漫閒境　散署松濤柳浪中

일 공 지 관 만 한 경　산 서 송 도 류 랑 중

추사 김정희는 9년 동안의 제주도 유배에서 풀려난 지 3년 만에 다시 함경도 북청으로 유배된다. 고증학에 밝았던 추사는 북청의 성동城東이라는 지명에 주목했다. 유득공이 쓴《발해고渤海考》란 책의 내용을 기억한 것이다. 유득공은 이 책에서 잃어버렸던 발해를 우리 역사에 되살려 통일신라가 아닌 남북국시대라 처음 주장했다. 북청이 발해의 남경이란 생각을 한 추사는 발해의 건국 시조인 대조영大祚榮의 이름을 빌려 이 시의 서두를 대씨남경大氏南京으로 시작한 것이다. 추사는 발해를 통해 우리 민족의 대륙적 기풍과 북방 기마민족의 웅혼한 기상을 우리에게 전한다. 현재 우리는 발해는 고사하고 중국의 고구려 역사 강탈을 경계해야 할 처지다. *

城東(성동) : 북청의 지명

大氏(대씨) : 발해 시조 대조영

筇(공) : 지팡이

사국 謝菊
국화여 고맙다

김정희(金正喜, 1786~1856)

하루아침에 벼락부자 되니 큰 기쁨이라
국화꽃 송이송이마다 황금 구슬일세
고고하면서 담백한 꽃 푸지게도 피었네
봄날의 마음 간직한 채 가을 서리 견디리

暴富一朝大歡喜　發花箇箇黃金毬
폭 부 일 조 대 환 희　발 화 개 개 황 금 구

最孤澹處穠華相　不改春心抗素秋
최 고 담 처 농 화 상　불 개 춘 심 항 소 추

가벼운 우스개로 시작해 결구에서는 잔잔한 감동과 함께 교훈을 주는 시다. 그러나 그 교훈이 결코 진부하거나 심각하지 않다. 탐스러운 황국이 활짝 폈다. 들국화가 아니다. 집에서 마음먹고 꽃을 보려고 정성 들여 키운 담백하고 고고孤高한 꽃이다. 여러 개의 고만고만한 꽃 사이에서 한두 송이가 아름다워야 고고하지만, 국화는 탐스럽게 크고 화려한 꽃봉오리를 무더기로 피워낸다. 국화가 잘 커줘서 고맙고, 꽃을 예쁘게 피워내서 고맙다. 봄에 국화 모종을 심는 마음은 가을에 꽃을 보기 위함이다. 모두 함께 잘 피어난 국화가 고맙다. 아이들 키우는 마음도 마찬가지다. 모든 아이가 함께 잘 커줘야 기쁜 일이다. *

毬(구) : 겉에 가시가 있는 공 모양
穠華相(농화상) : 꽃이 무성하게 핀 모습
素秋(소추) : 가을, 오행상 가을은 흰색, =素(소) =白(백)

시유경성 始遊京城
서울 유람

김금원(金錦園, 1817~1850?)

봄비와 봄바람이 잠시도 쉬지 않더니
어느덧 봄날도 물소리와 함께 가누나
일부러 타향이라 따지면 무엇 하리
떠도는 부평초라 닿는 곳이 내 고향

春雨春風未暫閑　居然春事水聲間
춘 우 춘 풍 미 잠 한　거 연 춘 사 수 성 간
擧目何論非我土　萍遊到處是鄕關
거 목 하 론 비 아 토　평 유 도 처 시 향 관

비가 내리고 바람이 불며 봄이 요란스럽게 오더니, 벌써 졸졸졸 흐르는 개울물을 따라 봄날은 슬그머니 달아나려 한다. 지금 내가 서 있는 이곳이 고향이 아니라고 일부러 따지고 있으면 무슨 소용이 있겠는가. 흐르는 물에 몸을 맡긴 부평초 같은 내 신세인데 발붙이면 거기가 고향이지. "萍遊到處是鄕關 평유도처시향관" 양반 사대부는 절대 쓸 수 없는 표현이지만 조선시대 여인에게서 이 구절이 나왔다니 대단하다. 김금원은 그런 씩씩한 여성이었다. 우리나라 최초의 신여성 윤심덕보다 80년 앞선 대선배다. 이 시를 읽으면 원로 가수 고복수의 〈타향살이〉와 윤심덕의 〈사의 찬미〉를 오리지널 유성기판으로 듣는 것 같다. *

居然(거연) : 하는 일 없어 무료함, 슬그머니, 별 변동 없이, 그럭저럭
擧目(거목) : 직역하면 '눈을 들다'이지만 안건으로 내걸다, 따질 거리로 삼다는 뜻

15.

事 일사

또 그대를 만났구려

강남봉이구년 江南逢李龜年 강남에서 이구년을 만나다

두보(杜甫, 712~770)

기왕의 댁에서는 늘상 보았고

최구의 집 마당에서 몇 번 들었소

때마침 강남의 풍경이 참 좋은데

꽃이 지는 이때 또 그대를 만났구려

岐王宅裏尋常見　崔九堂前幾度聞
기 왕 댁 리 심 상 견　최 구 당 전 기 도 문

正是江南好風景　落花時節又逢君
정 시 강 남 호 풍 경　낙 화 시 절 우 봉 군

안록산이 군사를 일으키자 두보는 전란을 피해 가족을 데리고 12년 동안 떠돌아다녔다. 그 마지막 해 강남에서 이구년李龜年을 우연히 만났다. 그는 당 현종에게 총애를 받던 가수 겸 배우였다. 이 시의 전반부에서 두 사람이 모두 좋았던 과거를 회상하다가 후반부에서 현실로 돌아온다. 지금 강남은 따뜻한 바람이 불고 햇빛이 좋은 계절이다. 하지만 꽃이 지는 시기다. "落花時節낙화시절"이란 표현 속에 어려운 현실과 온갖 복잡한 감정이 함축되어 있다. 만나니 반가우나 현실은 힘들고 서글프다. 추억은 감미롭고 때는 좋은 계절인데 두 사람은 비참한 몰골의 유랑민 신세다. 두보는 그해 겨울 환갑을 못 채운 채 한 많은 이 세상을 떠난다. *

江南(강남) : 양쯔강 이남 지역, 흔히 남쪽의 먼 곳이라는 뜻으로 쓴다
岐王(기왕) : 당 현종의 동생 李範(이범)
崔九(최구) : 최 씨 집 아홉 번째 아들
正是(정시) : 때마침, 참말로
風景(풍경) : 바람과 햇빛, 지금 쓰이는 경치란 뜻이 아님

운 雲 구름

곽진(郭震, 656~713)

모였다 흩어졌다 왔다 갔다 빈 하늘
촌사람이 한가로이 바라보고 있노라니
뿌리 없는 제 몸이 하찮은 줄 모르고서
달 가리고 별 막으며 온갖 짓을 다하네

聚散虛空去復還　野人閑處倚筇看
취 산 허 공 거 부 환　야 인 한 처 의 공 간
不知身是無根物　蔽月遮星作萬端
부 지 신 시 무 근 물　폐 월 차 성 작 만 단

구름은 수시로 모양이 바뀌고, 날씨에 따라 갑자기 생겼다 없어졌다 한다. 눈부신 해가 나오면 슬그머니 사라졌다가도 어느새 시커먼 먹장구름으로 온 세상을 컴컴하게 만들기도 한다. 평생을 한적한 시골에서 붙박이로 살아온 촌사람이 보기에는 출세를 위해 또는 큰돈을 벌려고 객지에 나가서 번잡하게 사는 사람들의 요상한 행태가 부질없어 보인다. 이 시인은 진실을 가리고 거짓을 내보이며 정의를 막고 불의를 내세우는, 지조 없이 술수에만 능한 간신배와 정상배의 가당찮은 모습을 구름을 빗대어 비판한다. 밤이건 낮이건 항상 구름 위에는 해와 달, 별이 반짝이고 있다. 두 손으로 하늘을 가릴 수 없는 법이다. *

聚(취) : 모이다, 모으다, 무리
筇(공) : 대나무 지팡이
萬端(만단) : 온갖 일, 여러 가지, 온 수단과 방법

즉사 卽事 즉흥시

조운흘(趙云仡, 1332~1404)

한낮에야 사람 불러 사립문 열게 하고
숲속 정자 이끼 낀 바위 위에 앉았노라
지난밤 산중에는 비바람이 사납더니
가득한 시냇물에 꽃잎 줄줄이 떠 오네

柴門日午喚人開　步出林亭坐石苔
시 문 일 오 환 인 개　보 출 임 정 좌 석 태
昨夜山中風雨惡　滿溪流水泛花來
작 야 산 중 풍 우 악　만 계 유 수 범 화 래

여말선초麗末鮮初, 격동의 시절을 자신과 가문의 안녕을 위해 때때로 미친 척하거나 병든 척하며 권력투쟁의 현장을 떠나 은둔하던 조운흘은 이 시를 지을 때 청맹靑盲을 가장하고 시골에 살고 있었다. 당시 권력 실세인 이인임 일파가 최영과 이성계에 의해 제거되었다. 정권을 뺏긴 고관대작들이 하루아침에 역적이 되어 함거檻車에 실려 귀양 가는 모습을 보며 비바람에 떨어진 꽃잎이라 읊은 것이다. 항상 옆에서 시중들던 첩도 그가 진짜로 맹인이 된 줄 믿고 그의 아들을 유혹하여 면전에서 서로 희롱하는 것을 몇 년 동안 보면서도 모른 척하다가 조선 건국 후 다른 이유를 들어 그 첩을 강물에 익사시켰다. 현명하면서도 무서운 사람이다. *

靑盲(청맹) : 겉은 멀쩡하나 보지 못하는 사람, 청맹과니
喚(환) : 부르다, 소리치다
泛(범) : 뜨다, 물에 띄우다, 물을 뿌리다

송춘일별인 送春日別人
늦봄의 이별

조운흘(趙云仡, 1332~1404)

그대 귀양 길 마음 아파 눈물이 절로
봄은 가는데 님도 함께 보내는구려
봄바람이여 미련 버리고 잘 가거라
세상살이 오래 하면 시비만 배우니라

謫宦傷心悌淚揮　送春兼復送人歸
적 환 상 심 제 루 휘　송 춘 겸 복 송 인 귀

春風好去無留意　久在人間學是非
춘 풍 호 거 무 류 의　구 재 인 간 학 시 비

속으로야 어떻든 귀양을 간다고 눈물 흘릴 조운흘이 아니다. 첫 번째 구에는 귀양 가는 님과 눈물 흘리는 작가가 각각 따로 있다. 둘째 구에서는 유배당한 친구에게 봄바람의 이미지를 겹쳐놓았다. 동시에 작가 자신도 미련을 버리고 떠날 것을 암시하고 있다. 여말선초는 자칫 시비에 휘말리면 목숨을 부지할 수 없는 격동의 시절이었다. 시비에 얽혀 죽을 수도 있는 상황에서 벼슬을 놓는 것이 확실한 보신책保身策이 아니겠나. 조운흘은 어느 편에 서거나 자신의 뜻을 내세우지 않았다. 스스로 시대를 읽어 벼슬길에 나가거나, 초야에 숨기도 하며 고려와 조선, 두 나라에 걸쳐 천수를 누렸다. 그의 눈치와 영악스러움이 요즘 벼슬아치와 닮았다. *

謫宦(적환) : 귀양 간 벼슬아치
無留意(무류의) : 머뭇거리지 말라

자조 自嘲 쓴웃음

정도전(鄭道傳, 1342~1398)

몸가짐 바로 하여 항상 성찰하며 살아왔고
책 속에 담긴 성현의 뜻 저버린 적 없었노라
삼십 년 동안 고난 속에 쌓아온 사업
송현의 정자 한잔 술에 헛되이 사라지누나

操存省察兩加功　不負聖賢黃券中
조 존 성 찰 양 가 공　불 부 성 현 황 권 중
三十年來勤苦業　松亭一醉竟成空
삼 시 년 래 근 고 업　송 정 일 취 경 성 공

안국동과 경복궁 사이에 있던 솔재松峴 부근에서 정도전은 여러 중신과 정국을 논하며 조촐한 주연을 가지던 중 난입한 이방원의 사병 약 서른 명에게 사로잡혔다. 1398년 8월 26일 한밤중의 일이다.《태조실록》에는 애걸하며 목숨을 구걸했다고 기록되어 있으나, 죽음을 각오한 정도전은 이 시를 읊으며 조용히 목을 내놓았다는 것이 정설로 전해온다. 정도전과 정몽주가 생각했던 성현의 뜻은 무엇이 달랐을까? 같은 책《맹자》에서 정도전은 잘못된 왕은 백성이 갈아 치울 수 있다는 역성혁명론易姓革命論을, 정몽주는 충忠을 따랐다. 그러나 두 사람 모두 이방원에게 죽임을 당했다. 칼이 펜보다 강했다. 그러나 긴 역사로 보면 역시 펜은 칼보다 강하다. *

自嘲(자조) : 스스로 자신을 비웃다
操(조) : 잡다, 부리다
松亭(송정) : 송현에 있는 정자, 개국공신 남은(南誾)의 첩 집
竟(경) : 다하다, 끝나다

조 蚤 벼룩

잇큐 소준(一休 宗純, 1394~1481)

이것이 때인가 티끌인가 과연 무엇인가
한 번 보고 또 봐도 하찮은 미물일세
사람 피 빨아먹고 통통하게 살은 쪘어도
비쩍 마른 중의 손톱에 생을 마감하네

垢也塵也是何物　元來見來更無骨
구 야 진 야 시 하 물　원 래 견 래 갱 무 골

雖爲喰人十分肥　瘦僧一捻歿生涯
수 위 식 인 십 분 비　수 승 일 념 몰 생 애

실없는 농담처럼 싱거운 호기심이지만 어렸을 때 상당히 진지하게 궁금했던 점 몇 가지가 있다. 그중 하나가 '승방에 벼룩이나 이, 빈대 등 해충이 생기면 어떻게 처리할까?'였다. 예수를 믿어야 천당에 간다는데 기독교가 들어오기 전에 사셨던 우리 조상님은 모두 지옥에 계신지와 함께 아직도 풀리지 않은 의문이다. 지금은 해답에 별 관심이 없다. 프란치스코 교황님 말씀처럼 종교나 성직자들이 스스로 가난을 겪으며 가난한 이들을 위해 살면 좋겠다는 생각뿐이다. 그런데 잇큐 스님은 진짜로 벼룩을 손톱으로 비틀어 죽였을 것 같다. 아울러 백성의 고혈을 빨아먹는 탐관오리들에게도 호령하며, 그들을 응징했을 것이다. *

蚤(조) : 벼룩
垢(구) : 때
元來見來(원래견래) : 처음부터 쭉 봐왔다
雖(수) : 비록
喰(식) : 먹다 =食(식)
捻(념) : 비틀다

원단 元旦 설날

서거정(徐居正, 1420~1488)

마흔이야 한창때지만 오늘 두 살 더 보탰구나
늙는 건 더딘 게 좋은데 남보다 먼저 병치레로다
삶이 어찌 좋기만 하랴, 가난을 감히 꺼리랴
정성 다해 한 해 맞으니 매화 버들도 싱그럽다

四十是强仕 今添又二春 屠蘇宜後飮 老病已先人
사 십 시 강 사 금 첨 우 이 춘 도 소 의 후 음 노 병 이 선 인
身世何由健 生涯敢諱貧 殷勤一年事 梅柳亦精神
신 세 하 유 건 생 애 감 휘 빈 은 근 일 년 사 매 류 역 정 신

서양은 자신의 생일을 기준으로 나이를 더해가지만 우리는 설날을 기준으로 나이를 더 먹는다. 서양은 태어나면 영 살이지만 우리는 태어나자마자 한 살이다. 어머니 배 속에 있던 열 달을 포함하기에 더 정확하다고 볼 수 있다. 그러나 1년 차이가 나도 동갑이고 하루 차이에도 한 살 차이가 나는 단점도 있다. 15세기에 40대면 벼슬살이로는 가장 원숙기였지만 중늙은이기도 했다. 그 당시 마흔은 인생에서 취할 것과 내려놓을 것을 구분할 수 있는 나이였다. 삶이 힘들면 힘든 대로 참고, 가난도 그럭저럭 견디며 사는 나이이다. 많이 남지 않은 여생을 소중히 할 줄 아는 나이다. 지금의 70대 정도랄까? 글쎄? 욕심을 놓지 못하면 죽을 때까지 철들지 못한다. *

屠蘇(도소) : 도소주, 악귀를 물리치려 설날에 마시는 술
諱(휘) : 숨기다, 피하다
殷勤(은근) : =慇懃(은근), 정성스럽고 은밀함
情神(정신) : 生氣(생기)

증남곤 贈南袞
남곤에게

조운(朝雲, ?~?)

부귀와 공명 이걸로 충분하오
산에서 물에서 즐거이 지냅시다
단칸 집 하나면 당신과 누울 수 있으니
가을바람 밝은 달과 오래도록 삽시다

富貴功名可且休　有山有水足遨遊
부 귀 공 명 가 차 휴　유 산 유 수 족 오 유
與君共臥一間屋　秋風明月成白頭
여 군 공 와 일 간 옥　추 풍 명 월 성 백 두

조운은 남곤의 첩이었다. 남곤은 기묘사화를 일으킨 주역 중 한 사람이다. 기묘사화는 1519년 남곤, 홍경주 등 훈구파 세력이 기득권을 유지하려고 조광조, 김정 등 개혁 신흥 세력인 사림파를 축출한 사건이다. 나뭇잎에 꿀물로 주초위왕走肖爲王이라 써서 조광조를 역모죄로 모함하여 수백 명의 무고한 선비를 죽이거나 귀양 보냈다. 이 시의 내용만 보면 부귀영화를 버리고 산속에 들어가 자연과 더불어 소박한 생활을 하며 천수를 누리자는 매우 고상한 뜻이지만, 알고 보면 뻔뻔스러운 도피 행각임이 드러난다. 과거에 지은 죄 때문에 이 세상에서 정상적으로 살지 못할 형편이니 가족도 버리고 첩인 자신과 둘이서 도망가자는 뜻이다. *

遨遊(오유) : 재미있게 놀다
成白頭(성백두) : 머리카락이 세도록 오래 살자는 뜻
走肖爲王(주초위왕) : 走肖(주초)는 趙(나라 조)를 뜻함, 조광조가 왕이 된다는 의미

과고전장 過古戰場 옛 전장을 지나며

휴정(休靜, 1520~1604)

산속의 눈 밑에 얼음 덮인 강물 속에
당시 말에게 물 먹이던 사람들 누워 있고
누런 모래 속에 백골로 남아 있건만
피비린내 나던 풀에도 푸른 봄은 절로 오네

山雪河氷裡　當年飮馬人
산 설 하 빙 리　당 년 음 마 인
黃沙餘白骨　腥草自靑春
황 사 여 백 골　성 초 자 청 춘

임진왜란 당시 승병장이었던 서산대사 휴정과 사명당 유정은 지금까지도 민중의 추앙을 받고 있다. 중국 사람들에게 관운장이 수호신과 같은 민속신앙의 대상이듯이 서산대사와 사명당은 이 땅에서 불교를 넘어 백성에게 샤먼의 대상이었다. 그런데 이 두 분의 스님은 서로 개성이 달랐다. 사명당은 성격이 괄괄하고 다정다감한 반면에 서산대사는 과묵한 외유내강형이라 하겠다. 전쟁의 참상이 비참하기 이를 데 없어 겨울 산 눈 속이나 얼어붙은 강 밑에 주검이 널려 있지만 언젠가는 겨울이 가고 새봄이 오듯 참혹한 이 전쟁도 끝날 날이 오고 말 것이라는 희망을 고난에 처한 백성에게 서산대사는 전하고 있다. *

裡(리) : 속, 사물의 안쪽, 裏(리)와 같은 뜻
餘(여) : 남다, 넉넉하다, 여기서는 많다는 뜻
腥(성) : 비린내, 날고기

취후 醉後
술에 취해

기대승(奇大升, 1527~1572)

어리석은 무뢰배라 미친 짓을 못 버리고
술을 너무 좋아해서 백 잔이나 마셨는데
버릇은 여전하여 뉘우칠 줄 모르고
늦은 밤 취해서 누운 채로 읊조린다

少年無賴只顚狂　愛酒猶堪倒百觴
소 년 무 뢰 지 전 광　애 주 유 감 도 백 상
餘習至今知未悔　夜深濡首臥吟床
여 습 지 금 지 미 회　야 심 유 수 와 음 상

과음하고 나면 항상 후회한다. 술자리에서 감정을 자제하지 못하고 상대방에게 무례한 언행을 하거나 다음 날 활동에 지장을 받게 되기 때문이다. 그러나 후회는 그때뿐이고 해 질 녘이면 술시戌時라서인지 또다시 술 생각이 난다. 술이 좋아, 친구가 좋아, 분위기가 좋아 또다시 과음하고 후회하기를 반복한다. 이것이 술꾼이다. 조선시대 이황 선생과 견줄 만한 유학자이셨던 고봉高峯 기대승 선생은 술을 즐기고 주량 또한 대단한 술꾼이었던 것 같다. 그런데 술 때문에 무슨 후회를 했을까? 혹시 주사酒邪가 있으셨을까? 거나하게 취한 애주가 고봉 선생의 인간적인 모습이 담긴 이 시가 정겹다. *

無賴(무뢰) : 무뢰한의 준말, 예의와 염치를 모르며, 일정한 직업이 없는 불량배
顚(전) : 정수리, 이마, 여기서는 거꾸로 넘어지다, 미치다. 轉(전)은 굴러 넘어지다, 바뀌다
堪(감) : 견디다
觴(상) : 술잔, 잔을 들어 마시다
濡(유) : 젖다, 적시다, 은혜를 입다

증허균 贈許筠
허균에게 보냄

유정(惟政, 1544~1610)

남의 잘잘못을 말하지 말게나
이롭지 않을뿐더러 재앙을 부른다네
만약 자네 입을 병마개 막듯 할 수 있다면
이것이 몸을 안전하게 하는 으뜸 처방일세

休說人之短與長　非徒無益又招殃
휴 설 인 지 단 여 장　비 도 무 익 우 초 앙
若能守口如甁去　此是安身第一方
약 능 수 구 여 병 거　차 시 안 신 제 일 방

사명당 유정은 허균보다 스물다섯 살 연상이다. 허균이 과거에 장원급제 하여 장래가 촉망되는 젊은이로 명성을 얻고 있을 때 유정은 이미 50대 중반의 초로였다. 실력과 재치를 갖추었으나 자유분방하고 체제에 반항적인 허균을 보며 불안감을 느꼈다. 결국 허균은 유정이 열반한 지 8년 후인 1618년 광해군의 폭정에 항거하며 반란을 계획하다 탄로 나 능지처참 형에 처해졌다. 임금의 잘잘못을 지적하고 세상을 바꾸려다 자신의 생명을 빼앗긴 것이다. 유정의 걱정이 현실화되었는데, 그가 충고하는 대로 세상 모든 이가 남을 비평하지 않고 불의를 외면한 채 현실과 거리를 두면 이 세상은 어찌 될까. *

休(휴) : 쉬다, 훌륭하다, 여기서는 그치다의 뜻

구자배 求磁杯
백자 잔을 보내라

이명한(李明漢, 1595~1645)

표주박은 너무 소박하고 옥잔은 사치스러워
눈꽃보다 하얀 백자 술잔이 제일이라네
길이 풀리고 봄이 오니 갈증이 들어서
꽃 밑에서 유하주 술잔을 기울이게 한다네

匏樽太朴玉杯奢　最愛陶沙勝雪華
포 준 태 박 옥 배 사　최 애 도 사 승 설 화
解道春來添渴病　勉教花下掬流霞
해 도 춘 래 첨 갈 병　면 교 화 하 국 유 하

원제목은 〈기사옹봉사봉룡구자배寄司饔奉事鳳龍求磁杯〉다. 이름이 봉룡인 사옹원의 말단 관리에게 백자 잔을 청하며 부친 편지다. 이명한은 병자호란 때 척화파斥和派였다. 명분론에 충실한 원칙주의자였던 것이다. 대제학과 판서를 지낸 이대감이 관요를 관장하는 하급 관리에게 백자 술잔을 달라고 이렇게 시를 써 보낸 멋쟁이이기도 했다. *

匏樽(포준) : 표주박 술잔
勉教(면교) : ~하게 강요하다
掬(국) : 두 손으로 움켜쥐다
流霞(유하) : 유하주, 술 이름
奉事(봉사) : 종8품 벼슬

수세보 守歲步
해 지킴

현기(玄錡, 1809~1860)

일 년 삼백육십오 일 술 취해 자다 보니
꿈같은 세월 쓸데없이 흰머리만 늘었네
오늘 밤은 홀로 깨어 있으니 웬일인가
일각 후면 한 해가 가기 때문이라네

酒中三百六十眠　夢裏無端鬢皓然
주 중 삼 백 육 십 면　몽 리 무 단 빈 호 연

今夜獨醒因底事　要將一刻抵過年
금 야 독 성 인 저 사　요 장 일 각 저 과 년

선달그믐 날, 그러니까 설날 전날 밤에 잠을 자면 눈썹이 하얗게 변한다며 온밤을 꼬박 새우는 풍습이 있다. 이를 수세守歲, 우리말로 '해 지킴'이라 한다. 이 시는 당나라 시인 고적高適의 〈제야작除夜作〉이란 시에서 운을 따왔다. 옛 시인이 제야에 읊었던 시를 떠올리며 한 해를 정리하고 있다. 현기는 평생 벼슬이나 돈벌이에 뜻을 두지 않고 술과 방랑으로 보낸 가난한 시인이었다. 남들이 보기에는 무책임한 무능력자지만, 부조리한 세상과 타협할 수 없는 곧은 마음을 가진 그러나 마음 약한 시인이었다. 세상을 향한 저항이 그저 술에 취해 자신을 잊는 것뿐인 나약한 시인이 제야 하룻밤만은 자신과 정면으로 마주 대하고 있다. *

無端(무단) : 까닭 없이, 쓸데없이
底(저) : 밑, 그치다, 여기서는 무슨, 어떤
抵(저) : 밀치다, 당하다, 다다르다

16.

忠 충성 충

해와 달이 오고 가니

신춘휘호 新春揮毫
새해맞이 휘호

왕희지(王羲之, 307~365)

해와 달이 오고 가니 새해 첫날 복이 앞서고
정성 다해 제사 올리니 여린 햇살 퍼진다
번잡한 일 그치니 신과 함께 바탕을 닦도다

日月往來 元正首祚
일 월 왕 래　원 정 수 조

太牦告辰 微陽始布
태 모 고 신　미 양 시 포

嘓無不宣 和神養素
괵 무 불 선　화 신 양 소

일월영측日月盈昃은 우주의 순환 현상을 표현한 말이다. 해가 동쪽에서 떴다가 서쪽으로 기울고, 계절에 따라 태양은 하늘 높이 또는 낮게 떠서 운행한다. 달은 둥글게 찼다 하면 바로 이지러지기 시작한다. 태양의 하늘 길이 한 바퀴 돌면 1년이고, 달이 이지러졌다 다시 둥글게 차면 한 달이다. 일월영측과 뭇별이 펼쳐져 각기 길을 따라 운행하는 진수열장辰宿列張, 성좌에 해와 달이 같이 하늘에 넓게 벌려져 있음을 뜻함 우주는 홍황洪荒이다. 홍황은 가없이 넓고 끝없이 길다는 뜻이다. 이것이 하늘과 땅 사이의 천지현황天地玄黃, 하늘은 위에 있어 빛이 검고 땅을 아래에 있어 빛이 누렇다는 뜻이다.《천자문》은 이토록 심오한 뜻을 품고 있다. 사람들은 해마다 새해에는 나쁜 기운이 다 물러나 이 세상이 한결 밝아질 것으로 기대한다. *

元正(원정) : 정월 초하루. =元日(원단), 元朝(원조)
祚(조) : 복, 하늘이 내리는 천자(天子)의 자리, =年, 歲(해)
牦(모) : 들소
嘓(괵) : 귀찮음, 삼키는 소리
不宣(불선) : 다하지 못함, 편지 말미에 써서 할 말이 더 있으나 그만 줄인다는 의미

종군행 從軍行
종군의 노래

왕창령(王昌齡, 698~755?)

청해호 건너편 구름 속으로 설산이 희미한데
외딴 성에 올라 멀리 옥문관 쪽을 바라보네
거친 사막의 수없는 전투에 갑옷은 해졌지만
오랑캐를 물리치지 않고는 끝내 돌아가지 않으리

青海長雲暗雪山　孤城遙望玉門關
청 해 장 운 암 설 산　고 성 요 망 옥 문 관

黃沙百戰穿金甲　不破樓蘭終不還
황 사 백 전 천 금 갑　불 파 누 란 종 불 환

왕창령이 살던 시절은 당나라 최고 번성기였다. 당이 고구려와 백제를 정벌하는 사이 그 틈을 타 토번이 발흥하여 서역 지방에서 영토를 넓혀가고 있었다. 토번은 지금 티베트의 뿌리가 되는 나라다. 청해호 서쪽 지역의 돈황과 옥문관이 모두 토번의 손에 들어갔다. 왕창령은 이 토번과의 전쟁에 종군했다. 청해호 칭하이호 건너편 설산과 옥문관 쪽을 바라보며 토번을 물리치겠다고 다짐하는 시다. 왕창령이 태어난 해에 발해국이 건국되었다. 만약 왕창령이 한 30년 일찍 태어났더라면 그는 고구려와 백제 유민을 물리치겠다는 시를 썼을 것이다. 자신에게는 애국이지만 남에게는 침략이 될 수 있다. *

青海(청해, 칭하이) : 칭하이성에 있는 청해호(칭하이호)
玉門關(옥문관) : 둔황 서쪽에 있는 비단길 관문
穿(천) : 닳고 떨어지다
樓蘭(누란) : 한나라 때 서역에 있던 나라, 토번을 낮추어 표현함

궁사 宮詞
궁궐의 노래

고황(顧況, 727~815)

우뚝 솟은 누각 위로 생황 소리 퍼져가고
바람결에 궁녀들의 웃음소리 실려 온다
달빛 어린 궁전에서 물시계 소리 들리고
수정 주렴 걷으니 가을 하늘에 은하수

玉樓天半起笙歌 風送宮嬪笑語和
옥 루 천 반 기 생 가 풍 송 궁 빈 소 어 화
月殿影開聞夜漏 水晶簾捲近秋河
월 전 영 개 문 야 루 수 정 렴 권 근 추 하

최근에 어느 소설가가 한 말이다. 자기는 아무 생각 없이 써 내려간 부분인데 평론가들이 이런저런 의미를 부여하며 복잡하게 해석하더란다. 이 시 또한 궁중에서 가벼운 연회가 끝나고 조용해진 가운데 하늘을 가로지르는 은하수를 보며 하루를 정리하는 평화로운 궁중의 일상을 노래한 시라 할 수 있는데, 굳이 의미를 부여하자면 후반부에서 우주宇宙를 생각하며 사색에 잠긴 임금의 마음을 스케치하듯 그렸다고 볼 수도 있다. 물시계 소리는 영겁의 시간이요, 은하수는 끝없이 공활한 우주 공간을 연상케 된다. 《천자문》 우주홍황宇宙洪荒에서 우宇는 공간이요, 주宙는 시간을 말하며, 시간과 공간, 이 둘이 합하여 우주宇宙가 된다. *

笙(생) : 생황, 관악기의 일종
漏(루) : 물이 새다, 구멍, 여기서는 물시계를 말함
河(하) : 은하수를 말함

수순도경성 戍巡到鏡城

경성

왕건(王建, 877~943)

용성의 가을날 뉘엿뉘엿 해 저물면
옛 수루에는 모락모락 파란 연기
머나먼 변방 땅에 평화가 찾아오니
오랑캐도 찾아와 태평 시절을 경하하네

龍城秋日晩　古戍寒烟生
용 성 추 일 만　고 수 한 연 생

萬里無金革　胡兒賀太平
만 리 무 금 혁　호 아 하 태 평

고려의 태조 왕건은 삼국을 통일하고 민심을 수습한 뒤 북방 외교에 중점을 두었다. 여진족과 우호 관계를 유지하는 한편 거란에는 고구려의 후신인 발해를 배반했다 하여 강경하게 대했다. 이 시는 태조 왕건이 북방 지역을 순시하던 도중 함경도 경성에 도착해 썼다. 왕건은 백성이 북방 지역에 정착하도록 장려하고, 발해 유민의 이주를 적극 지원하는 한편 북방 오랑캐와는 교역을 통해 그들의 도발을 억제하는 정책을 시행했다. 북쪽 변방에도 평화가 찾아왔다. 고려가 후삼국을 통일하고 국가의 틀을 갖추고 나니 거란도 그 위세에 눌려 고분고분할 수밖에 없었을 것이다. 지금 한반도에도 평화와 통일이 절실하다. *

戍(수) : 지키다, 수자리, 국경 경비대
金革(금혁) : 쇠붙이와 가죽 제품 즉 각종 무기와 군사 장비를 말함

영초일 詠初日 떠오르는 태양

조광윤(趙匡胤, 927~976)

아침 해가 솟아올라 환한 빛 눈부시고

이 세상 모든 산이 불타는 듯 벌겋다

둥그런 태양이 순식간에 떠올라서

온갖 별과 조각달을 단숨에 물리치네

太陽初出光赫赫　千山萬山如火發
태 양 초 출 광 혁 혁　천 산 만 산 여 화 발

一輪頃刻上天衢　逐退群星與殘月
일 륜 경 각 상 천 구　축 퇴 군 성 여 잔 월

어둠과 추위를 물리치고 빛과 열을 주는 태양은 고마움을 넘어 생명의 원천이다. 그래서 원시사회에서부터 태양은 절대적 존재로서 숭배의 대상이 되었다. 이집트 등 여러 고대국가에서는 태양신을 숭배했으며 고대 중국에서도 황제는 태양과 같은 존재로서 천명을 받들어 이 세상을 지배하는 신의 대리인 즉 천자天子였다. 송나라를 건국한 태조 조광윤은 집안 대대로 군인 출신이었으나 책 읽기를 부지런히 했고 황제가 되어서도 과거제도를 확립하고 송나라의 문치주의 전통을 세웠다. 송 태조는 자신을 태양으로 형상화했다. 하지만 지금은 민주주의 시대다. 민심이 천심이고 국민이 하늘이다. 이 시와 같은 권위주의는 끝났다. *

赫赫(혁혁) : 빛나다, 매우 성하다
頃刻(경각) : 눈 깜작할 사이
衢(구) : 네거리, 큰 길

신설 新雪 새해 첫눈

정지상(鄭知常, ?~1135)

지난밤 흩날리던 서설에 새날이 밝아
새벽부터 만조백관 임금님께 하례하네
바람 한 점 없어도 검은 구름 걷히고
하얀 꽃 활짝 피어 온 나무에 봄이 왔네

昨夜紛紛瑞雪新　曉來鵷鷺賀中宸
작 야 분 분 서 설 신　효 래 원 로 하 중 신

輕風不起陰雲捲　白玉花開萬樹春
경 풍 불 기 음 운 권　백 옥 화 개 만 수 춘

새해 아침, 간밤에 상서로운 눈이 흠뻑 내렸다. 새벽이 되자 구름은 걷히고 시리도록 파란 하늘이 열렸다. 날이 채 밝기도 전에 만조백관이 입궐하여 줄지어 서서 임금님이 나오기를 기다린다. 나뭇가지에는 눈이 쌓여 마치 흰 꽃이 탐스럽게 피어난 모습이다. 설날 아침에 임금님께 하례를 올리려는 궁정의 화려한 모습을 밝고 힘차게 표현했다. 과거에 급제하여 임금의 총애를 받으며 장래가 촉망되던 관료 시절의 정지상은 온화하고 고운 시심으로 즐거운 인생을 구가하는 시풍詩風을 보였다. 정치상이 청소년기에 썼던 구슬픈 서정성은 찾아보기 어려워졌다. 그의 대표작으로 지금까지 사랑받는 시는 대부분 그가 청년기에 쓴 시들이다. 시인은 가난해야 하나? *

鵷鷺(원로) : 조정에 줄지어 선 신하들의 고상하고 기품 있는 모습. 鵷(원)은 鵷雛(원추)로 봉황의 일종, 鷺(로)는 해오라기
宸(신) : 처마, 대궐, 하늘. 여기서는 임금을 뜻함

부벽루 浮碧樓 부벽루

이색(李穡, 1328~1396)

어제 영명사를 지나다가 부벽루에 잠깐 올랐더니
성 위 빈 하늘엔 조각달 하나, 바위는 구름과 함께 천년인데
기린은 가고 아니 오네, 천손께선 어디서 노니실까
바람 돌에 기대어 긴파람 불제, 산은 푸르고 강물은 절로 흐른다

昨過永明寺 暫登浮碧樓 城空月一片 石老雲千秋
작 과 영 명 사 잠 등 부 벽 루 성 공 월 일 편 석 로 운 천 추

麟馬去不返 天孫何處遊 長嘯倚風磴 山青江自流
인 마 거 불 반 천 손 하 처 유 장 소 의 풍 등 산 청 강 자 류

목은牧隱 이색은 삼은三隱이라 하여 포은圃隱 정몽주, 야은冶隱 길재와 함께 고려 왕조에 끝까지 절개를 지킨 분이다. 기울어가는 고려의 사직社稷이 안타까워 옛 고구려의 도읍지 평양을 빌려 한탄하고 있다. 평양성은 텅 빈 하늘에 그믐달처럼 쇠락했고, 고구려 시조인 동명성왕이 기린을 타고 승천했던 조천석朝天石 바위는 오가는 구름과 함께 덧없이 천년을 보냈다. 동명성왕과 같은 천손天孫이 다시 내려와 망해가는 고려를 구할 수는 없을까. 바람 찬 돌난간에 기대어 긴 탄식만 할 뿐이다. 세상이야 어찌 되든 산은 여전히 푸르고 무심한 지고, 강물은 쉼 없이 흐르고 있구나. 격변하는 세상에서 산처럼 강처럼 변함없이 그침 없이 살기가 쉬운 일은 아니다. *

昨(작) : 어제
嘯(소) : 휘파람, 읊다
倚(의) : 기대다
磴(등) : 돌층계, 돌다리
朝天石(조천석) : 동명성왕이 기린을 타고 하늘을 오르내릴 때 말발굽 자국을 남긴 바위

등백운봉 登白雲峰 백운봉에 오르다

이성계(李成桂, 1335~1408)

칡넝쿨 부여잡고 백운대에 올라보니
흰 구름 속에 우뚝, 암자 하나 앉아 있다
눈앞에 펼쳐진 땅이 모두 내 것이라 하면
중국 중원과 강남땅인들 어이 마다하리

引手攀蘿上碧峰　一庵高臥白雲中
인 수 반 라 상 벽 봉　일 암 고 와 백 운 중
若將眼界爲吾土　楚越江南豈不容
약 장 안 계 위 오 토　초 월 강 남 기 불 용

북한산의 옛 이름이 삼각산이다. 백운대, 인수봉, 만경대, 세 개의 빼어난 봉우리로 이루어진 산이다. 그중 백운대가 주봉이다. 이성계가 위화도회군으로 실권을 잡은 뒤 새로운 나라를 세우기로 하고 도읍지로 지금의 서울인 한양을 점찍어 놓고 있었다. 백운대에 올라 발아래로 펼쳐진 한강과 그 유역을 바라보며 이 땅의 새 주인이 되겠다는 포부를 나타낸 시다. 글자 그대로 해석하면 멀리 중국 땅까지 지배하고자 하는 웅지雄志를 내보인 것이라 할 수도 있겠다. 실제 이태조의 최측근이었던 정도전은 북벌을 계획하고 준비했었다. 구리시 동구릉 입구에 이 시를 새긴 시비詩碑가 있다. *

攀蘿(반라) : 댕댕이 넌출을 붙잡고 오르다
若將(약장) : 만약 ~한다면
豈(기) : 어찌~하겠는가

봉효직상 逢孝直喪
조광조를 애도함

박상(朴祥, 1474~1530)

무등산 앞에서 지난번 만나 손잡았는데
소달구지에 실려 고향에 바삐도 왔구려
나중에 우리 저세상에서 만나거들랑
세상사 부질없는 시비는 논하지 마세나

無等山前曾把手　牛車草草故鄉歸
무 등 산 전 증 파 수　우 거 초 초 고 향 귀

他年地下相逢處　莫說人間謾是非
타 년 지 하 상 봉 처　막 설 인 간 만 시 비

조광조의 억울한 죽음 앞에 바친 시다. 조광조는 기묘사화 때 사약을 받아 유배지에서 죽었다. 기묘사화는 훈구파 부패 세력에 맞서 나라와 백성을 위해 진보 정책을 펴다 모함을 받아 많은 양심 세력이 죽은 사건이다. 박상은 모친의 3년상을 모시느라 이때 죽음을 모면했다. 소달구지에 실려 오는 동지 조광조의 시신을 보며 이 시인은 비통해한다. 조광조와 박상이 만났던 무등산은 이후 500년 동안 수많은 열혈 지사를 품었다. 그들은 살아 있는 동안 목숨 걸고 정의를 위해 싸웠다. 죽은 뒤에는 평온이 필요할 뿐이다. 이 시는 저승에서 마음 편히 지내라는 망자를 향한 위로이자 투쟁은 산 자의 몫이라는 다짐이다. *

孝直(효직) : 조광조의 자, 호는 靜菴(정암)
草草(초초) : 바쁜 모습, 초라한 모습
謾(만) : 속이다, 느리다, 업신여기다, 부질없다

정월삭일서 正月朔日書

정월 초하루

김인후(金麟厚, 1510~1560)

온 세상이 길하고 만물이 번창하리
첫닭 울면 착한 일과 좋은 말씀 새길지니
사물은 가지런하고 삶은 뿌리가 깊도다
성군께서 밝히시니 큰 은혜를 우러른다

天地三陽泰 乾坤四德元　鷄鳴服舜善 日出誦堯言
천 지 삼 양 태 건 곤 사 덕 원　계 명 복 순 선 일 출 송 요 언
物物分條理 生生自本根　文王昭在上 一國仰鴻恩
물 물 분 조 리 생 생 자 본 근　문 왕 소 재 상 일 국 앙 홍 은

이 시에는《주역》과《맹자》,《서경》에 나오는 글이 모여 있다. 태泰는 주역에서 가장 길한 괘卦다. 땅이 위에 있고 하늘이 아래에 있어 기운이 서로 통한다. 四德사덕은 원형이정元亨利貞을 말한다. 원元은 만물이 소생하는 것이고 형亨은 자라는 것, 이利는 열매 맺는 것, 정貞은 만물이 이루어짐을 뜻한다. 순舜임금의 착한 일과 요堯임금의 좋은 말씀을 추구하며 살면 온 세상 사물이 가지런히 자리 잡힐 것이고, 모든 인간이 뿌리가 깊게 박혀 흔들리지 않을 것이다. 그리고 권력자가 공명정대하면 국민의 존경을 받을 것이다. 김인후가 설날을 맞아 국태민안國泰民安을 염원하며 이 시를 썼다. *

朔日(삭일) : 초하루
堯, 舜(요, 순) : 고대 중국의 임금,《맹자》〈진심 상편(盡心 上篇)〉과〈고자 하편(告子 下篇)〉에 나오는 구절 條(조) : 가닥, "有條而不紊(유조이불문)" '가닥이 잡혀 어지럽지 않음'《서경》〈반경편(盤庚篇)〉
鴻恩(홍은) : 큰 은혜

한산도가 閑山島歌 한산도

이순신(李舜臣, 1545~1598)

한산섬 달 밝은 밤에 수루에 혼자 앉아
큰 칼 옆에 차고
깊은 시름 하는 때에
어디선가 일성호가는 남의 애를 끊나니

閑山島月明夜　上戍樓撫大刀
한 산 도 월 명 야　상 수 루 무 대 도

深愁時何處　一聲羌笛更添愁
심 수 시 하 처　일 성 강 적 갱 첨 수

이순신 장군의 시조時調를 한문으로 번역한 것이다. 1795년 정조의 명으로 유득공 등이 편찬한 《이충무공전서李忠武公全書》 제1권에 나온다. 1597년 3월 충무공은 모함을 받아 투옥되었다가 4월 1일 석방돼 권율 장군 밑에서 백의종군한다. 7월에 원균이 전사하자 충무공은 8월 3일 삼도수군통제사에 재임명된다. 이 시조는 8월 15일 전투를 준비하며 지었다. 그는 이 시조를 읊은 지 한 달 만인 9월 16일 13척의 배로 왜적선 333척을 맞아 200여 척을 쳐부쉈다. 명량대첩이다. 충무공은 이 전투로 왜구의 서해 진입을 막아 나라를 구했다. "必死則生 必生則死필사즉생 필생즉사"는 명량대첩 하루 전날 충무공이 병사들에게 한 말이다. '죽기로 싸우면 살겠지만 살려고 도망치면 내가 죽이겠다.' 이것이 본래 뜻이다. *

戍樓(수루) : 전방의 망루

안시성 安市城 안시성

김정희(金正喜, 1786~1856)

뭇 봉우리 곁으로 너른 들판 열렸고
방울 소리 울리며 거친 벌판 질러간다
성 위로는 지금도 당나라 때 달이 떠서
이지러진 반달이 희미하게 비춘다

群峰束立野鋪張　車鐸連聲度大荒
군 봉 속 립 야 포 장　거 탁 련 성 도 대 황
城上至今唐代月　半分虧得照餘光
성 상 지 금 당 대 월　반 분 휴 득 조 여 광

조선은 이태조의 창업 이래 명明을 향한 사대주의로 일관했다. 청淸이 중원을 통일하고 명이 망한 후에도 조선은 스스로 소중화小中華라 자칭하며 청나라를 배척했다. 사대파事大派는 조선의 통치 이념이 중국을 기반으로 한 성리학에 기초해 있고, 임진왜란 때 지원군을 보내준 은혜를 내세웠다. 이와 반대로 실학자 박제가는《북학의》란 책을 펴내 청나라의 발달한 문물을 받아들여야 한다고 주장했다. 김정희도 실학자의 한 사람으로 그의 나이 31세에《실사구시설實事求是說》이란 책을 썼다. 당나라를 이지러진 반달의 희미한 빛으로 표현한 김정희는 안시성을 보며 고구려의 진취적인 기상을 그리워하고 있다. *

度(도) : 법도, 여기서는 지나다, 渡(도)는 건너다
虧(휴) : 이지러지다

조국 금수강산 祖國 錦繡江山
금수강산 내 조국

안중근(安重根, 1879~1910)

산은 높지 않으나 빼어나게 아름답고
땅은 넓지 않으나 평탄하여 너그럽네
물은 깊지 않으나 맑고도 맑아라
숲은 크지 않으나 울창하게 우거졌네

山不高而秀麗　地不廣而平坦
산 불 고 이 수 려　지 불 광 이 평 탄

水不深而淸淸　林不大而茂盛
수 불 심 이 청 청　임 부 대 이 무 성

우리 교과서에서 안중근은 의사義士, 의리와 지조를 굳게 지킨 사람로 불린다. 안중근 자신이 대한제국 의군 참모중장이며 대한의용군 사령의 자격으로 이토 히로부미를 사살한 군인이라고 당당하게 공언公言했는데도 말이다. 일본인들은 그렇다 치고 한국에서도 보수층 일부에서 그를 테러리스트라 주장하니 어안이 벙벙할 따름이다. 그렇다. 안중근은 당연히 장군將軍이다. 식민사관을 언제까지 따를 건지 갑갑한 노릇이다. 안중근 장군도 요즘 기준으로 보자면 보수파다. 임금과 나라를 동일시하는 양반 출신에다 동학전쟁 때에는 진압군에 참여했으니 말이다. 민족을 생각하지 않는 보수가 진짜 보수일까? 소박한 이 시에는 진정한 애국심이 담겨 있다. 장군은 1910년 3월 26일 뤼순 감옥에서 일제에 사형당했다. *

17.

勞 일할 노

풍랑 속에 목숨 걸고

강상어자 江上漁者 어부

범중엄(范中淹. 989~1052)

강가를 오가는 저 사람들
그저 농어의 좋은 맛만 즐긴다
그대여 보시게 저 조각배 한 척
풍랑 속으로 목숨 걸고 나간다네

江上往來人　但愛鱸魚美
강 상 왕 래 인　단 애 로 어 미
君看一葉舟　出沒風波裏
군 간 일 엽 주　출 몰 풍 파 리

도시 사람들은 매일 먹는 음식이 얼마만큼 힘들게 만들어지는지 관심이 부족하다. 거친 바람과 높은 파도 속에서 나뭇잎 같은 조각배를 타고 나가 목숨 걸고 고기를 잡는 어부들의 노고는 모른 채 농어의 좋은 맛을 즐길 뿐이다. 한편 전라북도에는 '한울회생협'이라는 자연농 먹거리 공동체가 있다. 먹거리의 생산자와 소비자가 한 울타리에서 같이 산다는 뜻에서 이름을 '한울회'라 했다 한다. 자연농법을 고집하는 생산자들은 소비자 회원들의 얼굴을 대부분 알고 있다. 또한 도시의 소비자들은 직접 농사일을 거들면서 체험하여 생산자들의 노고를 잘 알고 있다. 사회는 이런 사람들로 인하여 진보한다. *

但(단) : 다만
鱸魚(노어) : 농어
裏(리) : 속, 안

도자 陶者 기와장이

매요신(梅堯臣, 1002~1060)

기와를 굽느라 집 앞의 흙 다 파냈으나
기와장이 지붕에는 기와 한 조각 없는데
열 손가락에 흙 한 번 안 묻힌 사람은
고래 등 같은 기와집에서 살더라

陶盡門前土　屋上無片瓦
도 진 문 전 토　옥 상 무 편 와

十指不沾泥　鱗鱗居大廈
십 지 부 첨 니　린 린 거 대 하

남의 처녀 시집갈 옷을 짓는 가난한 노처녀의 탄식을 노래한 허난설헌의 〈빈여음貧女吟〉이란 시가 있다. '구두장이 마누라가 맨발로 다닌다'는 영국 속담도 있다. 구한말에 생긴 '재주는 곰이 넘고 돈은 중국인이 번다'는 속담도 있다. 결과적으로 재주는 곰인 러시아가 부리고 돈은 일본이 벌었지만. 1910년 8월 29일은 경술국치일이다. 을사늑약(1905)으로 일본이 우리나라를 빼앗은 날이다. 이날 이후 35년 동안 일제의 수탈은 이루어 말로 표현할 수 없었다. 한 예로 쌀은 우리 농민이 생산하고 먹기는 일본인이 먹었으며, 우리에게는 쌀겨와 만주산 썩은 콩을 던져 주었다. 지금도 마찬가지다. 일하는 사람이 잘살아야 정상인데 현실은 양극화가 더 심해지고 있다. *

沾(첨) : 젖다, 절이다
鱗(린) : 비늘, 물고기
廈(하) : 큰 집, 행랑

소 梳 빗

유호인(兪好仁, 1445~1494)

얼레빗으로 초벌 빗고 참빗으로 빗으니
봉두난발이 가지런해지고 이도 잡는다
천만 자 되는 크고 긴 빗을 구해서
백성 피 빨아먹는 이를 모두 잡으리

木梳梳了竹梳梳　亂髮初分虱自除
목 소 소 료 죽 소 소　난 발 초 분 슬 자 제

安得大梳千萬尺　盡梳黔首虱無餘
안 득 대 소 천 만 척　진 소 검 수 슬 무 여

몇 년 전 한동안 자취를 감췄던 이가 초등학생들 머리에서 발견되어 화제가 된 적이 있다. 위생 환경이 좋아지면서 좀처럼 볼 수 없어진 이가 불결한 환경에서 다시 나타난 것이다. 바닥에 신문지를 깔고 참빗으로 머리를 빗으면 깨알처럼 생긴 이가 후두둑 떨어지곤 했던 어릴 적 기억이 떠오른다. 이 시에서 이는 슬관虱官이라 하여 나라를 좀먹고 백성의 피를 빨아먹는 기생충 같은 관리를 말한다. 큰 빗이란 좋은 정치와 깨끗한 관리를 의미한다. 지금으로는 감사원이나 검찰의 사정査正, 司正 활동이라고도 할 수 있다. 유호인은 훗날 부정부패로 얼룩진 훈구파와 대립하던 사림파 출현의 토대가 된 김종직의 문인이었다. *

梳(소) : 빗, 머리를 빗다
虱(슬) : 이, 관청이 백성을 착취하는 행위
黔首(검수) : 검은 머리 즉 머리에 관을 쓰지 않은 일반 백성을 뜻함

검 劍 칼

유호인(兪好仁, 1445~1494)

나는 용천검 한 자루를 가지고 있다네
서릿발 같은 검광이 하늘을 찌르지
임금님께 이 칼을 바침이 마땅하리
못된 고래를 베어서 세상이 편안토록

我有龍泉一長劍　寒光直射斗牛間
아 유 용 천 일 장 검　한 광 직 사 두 우 간

何當一獻丹墀下　斬斷鯨鯢四海安
하 당 일 헌 단 지 하　참 단 경 예 사 해 안

"있으렴 부디 갈까 아니 가든 못 할소냐/ 무단히 슬프더냐 남의 말을 들었느냐/ 그래도 하 애달프구나 가는 뜻을 일러라" 조선 성종이 지방관으로 내려가기를 자청한 유호인에게 내린 시조다. 성종 시절 조선은 안정과 번영의 길로 접어들었다. 그러나 먹고살 만해지면 부패가 고개를 들기 마련, 권력을 악용해 백성을 수탈하는 기득권 무리가 발호했다. 진정한 선비 정치인은 백성과 나라를 걱정하며, 사사로운 이익을 탐하는 탐관오리를 견제했다. 예나 지금이나 고래처럼 먹어도 만족을 모르는 권력자가 없어야 세상이 편안해진다. 아무리 용천검이라도 쓸 곳을 알아야 한다. 정의를 위한 칼이냐, 불의를 위한 칼이냐? *

龍泉(용천) : 중국 루난 시핑현에 있었던 샘. 칼을 벼리는 데 좋은 물로 유명하다
斗牛(두우) : 남두육성과 견우성, 별들의 총칭
丹墀(단지) : 궁궐 앞의 높은 뜰
鯢(예) : 암고래

송피반 松皮飯

소나무 껍질 밥

기화(己和, 1376~1433)

바위에 앉아 구름을 이고 청산에서 늙어가며
모든 초목이 시들어도 홀로 추위를 이기더니
몸을 부수어 이 세상에 맛을 보태주는 너
사람들은 네 맛으로 청한을 배운다

拏雲踞石老青山　物盡飄零獨耐寒
나 운 거 석 노 청 산　물 진 표 령 독 내 한
知爾碎形和世味　使人緣味學清閑
지 이 쇄 형 화 세 미　사 인 연 미 학 청 한

소나무는 척박한 땅에서도 끈질기게 살아간다. 깊은 산속 바위 틈새에도 뿌리를 내리고 수백 년 장수를 누린다. 또한 매섭게 추운 눈보라 속에서도 자신의 푸르름을 잃지 않아 '백설이 난분분할 제 독야청청하리라'며 지조 있는 선비의 표상이 되기도 한다. 이런 소나무는 인간이 기근을 만나면 제 껍질을 벗겨주어 아사餓死를 면케 해준다. 세상이 어지러울 때 자신의 안위를 위해 은거하는 못난 선비가 아니다. 제 살가죽을 벗기고 팔다리를 꺾어 기꺼이 어려운 사람들의 밥이 되고 따뜻한 온기가 되어준다. 소나무에서 이러한 헌신을 배우지 못하면 선비도 승려도 아니다. 오늘날 정치인과 종교인이 마음에 새겨야 할 시다. *

拏(나) : 잡다
踞(거) : 걸터앉다
爾(이) : 너, 당신
使人(사인) : 사람으로 하여금 ~하게 하다

즉사 卽事 즉흥시

김정(金淨, 1486~1521)

거친 들판에 해는 떨어지고
굶주린 까마귀 저문 마을로 날아든다
저녁밥 짓는 연기가 그친 빈 숲속
초라한 오막살이 사립문 닫혀 있다

落日臨荒野　寒鴉下晩村
낙 일 임 황 야　한 아 하 만 촌
空林煙火冷　白屋掩柴門
공 림 연 화 냉　백 옥 엄 시 문

한겨울 바람은 찬데, 해가 서산에 떨어지니 거친 들판에 해거름의 적막한 어둠이 깔린다. 추위와 배고픔에 지친 초라한 몰골을 한 까마귀 떼가 어둠이 깔리기 시작한 마을로 내려앉는다. 그러나 마을도 거친 들판보다 사정이 나을 게 없다. 낙엽 진 앙상한 나무마저 화목감으로 베어 가 텅 빈 숲속, 그 너머로 사람이 떠나버린 빈집. 연산군의 폭정과 훈구 세력의 가렴주구苛斂誅求 아래 백성의 삶은 비참했다. 세금 독촉을 못 견뎌 밤중에 봇짐을 지고 줄행랑을 놓아 유랑민으로 전락한 농민이 헤아릴 수 없이 많았다. 이런 참상을 한탄하며 이 시를 쓴 김정은 조광조와 함께 개혁을 추진하다 실패하고 훈구파의 손에 죽고 만다. *

煙火(연화) : 인가에서 나는 저녁 짓는 연기
白屋(백옥) : 띳집, 가난한 집
掩(엄) : 문을 닫다, 잠그다
柴門(시문) : 사립문

호당조기 湖堂早起 강가의 아침

강극성(姜克誠, 1526~1576)

강에는 늦도록 해가 나오지 않고
저 멀리 아득히 자욱한 안개 속
희미하게 들리는 노 젓는 소리뿐인데
배도 배가 가는 곳도 보이지 않고

江日晩未生　蒼茫十里霧
강 일 만 미 생　창 망 십 리 무

但聞柔櫓聲　不見舟行處
단 문 유 노 성　불 견 주 행 처

오리무중五里霧中, 사방 오 리에 안개가 자욱해 사물의 행태를 분간할 수 없거나 일이 어찌 돌아가는지 종잡을 수 없을 때 쓰는 말이다. 이 시인이 처한 상황이 그렇다는 말인지, 세상일이 원래 좀처럼 알기 힘들다는 것인지 오리무중이다. 한 치 앞이 보이지 않는 안개 속에서도 노를 저어 어디론가 가고 있는 배가 있다. 안개 속에서 노를 젓고 있는 뱃사공은 과연 목적지를 확신하고 있을까, 아니면 한밤중 난파선에서 바다에 홀로 떨어진 어느 실존주의자가 자신의 존재를 확인할 방법이 헤엄을 치는 것밖에 없다고 여기는 것처럼, 사공이니까 그저 노를 젓는 것일까. 이 또한 십리무중이다. *

湖堂(호당) : 호수(물)가의 집
晩(만) : 저녁, 저물다, 늦다, 뒤지다
蒼茫(창망) : 아득히 멀다
柔(유) : 부드럽다, 약하다, 순하다

과함양 過咸陽
함양을 지나며

유정(惟政, 1544~1610)

옛 산하가 내 보기엔 어제와 같은데
우거진 풀과 시린 안개 속에 집은 안 보이고
초저녁 서리 내려 성 밑에 말 세우니
얼어붙은 구름, 고목 위에 까마귀 울음소리

眼中如昨舊山河　蔓草寒烟不見家
안 중 여 작 구 산 하　만 초 한 연 불 견 가

立馬早霜城下路　凍雲枯木有啼鴉
입 마 조 상 성 하 로　동 운 고 목 유 제 아

사방 10리에 개 짖는 소리가 그쳤다. 왜구가 조선을 초토화시켰다. 의병이 곳곳에서 일어났다. 승군도 살생殺生의 금기를 깨고 분연히 일어섰다. 승병장 사명대사 유정은 승군을 이끌고 신출귀몰하는 능력으로 왜적을 물리쳤다. 도주하는 잔당을 추격하며 전라도 함양 땅을 지나가다 날이 저물어 하룻밤 머물 곳을 찾았으나 왜구가 얼마나 짓밟고 지나갔는지 제대로 성한 집이 하나도 없다. 무심한 하늘을 보니 찬 겨울에 얼어붙은 구름만 떠 있고 말라 죽은 나무 위에는 까마귀 떼가 우짖고 있다. 이러한 비참한 상황이 단지 옛날 일만이 아니다. 상기하자 임진왜란! *

昨(작) : 어제, 지난
蔓(만) : 덩굴지다, 뻗어 나가다
啼鴉(제아) : 울부짖는 갈까마귀

초부 樵夫 나무꾼

정초부(鄭樵夫, 1714~1789)

글쟁이의 여생은 늙은 나무꾼 신세
짐 무거운 어깨 위로 가을빛 쓸쓸하다
동풍에 실려 왔나 장안로 큰길까지
동대문 밖 제2교를 새벽에 걷고 있네

翰墨餘生老採樵　滿肩秋色動蕭蕭
한 묵 여 생 노 채 초　만 견 추 색 동 소 소
東風吹送長安路　曉踏青門第二橋
동 풍 취 송 장 안 로　효 답 청 문 제 이 교

정초부는 경기도 양평 땅 여呂 씨 집안의 종 출신으로 이름은 봉鳳이다. 어릴 적부터 글재주가 뛰어났다. 일찍이 주인집 두 아들을 대신하여 과거를 쳐 급제시킨 공으로 노비 문서를 돌려받고 양인良人이 되었다는 소문도 있다. 직업은 나무꾼. 나무를 해서 동대문에 가져와 팔아서 살림을 꾸렸다. 조선의 문예 부흥기였던 정조대왕 때 사람이다. 양반 사대부의 전유물이었던 한시를 기생과 소실小室 등 일부 여성이 본격적으로 창작하며 즐기더니 드디어 천민 출신의 한시 작가들이 출현한 것이다. 요즘 식으로 부르자면 '나무꾼 정'은 현장 생활을 하며 현실을 고발하는 참여시를 쓰는 저항 시인이기도 했다. 미약하나마 신분과 계급이 느슨해지며 문화적으로는 활기를 띠어가는 정조 시절의 사회 분위기를 읽을 수 있다. *

翰墨(한묵) : 문한과 지필, 문필, 글짓기와 글쓰기
肩(견) : 어깨, 무거운 짐에 견디다

칠석 七夕
칠석

김정희(金正喜, 1786~1856)

울 밑의 큰 호박잎에 빗소리가 요란해서
강남땅 백 척 넘는 오동과도 다툴 만해
삼대 쪼개어 베를 짜니 딴 축복 있으랴만
솜씨를 비는 제단 위에 거미여 내려오소서

瓜籬大葉雨聲麤　爭似江南百尺梧
과 리 대 엽 우 성 추　쟁 사 강 남 백 척 오

擂麻作布無他祝　乞巧盤中有喜蛛
뇌 마 작 포 무 타 축　걸 교 반 중 유 희 주

조선시대 양반과 상놈은 타고난 핏줄로 갈렸다. 그러나 양반이 모두 선비는 아니었다. 자신의 이름을 높이고一身揚名, 일신양명, 제 식구만 잘 먹고 잘살기 위해富貴榮華, 부귀영화 백성의 고혈을 짜내거나 뇌물을 주고받는 못된 양반도 많았다. 진정한 선비는 직접 노동을 하지 않아도 노동의 중요성을 알았고 직접 길쌈을 하지 않아도 부녀자의 베짜기가 얼마나 힘든지 알았다. 추사는 어린 시절 잘사는 집의 똑똑한 아이였고, 관직에서는 강직한 청백리였다. 도합 9년간의 유배 생활이 그를 백성의 고초를 걱정하는 인간미를 지닌 진정한 선비로 만들었다고 볼 수 있다. 물론 타고난 재주와 부단한 노력으로 얻은 학식은 별개로 말이다. *

麤(추) : 거칠고 추하다, 크다
擂(뇌) : 갈다, 문지르다
乞巧(걸교) : 칠석날 직녀에게 길쌈 재주를 비는 제사, 거미가 내려오면 소원이 이뤄진다
蛛(주) : 거미

전가잡영 田家雜咏

농부의 노래

황오(黃五, 1816~?)

가을바람 불어오니 밤도 길어지고
오늘 밤에는 서리가 내리려나 보다
고을 신관 사또가 새로 내려왔으니
밀린 세금을 빨리 내야 하리

西風日夕高　今夜恐霜降
서 풍 일 석 고　금 야 공 상 강

縣官新下車　王稅宜早送
현 관 신 하 거　왕 세 의 조 송

조선 말기에는 자작농이 약 25퍼센트에 불과했고 나머지는 소작농이었다. 소작료가 소출의 절반 이상이었고, 갖가지 세금을 낸 뒤 남는 것으로 겨우 입에 풀칠을 했다. 황오는 조선 말기의 시인으로 그의 호에서 이름을 딴 문집《황록차집 黃綠此集》을 남겼다. 그는 책에서 자신의 일생을 간략하게 묘사했다. "10대에는 사서 史書를 외우고, 20대에 한양에 올라와 벼슬에 뜻을 두었으나 이루지 못했다. 30대에는 명산대천을 유람하다가 40대에 집으로 돌아와 초야에 묻혀 산다." 가난한 선비의 살림살이가 소작농과 다르지 않았으니 농부의 사정을 잘 알았을 것이다. 예나 지금이나 못사는 서민이 세금을 더 부담한다. *

田家(전가) : 농가, 농촌
日夕(일석) : 밤
恐(공) : 두려움, 아마, 의심컨대
宜(의) : 마땅히 ~해야 한다

전명 煎茗 차를 달이다

김금원(金錦園, 1817~1850?)

저녁 구름 틈새로 보이는 푸른 하늘 신비로워
온 세상이 마치 태초인 양 새로운데
눈치 빠른 계집종 아이는 차를 달이려고
조각달 기우는 솔밭에서 물 긷는다

片天靑綻暮雲邊　萬象新同開闢年
편 천 청 탄 모 운 변　만 상 신 동 개 벽 년
解事奚童將煎茗　漏松缺月汲淸泉
해 사 해 동 장 전 명　루 송 결 월 급 청 천

방금 해가 지고, 서산머리에는 구름이 잔뜩 끼어 있다. 구름 틈새로 깊고 진한 푸른색 하늘이 신비롭다. 마치 천지가 개벽하던 날의 하늘이 저렇지 않았을까 상상해본다. 그러고 보니 비단 하늘뿐 아니라 눈에 보이는 온갖 삼라만상이 태초의 모습인 양 새롭다. 해거름의 땅거미를 감상하느라 넋 놓고 있는데 조각달이 걸린 솔밭 사이로 물을 긷는 몸종 아이가 보인다. 차를 달이려나 보다. 김금원은 여성이자 첩의 자식이라는 신분상 이중의 굴레를 박차고 나와 자신의 운명을 스스로 개척해나간 여장부다. 14세에 남장을 하고 금강산 등 강원도 일대와 서울을 여행했고, 김덕희의 첩이 된 후에는 최초의 여성 시인 모임인 삼호정시사三湖亭詩社를 이끌었다. *

煎茗(전명) : 차를 달임, 煎(전)은 달이다, 불에 말리다, 茗(명)은 차의 싹, 고급 차
綻(탄) : 옷이 터져 맨살이 드러나다, 노출되다
解事(해사) : 사리를 안다, 눈치 빠르다
奚(해) : 여자 종, 노예

대풍 大風 센 바람

강후석(姜後奭, ?~?)

깜박이는 등불 아래 홀로 앉아 책 읽는 밤
창문을 두드리는 차가운 소리 갑작스러워
바람신은 어찌 이리 늙은 나를 업신여기나
궁벽한 곳에 쳐들어와 초가지붕 걷어가네

獨夜殘燈坐讀書　寒聲忽起打窓虛
독 야 잔 등 좌 독 서　한 성 홀 기 타 창 허

飛廉何事欺吾老　偏入窮村捲草廬
비 렴 하 사 기 오 로　편 입 궁 촌 권 초 려

19세기 말 미국 스탠다드사의 솔표와 영국 쉘사의 붉은 조개표 석유가 들어오기 전까지 조명용 연료는 동물성 굳기름이나 식물성기름을 썼다. 그을음이 많은 관솔도 사용했으나 독서용으로는 영 아니었다. 가난한 선비가 밤에 독서하는 것은 어쩌다 있는 사치였다. 길고 긴 겨울밤 한밤중에 깨어 잠은 안 오고, 그냥 뒤척이자니 너무 추워 큰맘 먹고 일어나 앉아 등을 밝히고 책을 읽는다. 바람이 무척 거세다. 마치 초가지붕이 말려 날아갈 지경이다. 겨울 찬바람은 고관대작이 사는 고대광실高臺廣室에는 얼씬도 못 하면서 이 궁벽한 곳, 가난한 선비를 괴롭힌다. *

忽(홀) : 갑자기, 홀연
飛廉(비렴) : 바람의 신, 은나라 말 장군, 우리말 '바람'과 비슷함
窮村(궁촌) : 가난한 마을, 외딴 마을
草廬(초려) : 초가집, 풀로 지붕을 인 오두막집

18. 民 백성 민

처자식은 팔려 가네

농부 農父 농부

장벽(張碧, ?~?)

별이 보일 때까지 갈고 파며 농사지어
논과 밭에 풍년 들어 온 식구 즐거웠지
아뿔싸 곡식은 힘센 놈들에게 빼앗기고
처자식은 어딘지도 모르는 곳에 팔려 가네

運鋤耕劚侵星起　壟畝豊盈滿家喜
운 서 경 촉 침 성 기　농 무 풍 영 만 가 희

到頭禾黍屬他人　不知何處拋妻子
도 두 화 서 속 타 인　부 지 하 처 포 처 자

이른 봄부터 늦가을까지 동트기 전에 나가 별이 보일 때까지 일했다. 땅을 갈아엎고 씨 뿌린 뒤 때를 맞추어 물을 주고 김을 매며 애지중지 키웠다. 곡식과 푸성귀가 커나가는 재미에 힘이 드는지도 모르고 일했다. 추수를 마치고 온갖 양식을 쌓아놓으니 식구 모두가 즐거워했다. 그런데 결국은 난리가 났다. 양식을 모두 빼앗기고 처자식까지 헐값에 파는 처지에 이르렀다. 눈에서 피눈물이 나고, 속에서 애간장이 녹는다. 오늘날 우리 농가의 딱한 사정과 하나도 다르지 않다. 어느 농가에서는 사료 값이 없어 키우던 소가 굶어 죽는 일도 있었다. 농민에게 소나 돼지는 양식이 아니라 같은 식구다. 妻子처자나 마찬가지다. *

鋤(서) : 호미, 김매다
侵星起(침성기) : 별이 하나둘 나타날 무렵
壟畝(농무) : 밭, 시골
到頭(도두) : 결국, 마침내
拋(포) : 헐값에 팔다, 내버리다

자규제 子規啼
두견새 우는 밤

위응물(韋應物, 737~804?)

이슬방울 영그는 숲속의 여름밤은 맑고
앞산의 두견새는 외롭게 울어 예는데
옆집의 청상과부는 아이 안고서 흐느끼네
나 홀로 잠 못 드는 이 밤은 언제 새려나

高林滴露夏夜清　南山子規啼一聲
고 림 적 로 하 야 청　남 산 자 규 제 일 성

隣家孀婦抱兒泣　我獨輾轉何時明
린 가 상 부 포 아 읍　아 독 전 전 하 시 명

맑은 여름밤 숲속에서 영그는 이슬방울은 눈물이고, 두견새 울음은 한이 맺힌 청상과부의 피눈물과 겹친다. 위응물이 지방관으로 재직할 때 가엾은 백성의 고통을 모두 풀어주지 못하는 아쉬움에 잠 못 들고 뒤척이며 쓴 시다. 지금의 민주주의 세상에서는 모든 권력은 국민에게서 나오고 공무원은 국민의 공복公僕이지만, 과거에는 사람들을 포함한 나라 안의 모든 것이 왕의 소유물이었다. 그래서 왕으로부터 권력을 위임 받아 어느 한 지역을 다스리는 관리는 그 지역에서 무소불위의 힘을 가졌다. 권력을 사사로이 쓰지 말고 물산物産을 장려하며 백성을 보살피라는 의미에서 지방관을 목민관牧民官이라 불렀다. 위응물은 참다운 목민관이었다. *

滴(적) : 물방울, 물방울 떨어지다
子規(자규) : 접동새, 杜鵑(두견), 杜宇(두우), 歸蜀途(귀촉도) 등으로 불린다
孀婦(상부) : 青孀寡婦(청상과부)의 준말
輾轉(전전) : 누워서 이리저리 뒤척임

기해세 己亥歲

기해년에 부쳐

조송(曹松, ?~?)

아름다운 이 강산에 전쟁이 터졌구나
백성이 무슨 수로 생업을 이어갈까
전쟁은 귀족의 일이라 말하지 마오
한 장수 공 세우려 만백성 뼈 빠지오

澤國江山入戰圖　生民何計樂樵蘇
택 국 강 산 입 전 도　생 민 하 계 낙 초 소
憑君莫話封候事　一將功成萬骨枯
빙 군 막 화 봉 후 사　일 장 공 성 만 골 고

전쟁이 스포츠 경기처럼 TV 방송에 생중계되는 세상에 우리가 살고 있다. 미국이 이라크의 수도 바그다드를 미사일과 폭격기를 동원해서 초토화하는 광경을 전 세계 사람들이 TV를 통해 마치 전자 게임처럼 보았다. 바그다드 시민은 그 폭격으로 무고하게 죽었다. 누가 이 전쟁을 일으켰나? 어떠한 이유로도 우리 한반도에서 전쟁이 일어나서는 안 된다. 동서고금의 어느 전쟁이든 백성을 위한 전쟁은 없다. 강대국의 이익이나 정치 권력자의 이해득실에 따라 전쟁이 터진다. 그러나 전쟁의 피해는 고스란히 힘없는 백성, 특히 아이들과 여자들이 당한다. 남북통일이 그래서 필요하다. *

樂樵蘇(락초소) : 편안하게 생업에 종사한다는 뜻, 樵蘇(초소)는 나무하고 풀 베는 일
憑(빙) : 기대다, 의지하다, 여기서는 부탁하다
枯(고) : 마르다

설 雪 눈

나은(羅隱, 833~909)

사람들은 눈이 내려 풍년 들겠다는데
풍년이 들면 우리네 일은 어떨까
장안에 사는 가난한 사람들에게는
서설이 내려 안 좋은 일이 더 많더라

盡道豊年瑞　豊年事若何
진 도 풍 년 서　풍 년 사 약 하

長安有貧者　爲瑞不宜多
장 안 유 빈 자　위 서 불 의 다

눈 중에서도 서설瑞雪, 상서로운 눈이 되려면 때와 환경이 잘 맞아야 한다. 눈은 진눈깨비가 아닌 함박눈이어야 하고 함박눈일지라도 쌓이지 못하고 내리는 즉시 녹아버리면 서설이라 부르기에 그 자격이 모자란다. 또한 설날이나 대보름날 또는 어떤 행사에 맞추어 때마침 내리는 눈이어야 서설이 될 수 있다. 그러나 이 모든 조건을 갖추었다 해도 어떤 이들에게는 서설이 될 수 없는 안타까운 경우가 있다. 눈이 내려 불편한 사람도 많다. 퀵 서비스나 노점상 하는 분들은 더 힘들어진다. 농민도 그렇다. 서설이 내려 풍년이 들면 농산물 가격은 폭락해서 오히려 수입이 줄어드는 경우도 있다. 서설이 좋다지만 전혀 상서祥瑞롭지 못한 사람도 많다. *

爲瑞(위서) : 서설이라 하기에는, 서설이 내려도
不宜(불의) : 좋지 않다, 적당치 않다

관창서 官倉鼠
늙은 쥐

조업(曹鄴, 816?~875?)

관청 창고의 늙은 쥐 크기가 고양이만 한데
사람을 봐도 문을 열어도 도무지 달아나질 않아
군량미가 바닥나고 백성은 굶주리건만
누가 이놈을 보내어 날마다 처먹게 하나

官倉老鼠大如斗　見人開倉亦不走
관 창 노 서 대 여 두　견 인 개 창 역 부 주

健兒無量百姓饑　誰遣朝朝入君口
건 아 무 량 백 성 기　수 견 조 조 입 군 구

말斗만 한 크기라니 큰 고양이만 하겠다. 사람도 무서워하지 않고, 햇빛도 꺼리지 않는 뻔뻔스럽고 징그러운 쥐가 창고의 양식을 매일 먹어 치운다. 군량미도 바닥이 났고, 백성 모두 굶어 죽을 지경이다. 저 쥐새끼를 누가 창고에 보냈나? 당나라 말기 무능한 황제 밑의 부패한 관리를 쥐새끼라 욕하며 한탄하고 있다. 요즘 시대에도 국민을 무서워하지 않고, 법규를 지키지 않는 부패한 공무원들이 판을 치면 나라가 망한다. 병사와 백성이 못살게 되면 누가 나라를 지키려 하겠는가. 탐욕스러운 1퍼센트만 잘살게 되면 영세 상인과 서민은 더욱 살기 힘들어진다. 우리 곡식을 축내고 우리 양식을 훔쳐 먹는 쥐를 잡자. 60년대 구호가 다시 나온다. 쥐를 잡자. *

鼠(서) : 쥐, 임금 측근에서 해독을 끼치는 간신을 비유함
健兒(건아) : 戰士(전사), 용감한 청년
誰遣(수견) : 누가 파견했나, 누가 쫓아낼까, 여기서는 파견했나

화산 花山 화산

유호인(兪好仁, 1445~1494)

저기 청량산 바라보니 상수리나무 많구나
올해도 작년처럼 떨어진 열매 주울 만해
온 가족이 주워 와서 가루 빻아 쟁였으니
흉년인들 죽을손가 양식을 대신하리라

瞻彼淸凉山 山中多橡木 今年似去年 離離實可拾
첨 피 청 량 산 산 중 다 상 목 금 년 사 거 년 리 리 실 가 습

擧家負戴歸 舂屑甕中積 凶年豈殺我 猶可代粟粒
거 가 부 대 귀 용 설 옹 중 적 흉 년 기 살 아 유 가 대 속 립

화산 고을의 풍광과 풍속을 읊은 연작시 10수 중 하나다. 화산은 수원8경 중 화산두견花山杜鵑이라 하여 지금의 화성시 융건릉이 있는 곳인데, 유호인의 행적과 관련해 뚜렷한 연관을 찾지 못했다. 그저 우리 동네의 옛 풍속이라 생각하며 감상해야겠다. 당시 농민이 소작을 하면 보통 소출의 절반 이상을 소작료로 바치고 세금을 내고 나면 다음 해 보리가 나올 때까지 먹을 양식이 턱없이 모자랐다. 도토리와 상수리는 훌륭한 구황식물이었다. 온 식구가 함께 나와 상수리를 주워 등에 지거나 머리에 이고 가져와 절구로 빻아 옹기 항아리에 쟁여놓으면 굶어 죽는 것을 면했다는 생각에 마음이 뿌듯해진다. *

瞻(첨) : 쳐다보다
橡(상) : 상수리
拾(습) : 줍다
負戴(부대) : 負(부, 등에 지고) 戴(대, 머리에 이다)
舂屑(용설) : 屑(설, 가루가 되게) 舂(용, 절구로 찧다)
甕(옹) : 옹기 항아리
粟(속) : 조, 벼, 오곡의 통칭

과 瓜 오이

이희사(李羲師, 1728~1811)

오이가 쓰지 않으니 심한 가뭄은 아니라 했다지
나무를 꺾으니 수액이 있네, 가물단 말 거짓일세
물고기 찔러서 피가 나오면 강물 말랐단 말 거짓일 거야
뭇사람의 눈 쓸데없네, 저 정승님 혀만도 못하잖아

食瓜瓜不苦 旱乾非孔棘 謬言山岳焦 折木木有液
식 과 과 불 고 한 건 비 공 극 유 언 산 악 초 절 목 목 유 액

謬言江河涸 刲魚魚有血 何用衆人目 不如丞相舌
유 언 강 하 고 규 어 어 유 혈 하 용 중 인 목 불 여 승 상 설

날씨가 너무 가물어 백성들 고생이 많다고 어느 임금이 걱정했다. 이에 한 정승이 말했다. "신이 오늘 오이를 먹었는데 그 맛이 쓰지 않으니 큰 가뭄은 아니옵니다." 이때 임금께서 쓴웃음을 지으며 "그대 밥상에 쓴 오이를 놓겠는가? 그대 집 오이 맛으로는 가뭄을 알 수 없다"라고 했다. 이 시인은 현실을 왜곡하며 임금에게 아부하는 그 승상을 비웃고 있다. *

瓜(과) : 오이
旱乾(한건) : 가물은 하늘
非孔棘(비공극) : 지금 당장은 아니다, 아주 심하지 않다
謬(류) : 그르다, 속이다, 망령된 말을 하다

야로 野老 촌 늙은이

정초부(鄭樵夫, 1714~1789)

산새는 이 나무꾼 이름을 알지 못하겠지만
호적에도 이 늙은이 성명은 아예 빠져 있네
창고에 쌓아놓은 곡식 한 톨도 못 얻고서
관문 앞에 홀로 섰는데 밥 짓는 연기 모락모락

山禽不識樵夫性　群籍曾無野老名
산 금 불 식 초 부 성　군 적 증 무 야 로 명

一粒難兮太倉粟　高樓獨倚暮烟生
일 립 난 혜 태 창 률　고 루 독 의 모 연 생

"양평군 사는 나무꾼 정봉은 운포 여씨 집안의 노비였다. 하루는 관청에 쌀을 빌리러 갔는데 군적에 이름이 없어 얻지 못하자 관아의 다락에 기대어 이 시를 읊었다. 군수가 나중에 이 시를 전해 듣고 노비가 시를 읊는 것이 신기해 쌀을 주었다." 이덕무의 《청비록清脾錄》에 소개된 이야기다. 날마다 보는 산새들은 이 나무꾼의 얼굴이야 알겠지만 이름은 모를 것이다. 관아에서도 그의 얼굴은 알지만 군적에 이름이 없다. 노비였기 때문이다. 아마도 지루한 장마철이었나 보다. 나무를 팔지 못해 밥을 굶다 쌀을 꾸러 갔는데 빈손으로 나온 이 나무꾼의 눈에 저녁밥 짓는 연기가 아른거린다. 지금은 돈 없으면 노비인 세상이다. *

曾(증) : 일찍이
太倉(태창) : 관아의 창고, 감옥

계 鷄 닭

원매(袁枚, 1716~1797)

닭 기르는 이유는 결국 닭 잡아먹기
닭이 살찌면 이내 삶아 먹는다네
주인의 그 속셈 자기에겐 좋겠지만
닭에게 알게 해선 아니 될 일이지

養鷄從鷄食　鷄肥乃烹之
양 계 종 계 식　계 비 내 팽 지

主人計固佳　不可使鷄知
주 인 계 고 가　불 가 사 계 지

사람이 닭을 기르는 이유는 잡아먹기 위해서다. 그런데도 닭은 모이를 주는 사람이 오면 반기며 가까이 다가와 이렇게 말한다. "우리 주인은 모이도 많이 주고, 닭장도 크게 지어주고, 특히 모이 많이 먹고 목마를까 봐 네 곳의 물길까지 닭장 앞으로 돌려놓는대요. 우리만큼 행복한 닭은 이 세상에 없을 거예요." 민주주의란 말 그대로 백성이 주인이라는 뜻이다. 못된 정치인은 선거 때마다 국민을 위해서 열심히 일하겠다고 표를 구걸하지만 당선되고 나면 자신의 배를 채우기 위해 국민 몫을 훔쳐간다. 민중이 주인이고 정치인이 닭인 세상이 진정한 민주주의다. 유권자가 투표를 잘해서 제대로 된 정치인을 뽑아야 나라가 살고 국민이 편하다. *

乃(내) : 곧, 이내
烹(팽) : 삶다
使(사) : ~하게 하다, 시키다

농부 農夫 농부

차좌일(車佐一, 1753~1809)

놀고먹는 양반이 무엇이기에
바람받이에 앉아 부채질만 하다가
이슬이 차가운 가을철이 되면
땀 흘려 가꾼 곡식을 몽땅 빼앗아 가는가

白手子誰子　臨風又錦扇
백 수 자 수 자　임 풍 우 금 선
露寒天逈際　奪盡滿疇功
로 한 천 형 제　탈 진 만 주 공

백수는 비교적 최근에 생긴 말이다. 아무것도 손에 쥔 것이 없는 즉 가진 것 없는 사람을 일컫는 단어다. 적수공권赤手空拳과 같은 뜻으로 보면 되겠다. 요즘에는 직업이나 소득이 없는 사람을 가리키는 말로 쓰인다. 이 시에서는 노동을 하지 않아 손이 하얀 사람을 나타낸 말이다. 백면서생白面書生과 어느 정도 통하는 말이다. 노동을 하지 않고도 잘사는 사람을 이 시에서는 백수라 했으니 현재 쓰이는 백수와는 많이 다른 말이다. 차좌일은 중인계급 출신 시인이다. 과부가 홀아비 심정을 알아준단다. 그는 양반계급 지주들의 횡포를 고발하거나 상민과 하층민을 위로하는 시를 많이 썼다. *

天逈際(천형제) : 하늘이 높게 빛나는 시절, 즉 가을을 말함
滿疇功(만주공) : 밭두덩 안에 가득한 노력의 산물, 즉 추수한 곡식을 말함

일지매 一枝梅 일지매

조수삼(趙秀三, 1762~1849)

붉은 매화 한 가지를 길쭉하게 표시하고
탐관오리 재물 빼앗아 못사는 이 나눠 주네
때를 못 만난 영웅은 예로부터 많았는데
옛날의 오나라 금범이 오늘날에 나왔구나

血標長記一枝梅　施恤多輸汚吏財
혈 표 장 기 일 지 매　시 휼 다 수 오 리 재
不遇英雄千古事　吳江昔認錦帆來
불 우 영 웅 천 고 사　오 강 석 인 금 범 래

"일지매는 의협심 많은 도적이다. 늘 탐관오리의 재물을 털어 가난한 자들에게 나눠주었다. 그는 다녀간 집에 붉은색으로 일지매를 그려놓았다. 아마도 다른 사람을 원망하지 말라는 뜻인 듯하다." 조수삼이 쓴 《추재기이秋齋奇異》에서 이 시와 함께 일지매를 간단히 소개한 내용이다. 일지매가 실존 인물인지는 불명확하지만 의적 이야기는 동서고금에 많이 나온다. 못사는 백성을 대신하여 탐관오리와 욕심 사나운 부자를 응징하는 이야기는 부패하고 무능한 정부가 있을 때 성행한다. 갑과 을이 상생하는 건강한 사회를 향한 염원일 것이다. *

錦帆(금범) : 비단 돛, 여기서는 의적을 뜻함. 오나라 장수 감영(甘寧)은 도적이었으나 손권 휘하에 들어가 큰 공을 세웠다. 그의 군대는 비단옷을 입고 비단 밧줄을 썼다

강확시 姜攫施
시줏돈 빼앗기

조수삼(趙秀三, 1762~1849)

사람마다 시주하면 천당에 간다 했지
시줏돈 빼앗으면 응당 지옥에 가겠네
비좁은 천당 길 내 구태여 갈 거 있나
차라리 지옥 길을 활개 치며 가리라

人人佈施上天堂　攫取應須地獄行
인 인 포 시 상 천 당　확 취 응 수 지 옥 행
路窄天堂容不得　無寧掉臂去縱橫
노 착 천 당 용 부 득　무 녕 도 비 거 종 횡

강석기는 한양의 왈패다. 날마다 술주정에 사람을 패고 다녔다. 하루는 시줏돈을 많이 가진 중에게 물었다. "시주하면 극락 가우? 이 돈을 빼앗으면 지옥 가겠네?" 강석기가 웃으며 말했다. "시줏돈이 많은 걸 보니 극락 가는 길은 어깨가 부딪히고 발이 밟힐 터이니 나는 차라리 지옥에 가서 팔을 휘젓고 다니겠소. 스님의 돈을 빼앗아 술이나 먹어야지." 하고서 돈을 모두 쓸어 갔다. 천당은 만원滿員이다. 면죄부를 팔았던 구교를 대신한 신교의 오늘날 모습 또한 만 원萬圓짜리 천당행 티켓을 팔고 있지는 않은 지 반성할 때다. 위선僞善보다 오히려 위악僞惡이 진실에 가까운 경우도 있다. *

攫(확) : 붙잡다, 빼앗아 움키다
佈施(포시) : 두루 베풀다, 布施(보시)는 중이나 절 또는 사람들에게 바치는 재물
窄(착) : 좁다
掉臂(도비) : 팔을 흔들다

상춘 賞春
봄날의 감상

이유원(李裕元, 1814~1888)

활짝 핀 꽃 사이로 나비들 춤추고
푸른 버들가지에서 꾀꼬리 노래하네
춤추고 노래하고 미물도 저리 좋아하는데
그중 제일은 백성이 반기는 정일세

花間看蝶舞　柳上聽鶯聲
화 간 간 접 무　류 상 청 앵 성

羣生皆自樂　最是愛民情
군 생 개 자 락　최 시 애 민 정

이유원은 조선 말기에 영의정을 지냈다. 대대로 삼정승과 판서를 지낸 경주 이씨 명문가 출신이자 상해임시정부 국무령을 지낸 이시영의 당숙이다. 이시영 형제는 1910년 독립운동을 위해 지금 가치로 약 1천억 원에 달하는 전 재산을 팔아 간도에 신흥무관학교를 세우고 온 집안이 독립운동에 헌신했다. 이유원은 19세기 후반 날로 쇠약해가는 국운을 다시 살리고자 청나라와 일본 사이에서 줄타기 외교를 벌였다. 꽃밭에서 춤추는 나비를 쳐다보거나 꾀꼬리 노랫소리를 들으며 생동하는 봄의 기운을 느끼다가 이 대감은 백성이 봄을 즐거워하는 모습이 가장 보기에 좋다고 노래한다. 조선시대 모든 양반이 이 집안 같았으면 나라가 망하지 않았을 것이다. 민의民意와 민정民情을 살피는 것이 정치다. 그게 아니면 독재이거나 무능이다. *

羣(군) : =群(군), 무리

4장 風物 풍물

자연의 멋

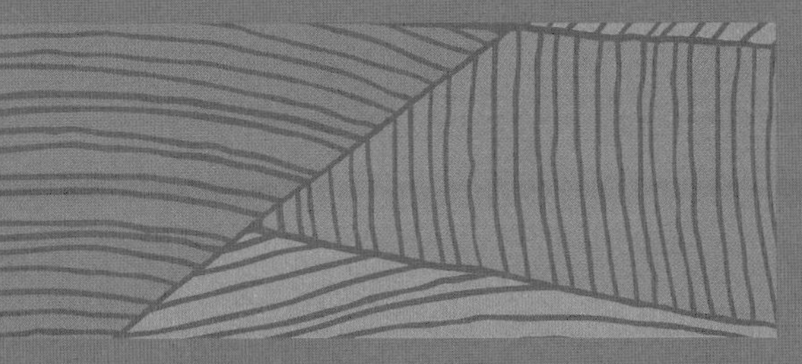

19.

風 바람 풍

고갯마루에 소나무

사시 四時 사계절

도연명(陶淵明, 365~427)

봄, 사방 연못에 물이 넘치고
여름, 뭉게구름 봉우리 기기묘묘
가을, 휘영청 밝은 달 떠오르고
겨울, 고갯마루에 빼어난 소나무

春水滿四澤　夏雲多奇峰
춘 수 만 사 택　하 운 다 기 봉

秋月揚明輝　冬嶺秀孤松
추 월 양 명 휘　동 령 수 고 송

"오두미五斗米에 허리 굽힐 일 없다"며 구차한 벼슬살이를 버리고 〈귀거래사歸去來辭〉를 읊으면서 낙향한 도연명은 자신을 한겨울 고갯마루에 홀로 우뚝 선 소나무라 노래한다. 그냥 소나무가 아니라 춘하추동 사계절을 한 몸에 다 담은 외로운 소나무란다. 이 시는 1년의 풍광 속에 만세萬歲의 윤회를 담았다. 水雲月松수운월송은 각 계절의 상징물이다. 또한 물은 생명의 근원이요, 뭉게구름은 다산多産을 뜻한다. 달빛은 임금의 어진 정치요, 소나무는 선비의 절개다. 창경궁에 함인정涵仁亭이란 아담한 정자가 있다. '어짊이 가득한 정자'란 뜻이다. 임금이 과거 급제자를 접견하던 곳이다. 이 정자 안에는 동서남북에 춘하추동을 맞춰 이 시 한 구절씩 쓴 편액이 걸려 있다. *

揚(양) : 떠오르다, 날다
歸去來辭(귀거래사) : 도연명이 사직하고 고향으로 돌아가면서 지은 시

망여산폭포 望廬山瀑布
여산폭포를 보며

이백(李白, 701~762)

향로봉에 햇빛 드니 물안개 자욱하고
저 멀리 폭포수는 긴 강을 걸어놓은 듯
내리꽂는 물줄기는 길이가 삼천 척인데
하늘 끝에서 은하수가 쏟아져 내리는 듯

日照香爐生紫烟　遙看瀑布掛長川
일 조 향 로 생 자 연　요 간 폭 포 괘 장 천
飛流直下三千尺　疑是銀河落九天
비 류 직 하 삼 천 척　의 시 은 하 락 구 천

여산루산산은 장시성 포양호의 서북쪽에 있는 경치가 수려한 명산이다. 특히 향로봉과 여산폭포가 절경이다. 이백은 젊은 시절 협객이 되어 천하를 주유周遊한 적이 있다. 아마도 그 시절에 본 여산루산산의 경치를 읊은 듯하다. 전반부는 멀리서 보는 광경이고 후반부는 가까이 다가가서 본 장관을 묘사했다. 산 밑에서 멀리 보이는 폭포는 긴 냇물이 수직으로 매달려 있는 모습이지만 가까이 갈수록 그 위용이 대단하다. 아무리 그래도 3000척은 약 900미터이니 과장이 심했다. 이백은 다른 시에서 "白髮三千尺백발삼천척" '흰 머리카락 길이가 3000척'이라 했으니 거기에 비하면 오히려 양심적이다. 아무튼, 호방한 이백의 시원한 시에 더위가 달아난다. *

紫烟(자연) : 자줏빛 연기
遙看(요간) : 멀리 보다
掛(괘) : 매달다, 걸다
九天(구천) : 가장 높은 하늘

망천문산 望天門山

천문산 바라보며

이백(李白, 701~762)

천문산 허리질러 초강이 열렸는데
푸른 물이 동으로 흐르다 여기서 감돈다
강 사이로 마주 보며 우뚝한 푸른 산
하늘 끝에서 내려오는 외로운 돛배 하나

天門中斷楚江開　碧水東流至此廻
천 문 중 단 초 강 개　벽 수 동 류 지 차 회
兩岸青山相對出　孤帆一片日邊來
양 안 청 산 상 대 출　고 범 일 편 일 변 래

높은 산 위에 커다란 구멍이 나 있는 장자제張家界의 톈먼산天門山이 아니다. 양쯔강 중류에 있는 산이다. 양쪽으로 보왕산博望山과 량산梁山 두 봉우리가 우뚝 서 있어 그 사이로 강이 흐르는 모습이 마치 하늘에 이르는 문처럼 보인다 하여 천문산톈먼산이라 부른다. 이백이 방랑 생활을 하던 중 이곳에서 만난 주막집 노인에게 써 준 시다. 외로운 돛배는 응당 이백 자신을 은유하는 시어일 터이다. 유유히 흐르는 강물은 하늘문天門을 통해 영겁永劫으로 흐르는데 외로운 배는 그 시간 위에 떠서 어디로 흘러가는 것일까? 웅장한 산과 유장한 강물은 우주宇宙다. 우주의 한 귀퉁이에서 유한有限하고 왜소한 인간이 떠돈다. *

楚江(초강, 추장) : 옛 초나라 지역을 흐르는 양쯔강 중류
日邊(일변) : 하늘 구석, 해 주변

녹시 鹿柴
가시울타리

왕유(王維, 701~761)

빈산에 사람은 보이지 않고
두런두런 말소리만 들리는데
저무는 햇살이 깊은 숲에 들어
푸른 이끼 위로 다시 비추네

空山不見人　但聞人語響
공 산 불 견 인　단 문 인 어 향
返景入深林　復照青苔上
반 경 입 심 림　복 조 청 태 상

음미할수록 감칠맛이 나는 시다. 저녁노을이 앞산을 비추고 그 빛이 반사되어 이 시인이 서 있는 건너편 숲속을 은은하게 감싼다. 깊은 산중에 사슴을 키우는 가시울타리가 보이고 사람의 모습은 보이지 않지만 어디선가 두런두런 말소리가 들려온다. 이 시인은 자신의 생각이나 감정을 전혀 나타내지 않은 채 주변 풍경만 읊었다. 그러나 독자들의 마음에 아늑한 느낌이 들도록 해준다. 해 질 무렵 사람이 살지 않는 공산에서 사람이 만들어놓은 가시울타리를 보니 반갑고, 사람 소리가 들리니 더욱 안심이다. 게다가 부드럽고 따사로운 햇살이 비추니 몸과 마음이 함께 나른하게 편해진다. *

鹿柴(녹시) : 사슴을 가두어 키우기 위한 울타리
返景(반경) : 반사되어 드는 햇빛

강상 江上
강 위에서

기화(己和, 1376~1433)

누가 부는가 강물에 퍼지는 피리 소리
인적 끊긴 강가에 달빛 부서지는 파도
여기 다다른 이 몸이 얼마나 행운인가
뱃전에 기대어 홀로 쳐다보는 먼 하늘

聲來江上誰家笛　月照波心人絶跡
성 래 강 상 수 가 적　월 조 파 심 인 절 적
何幸此身今到此　倚船孤坐望虛碧
하 행 차 신 금 도 차　의 선 고 좌 망 허 벽

함허당 기화는 조선 초기 고승高僧이다. 태조 이성계의 왕사王師인 무학대사의 제자로서 불교 교리에 관한 저술을 많이 남겼다. 그 당시에는 북한강과 남한강으로 뱃길이 연결되어 있었다. 함허당은 그 뱃길을 따라 가평과 충주를 오갔을 것이다. 한밤중 강가에 배를 대고 잠을 청하는데 어디선가 구슬픈 피리 소리가 들려온다. 달빛은 파도에 부서지고 그의 마음속에도 작은 파문이 인다. 어차피 이 밤에 잠들기는 글렀나 보다. 일어나 배 난간에 기대고 앉아 밤하늘을 쳐다본다. 인적이 끊긴 깊은 밤, 멀리서 들리는 피리 소리와 더불어 홀로 물과 하늘을 번갈아 보면서 자신의 실존實存을 깨닫는다. 이 얼마나 행복한 일인가! *

倚(의) : 기대다, 의지하다
虛碧(허벽) : 텅 비고 푸른 것 즉 하늘, 허공

도산월야영매 陶山月夜詠梅 4
달그림자 4

이황(李滉, 1501~1570)

마당을 걸으니 달도 나를 따라오네
매화나무 주위를 몇 바퀴나 돌았던가
밤 깊도록 앉아서 일어서길 잊었는데
꽃 내음 옷에 가득 달그림자 몸에 흠뻑

步躡中庭月趁人 梅邊行趫幾回巡
보 섭 중 전 월 진 인 매 변 행 교 기 회 순

夜深坐久渾忘起 香滿衣巾影滿身
야 심 좌 구 혼 망 기 향 만 의 건 영 만 신

일찍 일어나는 새가 벌레를 차지한다는 서양 속담이 있다. 아침형 인간이 출세한다고 말하는 사람도 있다. 농사짓거나 사업을 하거나 혹은 직장인들도 아침형 인간이 되면 성공할 확률이 높은 것은 분명해 보인다. 그러나 야행성인 올빼미형 인간도 주변에 많다. 지혜를 상징하는 미네르바의 올빼미처럼 주로 지식노동에 종사하는 사람들 중에 올빼미형이 많다. 퇴계 선생도 아마 올빼미형이었나 보다. 낮에는 주로 제자들을 가르치고, 밤이면 홀로 상념에 젖어 잠 못 이룰 때가 많았던 것 같다. 도산서원에 심어 놓은 매화나무 주위를 달과 함께 돌다가 매화나무 아래에 앉았다. 매화꽃과 달과 퇴계 선생이 드디어 한 몸이 되었다. 이 또한 신선의 경지다. *

躡(섭) : 밟다
趁(진) : 쫓아가다, 좇다
趫(교) : 나무에 잘 오르다, 재빠르다
渾(혼) : 흐리다, 섞이다

봉은사 奉恩寺 봉은사

정렴(鄭磏, 1506~1549)

저녁연기 내려 깔린 옛 나루터 쓸쓸하고
식어버린 해는 멀리 산 너머로 지는데
조각배 저어 돌아오는 저물녘
아스라이 안개 사이로 보이는 절

孤烟橫古渡　寒日下遙山
고 연 횡 고 도　한 일 하 요 산
一棹歸來晩　招提杳靄間
일 도 귀 래 만　초 제 묘 애 간

조선 3대 기인奇人으로 김시습과 《토정비결》을 쓴 이지함 그리고 정렴을 꼽는다. 그는 여러 외국어에 능통했으며, 풍수지리에 밝았고, 임진왜란과 병자호란을 예언했다. 정렴은 부친이 을사사화를 일으켜 무고한 선비들을 죽이자 자신의 부친과 결별하고 산속에 들어가 도를 닦았다. 이 시는 그보다 훨씬 전, 젊었을 때 친구들과 함께 봉은사로 가는 배 위에서 지었다. 원제목은 〈주과저자도향봉은사舟過楮子島向奉恩寺〉이다. '배를 타고 봉은사로 가는 길에 저자도를 지나며'라는 뜻이다. 봉은사는 탄천이 한강과 만나는 곳에 있다. 성종의 능인 선릉의 원찰願刹이다. *

一棹(일도) : 노가 하나뿐인 작은 배
招提(초제) : 각지에서 온 스님들이 묵도록 만든 절, 범어의 음역, 원뜻은 四方(사방)
杳靄(묘애) : 아스라한 안개, 靄(애)는 아지랑이, 자욱한 기운, 和氣靄靄(화기애애)
楮子島(저자도) : 한강 압구정동 앞에 있던 섬, 이 섬을 깎아 압구정동을 메워 수몰됨

선대봉폭포 仙臺峰瀑布 선대봉폭포

임제(林悌, 1549~1587)

선대동 안으로 나그네 다시 찾아드니
눈 쌓여 인적 그친 숲은 어스름 저녁
언 폭포에 물소리 끊기듯 이어지는데
골바람에 실려 오는 옥룡의 신음 소리

仙臺洞裡客重尋　雪後空林暮景深
선 대 동 리 객 중 심　설 후 공 림 모 경 심
氷閣瀑流聲斷續　峽風吹送玉龍吟
빙 각 폭 류 성 단 속　협 풍 취 송 옥 룡 음

황해도병마사 부임 길에 개성 근처 황진이의 무덤을 찾아 "청초 우거진 골에 자는가 누웠는가/ 홍안은 어디 두고 백골만 묻혔나니/ 잔 잡아 권할 이 없어 그를 설워하노라" 시조를 혼자 읊던 풍류객이다. 이 일로 그는 임지에 도착하기도 전에 파직되었다. 출세에 초연한 자유인, 그가 임제다. 짧은 세상살이에도 팔도강산을 섭렵했고, 기생이나 중을 가리지 않고 정을 주고 사귀었다. 김삿갓의 대선배라 할 수 있다. "사이팔만四夷八蠻이 모두 제국帝國이 되었는데 조선만 유독 제국이 되지 못했다. 이런 조그만 나라에서 살면 무엇을 하고, 죽는다고 무슨 한이 있겠는가. 곡을 하지 말라" 39세, 아까운 나이에 임종하며 그가 남긴 말이다. *

氷閣(빙각) : 얼어붙은 폭포를 표현한 말
玉龍(옥룡) : 눈이 쌓인 나뭇가지를 표현한 말

금강산 金剛山 금강산

송시열(宋時烈, 1607~1689)

산은 구름과 더불어 함께 하얗구나
구름인지 산인지 구분이 안 되네
구름이 물러가자 봉우리 우뚝 섰다
일만이천 봉 금강산이라네

山與雲俱白 雲山不辨容
산 여 운 구 백 운 산 불 변 용

雲歸山獨立 一萬二千峰
운 귀 산 독 립 일 만 이 천 봉

단순히 금강산의 경치를 읊은 시가 아니다. 금강산은 항상 그 자리에 서서 빼어난 경관景觀을 간직하고 있으나 가끔 구름이 그 모습을 가린다. 구름은 산과 달리 덧없이 사라지는 것, 햇빛과 바람이 구름을 흩뜨리면 산은 항상 그 자리에서 의연한 모습을 드러낸다. 이 시에서 금강산은 우리 민족과 국가를 상징하고, 구름은 외세인 청나라 또는 당시 주화파를 의미한다. 병자호란 이후 청나라에 인질로 잡혀갔다 돌아온 효종은 송시열을 중용하여 북방 정책을 추진하던 중 갑자기 죽었다. 이로 말미암아 권력을 잃은 송시열은 낙향하여 은거하던 중 울분을 달래려 금강산에 올라 이 시를 지은 것이다. 그의 나이 53세 때다. 지금도 금강산은 때로는 먹구름에 휩싸여도 꿋꿋하게 통일로 나가는 민족의 상징이다. *

與(여) : 더불어
俱(구) : 함께
辨(변) : 구분하여 가리다

산행 山行 등산

박지원(朴趾源, 1737~1805)

흰 구름 저 멀리 이랴 이랴 소 모는 소리
솟구친 산등의 다랑논이 하늘을 찌른다
견우와 직녀는 어찌 오작교만 건너려는가
은하수 서편에 조각배 같은 반달이 떴는데

叱牛聲出白雲邊　危嶂鱗塍翠插天
질 우 성 출 백 운 변　위 장 린 승 취 삽 천
牛女何須烏鵲橋　銀河西畔月如船
우 녀 하 수 오 작 교　은 하 서 반 월 여 선

이 시는 전반부와 후반부가 잘 연결되지 않는 것처럼 보인다. 그 이유는 박지원이 여행 중 두서없이 느낀 대로 쓴 시이기 때문이다. 가파른 산등성이에 물고기 비늘처럼 둑을 쌓아 만든 다랑논에서 소를 모는 소리를 듣고 시인은 견우牽牛를 떠올렸다. 그리고 직녀가 연상되었다. 그다음은 당연히 오작교. 칠석날 오작교가 아니면 은하수를 건너 만나지 못하는 견우와 직녀가 안타깝다. 여기서 실학파다운 발상의 전환이 나온다. 은하수 서편에 걸린 반달이 조각배로 보인 것이다. 저 달을 타고 은하수를 건너면 자주 만날 수 있을 텐데. 박지원의 이용후생 사상과 반달을 조각배로 보는 시적 정서가 만나 걸작 한시 한 편이 나왔다. *

叱(질) : 꾸짖다, 욕하다
嶂(장) : 높고 가파른 산
鱗塍(린승) : 다랑논(비늘 린, 밭두둑 승)

자인사하화지 慈仁寺荷花池
자인사 연못

하소기(何紹基, 1799~1873)

연꽃 그림자 은하수에 잠겼고
난간 위로 바람 부는데 물결은 잔잔해
밤 깊어 사람들 돌아가고 나면
연못 가득 반딧불 별보다 많겠네

座看倒影浸天河　風過欄干水不波
좌 간 도 영 침 천 하　풍 과 난 간 수 불 파
想見夜深人散後　滿湖螢火比星多
상 견 야 심 인 산 후　만 호 형 화 비 성 다

물 위에 거꾸로 비치는 그림자인 도영倒影이 한시에 자주 등장한다. 물 위에 비치는 산과 정자의 그림자는 실제 경치와는 또 다른 운치를 느낄 수 있기 때문이다. 이 시에서는 그런 도영이 두 겹으로 겹쳤다. 하늘 위의 은하수가 물에 비치었고 그 은하수 도영 위로 연꽃 그림자가 떠 있다. 밤이 깊어지자 많던 사람들 모두 각자 집으로 돌아가고 이 시인 홀로 소란한 잔치 끝의 적막을 즐기고 있다. 연못 위로 수많은 반딧불이 현란하고 신비롭다. 사람이 흩어지자 찾아온 고요함이 숨어 있던 반딧불이를 불러냈으리라. 캄캄한 밤하늘에 별이 더욱 빛나듯 적막과 고독은 사물의 진면목을 들여다볼 수 있는 혜안慧眼의 통로다. *

慈仁寺(자인사) : 대보국자인사, 베이징에 있는 절
荷花池(하화지) : 자인사에 있는 연못 이름, 하화는 연꽃
天河(천하) : 은하수
螢火(형화) : 반딧불

금강산 金剛山 금강산

김병연(金炳淵, 1807~1863)

태산이 뒤에 있어 북쪽 하늘 가리고
큰 바다 앞에 이르니 동쪽 땅이 다하네
다리 밑으로 길은 동서남북인데
지팡이 머리 위로는 일만이천 봉이라네

泰山在後天無北　大海當前地盡東
태 산 재 후 천 무 북　대 해 당 전 지 진 동
橋下東西南北路　杖頭一萬二千峰
교 하 동 서 남 북 로　장 두 일 만 이 천 봉

'바람에 쓸려 왔나 구름을 따라왔나 정처 없이 걷다 보니 높은 산이 북쪽으로 하늘을 가리고 동쪽으로는 바다가 땅을 멈추게 하고 있다. 그러나 인간이 만든 길은 동서남북 거침없이 뚫려 있다. 내가 가지 못할 곳이 어디에 있단 말이냐? 그런데 나를 이끄는 지팡이는 금강산 일만이천 봉으로 들어가자 보채고 있다.' 김삿갓이란 별명을 가진 김병연이 대략 이런 뜻으로 시 한 수를 읊고 있다. 그리고 지팡이가 이끄는 대로 금강산에 올라가 다음과 같은 명귀를 남긴다. "松松柏柏岩岩廻 水水山山處處奇 송송백백암암회 수수산산처처기" '소나무 잣나무 숲을 돌아 바위도 돌아 나오니 물이면 물, 산이면 산 모든 곳이 아름답구나' 쉬운 한자를 반복하여 쓰고 대구법을 활용하여 재미있고 강한 인상을 주는 김병연 시의 특성이 잘 나타나 있다. *

강촌춘경 江村春景

강촌의 봄

죽향(竹香, ?~?)

문 앞에 휘휘 늘어진 천만 가닥 버들가지
연기처럼 푸르름이 짙어 마을을 가렸고
문득 목동이 피리 불며 지나가는데
온 강에 안개비 내리며 황혼이 짙어간다

千絲萬縷柳垂門　綠暗如煙不見村
천 사 만 루 류 수 문　록 암 여 연 불 견 촌
忽有牧童吹笛過　一江煙雨自黃昏
홀 유 목 동 취 적 과　일 강 연 우 자 황 혼

상투적인 소재를 가지고 무척 평범하고 쉽게 쓴 시다. 그림으로 말하자면 예술성은 약간 떨어지지만 친근한 풍경을 서툰 솜씨로 그린 것과 비슷하다. 강가의 나지막한 언덕 위에 정자가 보인다. 정자 주변에는 물오른 버드나무 가지가 휘휘 늘어져 있다. 강을 끼고 난 오솔길은 마을로 이어졌는데, 길 위에는 소를 타고 피리를 불며 지나가는 목동이 그려져 있다. 강 위로는 안개비가 자욱해 몽환적 분위기를 자아낸다. 목동이 마을 쪽으로 가고 있으니 해가 저물어 집으로 돌아가는 황혼이다. 죽향은 19세기 초 평양 기생이다. 그림을 잘 그렸다. 특히 그녀의 대나무 그림은 당대에 유명했다. 이 시도 그림의 여백에 쓴 것으로 추정된다. *

縷(루) : 실처럼 가늘고 긴 것
忽(홀) : 갑자기, 돌연

20.

寒 찰한

더디 오는 봄이 미워서

춘설 春雪 봄눈

한유(韓愈, 768~824)

해 바뀌어 정월에 꽃이 필 일 전혀 없고
이월 초에 돋는 싹을 보아도 놀랍기만 한데
흰 눈은 도리어 더디 오는 봄이 미워서
나뭇가지 사이로 눈꽃을 날리고 있네

新年都未有芳華　二月初驚見草芽
신 년 도 미 유 방 화　이 월 초 경 견 초 아
白雪却嫌春色晚　故穿庭樹作飛花
백 설 각 혐 춘 색 만　고 천 정 수 작 비 화

평소 과묵하고 근엄한 어른이 무표정한 얼굴로 농담을 던지면 금방 알아듣기 어렵고, 알아들었다 해도 왠지 어색해서 웃음이 바로 나오지 않는다. 요즘 말로 하면 썰렁한 농담이 되고 만다. 그러나 늘 딱딱한 것보다는 한결 부드러운 느낌을 받는다. 한유가 바로 그런 분이다. 정통파 유학자이며 고위 관리였고, 당송팔대가 중 한 사람으로 대문장가다. 그의 시는 감성보다는 논리와 묘사가 두드러진다. 그런데 이 시에는 한유답지 않은 재치와 가벼움이 보인다. 한겨울에 꽃은 커녕 새싹만 봐도 놀라운데 역설적이게도 겨울이 더디 오는 봄이 미워서 하얀 눈으로 꽃을 만들어준단다. 썰렁하면서 정감이 가는 시다. *

都(도) : 도무지
芳華(방화) : 향기로운 꽃, 華=花(화)
嫌(혐) : 싫어하다, 미워하다
故(고) : 일부러, 짐짓
穿(천) : 뚫다

야설 夜雪 밤새 내린 눈

백거이(白居易, 772~846)

잠자리가 썰렁하니 찬기가 스며들어
깨어보니 창문이 환하게 밝았더라
밤 깊어 눈이 많이 내린 줄 아는 건
이따금 들리는 대나무 부러지는 소리

已訝衾枕冷　復見窗戶明
이 아 금 침 냉　부 견 창 호 명
夜深知雪重　時聞折竹聲
야 심 지 설 중　시 문 절 죽 성

TV 광고처럼 요즘에는 시골에도 가스나 기름보일러를 설치해 난방을 하고 있으나 얼마 전까지만 해도 온돌 아궁이에 장작불을 때어 방을 덥혔다. 추운 겨울에는 자기 전에 군불을 더 때고 자지만 새벽에는 이미 식기 마련이다. 이른 아침 쇠죽을 끓여야 다시 따뜻해지곤 했다. 백거이가 살던 시절 중국에는 우리와 같은 온돌이 없었으니 난로에 불씨가 사그라지는 새벽에는 얼마나 추웠을까. 밤사이 쌓인 눈이 달빛을 반사해 창밖이 낮처럼 밝은데 아직 날이 새려면 한참 남았다. 쌓인 눈의 무게를 지탱하지 못해 부러지는 대나무 소리가 새벽의 고요를 깨뜨리는 밤에 시인은 홀로 깨어 창밖의 눈에 관한 시를 쓴다. *

訝(아) : 의심하다, 맞이하다, 의아해하다
時(시) : 가끔

동일 冬日 1 겨울날 1

범성대(范成大, 1126~1193)

산 너머로 해는 기울고 조각달 높이 떴다
자다 말고 운동 삼아 강둑을 거닌다
찬바람과 서리가 온 산의 나뭇잎 떨궜기에
지팡이 짚고 서서 황새 둥지 헤아린다

斜日低山片月高　睡餘行藥繞江郊
사 일 저 산 편 월 고　수 여 행 약 요 강 교

風霜擣盡千林葉　閒倚筇枝數鸛巢
풍 상 도 진 천 림 엽　한 의 공 지 수 관 소

범성대의 시문집《사시전원잡흥四時田園雜興》겨울편 첫 번째 시다. 가을걷이해서 반은 환곡 빚을 갚고 나머지 반은 세금으로 바쳤어도 쭉정이 이삭이나마 양식을 들였으니 안 먹어도 배부르다. 동짓날이 가까워 오니 해가 짧아 일찍 잠이 들어서 밤중에 눈을 떴다. 그저 뒤척이느니 몸에 약이 되라고 강둑으로 나와 걷는다. 조각달이 중천에 걸렸다. 주변의 나무란 나무는 찬바람과 된서리에 모두 잎이 떨어져 발가벗었다. 문득 황새가 걱정스럽다. 이 추운 날에 새들은 잘 지내는지 앙상한 가지 사이로 드러난 둥지를 살핀다. 내 가족만 챙기는 각박한 사람들 틈에 이웃은 물론 주변의 미물까지 챙겨 걱정하는 마음이 훈훈하다. *

繞(요) : 얽어매다, 두르다
擣(도) : 두드리다, 공격하다
鸛(관) : 황새

동일 冬日 6 겨울날 6

범성대(范成大, 1126~1193)

배 띄워 한가로이 바라보니 눈 덮인 산 맑고
바람 그치자 추워지고 날 저무니 얼어붙네
삿대질에 옥구슬이 부서지는 소리 듣노니
난 몰랐네 이미 물 위에 살얼음 꼈는걸

放船閑看雪山晴　風定奇寒晚更凝
방 선 한 간 설 산 청　풍 정 기 한 만 갱 응

坐聽一篙珠玉碎　不知湖面已成氷
좌 청 일 고 주 옥 쇄　부 지 호 면 이 성 빙

사공을 불러 배를 띄우고 호수 가운데로 나왔다. 날씨가 추워지면 물고기가 깊은 곳으로 몰린다. 그러나 이 시인은 낚시를 미룬 채 눈 덮인 산의 맑은 자태에 흠뻑 빠져 있다. 바람이 그치더니 갑자기 추위가 밀려왔다. 저녁 어스름이 깔리자 더 추워진다. 온몸이 얼어붙는 것 같다. 이제 집으로 돌아가야겠다. 사공이 삿대질할 때마다 옥구슬이 깨지는 듯 맑고 경쾌한 소리가 들린다. 시인은 사그락, 찰그랑거리는 소리에 빠져 있다가 나중에야 알아챘다. 호숫가에 이미 살얼음이 얼기 시작했다는 것을. 범성대는 벼슬살이 후 고향에 돌아와 시골 생활을 즐겼다. 그래선지 그의 시에는 한가로울 한閑 자가 유독 많이 나온다. *

定(정) : 그치다, 고요하다
更(갱) : 다시, 경으로 읽으면 고치다, 바꾸다, 지나다
篙(고) : 상앗대, 준말은 삿대

설후 雪後
눈 그친 후

유방선(柳方善, 1388~1443)

지난해 쌓인 눈 녹지 않은 외로운 마을에
그 누가 사립문을 두드릴까 마는
밤이 되자 갑자기 맑은 향기 풍겨 와서
매화 가지에 꽃망울 터뜨린 줄 알았네

臘雪孤村積未消　柴門誰肯爲相鼓
납 설 고 촌 적 미 소　시 문 수 긍 위 상 고

夜來忽有清香動　知放梅花第幾梢
야 래 홀 유 청 향 동　지 방 매 화 제 기 초

깊은 산속 한적한 마을이다. 지난해 섣달에 쌓인 눈이 여전히 녹지 않았다. 이 눈을 헤치고 어느 누가 이 마을까지 찾아오겠는가? 그러나 왠지 누가 꼭 찾아올 것 같은 예감이 든다. 이 시인도 외로운 것이다. 온종일 오지 않는 그 누군가를 기다리다 짧은 겨울 해가 지고 밤이 되었다. 기나긴 겨울밤에 등잔불을 돋우고 책을 읽고 있노라니 어디선가 홀연히 맑은 향기가 풍겨온다. 아! 손님이 오셨다. 매화가 꽃봉오리를 터뜨린 것이다. 이 시인은 반가워서 혼잣말을 한다. "아하, 그래! 낮부터 꼭 누가 찾아올 것 같더라니 매화가 오시려고 그랬구먼." 붓을 들어 떠오르는 시상詩想을 붙들어 놓았다. *

臘(랍) : 섣달
消(소) : 다하다, 사라지다, 꺼지다, 풀리다
肯(긍) : 즐기다, 옳게 여기다
放(방) : 놓다, 쫓아내다, 흩어지다, 내치다
第(제) : 차례

어주도 漁舟圖
고기잡이 배

고경명(高敬命, 1533~1592)

갈대밭에 바람 일고 눈보라 몰아쳐
술 받아 돌아와서 쪽배를 묶는데
피리 소리 몇 가락에 강물 위로 달 밝아
자던 새 몇 마리가 물안개 속을 나누나

蘆洲風颭雪漫空　沽酒歸來繫短篷
노 주 풍 점 설 만 공　고 주 귀 래 계 단 봉

橫笛數聲江月白　宿禽飛起渚煙中
횡 적 수 성 강 월 백　숙 금 비 기 저 연 중

제목으로 미루어 그림에 화제로 쓴 시다. 갈대가 우거진 강가에 배를 매는 사공이 있고 눈이 내리지만 하늘에는 달이 떠 있다. 갈대밭 위로 오리가 두세 마리 날아오른다. 조선시대 그림에 자주 등장하는 눈에 익은 풍경이다. 이런 평범한 그림을 보면서 갈대를 흔드는 바람을 느끼거나, 아스라이 바람에 실린 피리 소리를 듣는 것은 오로지 감상하는 사람의 영역이다. 그러나 배를 매는 그림 속의 어부가 술을 사가지고 오는 줄 아는 것은 술꾼이 아니고서는 결코 상상할 수 없을 것이다. 고경명은 시서화에 두루 능통한 인재였고, 임진왜란 때 60세 나이로 의병을 일으켜 동생과 아들들과 함께 금산성에서 전사했다. *

蘆(노) : 갈대
颭(점) : (바람에) 살랑거리다
沽(고) : 팔고 사다
短篷(단봉) : 거룻배, 작은 배
渚(저) : 물가

대설 大雪 큰 눈

신흠(申欽, 1566~1628)

골을 메우고 산을 덮어, 보이느니 모두 한 가지
아름다운 옥빛 세상에 맑고 깨끗한 수정궁
세상에 뛰어난 화가들 수없이 많겠지만
음양의 조화를 바꾸는 신공은 그리지 못하리

塡壑埋山極目同　瓊瑤世界水晶宮
전 학 매 산 극 목 동　경 요 세 계 수 정 궁
人間畵史知無數　難寫陰陽變化功
인 간 화 사 지 무 수　난 사 음 양 변 화 공

하얀 눈 세계를 떠올려보자. 눈이 골짜기를 다 메우고 산을 묻어서 온 세상이 평평한 설원雪原으로 보인다. 눈으로 볼 수 있는 데까지 모두가 똑같다. 이 광경을 누가 그림으로 그릴 수 있겠는가? 그냥 하얀 종이 그대로인걸. 이 세상에서 아무리 유명한 화가일지라도 이러한 음양의 조화를 모두 없애버린 순백의 모습을 그리기는 어려울 것이다. 세상은 음과 양이 섞여 있어야 비로소 모습을 가진다. 전부 음이거나 온통 양이면 인간으로서는 감지感知할 수 없는 비현실이 된다. 낮은 곳이 있어서 비로소 높은 것이 생기고, 어둠이 있어야 밝음도 보이는 법. 흑백논리는 배척이 아닌 공존共存의 논리가 되어야 한다. *

塡壑(전학) : 메꿀 전, 골짜기 학
埋(매) : 묻다, 메우다
極目(극목) : 눈으로 볼 수 있는 한도
瓊瑤(경요) : 아름다운 옥

영설 詠雪 눈을 읊다

정창주(鄭昌胄, 1606~?)

온 산 위로 달이 뜨니 대낮처럼 밝고
봄도 아닌데 나무마다 꽃이 피었네
새하얀 온 세상에 오직 하나 검은 점
저물녘 성 위로 돌아가는 까마귀

不夜千峰月　非春萬樹花
불 야 천 봉 월　비 춘 만 수 화
乾坤一點黑　城上暮歸鴉
건 곤 일 점 흑　성 상 모 귀 아

순백의 도화지 위에 검은 점 하나, 하얀 쌀밥 위에 검은콩 한 알, 온 세상이 새하얀 눈으로 덮여 해가 졌어도 밝다. 나뭇가지마다 하얀 눈꽃이 피었다. 사방을 둘러보아도 흰색뿐이다. 그런데 저 멀리 성 위로 날아가는 까마귀 한 마리가 보인다. 순백의 도화지 위에 검은 점 하나. 차가운 듯 포근하고, 쓸쓸하면서도 한편으로 따뜻한 느낌을 주는 시다. 임진왜란과 병자호란을 겪으면서 조선은 10리 사방에 개 소리가 그쳤다 할 정도로 인구도 줄고 백성은 기근에 허덕였다. 그러나 날 저물어 자신의 둥지로 돌아가는 까마귀처럼 질긴 목숨을 이어가는 살아남은 백성은 새봄의 희망을 간직한 채 이 추위를 견디고 있었을 것이다. *

乾坤(건곤) : 하늘과 땅, 온 세상, 주역의 괘 이름

효출동곽 曉出東郭

새벽에 동문을 나서며

고시언(高時彦, 1671~1734)

이른 새벽 산봉우리 아직 희미한데
숲에서 부는 바람 거세기만 하다
차가운 냇가에 이르자 말은 우짖고
하늘에 잔별은 눈처럼 흩날린다

曉嶂尚依微　林風吹烈烈
효 장 상 의 미　림 풍 취 열 열
馬嘶臨寒流　殘星落如雪
마 시 임 한 류　잔 성 낙 여 설

먼 길을 가나 보다. 겨울 해는 노루 꼬리처럼 짧아서 저물기 전에 도착하려면 새벽 일찍 길을 나서야 한다. 새벽이라지만 아직은 밤이나 마찬가지로 컴컴하다. 빙 둘러 보이는 산봉우리는 그저 어렴풋이 그 윤곽만 드러낸다. 성문을 나와 한 마장쯤 달려오니 숲에 다다랐다. 말을 타고 달리며 맞는 겨울바람이 얼얼하다. 어느덧 숲을 지나 개울가에 이르렀다. 말도 숨이 찬지 히이잉 하며 쉬어 가잔다. 반은 얼고 나머지 반은 살짝 살얼음이 낀 개울에 멈춰 말에게 물을 먹이며 하늘을 쳐다본다. 동쪽 하늘에는 어둑한 여명인데 서쪽은 아직 캄캄한 기가 그대로다. 새벽하늘에 잔별이 흩날리며 눈송이와 함께 나그네 어깨 위로 떨어진다. *

郭(곽) : 성곽, 둘레
嶂(장) : 병풍처럼 험하게 연달아 있는 산봉우리
嘶(시) : 말이 울다, 새나 짐승이 애처롭게 울다

극한 極寒
혹독한 추위

박지원(朴趾源, 1737~1805)

북악산은 병사의 칼날처럼 삐쭉 솟았고
남산 위의 소나무는 거무죽죽 얼어붙었다
송골매 날아드니 숲속 나무들 해쓱한데
학 울음소리에 하늘이 온통 새파래졌다

北岳高戍削　南山松黑色
북 악 고 수 삭　남 산 송 흑 색

隼過林木肅　鶴鳴昊天碧
준 과 임 목 숙　학 명 호 천 벽

극에 달한 추위, 극한은 과연 어떤 상태일까. 극지방은 영하 50~60도까지 내려간다는데 그런 추위를 말하는 걸까? 북악산의 서슬 퍼런 창칼이 남산 위의 소나무를 시퍼렇다 못해 새카맣게 얼어붙도록 만들었다. 파랗게 질린 숲 위로 송골매가 날아가니 모든 나무가 겁을 먹고 움츠러든다. 북악의 총칼보다 날카로운 눈매를 가진 송골매가 더 무섭다. 온 세상이 춥기만 하다. 백성에게는 총칼이 추위고, 가난은 더 무서운 추위다. 이때 먼 하늘에서 울리는 학의 울음소리, 그 소리에 하늘이 새로 열리며 악귀가 무서워 달아난다. 새하얀 학은 신선神仙이나 선각자先覺者를 상징한다. 눈이 시리도록 하얀 학이 추위를 물리치는 궁극의 추위, 즉 극한이다. *

戍(수) : 국경을 지키는 일, 수자리
削(삭) : 깎다, 날카로운 칼날
隼(준) : 새매(수릿과의 새)
肅(숙) : 엄숙하다, 정중하다
昊天(호천) : 하늘

수선화 水仙花 수선화

김정희(金正喜, 1786~1856)

한 떨기 겨울의 정령인가 송이송이 둥글다
그윽하고 담백한 성품은 차갑게 빼어났다네
매화가 고상타지만 뜨락을 못 벗어나는데
맑은 물에서 제대로 본 해탈한 신선이여

一點冬心朶朶圓　品於幽澹冷儁邊
일 점 동 심 타 타 원　품 어 유 담 냉 준 변

梅高猶未離庭砌　淸水眞看解脫仙
매 고 유 미 이 정 체　청 수 진 간 해 탈 선

꽃은 같은 꽃이라도 보는 사람에 따라 다르고, 같은 사람이라도 보는 때에 따라 달라지는 법. 추사는 24세가 되던 해 중국 연경에서 수선화를 처음 본다. 장원급제 하여 기고만장한 젊은 수재였던 추사는 자만심과 나르시시즘의 꽃 수선화를 귀한 꽃으로 좋아한다. 오랜 시간이 흘러 50대 중년으로 제주도에 유배당한 추사는 그곳에서 수선화를 다시 본다. 밭두렁과 들판에 지천으로 깔린 이 꽃은 천덕꾸러기로 우마牛馬의 먹이였다. 추사는 이곳에서 다시 자신의 분신으로 수선화를 노래했다. 나르시시즘의 꽃 수선화는 제주에서 알아주는 사람 없이 잡초 취급을 당했던 것이다. 추사는 수선화와 자신을 해탈한 신선으로 동일시하고 있다. *

冬心(농심) : 겨울처럼 쓸쓸한 마음
朶(타) : 휘늘어지다, 떨기
儁(준) : 영특할 준, 빼어날 준, 살찔 전
砌(체) : 섬돌

설 雪 눈

김병연(金炳淵, 1807~1863)

천황씨가 죽었는가 인황씨가 죽었나
온 산과 온 나무가 상복을 입었네
만약에 내일 아침 해님이 조문 오면
집집에서 처마마다 눈물을 흘리겠네

天皇崩乎人皇崩　萬樹青山皆被服
천 황 붕 호 인 황 붕　만 수 청 산 개 피 복
明日若使陽來弔　家家檐前淚滴滴
명 일 약 사 양 래 조　가 가 첨 전 루 적 적

많은 사람이 한시를 어렵게 생각한다. 사실 그렇기도 하다. 한시뿐 아니라 어느 시대, 어느 나라건 원래 문학에는 약간 폼을 잡는 경향이 있다. 시인들이 자신의 지식과 생각의 깊이를 정제된 언어로 표현해서 조금은 어려울 수도 있다. 조선 시대에는 한글을 언문이라 비하하며 주로 민중이 사용했고 공식 문서에는 한자를 썼다. 지배계층은 사적인 편지나 일기도 한자를 사용했다. 김삿갓이라 불렸던 김병연은 딱딱한 이미지를 가진 한시에 민중의 정서를 담았다. 지식인의 어려운 문학이 아니라 가난하지만 정 많고 한 많은 민중의 현실을 반영했다. 쌍놈과 양반, 한글과 한자가 뒤섞이는 19세기 조선의 아이콘이 바로 김삿갓이다. *

天皇人皇(천황인황) : 중국 상고사의 삼황, 天皇(천황), 地皇(지황), 人皇(인황)
檐(첨) : 처마
滴(적) : 물방울

설옥 雪屋
눈 오는 날 집에서

전기(田琦, 1825~1854)

문밖의 신발 자국 보니 오간 사람 드물고
뜰 한쪽에 쌓인 눈이 창문을 살짝 비춘다
화롯불 식었으니 황혼이 다 돼가는데
아직도 상머리에 앉아 옛 책을 헤아린다

門外屐痕過訪疎　半庭積雪映窓虛
문 외 극 흔 과 방 소　반 정 적 설 영 창 허
土爐火冷黃昏近　猶自床頭勘古書
토 로 화 냉 황 혼 근　유 자 상 두 감 고 서

강원도처럼 많이 오는 눈은 아니다. 문밖의 길 위에는 찾아오거나 지나간 사람이 드물어 눈 위로 나막신 자국이 몇 개 찍혀 있지 않다. 집 안을 돌아보면, 사람 다니는 쪽을 쓸어 마당 한쪽으로 쌓아 놓은 눈이 햇빛을 반사해 창문을 비춘다. 구들장은 미지근하고 화롯불도 이미 식은 걸 보니 오늘 하루도 저물어가는 것 같다. 찾아오는 이도 없고, 딱히 가야 할 곳도 없으니 이 선비는 온종일 옛 책을 들여다보며 성현의 뜻을 헤아렸다. 이제 조금 있으면 저녁 짓느라 아랫목이 다시 따뜻해질 것이고, 과거 공부도 아닌데 굳이 등잔 심지 올리며 책 읽을 이유가 있나. 곧 잠자리에 들어야겠지. 19세기, 조선 선비의 일과다. *

田琦(전기) : 조선 후기 화가, 추사 김정희의 제자, 중인으로 한약방을 운영했다
屐(극) : 나막신, 鞋(혜)는 짚신
勘(감) : 헤아리다, 조사하다

21.

熱 더울 열

실바람 일어 수정발 흔들릴 제

산정하일 山亭夏日
여름날 정자에서

고병(高駢, ?~?)

짙푸른 나무숲 그늘 아래 긴 여름날
정자의 그림자는 연못에 거꾸로 드리웠고
실바람 일어 수정 발 흔들릴 제
우거진 장미꽃에 집 안이 향기롭다

綠樹濃陰夏日長　樓臺倒影入池塘
녹 수 농 음 하 일 장　누 대 도 영 입 지 당
水晶簾動微風起　滿架薔薇一院香
수 정 렴 동 미 풍 기　만 가 장 미 일 원 향

이 시를 음미하다 보면 머릿속에 그림이 그려진다. 녹음이 우거진 나무 사이로 누대가 보이고, 누대 앞에는 연못이 있는 그림이다. 촘촘히 심어놓은 온갖 나무가 더운 여름날에도 짙은 그늘을 드리우니 시원하다. 거울처럼 맑은 연못의 수면 위로 누대의 그림자가 거꾸로 비쳐 있다. 그 누대에 시인이 누워 있는데 수정으로 만든 주렴이 흔들리는 것을 보니 실바람이 일었나 보다. 그 실바람에 장미꽃 향기가 실려 온다. 綠陰녹음, 樓臺누대, 水晶수정, 연못, 실바람 등 이 모두가 시원한 이미지를 가진 단어다. 마지막 구절에 장미꽃 향기가 있어 앞에 나오는 시원한 이미지가 더욱 강조된다. 찬물에 목욕하고 뜨거운 녹차 한 잔 마시는 듯 개운한 느낌이다. *

簾(렴) : 주렴, 발

하의 夏意
여름

소순흠(蘇舜欽, 1008~1048)

별채 정원 깊은 곳 대자리 시원하고
석류꽃 활짝 피어 주렴 밖이 환하다
솔 그늘이 마당에 가득한 한낮인데
단꿈 깨우는 아스라한 꾀꼬리 소리

別院深深夏簟清　石榴開遍透簾明
별 원 심 심 하 점 청　석 류 개 편 투 렴 명

松陰滿地日當午　夢覺流鶯時一聲
송 음 만 지 일 당 오　몽 각 류 앵 시 일 성

더위가 기승을 부린다. 바람이 잘 통하고 소나무 그늘이 좋은 뒷마당의 정자에 대자리를 깔고 누웠다. 빨간 석류꽃이 활짝 피어 주렴을 통해서 보아도 화사하다. 설핏 잠이 들었나 보다. 먼 데서 들려오는 꾀꼬리 소리가 꿈인지 생시인지 모르겠으나 아스라하다. 비몽사몽 중에 무릉도원을 헤매다 살며시 잠에서 깨어난다. 소순흠은 송나라 사람으로 소년 급제한 수재였으나 앞날이 창창한 젊은 시절에 권력투쟁의 와중에서 반대파에게 숙청당하고 짧은 생을 불우하게 살다 갔다. 그러나 그의 시에는 현실을 원망하거나 자신의 불운을 한탄하지 않는 웅혼雄渾, 웅장하여 막힘이 없음이 깃들어 있다. 청승맞은 소쩍새 울음 대신 아름다운 꾀꼬리 소리가 등장한다. *

簟(점) : 대자리, 멍석
遍(편) : 두루, 곳곳에 널리
簾(렴) : 발, 주렴
鶯(앵) : 꾀꼬리, 鸚(앵)은 앵무새

영죽 詠竹 대나무

권적(權適, 1094~1147)

세상 가득 큰 눈에 온갖 나무 부러져도
꼿꼿한 대나무는 일지매와 벗해 있네만
유월 한여름 찌는 더위가 혹심할 때
언뜻 부는 시원한 바람만은 못 하구나

大雪漫天萬木摧　琅玕相映一枝梅
대 설 만 천 만 목 최　낭 간 상 영 일 지 매
不如六月炎蒸酷　呼召清風分外來
불 여 유 월 염 증 혹　호 소 청 풍 분 외 래

온 세상에 큰 눈이 내려 여기저기서 나뭇가지가 부러졌다. 그러나 대나무는 꼿꼿한 자세를 흩트리지 않고 한 떨기 매화와 마주 보며 추위와 눈보라를 견뎌내고 있다. 그야말로 절개와 지조를 한껏 뽐내고 있는 형국이다. 예로부터 많은 시인이 대나무를 빌어 충절지사忠節之士들을 칭송해왔으나 이 시인은 대나무를 조롱하고 있다. 한여름 땡볕 더위가 기승을 부릴 때 생각지 않던 시원한 바람이 언뜻 불어오면 그 시원함이란 엄동설한에도 푸르른 대나무가 따라올 수 없다니 말이다. 아무리 훌륭하고 똑바른 친구라도 어려울 때 도와주는 친구만은 못 한 법이다. 웅숭깊은 정이 없으면서 진지하기만 하면 우스워 보인다. *

摧(최) : 산이 높고 험하다, 억제하다, 망하다, 여기서는 꺾다, 꺾이다의 뜻
琅玕(낭간) : 옥구슬 랑, 옥돌 간, 대나무를 나타냄
呼召(호소) : 부르다

출곽 出郭
성문을 나서다

이성중(李聖中, ?~?)

맑은 아침 하얀 구름 피어나
사람과 구름이 함께 길 나선다
가랑비에 남아 있던 꽃도 지는데
시냇가에 다다르니 마을 하나 또 보인다

清朝白雲起　人與雲出門
청 조 백 운 기　인 여 운 출 문
微雨幽花落　臨溪又一村
미 우 유 화 락　임 계 우 일 촌

상쾌한 초여름 아침이다. 먼 길을 떠나기에 좋은 날씨다. 하얀 구름이 따가운 햇볕을 가려준다. 이른 아침 성문을 빠져나올 때는 골짜기마다 구름이 피어오르더니 드디어 부슬부슬 가랑비가 내리기 시작한다. 들판을 가로지르고 산길을 돌아 비를 맞고 걸어간다. 이파리 뒤에서 눈에 띄지 않던 늦게 핀 꽃봉오리가 빗물에 젖은 제 꽃잎의 무게에 겨워 떨어진다. 가랑비에 흠뻑 젖은 이 나그네의 몸도 꽃잎처럼 무거워진다. 산굽이를 돌아 나지막한 고갯마루에 올라서 보니 저 아래 시냇가에 조그마한 마을이 하나 보인다. 저 마을에 가면 젖은 옷도 말리고 요기도 하며 한숨 쉬었다 갈 것이다. 구름과 함께 가며 흥얼거리는 나그네의 노래가 정겹다. *

郭(곽) : 성곽, 둘레
與(여) : 더불어, ~와
幽(유) : 그윽하다, 숨다, 아득하다

하음도중 河陰道中 하음 가는 길

왕정균(王庭筠, 1151~1202)

배나무 잎 우거지고 살구는 푸릇푸릇
석류꽃은 서로 비치듯 예쁘게 피었네
숲이 깊어 사람 사는 집은 보이지 않고
보리타작 소리만 들리는 숲속 길

梨葉成陰杏子青 榴花相映可憐生
이 엽 성 음 행 자 청 류 화 상 영 가 련 생
林深不見人家住 道上唯聞打麥聲
임 심 불 견 인 가 주 도 상 유 문 타 맥 성

배꽃이 지고 나면 잎이 돋아나기 시작하여 유월이면 무성하게 우거진다. 초여름이다. 살구는 그 열매가 이미 알알이 맺혀 있다. 석류꽃이 촘촘히 피어 서로 거울에 비친 것처럼 예쁘다. 숲속에서 사람 소리가 들리는데 그들의 모습은 숲에 가리어 보이지 않을 정도로, 제대로 녹음이 우거져 그 푸르름을 더한다. 들녘에는 보리가 누렇게 익어 타작할 때가 되었다. 어느 수필가의 표현대로 오월이 세수를 하고 막 물기를 닦은 열아홉 살 처녀의 생얼굴이라면 유월은 스물아홉 여인의 윤기 흐르는 목덜미처럼 육감적이다. 싱싱하되 세어버리지 않은 유월의 숲과 들판이 오월의 신록이 가지는 풋풋한 싱그러움보다 더 좋다는 사람도 많다. *

河陰(하음, 허인) : 허난성에 있는 고을 이름
唯(유) : 오직, 비록 ~하더라도
打麥聲(타맥성) : 보리타작하는 소리

하산연우 夏山烟雨

여름 산의 안개비

황공망(黃公望, 1269~1354)

이 산 저 산 자욱이 비구름 피어나고

긴 숲이 짙은 안개로 머리 감는 저녁

아득한 폭포수 아래 종소리는 끊어질 듯 이어지는데

비탈진 돌밭 길을 몽땅 지팡이 짚고 어떻게 왔는가

雨氣薰薰遠近峰　長林如沐晩烟濃

우 기 훈 훈 원 근 봉　장 림 여 목 만 연 농

飛流遙落疎鍾斷　石徑何來駐短笻

비 류 요 락 소 종 단　석 경 하 래 주 단 공

안개비가 자욱이 온 산을 적신다. 산 아래를 보니 길게 뻗은 나무숲 위로 저녁 안개가 깔려 있다. 그 모습이 마치 숲의 나무들이 머리를 감는 듯하다. 조금 더 올라가니 폭포가 나온다. 아득히 높은 곳에서 떨어지는 폭포수 아래에 서 있다. 요란한 물소리에 종소리가 끊어질 듯 이어지며 간간이 들려온다. 근처 어딘가에 절이 있나 보다. 험한 돌밭 길을 지나 짧은 지팡이 하나에 의지해 이곳까지 올라온 것이 스스로 생각해도 장하다. 여름날 저녁 산 정상에 올라 멀고 가까운 산들이 비구름에 묻힌 모습과 함께 폭포수의 장관을 보며 더위를 이기는 모습이 시원하다. *

烟雨(연우) : 안개비
薰(훈) : 향내 나는 풀, 피우다, 덥다
沐(목) : 머리 감다
遙(요) : 멀다
疎(소) : 뚫리다, 나누다, 드물다
駐(주) : (말이) 머무르다

서야 暑夜 열대야

종륵(宗泐, 1317~1391)

오늘 밤 찌는 더위를 참을 수 없어
문을 여니 큰 나무에 달빛만 휘영청
은하수는 남쪽 지붕 위로 흐르건만
시원한 물줄기 한 방울도 아니 주네

此夜炎蒸不可當　開門高樹月蒼蒼
차 야 염 증 불 가 당　개 문 고 수 월 창 창

天河只在南樓上　不借人間一滴凉
천 하 지 재 남 루 상　불 차 인 간 일 적 량

밤에도 덥다. 한낮의 태양은 불꽃처럼 모든 것을 태워버릴 기세이고, 밤중에도 찜통 속처럼 푹푹 찐다. 이 말을 단 두 자로 염증이라 한다. 이때 한 가닥 실바람이라도 불어주면 한결 나아질 텐데 음력 칠월 밤에는 원래 바람도 없는 법이다. 그저 높은 나무에 걸린 달빛의 푸르스름한 기운에 기대어 더위를 참는 수밖에 없다. 하늘에는 구름 한 점 없으니 빗방울을 기대하기는 애초부터 글렀고, 남북으로 걸쳐 있는 은하수가 시원한 물 한 방울이라도 내려주면 좋으련만 참으로 야박하다. 이렇게 더운 날에는 이 고승高僧처럼 시라도 읊을 일이다. 책을 읽는 것 또한 더위를 물리치는 방법이다. *

炎(염) : 불타다, 덥다, 뜨겁다
蒸(증) : 찌다, 무덥다
借(차) : 빌리다, 돕다, 허락하다

광한루 廣寒樓 광한루

강희맹(姜希孟, 1424~1483)

명승으로 이름난 남녘 땅 광한루
유월에 올랐어도 뼛속은 가을이네
갑자기 달 떠오르니 하늘 세상 여기로세
붉은 난간 굽은 곳에 견우성이 흐르고

知名南國廣寒樓　六月登臨骨欲秋
지 명 남 국 광 한 루　유 월 등 림 골 욕 추

桂影忽來天宇區　朱欄曲處過牽牛
계 영 홀 래 천 우 구　주 란 곡 처 과 견 우

춘향이와 이몽룡의 신분을 초월한 아름다운 사랑 이야기는 광한루에서 시작한다. 광한루는 춘향 이전에 견우와 직녀의 무대였고, 그보다 더 거슬러 올라가면 옥황상제가 사는 월궁의 또 다른 이름이다. 이 시는 〈춘향전〉보다 약 300년 전 작품이다. 삼복더위에도 가을처럼 시원한 이유는 추울 한寒, 광한루廣寒樓이기 때문이다. 달이 떠오르자 월궁月宮이 지상으로 내려왔으니 여기가 선계仙界다. 난간 옆으로 견우성이 지난다. 은하수 옆에 있어야 할 견우성이 왜 내려왔을까? 이곳은 신선 세계 광한루니까. 광한루에 오르면 신선이 된다. 지금도 그렇다. 올여름, 광한루에 한번 오르시라. *

桂影(계영) : 계수나무 그림자, 계수나무는 달에 있다
天宇(천우) : 하늘, 옥황상제가 사는 곳

하경 夏景
여름 정경

기대승(奇大升, 1527~1572)

대 평상에 자리 깔고 내 멋대로 누웠더니
창문에 친 주렴 사이로 실바람이 솔솔
부채질을 더하니 바람 더욱 시원해
푹푹 찌는 더위도 오늘 밤엔 사라졌네

蒲席筠床隨意臥　虛鈴踈箔度微風
포 석 균 상 수 의 와　허 령 소 박 도 미 풍

團圓更有生凉手　頓覺炎蒸一夜空
단 원 갱 유 생 량 수　돈 각 염 증 일 야 공

큰선비 고봉高峯 기대승 선생의 피서법을 소개한다. 평상은 대나무로 짠 것이라야 한다. 그 위에 왕골 돗자리를 깔고 가장 편한 자세로 드러눕는다. 문과 창문은 당연히 열어놓아야 한다. 밖에서 흐트러진 내 모습을 볼 수 없도록 발을 쳐놓았다. 실바람이 발 사이로 솔솔 들어온다. 부는 듯 마는 듯한 이 바람만으로 조금 모자라면 살랑살랑 부채질한다. 끝. 더 이상 다른 방법이 없다. 그래도 덥다고? 마지막 남은 한 가지 방법이 있다. 덥다고 짜증 내면 더 더운 법이다. 마음을 느긋이 먹고 더위를 인정하고 받아들여라. 마음속에서 문득 깨달음이 올 것이다. 이 더위도 그저 헛된 것, 잠이 들면 없어지는 것일 뿐이라는 깨달음을. *

蒲席(포석) : 왕골자리
筠床(균상) : 대나무 침상
鈴(령) : 방울, 휘장
箔(박) : 주렴, 발
團圓(단원) : 둥글음, 원만, 끝, 둥근 부채
頓覺(돈각) : 문득 깨닫다

지각절구 池閣絶句

연못가 정자에서

정약용(丁若鏞, 1762~1836)

사람들 꽃 심고 꽃구경만 할 줄 알지
꽃이 진 뒤 새 이파리 화사한 줄 모르더라
몹시 사랑스럽다. 장맛비 그친 뒤에
여린 가지 끝마다 웃자란 연초록 잎

種花人只解看花　不解花衰葉更奢
종 화 인 지 해 간 화　불 해 화 쇠 엽 갱 사

頗愛一番霖雨後　弱枝齊吐嫩黃芽
파 애 일 번 임 우 후　약 지 제 토 눈 황 아

다산 정약용 선생은 유배지에서 당신의 자식들에게 수시로 편지를 써서 가르침을 주었다. 그런 편지 중에 이런 구절이 있다. "너희는 과거에 급제하기 위한 공부만 해서는 안 된다. 인격을 갖추기 위한 공부, 백성을 잘살게 해주기 위한 공부에 힘쓰기 바란다." 봄날에 앞다투어 피어나는 현란한 색깔의 꽃이 지고 흠뻑 비가 내리고 난 후 새로 난 가지 끝에서 피어나는 여린 이파리 또한 무척 보기 좋다. 과거 급제가 꽃이라면 새로 돋는 연초록 잎은 실사구시實事求是의 실학實學이다. 꽃은 종족 보존을 위한 생식기요, 열매를 맺기 위한 치열한 몸부림이니 얼마나 소중한가. 그러나 잠시 동안 그 꽃을 피우기 위해 수많은 잎은 긴 세월 햇볕을 받아 영양분을 생산한다. *

頗(파) : 비틀어지다, 여기서는 자못, 매우
霖(림) : 장마, 단비
齊吐(제토) : 고르게 나옴, 빨리 나옴
嫩(눈) : 연약하다, 곱다
嫩黃芽(눈황아) : 새로 나온 노란 잎망울

취우 聚雨
소나기

김정희(金正喜, 1786~1856)

나무 사이 더운 바람에 잎잎이 살지는데
두세 봉 서쪽으로 새카맣게 비 몰려온다
쑥 빛보다 새파란 청개구리 한 마리
파초 잎에 뛰어올라 까치 울음 흉내로다

樹樹薰風葉欲齊　正濃黑雨數峰西
수 수 훈 풍 엽 욕 제　정 농 흑 우 수 봉 서

小蛙一種青於艾　跳上蕉梢效鵲啼
소 와 일 종 청 어 애　도 상 초 초 효 작 제

후덥지근한 바람에 나뭇잎이 골고루 살지면서 결실을 위해 뿌리와 잎으로 대지와 대기 속의 양분을 왕성하게 섭취하는 늦여름이다. 이런 날 한낮에 일을 하면 능률도 안 오를뿐더러 더위 먹기 십상이다. 바람 잘 부는 뒷동산 위의 정자에 올라 낮잠을 자거나 잡담을 나누는 게 상책이다. 여름철 날씨는 종잡을 수가 없다. 날이 멀쩡하게 맑다가도 갑자기 시커먼 구름이 몰려와서 장대비를 쏟아붓고는 금세 또 해가 쨍쨍해진다. 그런 비를 취우驟雨라 한다. 소나기가 한차례 지나갈 것을 예상한 청개구리 한 마리가 풀숲에 숨어 있다가 파초 잎 위로 뛰어올라 시끄럽게 울어댄다. 늦여름 오후 풍경이다. *

蛙(와) : 개구리
艾(애) : 쑥, 쑥 빛
效(효) : 효과, 좋은 결과, 배우고 힘쓰다, 여기서는 본받다, 닮다의 뜻

유월우성 六月偶成
여름

김청한당(金淸閑堂, 1853~1890)

숲속에는 꽃향기가 끊이지 않고
뜨락의 풀은 푸르름이 더해가네
아침이 지나자 바람이 거세지니
저 꽃과 풀이 어쩔까 모르겠네

林花香不斷　庭草綠新滋
임 화 향 부 단　정 초 록 신 자
風勢終朝急　凶豊未可知
풍 세 종 조 급　흉 풍 미 가 지

음력 유월이면 한여름이다. 온갖 작물이 햇볕과 땅의 기운을 받으며 결실을 맺기 위해 저마다 강한 에너지를 빨아들인다. 숲속의 꽃도 뜰 안의 풀도 마찬가지로 왕성한 생명력을 발산한다. 그런데 어느 날 아침 태풍이 올라왔나 보다. 바람이 거세진다. 시인은 향기로운 꽃과 싱그러운 풀이 행여 다칠까 걱정이다. 김청한당은 청상과부였으나 당시 사대부 집안의 여느 며느리들처럼 시댁에 평생토록 효성을 바치며 절개를 지켰다. 한창나이에 혼자 된 자신의 처지를 태풍 앞의 꽃과 풀에 빗대었는지 모르겠으나, 평생 농사를 짓기는커녕 구경도 못 한 양반집 규수가 태풍 앞에서 풀꽃을 걱정하는 모습이 쓴웃음을 자아낸다. *

偶成(우성) : 우연히 이루다
滋(자) : 많다, 번성하다, 더하다
凶豊(흉풍) : 흉년과 풍년, 전후 문맥으로 보아 꽃과 풀의 안녕을 걱정하고 있음

하일조명 夏日鳥鳴 여름날 새소리

김삼의당(金三宜堂, 1769~1823)

한바탕 비 뿌리더니 바람이 건듯 불고

초당의 긴 여름이 맑고 한가로울 제

어디선가 들려오는 아름다운 노랫소리

향기로운 숲 그늘에서 지저귀는 새소리

雨乍霏霏風乍輕　草堂長夏不勝淸
우 사 비 비 풍 사 경　초 당 장 하 불 승 청

一聲歌曲來下處　芳樹陰中好鳥鳴
일 성 가 곡 래 하 처　방 수 음 중 호 조 명

한여름 날 오후, 더위에 지칠 무렵 한바탕 쏟아지는 소낙비가 있어 시원하다. 언제 비가 왔냐 싶게 다시 맑게 개더니 바람마저 가볍게 불어준다. 초가집 대청마루에 앉아 한가로운 여름날을 즐기고 있다. 이때 마침 뒤란과 이어진 숲속으로부터 향기로운 냄새와 함께 아름다운 새소리가 들려온다. 망중한忙中閑을 즐기며 시 한 수를 읊는 이 여인이 더 향기롭고 아름답다. 김시습의 시 "乍晴乍雨雨還晴사청사우우환청" '잠깐 사이 맑고 비 오다 갑자기 또 갠다'와 당나라 시인 위장韋莊의 시 "江雨霏霏江草齋강우비비강초재" '주룩주룩 내리는 비에 풀잎은 싱그러워'를 차용한 글솜씨가 예사 수준을 넘는다. 한시에서 좋은 구절을 차용하는 것은 흉이 아니다. *

乍(사) : 잠깐, 갑자기, 살짝
霏霏(비비) : 비나 눈이 오는 모양, 주룩주룩
芳(방) : 꽃답다, 향기

22.

野 들 야

두건을 벗고 발 뻗은 채

임정 林亭
숲속의 정자

왕유(王維, 701~761)

질푸른 녹음이 사방을 뒤덮어 어둡고
파란 이끼 날로 두터워져 티끌을 감췄다
소나무 아래서 두건을 벗고 발 뻗은 채
속세의 사람들을 흘겨보고 있노라

綠樹重陰蓋四隣　青苔日厚自無塵
녹 수 중 음 개 사 린　청 태 일 후 자 무 진
科頭箕踞長松下　白眼看他世上人
과 두 기 거 장 송 하　백 안 간 타 세 상 인

원제목은 〈여노원외상과최처사흥종임정與盧員外象過崔處士興宗林亭〉이다. '원외 노상과 최흥종 처사의 정자 임정을 지나며'라는 뜻이다. 원외는 관직명이고 노상은 사람 이름이다. 처사란 벼슬이 없는 선비를 부를 때 쓰는 말이다. 원외 역시 한직이어서 처사나 별반 다르지 않다. 한여름의 숲은 녹음이 짙어 그 그늘로 사방이 어두침침하다. 햇볕이 들지 않는 땅바닥에는 이끼가 두껍게 껴서 흙먼지를 다 가렸다. 이는 출세를 마다하고 초야에 묻혔으니 세상 티끌이 묻지 않았다는 말이다. 두건을 벗었단 말은 격식을 버렸다는 뜻이다. 속세의 벼슬아치를 업신여기며 깔보는 사람들의 고고함을 읊었다. 그때나 지금이나 못나고 못된 소인배가 많다. *

蓋(개) : 덮다
科頭(과두) : 두건을 벗은 맨머리
箕踞(기거) : 키 모양으로 두 다리를 뻗고 앉은 모습, 거만하다는 뜻도 있다

산중문답 山中問答 산중문답

이백(李白, 701~762)

왜 산에 사냐고 그대에게 물었더니
대답 없이 웃을 뿐 마음 절로 한가로워
복사꽃 물에 떠서 아득히 흘러가니
여기는 별천지 인간 세상 아닐세

問爾何事棲碧山　笑而不答心自閑
문 이 하 사 서 벽 산　소 이 부 답 심 자 한
桃花流水杳然去　別有天地非人間
도 화 유 수 묘 연 거　별 유 천 지 비 인 간

중국의 대표적인 시인을 들라면 보통 이백李白을 꼽는다. 이백의 대표작을 뽑으라면 이 시를 들 수 있다. 이 시는 중국 한시의 대표작이라 해도 과언이 아니다. 신선이 사는 세상이든 속세든 따져서 뭐 하나. 그저 빙그레 웃으며 속마음이 편하고 한가로우면 그곳이 선계仙界이거늘. 어떤 판본에는 問爾문이가 問余문여로 전해진다. 시 속의 주인공이 다른 사람에게 묻거나, 다른 사람이 이 시의 주인공에게 묻거나 또는 스스로 묻거나 이는 중요치 않다. 心自閑심자한 非人間비인간, 마음 편한 신선 세상이 중요하다. *

爾(이) : 그대, 너, 汝(여)는 너(대등하거나 손아랫사람 호칭), 余(여)는 나, 자신

촌야 村夜 시골 밤

백거이(白居易, 772~846)

서리 맞아 시든 풀섶에 벌레 소리 절절하고
마을 남과 북에는 사람 자취 끊겼다
홀로 나와 문 앞의 들판을 바라보자니
달빛 아래 메밀꽃이 눈처럼 하얗다

霜草蒼蒼蟲切切　村南村北行人絕
상 초 창 창 충 절 절　촌 남 촌 북 행 인 절

獨出門前望野田　月明蕎麥花如雪
독 출 문 전 망 야 전　월 명 교 맥 화 여 설

지난여름 짙푸르게 우거졌던 풀숲이 서리를 맞아 시들었다. 마르고 비틀어져 초라해진 풀섶에서 가을벌레는 무엇이 그리도 간절한지 가느다란 소리로 줄기차게 울어댄다. 밤이 늦어 마을에 인적이 끊긴 지 오래건만 이 시인은 잠 못 이루고 마당을 서성인다. 달빛이 교교하여 문득 너른 들판이 보고 싶어졌다. 대문을 열고 나서자 눈앞에 온통 하얀 눈이 쌓였다. 눈이 올 때가 아닌데 하며 눈을 비비고 다시 보니 만발한 메밀꽃이 눈처럼 하얗다. 몽환적인 분위기를 자아내는 이 시에서 오늘날 우리 한반도의 상황을 떠올리는 것은 병이 깊어서인가? "村南村北行人絶촌남촌북행인절" '남과 북에 사람 자취 끊겼다.' 서리 맞아 시든 가슴에 분단의 한이 절절하다. *

蒼蒼(창창) : 사물이 오래된 모습, 초목이 무성한 모습, 맑게 갠 하늘빛, 늙은 모양
切切(절절) : 매우 정중함, 소리가 가늘게 이어짐, 매우 간절히 생각함
蕎麥(교맥) : 메밀

서중한영 暑中閑詠 더위 속에서

소순흠(蘇舜欽, 1008~1048)

맛난 과일 물에 담가놓고 술기운은 얼큰한데
책 몇 권 평상 위에 어지러이 널려 있다
성긴 대숲 사이로 시원한 바람 불어와
누워서 보는 푸른 하늘에 흰 구름이 흘러간다

嘉果浮沈酒半醺　床頭書冊亂紛紛
가 과 부 침 주 반 훈　상 두 서 책 난 분 분

北軒涼吹開疎竹　臥看青天行白雲
북 헌 량 취 개 소 죽　와 간 청 천 행 백 운

더위를 이기는 방법은 여러 가지가 있다. 시원한 물로 미역을 감거나 여름철 과일을 차게 하여 먹는 일, 좋아하는 책을 읽으며 더위를 잊는 방법도 있다. 술에 반쯤 취하면 어느 정도까지는 더위를 견딜 수 있다. 이렇게 하면 어떨까? 자신의 주량에 약간 못 미치게 술을 몇 잔 마신 뒤에 샤워를 하고 냉장고 속에서 차가워진 과일을 꺼내어 먹으면서 재미있는 책을 읽는다. 물론 에어컨을 시원하게 틀고서 말이다. 그러나 그늘 좋고 바람이 잘 통하는 곳에 평상을 갖다 놓고 그 위에 누워서 하늘을 보며 푸른 도화지 위에 하얀 구름이 그리는 온갖 모양을 감상하는 재미를 에어컨으로는 결코 알 수 없으리라. *

詠(영) : 읊다, 노래하다, 시를 짓다
嘉(가) : 아름답다, 뛰어나다
醺(훈) : 취하다, 기분 좋은 모양

우자찬 又自贊 잘난 척

양만리(楊萬里, 1124~1206)

강바람이 날 찾아와 시를 읊으라 하고
산 위의 달은 날 불러 술 마시라 하네
내가 취하여 떨어진 꽃잎 위로 쓰러지니
하늘과 땅이 이부자리요 베개로구나

江風索我吟　山月喚我飲
강 풍 색 아 음　산 월 환 아 음
醉倒落花前　天地爲衾枕
취 도 낙 화 전　천 지 위 금 침

강바람이 시원하고, 강변 풍경이 너무 아름다워 시가 절로 나온다. 산 위로 달이 막 돋으니 술 생각이 난다. 누구라도 이런 강가에 나와 달돋이를 보면 시심이 절로 나오고, 술 생각이 간절해질 것이다. 그러나 양만리는 자신이 평범한 우리네와는 다르단다. 강바람이 자기에게 찾아와 시 한 수를 청하고, 달이 산 위로 얼굴을 내밀더니 자기에게 술을 권한단다. 이 시인은 강바람에 기꺼이 시를 읊어주며, 달이 권하는 술을 사양치 않고 연거푸 마신다. 술에 취해 그 자리에 누웠다. 바닥에는 떨어진 꽃잎이 깔려 있다. 아마 어느 선녀가 일부러 깔아놓았겠지. 땅을 베고 하늘을 덮고 잔다. 그렇다. 시인 양만리는 신선이니까. *

索(색) : 찾을 색, 동아줄 삭, 여기서는 찾다
喚(환) : 소리쳐 부르다, 외치다
衾枕(금침) : 이부자리와 베개

습률 拾栗 밤을 줍다

이인로(李仁老, 1152~1220)

서리 내린 뒤 떨어진 밤톨이 반짝거리고
축축한 새벽 숲속에는 이슬 아니 말랐네
아이 불러일으켜 묵은 불씨 헤쳐 보니
옥 껍질 다 타고 난 뒤 튀어나온 황금 구슬

霜餘脫實亦斕斑　曉濕林間露未乾
상 여 탈 실 역 란 반　효 습 림 간 노 미 건

喚起兒童開宿火　燒殘玉殼迸金丸
환 기 아 동 개 숙 화　소 잔 옥 각 병 금 환

서리가 내린 뒤 밤송이가 벌어지더니 붉은 밤이 얼굴을 내밀었다. 땅바닥에 떨어져 이슬 묻은 밤톨은 막 떠오른 햇빛을 받아 아롱거리며 반짝인다. 아이에게 밤을 구워놓으라 시킨 뒤 이 양반은 뒷동산을 한 바퀴 둘러보고 돌아왔다. 다시 큰 소리로 아이를 불렀다. 몸종 아이가 기다리고 있었다는 듯이 쪼르르 달려 나왔다. 그 아이가 작대기로 화톳불을 헤집자 시커멓게 탄 껍질 사이로 황금빛 잘 익은 군밤이 여기저기서 튀어나온다. 아이가 재를 털고 껍질을 깐 뒤 두 손으로 공손히 바친다. 하여튼 양반네들이란 자기 몸 움직여 할 줄 아는 일이 없다. 화톳불에 구운 밤도 몸종 아이를 불러 꺼낸다. 그리고 자기는 시를 읊는다. *

斕斑(난반) : =斑斕(반란), 여러 빛깔이 섞여 알록달록 빛남
玉殼(옥각) : 옥 같은 밤 껍질
迸(병) : 흩어져 튀어나오다, 솟구쳐 터져 나오다

촌거잡시 村居雜詩 시골 생활

유인(劉因, 1249~1293)

이웃 노인 달려와 자상하게 전해주네
창밖에서 나를 부르며 일어나라 하네
며칠 동안 산을 보지 못했는데
오늘 아침 산은 막 씻은 듯 비췻빛이라네

隣翁走相報　隔窓呼我起
린 옹 주 상 보　격 창 호 아 기

數日不見山　今朝翠如洗
수 일 불 견 산　금 조 취 여 세

장마가 계속되어도 중간에 하루쯤은 화창하게 맑은 날도 있기 마련이다. 하루가 아니고 반나절 혹은 더 짧은 잠깐 동안이라도 언제 장마였냐는 듯이 햇빛이 쨍쨍하고 눈이 시린 파란 하늘을 볼 때가 있다. 이런 날에는 집 안에만 있을 수 없다. 습기에 눅눅해진 요와 이불을 밖에 널어 말리듯이 이런 날씨에는 축축해진 우리 몸과 마음도 말려야 하는 법이다. 햇볕 쨍쨍한 날이 흔한 우리나라에서는 별로 와 닿지 않는 정경이겠지만 비와 안개가 많은 중국 화난 지방에서는 대단히 반가운 날이다. 이웃 친구에게 달려와 어서 나와 좋은 날씨를 즐기라는 노인의 마음 씀씀이도 살갑다. *

翠(취) : 비취색, 물총새, 비취석, 여기서는 푸르른 산의 기운을 말함

간화 看花
꽃을 보며

이색(李穡, 1328~1396)

푸른 잎과 향기로운 풀이 꽃보다 좋구나
한 자락 상큼한 이 한가로움 누굴 주랴
병든 늙은이에게 줄 알약을 생각건대
뜰에 가득한 보슬비 속 꾀꼬리 노래라네

綠陰芳草勝花時 一段淸閑付與誰
녹 음 방 초 승 화 시 일 단 청 한 부 여 수
坐想病翁丸藥處 滿庭微雨囀黃鸝
좌 상 병 옹 환 약 처 만 정 미 우 전 황 리

첫 구가 귀에 많이 익었다. 우리 민요 가사에 자주 등장하는 구절이다. 판소리 〈춘향가〉와 〈수궁가〉에도 나온다. 단가인 〈사철가〉와 조선이 망한 1910년경부터 불렸던 〈사발가〉에도 이 구절이 나온다. 우리 민족은 예로부터 꽃의 화려함보다 무성한 나뭇잎 그늘이나 우거진 풀잎의 향기를 더 높이 쳤다. 특히 민초는 외화내빈外華內貧, 겉치레는 화려하나 실속이 없음보다 소박할지라도 내실 있는 것을 더 좋아했다. 이 시에 나오는 병든 노인이 작가 자신인지 다른 사람인지는 모르겠으나 처방전은 확실한 것 같다. "綠陰芳草勝花時녹음방초승화시" '보슬비가 조용히 내리는 초여름'에 꾀꼬리의 아름다운 지저귐을 듣는 상큼한 한가로움淸閑으로 고치지 못할 병이 어디 있겠는가. *

付與誰(부여수) : 누구에게 줄까?
處(처) : 조치하다, 처방하다, 장소
囀(전) : 지저귀다
黃鸝(황리) : 꾀꼬리

조기 早起
일찍 일어나

서거정(徐居正, 1420~1488)

아침 해 환히 비추어 대울타리 깨끗하고
우리 옆에서 거위 새끼 깃을 다듬네
겹옷 입고 일찍 나가 처마를 둘러보니
옅은 안개 속에서 산 석류나무 눈에 띄네

朝日暉暉淨竹籬　籠邊刷羽小鵝兒
조 일 휘 휘 정 죽 리　롱 변 쇄 우 소 아 아
裌衣早起巡簷看　照眼山榴薄霧時
겹 의 조 기 순 첨 간　조 안 산 류 박 무 시

이미 아침 해가 떠올라 울타리를 비추는데 일찍 일어났다니 이 시인은 농사꾼이 아님에 틀림없다. 겹의라고 굳이 강조하는 것도 짐짓 '난 양반이요'라고 빼기는 본새다. 맞다. 서거정은 고관대작이었다. 수양대군이 조카인 단종을 폐위하고 왕이 되자 사육신, 생육신 등이 목숨을 내놓고 반발할 때 서거정은 신숙주 등과 함께 세조 편에 서서 승승장구하며 평생을 잘 지내다가 천수를 다하고 편히 죽었다. 이 시에서도 삶의 고민이나 일상의 노고는 보이지 않는다. 평화로운 아침 풍경일 뿐이다. 한편 서거정보다 15세 연하인 김시습은 그를 평생토록 조롱하고 멸시했으나 서거정은 김시습의 재주를 아까워하며 도움을 주곤 했다. *

籠(롱) : 대바구니, 닭장 등으로 사용함
刷羽(쇄우) : 羽(깃)을 刷(다듬다)
鵝(아) : 거위
裌衣(겹의) : 가운데 솜을 두지 않고 두 개의 천을 겹쳐 만든 옷
簷(첨) : 처마

추풍 秋風 가을바람

서거정(徐居正, 1420~1488)

대숲 길옆 초가집에 맑고 고운 가을 햇살
열매 익어 늘어진 가지 성근 덩굴엔 늙은 오이
이리저리 나는 벌, 서로 기대어 졸고 있는 오리
몸과 마음이 고요하니 한가한 삶 이어가리

茅齋連竹徑 秋日艶晴暉　果熟擎枝重 瓜寒著蔓稀
모 재 연 죽 경　추 일 염 청 휘　과 숙 경 지 중　과 한 저 만 희

遊蜂飛不定 閑鴨睡相依　頗識心身靜 棲遲願不違
유 봉 비 부 정　한 압 수 상 의　파 식 심 신 정　서 지 원 불 위

대나무 숲으로 난 길을 지나면 이 시인이 사는 초가집이 나온다. 집 주변의 가을 풍광을 읊었다. 우선 가을 햇살이 맑고 곱다. 여러 가지 과일나무는 가지마다 주렁주렁 매달린 채 익어가는 열매가 무거워 축 늘어졌다. 반면에 말라가는 성근 덩굴에 늙은 오이가 달랑 하나 매달려 있다. 이리저리 날아다니는 벌들도 봄과는 달리 한가롭게 건들거리는 듯하다. 물가의 오리도 역시 한가한 듯 서로 기대어 앉아 졸고 있다. 자못 심신이 편안한 줄 알았으니 이렇게 느리게 사는 생활을 어기지 말자고 다짐한다. 평생을 관직에 있으면서 임금을 모시고 나라 살림을 챙기다가 은퇴한 노재상의 여유가 좋아 보인다. *

擎(경) : 높이 솟다, 들어 올리다
蔓(만) : 덩굴, 뻗어 나가다
頗(파) : 자못, 약간, 매우, 바르지 못함

대곡주좌우음 大谷晝坐偶吟
한낮의 골짜기

성운(成運, 1497~1579)

우거진 나무가 둘러싸 한낮에도 어둑하고
조용한 가운데 물소리 새소리만 서로 다투네
길이 막혀 올 사람 없는 걸 난 이미 알았지
어여쁜 산 구름이 나들목을 막았다네

夏木成帷晝日昏　水聲禽語靜中喧
하 목 성 유 주 일 혼　수 성 금 어 정 중 훤
已知路絶無人到　猶倩山雲鎖洞門
이 지 로 절 무 인 도　유 천 산 운 쇄 동 문

강한 부정은 긍정이라 했다.《이솝우화》에서 너무 높이 매달려 따 먹을 수 없는 포도는 시어서 먹을 수 없는 포도로 매도된다. 이 시에서 손님이 오지 못하도록 골짜기 입구를 막아준 구름이 예쁘다고 하는데 이는 사람을 그리워하는 속마음을 들키지 않으려 짐짓 꾸민 말처럼 들린다. 어차피 올 사람도 없는데 구름이 막아서 못 온다 핑계 댈 수 있으니 구름이 고맙고 예쁘겠지. 녹음이 우거져 한낮인데도 어둑한 골짜기에서 새소리 물소리만 들린다. 혼자서 조용히 지낼 만한 곳이다. 아니 혼자서 시원하게 지낼 만한 곳이다. 손님이 오면 덥지 않겠나. 그렇지 않아도 더운 여름에.《이솝우화》의 신 포도가 생각난다. 입안에 침이 고이는 시원한 시다. *

帷(유) : 휘장, 장막
禽(금) : 날짐승, 禽獸(금수)는 날짐승과 네발짐승
喧(훤) : 지껄이다, 싸우다
倩(천) : 예쁘다, 청하다
鎖(쇄) : 닫아걸다, 쇠사슬, 자물쇠

계상춘일 溪上春日 시냇가의 봄

성혼(成渾, 1535~1598)

오십 년 동안 푸른 산속에서 살았는데
인간 세상 시비는 내 알 바 아니지
허름한 집이지만 봄바람 그치지 않아
꽃은 웃고 버들은 잠들어 한가하다네

五十年來臥碧山　是非何事到人間
오 십 년 래 와 벽 산　시 비 하 사 도 인 간
小堂無限春風地　花笑柳眠閒又閒
소 당 무 한 춘 풍 지　화 소 유 면 한 우 한

조선시대 성리학은 퇴계의 주리론主理論과 율곡의 주기론主氣論으로 큰 줄기가 나뉘었다. 이 두 이론을 절충한 이가 성혼이다. 만년에 잠깐 한양에 머물며 벼슬을 했으나 평생 여러 차례에 걸쳐 관직을 사양했다. 파주에서 학문과 후진 양성에 전념하며 청빈한 삶을 살았다. 그는 서인의 영수였으나 동인과 서인의 갈등을 중재하려는 노력을 했다. 그러나 동인들로부터 정여립 모반 사건(1589)의 배후라는 의심을 지우지는 못했다. 성혼은 동인과 서인의 권력 다툼에 거리를 두며 자신의 학문적 이상에 맞는 실천적 삶을 추구했으나 세상이 그를 그냥 놔두지 않았던 것이다. 쉬운 한자를 써서 물 흐르듯이 담담하게 펼쳐지는 이 시는 그의 희망 사항이자 세상을 향한 항의였다. *

溪(계) : 시냇물, 골짜기, 텅 비다, 헛되다

하일 夏日 여름날

김삼의당(金三宜堂, 1769~1823)

긴 여름날 창밖에는 향기로운 바람
어쩐지 석류꽃이 모두 붉게 피어 있네
얘들아 문밖으로 잔돌을 던지지 마라
꾀꼬리가 숲 그늘서 잠이 깰까 하노라

日長窓外有薰風　安石榴花個個紅
일 장 창 외 유 훈 풍　안 석 류 화 개 개 홍

莫向門前投瓦石　黃鳥只在綠陰中
막 향 문 전 투 와 석　황 조 지 재 녹 음 중

점심을 끝내고 설핏 낮잠에 빠졌다. 열어둔 창문으로 스며드는 향기로운 냄새에 이끌려 단잠이 깨었다. 한참 잔 것 같은데도 해가 아직 중천에 있다. 이게 무슨 향기일까 궁금해서 방문을 열어보니 마당에 있는 석류꽃이 모두 하나같이 활짝 피어 있다. 마당에서는 아이들이 문밖으로 돌멩이를 던지며 놀고 있다. 문밖의 우거진 숲속에는 꾀꼬리가 살고 있는데 행여 아이들이 던진 돌에 꾀꼬리가 맞을까 걱정된다. 아이들에게 돌 던지지 마라 하고 잔소리를 한다. 김삼의당은 전라도 남원에서 한날한시에 한마을에서 태어난 하립과 결혼했다. 중년에는 산골 마을 진안에서 가난하지만 금실 좋은 부부로 해로하며 살았다. *

薰風(훈풍) : 향기로운 바람
安(안) : 편안, 고요, 여기서는 어느, 무엇(=何 어찌 하)
莫(막) : ~하지 마라, 없다

23.

春 봄 춘

비 갠 버들 숲 동쪽 나루터

삼일심이구장 三日尋李九莊

삼짇날 벗을 찾아감

상건(常建, 708~765)

비 갠 버들 숲 동쪽 나루터
영화 구 년 삼짇날 작은 배 띄웠다지
복사꽃 언덕 위에 벗의 집 있어
시냇물 따라 곧장 문 앞에 배를 댔다네

雨歇楊林東渡頭　永和三日盪輕舟
우 헐 양 림 동 도 두　영 화 삼 일 탕 경 주

故人家在桃花岸　直到門前溪水流
고 인 가 재 도 화 안　직 도 문 전 계 수 류

양쯔강 이남 지역 즉 강남은 음력 삼월이면 이미 늦봄이다. 가는 봄이 아쉬워 삼짇날에는 뜻이 맞는 이들과 어울려 술잔을 나누며 시를 읊는 전통이 있다. 영화삼일永和三日이란 동진의 왕희지가 영화 9년(353) 삼짇날 마흔한 명의 귀족을 난정蘭亭으로 초대해 유상곡수流觴曲水, 굽이도는 물에 잔을 띄워 그 잔이 자기 앞에 오기 전에 시를 짓던 놀이를 즐겼다던 고사를 떠올리며 자신이 찾아가는 친구 집에서 그때처럼 유흥을 즐기자는 뜻이다. 이 시의 후반은 친구의 집이 물가에 있어 배를 띄우면 곧바로 다다른다는 내용이다. 배를 술잔이라 생각하면 술잔을 물에 띄워 그 잔이 다시 돌아오기 전에 시 한 수를 읊는 유상곡수를 이 시에서 떠올리기 어렵지 않을 것이다. *

李九(이구) : 이 씨 십 아홉째
永和(영화) : 동진의 연호
盪(탕) : 씻다, 움직이다, 배를 띄우다
蘭亭(난정) : 왕희지 글씨의 진수인《난정서(蘭亭序)》에 이 모임에 대한 기록이 담겨 있다

저주서간 滁州西澗 저주의 서강

위응물(韋應物, 737~804?)

그윽할손 한 떨기 꽃 물가에 피어 있고
깊은 숲속 나무 위에 꾀꼬리가 지저귀네
봄비 속에 물때는 저녁 되자 빨라지고
사람 없는 나루터엔 빈 배만 비껴 있네

獨憐幽草澗邊生　上有黃鸝深樹鳴
독 련 유 초 간 변 생　상 유 황 리 심 수 명

春潮帶雨晚來急　野渡無人舟自橫
춘 조 대 우 만 래 급　야 도 무 인 주 자 횡

이 시를 놓고 어떤 이는 한 폭의 풍경화처럼 봄의 정취를 표현했다고 하고, 다른 이는 봄의 풍광을 빌려 간신배가 득세하는 현실을 비판하고 있다고 주장한다. 시를 읽고 음미하는 데 모범 답안이 있는 것은 아니다. 독자마다 느낌이 다를 수 있다. 위응물은 뛰어난 시인이자 당나라 관료였다. 백성의 아픔과 현실의 모순을 시로 써서 좀 더 좋은 세상을 만들고자 노력했던 사람이다. 훌륭한 시는 담담한 가운데 단아한 정취가 있고, 편안한 가운데 단호한 정신이 함께한다. 인적 없는 시냇가에 홀로 핀 고운 꽃은 간신배의 아첨 소리에도 아랑곳하지 않고, 아무도 없는 나루터에 맨 빈 배는 급하게 바뀌는 세파에도 휩쓸리지 않는다. *

滁州(추저우) : 지금의 안후이성 추저우시, 위응물은 781년 추저우자사로 부임
憐(련) : 불쌍하다, 사랑하다
幽(유) : 숨다, 그윽하다, 어둡다, 저승, 귀신
澗(간) : 골짜기, 골짜기에 흐르는 물
鸝(리) : 꾀꼬리

과백가도 過百家渡
강나루 마을

양만리(楊萬里, 1124~1206)

갰다 비 오다 하니 길은 마를랑 젖을랑
반은 옅고 반은 짙은 첩첩 산줄기
먼 들판에 소 잔등이 보이고
모내기 끝낸 무논에는 농부의 모습

一晴一雨路乾濕　半淡半濃山疊重
일 청 일 우 노 건 습　반 담 반 농 산 첩 중
遠草坪中見牛背　新秧疎處有人蹤
원 초 평 중 견 우 배　신 앙 소 처 유 인 종

100가구면 그리 크지도 작지도 않은 마을이다. 마을 옆으로 나루터가 있고, 그 뒤로는 활짝 터진 너른 들판이다. 연둣빛 들판 너머로 산줄기가 첩첩이 포개져 있다. 가까운 산은 짙은 초록, 먼 산은 옅은 청색으로 원근이 뚜렷하다. 들판 저 멀리에는 한가롭게 풀을 뜯는 소 한 마리의 잔등이 어렴풋이 보인다. 모내기를 끝난 논두렁에는 농부가 논일을 나왔다. 살짝 젖어 먼지도 날리지 않을뿐더러 발밑이 푹신푹신한 시골길을 걸으며, 모내기를 마쳐 잠시 한가로운 농촌 풍경을 한 폭의 수채화처럼 그렸다. 봄비가 오락가락하며 이 풍경을 더욱 산뜻하게 채색하고 있다. *

疎(소) : =疏(소통할 소), 트이다. 멀다, 광활하다, 친하지 않다
蹤(종) : 자취, 발자국

산거춘일 山居春日 시골의 봄날

김여주(金汝舟, 1277~1350)

간밤에 부슬부슬 봄비가 내리더니
대밭 너머 복사꽃 붉은 망울 터뜨렸네
취해서 수염 허연 늙은 나이 잊고서
복사꽃 머리에 꽂고 봄바람을 맞는다

村家昨夜雨濛濛　竹外桃花忽放紅
촌 가 작 야 우 몽 몽　죽 외 도 화 홀 방 홍
醉裏不知雙鬢雪　折簪繁萼立東風
취 리 부 지 쌍 빈 설　절 잠 번 악 입 동 풍

김여주는 고려 말기 문신이다. 성격이 강직하여 환갑이 넘은 나이에 유배 생활을 했다. 늙은 나이에 귀양살이가 힘들었을 테지만 이 시에는 어디에도 얽매이지 않은 활달함이 보인다. 간밤에 봄비가 내리더니 시골집 마당 한쪽에 있는 대밭에도 푸르름이 더해간다. 대밭 사이로 복사꽃 멍울이 붉게 보인다. 봄기운에 취한 이 노인은 나이도 잊은 채 마당으로 나가 복사꽃 탐스럽게 맺힌 가지를 꺾어 머리에 꽂고서 봄바람을 깊게 들이마신다. 봄기운에 취했든 술에 취했든 늙음을 잊고서 꽃을 반기는 이 노인네 참 멋있다. 요즘 계절을 잊고 사는 애늙은이들이 안쓰럽다. 잠시나마 세상일을 잊고서 봄바람 맞으며 덩실덩실 춤을 춰보자. *

濛(몽) : 비가 부슬부슬 오다, 부슬비, 濛濛(몽몽)은 비나 안개가 자욱한 모습
鬢(빈) : 구레나룻, 鬢雪(빈설)은 관자놀이와 귀 사이에 난 머리털이 하얀 늙은이를 의미함
簪(잠) : 비녀, 머리에 꽂다
萼(악) : 꽃받침

영류 詠柳
버드나무

정도전(鄭道傳, 1342~1398)

푸르스름한 연기처럼 이리저리 간들거리더니
봄비 맞아 물이 올랐나 새롭게 휘늘어졌다
강남에는 나무들 쌔고 쌨는데
봄바람이 이곳에만 불었나 보다

含煙偏裊裊　帶雨更依依
함 연 편 뇨 뇨　대 우 갱 의 의
無限江南樹　東風特地吹
무 한 강 남 수　동 풍 특 지 취

물가에 줄지어 서 있는 버드나무는 봄을 가장 먼저 맞이한다. 다른 나무보다 움을 일찍 틔우기도 하지만 휘휘 늘어진 수천 개의 가지가 밀집되어 움이 틀 때 사람들의 눈에 잘 띄게 마련이다. 처음에는 마치 푸른 안개가 서린 양 연한 색조를 띠다가 비라도 한 번 내리고 나면 그 연푸른 안개 빛이 제법 연녹색으로 바뀐다. 이러한 변화는 하루가 다르다. 이때 물오른 가지를 꺾어 속대를 빼고 연한 껍질 부분을 가지고 버들피리를 만들어 불면 그 소리가 낭창낭창한 것이 바람에 간들간들 흔들리는 버드나무 가지를 빼닮았다. 비운의 혁명가 정도전은 감성 어린 시인의 마음을 간직하고 있어 매력적이다. *

裊裊(뇨뇨) : 바람에 잔가지가 간들거림, 칭칭 휘감김
依依(의의) : 나무가 휘늘어짐, 설레는 마음

행화 杏花 살구꽃

권근(權近, 1352~1409)

숲속에 잔설은 아직도 남았는데
새벽 비 개자 살구나무 움튼다
열은 햇살 날로 익어 따뜻한 기 북돋우니
불그레한 낯빛이 더욱 요염해지리

一林殘雪未全銷　曉雨晴來上樹梢
일 림 잔 설 미 전 소　효 우 청 래 상 수 초

嫩日釀成和氣暖　微酡顔色更驕饒
눈 일 양 성 화 기 난　미 타 안 색 경 교 요

봄의 기운은 어린 소녀처럼 가냘프게 찾아온다. 얼음장 밑으로 흐르는 계곡물이나 양지바른 산자락 한 모퉁이에 잔설을 피해 돋아난 새싹은 섬세한 사람만 볼 수 있다. 그러다가 어느 날 새벽 아무도 모르게 보슬비가 지나가면 나뭇가지 끝에서 겨우내 숨어 있던 움이 돋아난다. 이 또한 그냥 지나치면 모른다. 어느 날 갑자기 "어! 먼 산 나무들 색이 변했네!" 하며 놀란다. 그러다 며칠 지나면 햇볕이 따뜻하게 느껴지며 모든 사람이 봄이 온 줄 알게 된다. 봄은 소녀처럼 수줍게 왔다가 금방 성숙해버린다. 안쓰러운지고, 꽃이 피고 나서야 봄이 온 줄 아는 사람들이여! *

銷(소) : 녹다, 흩어지다, 없어지다
梢(초) : 나뭇가지 끝
嫩(눈) : 어리다, 예쁘다, 엷다
釀(양) : 술을 빚다
酡(타) : 불그레해지다, 취기가 오르다

매화시 梅花詩 매화

이황(李滉, 1501~1570)

마당의 매화나무 가지마다 눈이 쌓였고
티끌 같은 속된 세상 꿈마저 어지럽네
옥당에 홀로 앉아 봄밤의 달을 마주하니
기러기 울음 따라 내 마음도 날아가네

一樹庭梅雪滿枝　風塵湖海夢差池
일 수 정 매 설 만 지　풍 진 호 해 몽 차 지
玉堂坐對春宵月　鴻雁聲中有所思
옥 당 좌 대 춘 소 월　홍 안 성 중 유 소 사

입춘이 지났지만 아직 겨울이다. 궁궐 안 홍문관의 앞뜰에 있는 매화나무는 가지마다 흰 눈을 인 채 아직 꽃을 피우지 못하고 있다. 42세 퇴계 선생은 벼슬살이가 싫어졌다. 어지러운 궁중의 정사政事가 무의미하다는 생각이 들었다. 처량한 기러기 울음소리에 심사心事가 어지럽다. 고향에 내려가 학문에 정진하고 후진을 양성하고픈 생각뿐이다. 퇴계는 매화를 좋아해서 만년에 매화시 118수를 자필로 써서 시첩을 만들었다. 그 가운데 이 시는 가장 초기에 지은 시로 올라 있다. 퇴계는 좌우명처럼 항상 이 말을 가슴에 안고 살았다. "梅寒不賣香매한불매향" '아무리 추워도 매화는 향기를 팔지 않는다.' *

湖海(호해) : 민간 세상, 江湖(강호)
差池(차지) : 번갈아 바꾸다
玉堂(옥당) : 홍문관
有所思(유소사) : 생각하는 바가 있다

영이화 詠梨花
배꽃

이옥봉(李玉峯, ?~?)

백낙천은 양귀비의 일색에 견주었고
이태백은 눈처럼 희고 향기롭다 읊었네
미묘한 기운과 남다른 풍류가 있으니
한밤중 희미한 달빛 아래 옅은 안개라네

樂天敢比楊妃色　太白詩稱白雪香
낙 천 감 비 양 비 색　태 백 시 칭 백 설 향
別有風流微妙處　淡煙疎月夜中央
별 유 풍 류 미 묘 처　담 연 소 월 야 중 앙

배는 사과와 달리 열대지방에서 자라지 못한다. 과일의 천국인 동남아시아에서도 배는 최고로 귀한 과일 대접을 받는다. 그중에서도 사계절이 뚜렷한 우리나라 배를 제일로 친다. 상큼하고 시원한 배의 맛처럼 배꽃도 눈같이 하얗고 은은한 향기를 자랑한다. 그래선지 예부터 배꽃을 노래한 시가 많다. 이태백은 "梨花白雪香이화백설향"이라 읊었고, 백낙천은 당나라 현종과 양귀비의 사랑을 노래한 〈장한가〉에서 "梨花一枝春帶雨이화일지춘대우"라 배꽃 핀 가지에 봄비가 드리운 듯하다며 양귀비의 자색을 배꽃에 비교했다. 조선 중기 걸출한 여성 시인이었던 이옥봉은 희미한 달빛이 어린 옅은 안개라 비유하며 배꽃에 신비감을 더한다. 서녀로 태어나 첩으로 살면서 한이 많았던 이 여인이 바로 배꽃이다. *

춘사 春詞
봄노래

윤선거(尹宣擧, 1610~1669)

눈처럼 하얀 배꽃에 온 땅이 향기로운데
봄바람은 얄궂게 진 꽃마저 흩날리네
아득한 시름은 바다만큼 깊어가는데
쌍쌍이 나는 제비 들보 위에 집 짓는다

滿地梨花白雪香　東方無賴捐幽芳
만 지 이 화 백 설 향　동 방 무 뢰 연 유 방

春愁漠漠心如海　棲燕雙飛綾畵樑
춘 수 막 막 심 여 해　서 연 쌍 비 능 화 량

새하얀 눈만 있는 것은 아니다. 아주 드문 일이지만 붉은 눈이 내렸다는 기록이 있다. 고비사막의 황사 영향으로 동아시아 지역에서 발생하는 현상이다. 그러나 향기가 나는 눈은 금시초문이다. 백설 향은 어떤 냄새일까? 시인의 상상력은 현실보다 더 아름다운 감각의 세계로 우리를 이끈다. 결구의 쌍쌍이 나는 제비가 집을 짓기 위해 분주히 날아다니는 모습이 정겹고도 희망적이다. 그러나 세상이 항상 밝지만은 않다. 배꽃은 바람에 떨어져 흩날리고, 이 시인의 근심은 바다처럼 깊어 그 밑바닥을 가늠할 수조차 없다. 하지만 이 시의 시작과 끝은 아름답고 낙관적이다. 한 많은 삶을 견뎌내는 힘의 원천은 맑은 시심詩心 속에 있나 보다. *

捐(연) : 버리다, 없애다, 내놓다
幽芳(유방) : 그윽한 향기, 숨은 듯 핀 꽃, 미인
綾(릉) : 무늬 있는 비단
樑(량) : 들보

산거잡흥 山居雜興
제비

정약용(丁若鏞, 1762~1836)

둥지 속의 새끼 제비 깃이 제법 돋아나고
어미 제비 가끔 와서 독경 소리 듣더구만
결국 본성 속에 불성이 없는지라
그냥 날아가서 잠자리를 낚아채네

燕家兒子漸生翎　燕母時來亦聽經
연 가 아 자 점 생 령　연 모 시 래 역 청 경

終是天機非佛性　還飛去捕綠蜻蜓
종 시 천 기 비 불 성　환 비 거 포 녹 청 정

정약용은 천주교와 연관된 자로 지목되어 전라남도 강진으로 유배된다. 이른바 신유사옥(1801)이다. 유배지에서 정약용은 백련사로 찾아가 혜장선사惠藏禪師를 만난다. 혜장은 정약용보다 10년 연하이고 스님이지만 서로 말이 통하는 친구가 된다. 혜장은 정약용을 위해 고성암高聲庵에 거처를 마련해주고 다도茶道를 소개했다. 여기서 다산茶山이란 호가 나온다. 다산이 후에 거처를 다산초당으로 옮기지만 이 두 사람의 교류는 만덕산 고개 오솔길을 오가며 계속된다. 이 길은 지금도 그대로 남아 있어 백련사로 이어진다. 다산이 혜장 스님에게 보낸 이 시에서는 깊은 뜻을 찾기보다는 그들의 웅숭깊은 우정을 확인하면 된다. *

翎(령) : 새의 깃털
天機(천기) : 모든 조화를 꾸미는 하늘의 기밀, 임금의 밀지, 여기서는 타고난 성질
佛性(불성) : 부처님 성품(진리를 깨닫고, 자비스러움), 중생이 부처가 될 가능성

초춘 初春 이른 봄

이학규(李學逵, 1770~1835)

조 씨네 정원 북쪽, 토담이 무너진 곳
늘 봄을 찾아 풀싹을 밟고 다녔지만
개나리, 홍매화 모두 다 보이지 않는데
가장 먼저 홀로 나온 한 떨기 진달래꽃

趙家園北土垣斜　鎭日尋春蹋草芽
조 가 원 북 토 원 사　진 일 심 춘 답 초 아

木筆紅梅都未見　最先一樹杜鵑花
목 필 홍 매 도 미 견　최 선 일 수 두 견 화

개나리, 붉은 매화도 좋지만 우리나라에서 봄을 대표할 만한 꽃으로 진달래를 따라올 만한 것이 없다. 진달래는 척박한 토양에서도 잘 자라는데, 주로 야산의 북쪽 경사면에 군락을 이룬다. 춘궁기에 배곯는 사람들은 꽃을 한 움큼 따서 볼이 터져라 입에 밀어 넣으면 어느 정도 허기를 면할 수 있었다. 소박한 모양새로나, 자라는 장소나, 더 나아가 굶는 이들의 허기를 면하게 해주는 것으로써 서민과 무척 친숙한 꽃이다. *

垣(원) : 낮은 담, 울타리
鎭日(진일) : 평상시, 평일
蹋(답) : 밟다, 차다 =踐(천), =踶(제)
木筆(목필) : 개나리, =辛夷花(신이화)
杜鵑花(두견화) : 진달래꽃

동호 東湖 동호

정초부(鄭樵夫, 1714~1789)

동호의 봄 물결이 쪽빛보다 푸르러서
두세 마리 해오라기 또렷이도 보인다
노 젓는 소리에 새들은 날아가고
노을 진 산 그림자 강물 위에 가득하다

東湖春水碧於藍　白鳥分明見兩三
동 호 춘 수 벽 어 람　백 조 분 명 견 양 삼
柔櫓一聲飛去盡　夕陽山色滿空潭
유 노 일 성 비 거 진　석 양 산 색 만 공 담

조선의 문예 부흥기랄 수 있는 정조 시절, 머슴 출신이지만 인기 시인이었던 정초부의 시를 당시 유명한 화가 단원 김홍도가 자신의 그림에 써넣었다. 동호는 호수가 아니다. 지금 동호대교가 있는 부근 한강의 어디쯤일 것이다. 정초부는 팔당에 살며 나무를 해서 동대문에 내다 파는 일을 생업으로 삼았다. 그가 배를 타고 동호 부근을 지나며 아름다운 경치에 끌려 멋있는 산수화 한 폭 같은 시를 지은 것이다. 겨우내 우중충한 회색빛을 띠던 산하가 새봄을 맞아 푸른 잎이 돋아나기 시작하면 강물도 역시 쪽빛을 띤다. 파란 하늘, 초록빛 산, 쪽빛 강물, 그 속에 새하얀 해오라기 몇 마리… 그림이 그려진다. *

於(어) : ~에서, ~보다
兩三(양삼) : 두셋
柔櫓(유노) : 부드러울 유, 배 젓는 기구 노, 노를 부드럽게 젓는 것은 물이 잔잔하단 뜻

춘우신접 春雨新蝶

봄비와 나비

김청한당(金淸閑堂, 1853~1890)

봄 나비가 벌써 떼 지어 나네요
는개 맞으며 어지러이 나네요
날개가 젖는 줄도 모른 채로
봄바람에 저절로 춤이 나네요

新蝶已成叢　紛飛細雨中
신 접 이 성 총　분 비 세 우 중
不知雙翅濕　猶自舞春風
부 지 쌍 시 습　유 자 무 춘 풍

안개비처럼 작디작은 빗방울이 파르스름한 대지를 부드럽고 따뜻하게 적시고 있다. 이른 봄 갓 부화한 나비가 는개를 맞으며 서투른 날갯짓을 하는데, 보슬비처럼 가녀리고 하얀 꽃잎처럼 청순한 이 여인은 나비들이 걱정된다. 혹시 날개가 젖어 날지 못하면 어쩌나 하고. 그러나 어린 나비들은 마냥 신이 난다. 갑갑한 고치를 뚫고 나와 싱그러운 봄기운을 마음껏 즐기고 있다. 열다섯에 시집와 열일곱에 홀로된 이 여인, 청한당도 덩달아 즐겁다. 나비들과 함께 봄바람에 맞추어 팔랑팔랑 춤을 춘다. 어여쁜 한시漢詩로 춤을 춘다. *

已(이) : 이미
叢(총) : 무리, 무더기
細雨(세우) : 빗방울이 작은 순서로 안개비, 는개, 보슬비, 이슬비, 가랑비 모두 細雨(세우)

24. 秋 가을 추

강물이 산둥을 휘돌아

추운령 秋雲嶺

추운령

유장경(劉長卿, 709?~780?)

산의 풍경 갖가지라 희미하고 또렷한 여러 산 중에
석양 무렵 외딴 봉우리 가을 하늘에 우뚝 솟았네
구름 일어 아득하고 강물이 산등을 휘돌아 흐르는데
어디가 멀고 가까운지 모르겠으나
가는 곳마다 마주치는 산과 강 그리고 구름

山色無定姿 如烟復如黛 孤峰夕陽後 翠嶺秋天外
산 색 무 정 자 여 연 부 여 대 고 봉 석 양 후 취 령 추 천 외

雲起遙蔽虧 江回頻向背 不知今遠近 到處猶相對
운 기 요 폐 휴 강 회 빈 향 배 부 지 금 원 근 도 처 유 상 대

추운령 고갯마루에 올랐다. 끝없이 이어지는 산의 모양이 제각각이다. 먼 산은 희미한 푸른빛을 띤 채 마치 연기처럼 보이고, 가까이 보이는 산은 마치 먹물로 눈썹을 그린 것처럼 또렷하다. 그중에서 우뚝 솟은 외딴 봉우리 하나가 석양빛을 받아 비췻빛으로 빛난다. 구름이 일어 먼 산은 가려지고 이지러진 모습인데 강물이 굽이돌아 산을 감아 돈다. 무수히 겹쳐진 산이 구름에 가리어 원근을 구분하기 힘들지만 눈길이 머무는 곳은 어디나 산과 구름이고 그 사이로 강물이 끊어질 듯 이어지고 있다. 강원도 추풍령 고갯마루에서 보는 풍경 또한 이와 다르지 않을 것이다. *

黛(대) : 눈썹 먹, 여자의 눈썹
蔽(폐) : 가리다
虧(휴) : 이지러지다
猶(유) : 오히려, 아직도

야우 夜雨
밤비

백거이(白居易, 772~846)

철 이른 귀뚜리 울다 그치다
희미한 등불은 깜박깜박
창밖에 비 오는 줄 그제야 알았네
파초 잎 두드리는 소리 듣고서

早蛩啼復歇　殘燈滅又明
조 공 제 부 헐　잔 등 멸 우 명

隔窓知夜雨　芭蕉先有聲
격 창 지 야 우　파 초 선 유 성

성긴 빗방울이 파초 잎 위에 후드득 떨어지는 밤, 깜박거리는 등잔불 아래서 귀뚜라미 소리를 듣는다. 계절이 여름에서 가을로 옮겨가며 겹치는 때다. 낮이면 땡볕이 여전하지만 매미 소리가 조금씩 잦아든다 싶더니 어느 날 밤 귀뚜라미가 울고 있다. 부지런한 녀석인지, 성질 급한 놈인지 모르겠지만 사람들에게 계절이 바뀌는 것을 알리려고 온 전령임이 틀림없다. 이럴 때 우리는 왠지 초조해지거나 허무한 감상에 젖기도 한다. '세월이 참 빠르기도 하구나. 해놓은 일도 없는데 벌써 가을이네.' 대략 이런 마음에 싱숭생숭하여 잠 못 이루기 십상이다. 이때 갑자기 창밖에서 후드득 빗방울이 파초 잎을 두드리고 지나가면 시인의 마음은 깜박이는 등잔불과 함께 허공으로 흩어진다. *

蛩(공) : 메뚜기, 귀뚜라미, 매미 허물
歇(헐) : 쉬다, 없다, 텅 비다

국화 菊花
국화

백거이(白居易, 772~846)

어느 날 밤 무서리가 지붕에 살짝 내리더니
파초 잎은 꺾이고 연꽃 대도 시들어 기울었다
추위를 이겨내고 홀로 남은 울타리 밑 국화여
금 꽃술로 활짝 핀 꽃 새벽하늘처럼 해맑다

一夜新霜著瓦輕　芭蕉新折敗荷傾
일 야 신 상 착 와 경　파 초 신 절 패 하 경
耐寒唯有東籬菊　金粟花開曉更清
내 한 유 유 동 리 국　금 속 화 개 효 갱 청

어느 날 새벽 간밤에 서리가 살짝 내렸다. 지난여름 내내 정원에서 도도하게 화려함을 뽐내던 파초는 큰 잎이 꺾인 채로 패잔병처럼 초라하다. 연못에서 우아하게 빛을 발하던 연꽃은 어느새 간데없고 연밥을 매달고 기울어 있다. 가을날의 정원은 쓸쓸한 폐허로 남았다. 눈을 돌려 울타리 쪽을 보니 거기에 노란 국화가 피어 있다. 이 시인은 크고 화려한 꽃들이 자리 잡은 정원에는 감히 한자리 차지하지 못하고 구석진 담 밑에서 서리를 먹고 꽃을 피운 국화를 자신과 비교하고 있다. 서리 맞은 부귀영화富貴榮華는 화려했던 만큼 더 추해졌지만, 여름내내 아무도 쳐다보지 않던 국화는 서리를 머금어 새벽하늘처럼 해맑다. *

著(착) : 붙이다, 두다, 입다, '저'로 읽으면 나타내다, 분명하게 드러나다, 책을 저술하다
敗荷(패하) : 시들어 꺾인 연꽃, 敗(패)는 싸움에 지다, 무너지다, 썩다, 荷(하)는 蓮(연)꽃
金粟(금속) : 국화의 노란 꽃술 粟(속)은 조, 좁쌀

하야추량 夏夜追凉
여름밤

양만리(楊萬里, 1124~1206)

밤 되어도 덥기는 한낮이나 마찬가지라
밖으로 나와 달빛 속에 잠깐 서 있는데
울창한 숲에서 들려오는 벌레 소리
언뜻 스치는 서늘한 느낌, 바람 탓은 아니리

夜熱依然午熱同　開門小立月明中
야 열 의 연 오 열 동　개 문 소 립 월 명 중

竹深樹密蟲鳴處　時有微凉不是風
죽 심 수 밀 충 명 처　시 유 미 량 부 시 풍

열대야가 계속되는 한여름에는 밤이 되어도 바람 한 점 없이 기온은 30도를 넘나든다. 방 안에 있자니 땀만 흐르고 잠은 오지 않는다. 이럴 때는 밖으로 나가는 게 상책이다. 한낮의 이글거리는 햇볕을 받아 대나무는 빽빽하게 우거졌고 나무숲은 녹음이 짙어졌다. 맹하孟夏 또는 성하盛夏라 막바지 더위가 기승을 부린다. 그런데 잘 들어보시라. 숲속에서는 철 이른 가을벌레가 울고 있다. 그 벌레 소리에 불현듯 스치는 한 가닥 서늘한 기운이 등짝을 타고 내린다. 때마침 불어온 바람 때문이 아니다. 한여름의 후끈한 열기 속에 어느새 가을 기운이 스며들어 있었던 것이다. *

依然(의연) : 전과 같은 모습
蟲(충) : 벌레

서새풍우 西塞風雨
비바람

이인로(李仁老, 1152~1220)

가을 깊어 갈대 못에 물고기 살찌고
구름 걷힌 서산에는 조각달이 빛나
창포로 돛을 매어 넓은 못에 배 띄우니
속세의 티끌이 도롱이에 묻지 않아

秋深笠澤紫鱗肥　雲盡西山片月輝
추 심 입 택 자 린 비　운 진 서 산 편 월 휘

十幅蒲帆千頃玉　紅塵應不到蓑衣
십 폭 포 범 천 경 옥　홍 진 응 부 도 사 의

고려 때 무신정권 밑에서 문신으로 살기가 퍽이나 팍팍했으리라. 특히나 성질 급하고 자존심 강한 이인로는 더욱 견디기 어려웠을 것이다. 항상 마음 한쪽에 현실을 떠나고자 하는 바람이 자리 잡고 있었나 보다. 이 시의 西塞서새(시싸이)와 笠澤입택(리쩌)은 중국의 서쪽 변방에 있는 고을 이름이다. 실제로는 갈 수 없는 먼 세계를 꿈꾸며 대리만족을 하거나, 용기가 없어 훌훌 털고 떠나지 못하는 자신을 합리화하려고 중국 지명을 차용하고 있나 보다. 그래도 무신들 앞에서 온갖 재롱이나 떨면서 자신이 잘났다고 오해하는 뚝심도 자존심 없는 잡것들보다 훨씬 낫다. 이인로는 결국 관직에서 높이 출세하지 못했다. *

紫鱗(자린) : 자줏빛 비늘 물고기, 여기서는 그냥 물고기의 시적 표현
蒲帆(포범) : 蒲(포)는 부들, 창포, 왕골, 帆(범)은 돛
應(응) : 응당 ~하다
簑衣(사의) : 도롱이, 풀로 엮어 만든 옷

추일 秋日 가을

서거정(徐居正, 1420~1488)

초가집은 대숲 길로 닿고 가을 햇살 곱고 맑게 빛나
열매 익어 가지 늘어지고 덩굴에는 끝물 오이 한두 개
벌은 여기저기 날고, 오리는 서로 기대어 졸고
몸과 마음 고요하니 더디게 살자던 꿈 이루었네

茅齋連竹逕 秋日艷晴暉　果熟擎枝重 瓜寒著蔓稀
모 재 연 죽 경 추 일 염 청 휘　과 숙 경 지 중 과 한 저 만 희

遊蜂飛不定 閒鴨睡相依　頗識心身靜 棲遲願不違
유 봉 비 부 정 한 압 수 상 의　파 식 심 신 정 서 지 원 불 위

귀농 생활과 전원생활은 시골에서 산다 뿐이지 서로 다른 점이 많다. 비교적 젊은 나이에 도시 생활을 청산하고 주로 농축업에 종사하기 위해 농촌으로 돌아온 경우가 귀농이다. 전원생활은 경제활동과 관계없이 복잡한 도시를 떠나 자연 속에서 산다는 의미가 강하다. 서거정은 세종대왕 이후 여섯 임금을 모신 중신重臣이었다. 세조의 계유정난(1453)에 일등 공신은 아니었으나 생육신도 아니었다. 시문학에 뛰어났으며, 권력의 맛과 속성을 알았으되 천박하게 탐하지는 않았다. 귀농이 아닌 전원생활은 조선시대 은퇴한 양반 대부분의 이상이었다. 서거정은 은퇴 후 전원에서 살았다. 여러 가지로 복 많은 노인이다. *

擎(경) : 들다, 높이 솟다
蔓(만) : 덩굴, 덩굴지다
頗(파) : 자못, 약간, 매우, 몹시, 두루

상월 霜月
서리 내린 달밤

이행(李荇, 1478~1534)

저물녘 가랑비가 하늘을 씻기더니
밤이 들자 바람 불어 어두운 안개 걷어낸다
새벽 종소리에 꿈을 깨니 뼛속까지 추워도
서리에 달빛 비추어 아름다움 다툰다

晩來微雨洗長天　入夜高風捲瞑煙
만 래 미 우 세 장 천　입 야 고 풍 권 명 연
夢覺曉鐘寒徹骨　素娥青女鬪嬋娟
몽 각 효 종 한 철 골　소 아 청 녀 투 선 연

하얗고 차가운 얼음이 소복이 담긴 유리그릇에 팥 고명이 정갈하게 얹힌 팥빙수처럼 시원한 시다. 초저녁에 가랑비가 내려서 온 천지를 깨끗하게 씻기더니 밤이 이슥해지면서 비는 그치고 바람이 불어와 온 세상을 맑고 차갑게 얼린다. 새벽녘 절간에서 들려오는 종소리에 선잠에서 깨어나니 뼛속까지 한기寒氣가 스며든다. 방 안에서 이불 덮고 있으나 밖으로 나와 찬바람을 쐬나 춥기는 매한가지다. 마당에 나와 보니 밤새 내린 하얀 서리 위로 달빛이 쏟아져 뽀얀 팥빙수 같은 풍경이 펼쳐졌다. 이 시에는 낙천성이 가득 담겨 있다. 겨울철 찬비는 하늘을 씻기고, 차가운 바람은 맑은 기운을 실어 온단다. 선잠을 깬 뒤 밖에 나와 보니 서리 내린 달밤 풍경이 아름답단다. 추위는 정신을 맑게 하나 보다. *

捲(권) : 둘둘 말아서 치우다, 주먹 쥐다
素娥(소아) : 달나라에 산다는 선녀
青女(청녀) : 눈과 서리를 내리게 하다

망고대 望高臺
망고대

휴정(休靜, 1520~1604)

높은 산 산마루에 나 홀로 올라서니
먼 하늘에 이름 모를 새만 오가누나
보이는 곳곳에 가을빛이 아득하더니
넓고 푸른 바다가 술잔보다 더 작구나

獨立高峰頂　長天鳥去來
독 립 고 봉 정　장 천 조 거 래
望中秋色遠　滄海小於杯
망 중 추 색 원　창 해 소 어 배

민족의 명산 금강산에서 가장 높은 봉우리 중 하나인 망고대에 오른 서산대사 휴정은 눈앞에 펼쳐진 금강산의 절경에 푹 빠졌다. 구름 한 점 없이 파란 하늘 아래 새들이 한가롭게 날고, 온 산에 물든 단풍은 눈길이 닿는 땅 끝까지 이어져 장관을 이루고 있다. 동쪽으로 멀리 보이는 동해는 오히려 초라할 정도로 작게 보인다. 금강산의 기세에 눌린 탓이다. 하늘과 산과 바다가 장엄하고 화려한 파노라마를 펼치는 이 시에서 인간 서산대사는 전혀 기가 죽지 않는다. 첫머리에 獨立독립이라 말하며 망고대를 딛고 홀로 서 있는 자신을 내세우고 있다. 끝머리에서는 바닷물을 한 잔의 술로 마신다. 티끌과 같은 몸이지만 깨우친 사람은 이 우주보다 훨씬 더 큰 존재다. *

望高臺(망고대) : 정철의 〈관동별곡〉에 "동명을 박차는 듯 북극을 고이는 듯 높을시고 망고대"란 구절이 나온다
滄(창) : 차다, 싸늘하다, 푸르다

화석정 花石亭 화석정

이이(李珥, 1536~1584)

숲속 정자에 가을이 깊어, 시인의 생각 끝이 없고
하늘처럼 푸른 강물, 햇빛 받아 타는 단풍
산 위로는 외로운 달, 끝없이 부는 강바람
기러기는 어디로 갔나, 구름 속에 사라진 소리

林亭秋已晚 騷客意無窮 遠水連天碧 霜楓向日紅
임 정 추 이 만 소 객 의 무 궁 원 수 연 천 벽 상 풍 향 일 홍

山吐孤輪月 江含萬里風 塞鴻何處去 聲斷暮雲中
산 토 고 륜 월 강 함 만 리 풍 새 홍 하 처 거 성 단 모 운 중

화석정은 임진강 강변 벼랑 위에 지은 정자의 이름이다. 이 시는 율곡 이이 선생이 8세에 지었다 하여 〈8세작〉이란 제목으로도 불린다. 조선시대 성리학의 양대 산맥으로 퇴계 이황 선생과 함께 우뚝 선 율곡은 여러 과거 시험에서 장원을 도맡았던 수재였다. 가을이 한창이던 어느 날, 여덟 살의 율곡이 화석정에 올라 스스로 시인이라 자처하며 임진강 주변의 가을 풍경을 읊었다. 뉘엿뉘엿 저물어가는 햇빛을 받아 파랗게 반짝이는 강물과 빨갛게 불타는 서리 맞은 단풍, 조금 후 떠오르는 보름달과 시원한 강바람, 변방에서 날아온 외기러기의 울음소리로 마무리하는 글솜씨가 역시 어린 시절부터 천재의 면모를 보여준다. *

騷客(소객) : 詩人(시인)의 겸손한 표현
孤輪(고륜) : =一輪(일륜), 달

고봉산재 高峯山齋
산속의 집

최경창(崔慶昌, 1539~1583)

오래된 고을이라 성곽도 허물어지고
산속 외딴집에는 나무숲만 우거졌네
사람들 흩어져 온 고을이 쓸쓸한데
강 건너 겨울옷 다듬이질 소리

古郡無城郭　山齋有樹林
고 군 무 성 곽　산 재 유 수 림
蕭條人吏散　隔水搗寒砧
소 조 인 리 산　격 수 도 한 침

어찌 오래되었다 해서 성곽이 허물어지고 없을까. 시인은 한때 번성했으나 지금은 쇠락한 고을에 있다. 그런 쓸쓸한 고을에서도 사람이 모여 사는 마을이 아니라 높은 산속 외딴집에 이 시인은 살고 있다. 밤이 깊어 사람들이 모두 집으로 돌아간 산 아래 읍성에는 조용한 가운데 삭막한 기운만 감돈다. 그런데 어느 집일까? 강 건너편에서 다듬이질하는 소리가 들려온다. 사람 사는 소리가 반갑다. 필자가 어릴 적 할머니와 어머니가 마주 앉아 풀 먹인 이불 호청을 다듬이질하던 모습이 떠오른다. 평소 가끔씩 긴장 관계에 있던 고부간에 어찌 그리도 손이 잘 맞든지 경쾌한 음색에 빠른 박자가 어린 마음에도 신이 났었다. 물론 그분들도 스트레스를 제대로 해소했을 것이다. *

齋(재) : 재계(하다), 상복, 여기서는 집, 방
蕭條(소조) : 분위기가 몹시 쓸쓸하다
搗(도) : 찧다, 두드리다, 다듬이질하다
砧(침) : 다듬잇돌

산중추우 山中秋雨
산속의 가을비

유희경(劉希慶, 1545~1636)

백로가 지나니 가을 하늘 더욱 높고
산속에는 활짝 핀 계수나무 꽃 무리
가장 높이 핀 꽃다지를 꺾어 들고
밝은 달을 벗 삼아 함께 돌아온다

白露下秋空　山中桂花發
백 로 하 추 공　산 중 계 화 발
折得最高枝　歸來伴明月
절 득 최 고 지　귀 래 반 명 월

기승을 부리던 무더위도 입추가 지나면 한풀 꺾이기 마련이고 처서 무렵이면 비가 한 번 올 때마다 땅이 식는다. 풀벌레 소리와 함께 온 백로에는 찬 이슬로 가을 기운이 완연해진다. 이 시의 제목은 가을비라 해놓고 정작 내용은 공활한 가을 하늘과 밝은 달을 노래한다. 모순이다. 그러나 제목을 시의 일부로 인정한다면 전혀 문제 될 게 없다. '산속에 들어갔다 가을비를 만났다. 비가 그치자 계수나무 꽃이 물기를 머금고 만발했다. 맨 위에 핀 꽃가지를 꺾어 들고 산에서 내려오는데, 어느덧 떠오른 밝은 달이 이 시인을 따라온다. 달과 짝하여 계수나무 꽃과 함께 돌아온다.' 참고로 계수나무는 오월에 꽃을 피운다. 모양이 비슷한 목서가 시월에 꽃을 피운다. *

白露(백로) : 처서와 추분 사이에 있는 24절기
折(절) : 꺾다(切(절)과 絶(절)은 끊다)

취제김자진가 醉題金自珍家 술 취해 쓰다

이명한(李明漢, 1595~1645)

비바람을 뚫고 그대 집에 도착하니
비는 개고 해는 서산으로 기우는구려
올해따라 가을이 빨라서
팔월인데 벌써 국화가 피었구려

風雨到君家　雨晴山日斜
풍 우 도 군 가　우 청 산 일 사
今年秋色早　八月已黃花
금 년 추 색 조　팔 월 이 황 화

추석이 빠르다고 가을이 빨리 오는 것은 아니지만 추석이면 기분은 이미 무르익은 가을이다. 물가는 오르고 세상이 어수선해 우리네 서민 살림살이가 팍팍하지만 추석은 추석이다. 마음만은 풍요로운 느낌이다. 가을이 인간에게 주는 선물이다. 이명한은 조선 인조 때 이조판서와 예조판서까지 지낸 유학자다. 병자호란 후 척화파로 분류되어 청나라에 끌려갔다 돌아왔다. 그 후 명나라와 내통했다 하여 다시 청나라에 잡혀갔다. 이분의 인생이 그리 편한 것은 아니었다. 비바람 치는 궂은 날씨를 무릅쓰고 친구의 집에 찾아가 술이 불콰한 상태에서 일찍 핀 국화를 보며 가벼운 마음으로 시 한 수 읊었다. 아무리 현실이 고달파도 가끔은 꽃을 보는 여유가 필요하다. *

已(이) : 이미, 벌써
黃花(황화) : 노란 국화

손장귀로취음 孫庄歸路醉吟

취해 읊다

신광수(申光洙, 1712~1775)

술 취해 늙은 소나무 아래 누워
하늘에 떠가는 구름을 보고 있는데
산바람 불어 솔방울이 투두둑 떨어진다
그 소리 하나하나 가을이라 알려주네

醉臥古松下　仰看天上雲
취 와 고 송 하　앙 간 천 상 운

山風松子落　一一秋聲聞
산 풍 송 자 락　일 일 추 성 문

신광수는 조선 영조 때 선비다. 어려서부터 수재로서 글재주를 인정받았으나 가세가 기울면서 몰락한 양반으로 어렵게 사느라 늦은 나이가 되어서야 과거에 급제했다. 이 시는 아마도 벼슬길에 오르기 전에 쓴 것 같다. 제목으로 보건대 이 시인이 이웃 마을 손 씨 집에 가서 술을 마시고 집으로 돌아오는 길에 술도 깰 겸 쉬었다 가느라 길옆의 솔밭에 누워 하늘을 보며 가을의 정취를 읊었다. 솔잎 사이로 보이는 새파란 하늘에 흰 구름 몇 조각이 걸려 있고, 산 쪽에서 불어오는 시원한 바람에 솔방울이 이따금 떨어진다. 벌써 가을이 깊었다. 올해도 얼마 남지 않았다. 해놓은 일은 없는데 세월은 참 빨리도 지나간다. *

松子(송자) : 솔방울
聞(문) : 듣다, 여기서는 알리다 또는 들려주다

작가 소개

출처:
네이버지식백과, 두산백과, 민중서관, 한국민족문화대백과, 한국콘텐츠진흥원, 향토문화전자대전

• **가지** 賈至, 718~772
중국 당나라 문신. 안녹산의 난 때에는 현종玄宗을 따라 촉蜀나라에 갔다. 시문에도 능했으며 문집 30권을 남겼다.

• **간 사잔** 菅茶山, 1748~1827
일본 에도시대의 한학자다.

• **강극성** 姜克誠, 1526~1576
조선시대 문신. 1553년 별시문과에 병과로 급제해 3년 뒤 다시 문과중시에 을과로 급제했다. 왕의 총애를 받았던 이량과의 친분으로 많은 비난과 역경을 겪었다.

• **강백년** 姜栢年, 1603~1681
조선시대 문신. 문과중시에 장원급제 한 뒤 동부승지, 예조참판 등을 지냈다. 사후 영의정에 추증되었으며 청백리淸白吏로 뽑혔다. 문집에 《설봉집》,《한계만록》 등이 있다.

• **강후석** 姜後奭, ?~?
조선시대 선비. 정조正祖 년간의 인물로 알려졌다.

• **강희맹** 姜希孟, 1424~1483
조선 전기 문신. 수양대군이 세조로 등극하자 원종공신 2등에 책봉되었다. 남이의 옥사 사건을 해결한 공로로 익대공신 3등에 책봉되었다. 문집으로《금양잡록》을 남겼다.

• **거인** 巨仁, ?~?
통일신라 진성여왕 때 인물. 작가의 생몰 연대와 행적은 알려진 바가 없다.

• **경한** 景閑, 1299~1374
고려 후기 승려. 백운화상白雲和常이라고도 부른다. 세계에서 가장 오래된 금속활자본《직지심체요절》의 저자다.

• **고경명** 高敬命, 1533~1592
조선시대 임진왜란 때 문인이자 의병장. 1592년 임진왜란이 일어나자 육천여 명의 의병을 담양에 모아 진용을 편성했다. 왜군에 맞서 싸우다가 전사했다.

• **고병** 高騈, ?~?
중국 당나라 후기 절도사. 말년에 세금을 과도하게 매기고 형벌을 남용하다가 살해당했다.

• **고시언** 高時彦, 1671~1734
조선 후기 시인. 한시뿐만 아니라 학문에도 뛰어났고 임준원, 홍세태 등과 더불어 크게 활약했다. 위항시를 수집하여 위항시선집 《소대풍요》를 편찬했다.

• **고황** 顧況, 727~815
중국 당나라 시인이자 화가. 시에 능하고, 왕묵王墨을 스승으로 그림을 배웠으며 동시대 일품화가 고생顧生과 동일 인물로 여겨진다.

• **곽재우** 郭再祐, 1552~1617
조선시대 임진왜란 때 의병장. 1585년 문과에 급제했으나 답안지에 왕의 뜻에 거슬린 글귀를 써서 파방되었다. 임진왜란이 일어나 왕이 의주로 피난하자 제일 먼저 사람들을 모아 의병을

일으켰다.

• **곽진** 郭震, 656~713
중국 당나라 정치인. 그는 내란이 생겼을 때 변경의 수비를 강화하고 영토를 넓혔고, 량저우涼州 지역을 안정시킨 후 713년 재상이 되었다.

• **권근** 權近, 1352~1409
고려 말에서 조선 초 문신. 조선 개국 후, 사병 폐지를 주장하여 왕권 확립에 공을 세웠다. 문장에 뛰어났다. 저서로 《양촌집》, 《사서오경구결》 등이 있다.

• **권덕여** 權德輿, 759~818
중국 당나라 헌종 때 시인이자 문학가. 4세에 시를 지을 줄 알았고, 15세에 산문 수백 편을 지어 《동몽집》을 엮어 명성이 높았다. 저서에 《권재지문집》 50권이 있다.

• **권적** 權適, 1094~1147
고려 전기 한림학사. 예종 때 유학생으로 뽑혀 송나라의 태학太學에 입학해 대성했다. 예종은 그의 재주와 학문을 높이 인정하여 국자좨주國子祭酒에 등용했다.

• **권필** 權韠, 1569~1612
조선시대 문인. 임진왜란 때 주전론을 주장했다. 광해군 척족戚族의 방종을 풍자한 궁류시를 써 유배되었다. 지은 책으로《석주집》과 한문 소설《주생전》,《위경천전》이 있다.

• **금란** 金蘭, ?~?
조선시대 기녀. 충주에서 활동했다. 재치와 희학이 돋보이는 작품을 썼다.

• **기대승** 奇大升, 1527~1572
조선시대 문신. 1572년 성균관 대사성에 임명되었고, 이어서 대사간, 공조참의를 지내다가 병으로 벼슬을 그만두고 귀향하던 도중에 고부에서 새사했다.

• **기화** 己和, 1376~1433
조선 전기 승려. 당호는 함허당涵虛堂, 법명은 기화己和다. 조선 초에 불교의 정법과 그 이치를 밝힘으로써 유학의 불교 비판 오류를 수정하고자 노력했다.《함허화상어록》을 썼다.

• **김굉필** 金宏弼, 1454~1504
조선 전기 문신이자 서예가. 1480년 사마시에 합격해 성균관에 입학했다. 정몽주, 길재, 김숙자, 김종직으로 이어지는 도학道學의 정통을 계승했다고 평가된다.《김현록》,《한훤당집》 등을 썼다.

• **김금원** 金錦園, 1817~1850?
조선 후기 원주 사람으로 14세 이후 기녀가 되었다가 뒤에 김덕희의 소실이 되었다. 1830년 14세에 남장을 하고 금강산 여행을 다녀올 정도로 호탕한 기질을 지닌 여성이었다.

• **김병연** 金炳淵, 1807~1863
조선 후기 방랑 시인. 벼슬을 버리고 20세 무렵부터 방랑 생활을 했다. 큰 삿갓을 쓰고 다녀 김삿갓이라는 별명이 생겼다. 김립이라고도 불린다. 현실을 풍자한 시를 많이 썼다.

• **김부식** 金富軾, 1075~1151
고려 문신이자 학자. 인종의 명령을 받아《삼국사기》를 편찬하면서 체재를 작성했으며 1145년에 완성했다.

• **김삼의당** 金三宜堂, 1769~1823
조선시대 여성 문인. 남편에 대한 애정, 일상생활 속의 일과 전원 등을 260여 편의 한시와 문장으로 남겼다.

• **김수온** 金守溫, 1410~1481
조선 전기 문신이자 서예가. 세종 때 수양대군, 안평대군이 존경하던 고승 신미信眉의 동생으로 불경에 통달하고 제자백가諸子百家에 능해 세조의 총애를 받았다.

• **김시습** 金時習, 1435~1493
조선 전기 학자. 유불儒佛 정신을 아울러 포섭한 사상과 탁월한 문장으로 알려졌다. 한국 최초의 한문 소설《금오신화》를 지었다.

• **김여주** 金汝舟, 1277~1350
고려 후기 문신. 충렬왕 때 문과에 급제했다. 1339년 소석의 난에 가남했다가 이듬해 파직당했다.

• **김인후** 金麟厚, 1510~1560
조선시대 문신. 1540년 문과에 합격하고 1543년 세자였던 인종을 가르쳤다. 을사사화가 일어나자 고향으로 돌아가 성리학과 후학 양성에만 정진했다. 저서에 《주역관상편》 등이 있다.

• **김정** 金淨, 1486~1521
조선 전기 문신. 조광조와 함께 사림파의 대표 인물이다. 왕도정치의 실현을 위한 개혁 정치를 폈다. 저서로는 《충암집》이 있다.

• **김정희** 金正喜, 1786~1856
조선 후기 추사체를 완성한 문신이자 서화가. 1819년 문과에 급제하여 암행어사, 예초참의, 설서, 시강원 보덕 등을 지냈다. 1836년에 성균관 대사성을 역임했다.

• **김제안** 金齊顔, ?~1368
고려 문신. 문과에 급제했으며 정몽주, 정도전 등과 친분이 두터웠다. 공민왕이 대언代言에 임명하려 했으나 신돈의 저지로 내서사인內書舍人이 되었다. 그 후 신돈을 죽이려고 모의하다 누설되어 잡혀 죽었다.

• **김청한당** 金淸閑堂, 1853~1890
조선시대 여인으로 15세에 결혼했으나 17세에 남편이 죽었다. 청한당은 평생 시부모 섬겼고, 시아버지 3년상을 마친 뒤 다음 날 음독자살했다. 집안일을 하는 가운데 틈틈이 쓴 글을 동생 상오가 모아 《청한당산고》를 펴냈다.

• **나식** 羅湜, 1498~1546
조선시대 학자. 김굉필, 조광조의 문인이다. 사마시에 합격해 선릉참봉을 지냈다. 을사사화 때 파직되어 유배되었다. 지은 책으로 《장음정집》이 있다.

• **나은** 羅隱, 833~909
중국 당나라 후기 시인. 어려서부터 시에 뛰어나 명성이 높았다. 저서로 《참서》, 《갑을집》, 《양동서》 등이 남았다.

• **노조린** 盧照隣, 637?~689?
중국 당나라 초기 4걸의 한 사람으로 꼽히는 시인. 20대 중반에 악질에 걸려 각지를 전전하며 투병 생활을 했으나 끝내 효험이 없자 물에 빠져 자살했다. 시문집으로 《유우자집》이 있다.

• **능운** 凌雲, ?~?
19세기 조선의 기생이다.

• **니시야마 다다시** 西山正, ?~?
18세기 일본의 학자. 오사카에서 의학과 주자학을 공부한 후 29세에 고향으로 돌아와 30년 동안 교육에 전념하며 일생을 모범적으로 살았다.

• **대숙륜** 戴叔倫, 732~789
중국 당나라 시인. 시를 잘 지었고, 청담을 잘했으며, 문학으로 유명했다. 저서에 명나라 사람이 집본한 《대숙륜집》이 있다.

• **대익** 戴益, ?~?
중국 송나라 시인. 자는 여해汝諧이며 호는 봉지鳳池다.

• **도연명** 陶淵明, 365~427
중국 육조시대의 대표적 시인. 무릉도원을 노래해 당시 사람들로부터 경시받았지만, 당대 이후는 6조六朝 최고의 시인으로서 추앙받았다. 그의 시풍은 당대의 맹호연, 왕유 등 많은 시인에게 영향을 줬다. 주요 작품으로 《오류선생전》, 《도화원기》 등이 있다.

• **동방규** 東方虯, ?~?
중국 당나라 시인이다.

• **두목** 杜牧, 803~852
중국 당나라 후기 시인. 성격이 호탕하고 관리로서 명성을 얻어, 감찰어사, 주자사, 중서사인을 역임했다. 시풍은 부드럽고 아름다웠다. 두보에 대하여 소두小杜라 불린다.

• **두보**杜甫, 712~770
중국 최고의 시인. 인간의 심리, 자연 속에서 새로운 감동을 찾아내어 시를 지었다. 장편 시에 주로 사회성을 담아 시로 표현된 역사라는 뜻으로 시사詩史라 불린다. 주요 작품으로 〈북정〉〈추흥〉 등이 있다.

• **두순학**杜荀鶴, 846~907?
중국 당나라 시인. 젊어서 여러 번 과거에 응시했지만 급제하지 못하다가, 46세에 진사에 급제해 한림학사가 되었다. 술과 거문고에 능했다.

• **락기란**駱綺蘭, ?~?
중국 청나라 여성 시인. 일찍이 과부가 되었고, 젊어서 시를 즐겨 읊었다. 저서로《청추헌시고》가 있다.

• **매요신**梅堯臣, 1002~1060
중국 송나라 시인. 세련되고 정밀한 시를 쓰며, 두보 이후 최대의 시인이라는 상찬을 받았다. 담론과 음주를 즐기고 명사와의 교유가 많았다. 시집으로《원릉집》60권이 있다.

• **매창**梅窓, 1573~1610
조선시대 기생. 조선 후기의 학자 홍만종은 매창을 황진이와 함께 조선을 대표하는 명기名妓로 평가했다.《홍길동전》을 지은 허균, 인조반정의 공신 이귀 등과 같은 많은 문인, 관료와 친분이 있었다.

• **박상**朴祥, 1474~1530
조선시대 문신. 기묘사화 때 상중이라서 참화를 면하고 피해를 입은 사람들을 구휼했다. 시문에 뛰어나 성현, 신광한 등과 함께 서거정 이후 4가四家로 칭송된다.

• **박수량**朴遂良, 1475~1546
조선시대 학자. 고향에 효자정문이 세워질 정도로 효자로 유명했다. 중종 때 기묘사화로 파직했으며 강릉에서 시와 술로 여생을 보냈다. 문집으로《삼가집》이 있다.

• **박인량**朴寅亮, ?~1096
고려 문신. 문종 때 과거에 급제하여 여러 벼슬을 거쳤다. 문장이 우아하고 아름다워 중국에 보내는 많은 외교문서를 담당했다.《고금록》10권을 편찬했다.

• **박죽서**朴竹西, 1817~1851
조선 철종 때의 여성 시인. 중국의 소동파蘇東坡의 영향을 받았다. 일생 동안 병약했던 탓으로 시풍이 감상적이다.《문적》,《술회》등 126수의 시가 전해진다.

• **박지원**朴趾源, 1737~1805
조선 후기 실학자이자 소설가. 홍대용, 박제가 등과 함께 청나라의 문물을 배워야 한다는 이른바 북학파의 영수로 이용후생의 실학을 강조했다. 자유 기발한 문체를 구사하여 여러 편의 한문 소설을 발표했다.《열하일기》,《연암집》,《허생전》등을 썼다.

• **박지화**朴枝華, 1513~1592
조선시대 문신이자 서예가. 서경덕의 문하에서 수학, 유학, 도교, 불교의 삼학에 조예가 깊고 예학에 특히 정통했다. 젊어서부터 명산에서 즐겨 놀며 솔잎을 먹고 곡기를 끊었다.

• **박팽년**朴彭年, 1417~1456
조선 전기 문신. 사육신이자 서예가다. 세종 때 신숙주, 최항, 유성원, 이개, 하위지 등과 함께 집현전의 관원이 되었다. 경학과 문장, 필법이 뛰어나 집대성이라는 칭호를 받았다.

• **백거이**白居易, 772~846
중국 당나라 시인. 29세에 진사에 급제했다. 35세에 〈장한가〉를 지었는데 많은 사람이 그의 높은 재주에 감탄했다. 그의 시는 누구든지 쉽게 읽을 수 있는 특징이 있다.

• **백광훈**白光勳, 1537~1582
조선시대 시인이자 서예가. 진사에 급제했으나

관직에 뜻이 없어 산수를 즐기며 학문과 시에 전념했다. 1572년 명나라 사신이 오자 시문과 글씨로 감탄시켜 백광선생白光先生이라는 칭호를 얻었다.

• **범성대**范成大, 1126~1193
중국 송나라남송 정치가. 지방관을 거쳐 재상의 지위인 참지정사에 이르렀고 금나라에 사절로 갔을 때 부당한 요구에 굴하지 않고 소신을 관철했다. 남송 4대가의 한 사람으로 전원을 읊은 시가 유명하다.

• **범중엄**范中淹, 989~1052
중국 송나라 정치가. 곽 황후의 폐립문제를 놓고 찬성파인 재상과 대립해 지방으로 쫓겨났다. 저서로《범문정공집》24권이 있다.

• **보우**普愚, 1301~1382
고려 후기 승려이자 오늘날 대한불교조계종의 종조. 왕도의 누적된 폐단, 정치의 부패, 불교계의 타락 등에 관한 개혁을 주장하여 불교계의 통합과 정계의 혁신을 도모했다.

• **보우**普雨, 1509~1565
조선시대 승려. 허응당 보우의 고향이나 가문에 대해 알려진 것은 없다. 15세에 금강산 마하연암으로 출가해 승려가 되었고, 금강산 일대의 장안사, 표훈사 등지에서 수행하며 학문을 쌓았다.

• **상건**常建, 708~765
중국 당나라 시인. 젊어서 진사에 급제했다. 그의 시는 맹호연이나 왕유의 시에 가까워 시의 뜻이 원대하다고 칭송받았으며 저서로《시집》1권이 있다.

• **서거정**徐居正, 1420~1488
조선 전기 문신. 천문, 지리, 의약, 풍수까지 관통했다. 1467년 형조판서로서 성균관 지사를 겸해 문형을 관장했으며, 국가의 사명詞命이 모두 서거정의 손에서 나왔다.《사가집》을 썼다.

• **석영일**釋靈一, 728?~762?
중국 원나라 승려. 어릴 때 출가해 후에 운문사雲門寺에 머물렀는데 사방에서 배움을 청하는 이가 몰려들었다고 한다.

• **성삼문**成三問, 1418~1456
조선 전기 문신. 집현전 학사 출신으로 목숨을 바쳐 신하의 의리를 지킨 사육신이다. 1455년 수양대군이 단종을 내쫓고 왕위에 오르자 이듬해 단종 복위를 계획하다 발각되어 능지처참당했다.

• **성운**成運, 1497~1579
조선시대 학자. 선조 때 여러 차례 벼슬에 임명되었으나 취임하지 않았다. 시문에 능했으며 은둔과 불교적 취향을 드러낸 시를 많이 남겼다. 저서로《대곡집》이 있다.

• **성혼**成渾, 1535~1598
조선시대 문신. 이이와 함께 서인의 학문적 원류를 형성했다. 그의 학문은 이황과 이이의 학문을 절충했고 소론학파의 사상적 원류가 되었다는 견해가 있다.

• **소소매**蘇小妹, ?~?
중국 송나라 시인 소동파(1037~1101)의 누이동생. 태어난 연도가 불분명하다. 재화와 용모가 뛰어나서 당대의 재녀로 알려졌다.

• **소순흠**蘇舜欽, 1008~1048
중국 송나라 문인. 소순흠은 시대의 시풍을 되살리는 운동의 일환으로 새로운 송시를 개척했다. 송시의 창시자라고 할 수 있는 매요신과 더불어 소매蘇梅라고 불렸다. 저서로《소학사문집》등이 있다.

• **소식**蘇軾, 1036~1101
중국 송나라 문인. 대문호로서 유명한 〈적벽부〉를 비롯한 시, 사詞, 고문古文 등에 능했으며 재질이 뛰어나 서화書畫로도 유명했다.

• **송시열**宋時烈, 1607~1689
조선시대 문신이자 학자, 노론의 영수. 주자학

의 대가로서 이이의 학통을 계승하여 기호학파의 주류를 이루었다. 이황의 이기호발설을 배격하고 이이의 기발이승일도설을 지지했다. 《송자대전》을 남겼다.

• **송익필**宋翼弼, 1534~1599
조선시대 학자. 재능이 비상하고 문장이 뛰어나 아우 송한필과 함께 일찍부터 유명했다. 초시를 한 번 본 이후에 과거를 단념하고 학문에 몰두하여 명성이 높았다.

• **시견오**施肩吾, 791~?
중국 당나라 시인. 벼슬에 올랐으나 선도仙道를 좋아해서 예장 시산에 은거했다.

• **신광수**申光洙, 1712~1775
조선시대 문인. 자신의 곤궁한 현실 생활 체험을 토대로, 가난한 백성의 민생고民生苦를 사실적으로 묘사해낸 시를 썼다.

• **신항**申沆, 1477~1507
조선 전기 문신. 14세에 성종의 딸 혜숙옹주와 혼인하여 순의대부에 오르고, 고원위에 봉해졌다. 중종반정 때 가담하지 않았는데도 원종공신 1등에 책봉되었다.

• **신흠**申欽, 1566~1628
조선시대 문신이자 서예가. 선조의 두터운 신망을 받으며 외교문서와 각종 의례문서 작성과 시문을 썼다. 문장에 뛰어나 이정귀, 장유, 이식과 함께 조선 중기 문장 4대가로 불렸다.

• **안중근**安重根, 1879~1910
독립운동가. 삼흥학교를 세우는 등 인재 양성에 힘썼으며, 만주 하얼빈에서 침략의 원흉 이토 히로부미를 사살하고 순국했다.

• **야부 도천**冶父 道川, 1127~?
중국 송나라 승려. 군의 궁수로 있다가 출가하여 임제의 6손이 되었다. 임제는 중국 당대의 선승으로 임제종의 조부다.

• **양녕대군**讓寧大君, 1394~1462
조선 왕족으로 1394년 태종 이방원의 장남으로 태어났다. 세종의 형으로 세자에 책봉되었으나 궁중 생활에 잘 적응하지 못해 폐위되고 그 뒤 전국을 누비며 풍류를 즐겼다.

• **양만리**楊萬里, 1124~1206
중국 송나라남송 시인. 성실한 인격의 학자로서 남송 4대가로 꼽힌다. 시에 속어를 섞어 썼으며, 경쾌한 필치와 기발한 발상으로 자유 활달한 점이 특징이다.

• **오순**吳洵, ?~?
고려 충숙왕 때 문신이다.

• **완적**阮籍, 210~263
중국 위나라 시인. 혜강과 함께 죽림칠현의 중심인물이었다. 죽림칠현 가운데서도 은자적 성격을 가진 인물이다.

• **왕건**王建, 768~830
중국 당나라 시인. 《궁사》 100수에 궁중 여인의 원한을 다룬 기존의 양식에서 벗어나 궁중의 다양한 생활상과 풍물을 묘사하여 새로운 궁사체를 선보였다. 저서에 《왕사마집》이 있다.

• **왕건**王建, 877~943
고려 태조. 고려를 세우고 결혼정책으로 호족을 통합했다. 통일신라와 차별되는 고려를 만들기 위해 북진정책을 펼쳐 영토를 확장했다.

• **왕유**王維, 701~761
중국 당나라 시인. 독실한 불교도였던 어머니의 영향으로 어려서부터 불교의 영향을 크게 받았다. 왕유는 시인이자 화가, 음악가로서 모두 이름을 떨쳤다. 시인으로서 그는 이백, 두보와 함께 중국의 서정시 형식을 완성한 3대 시인 가운데 하나로 꼽힌다.

• **왕정균**王庭筠, 1151~1202
중국 금나라 서화가. 시문을 잘하는 재주가 있고 또 서화를 잘했다. 저서로 《유죽고차도권》이 있다.

• **왕창령** 王昌齡, 698~755?
중국 당나라 시인. 여인의 사랑의 비탄을 노래한 〈장신추시〉, 〈규원〉이 유명하다. 왕창령의 시는 구성이 긴밀하고 착상이 맑고 산뜻하며, 특히 뛰어난 칠언절구 작품이 많다.

• **왕희지** 王羲之, 307~365
중국 진나라 서예가. 해서 楷書, 행서 行書, 초서 草書의 3체를 귀족적인 서체로 완성했다.

• **우겸** 于謙, 1398~1457
중국 명나라 대신이다.

• **우무릉** 于武陵, 810~?
중국 당나라 시인. 진사에 급제했으나 관직을 버리고 각지를 유랑하다가 만년에 숭산산에 은거했으며 저서로 《우무릉집》이 있다.

• **원매** 袁枚, 1716~1797
중국 청나라 시인. 시에 능해서 조익, 장사전과 더불어 건륭삼대가 乾隆三大家로 불린다. 저서로 《소창산방시문집》, 《수원수필》 등이 있다.

• **월산대군** 月山大君, 1454~1488
조선 왕족으로 제9대 성종의 형이다. 부드럽고 율격이 높은 문장을 많이 지었으며, 저서는 《풍월정집》이 있다.

• **위응물** 韋應物, 737~804?
중국 당나라 시인. 그가 묘사한 산수시의 풍경은 매우 아름다웠고 세밀했으며, 참신하고 생명력이 넘친다고 평가받는다.

• **유방선** 柳方善, 1388~1443
조선시대 학자. 1405년 국자사마시에 합격하고 성균관에서 공부했다. 12세 무렵부터 문장을 잘 썼고, 훗날 원주에서 생활하면서 서거정, 한명회 등 문하생을 길렀다. 시학에 뛰어났으며 저서로 《태재집》이 있다.

• **유우석** 劉禹錫, 772~842
중국 당나라 시인, 혁신파 관료인 왕숙문, 유종원 등과 정치 개혁을 기도했으나 좌천되어 지방관으로 있으면서 농민의 생활 감정을 노래한 〈죽지사〉를 펴냈다. 시문집에 《유몽득문집》 등이 있다.

• **유의손** 柳義孫, 1398~1450
조선 전기 문신. 1419년 생원시에, 1426년 식년문과에 동진사로 급제했다. 이후 예조참판으로 기용되었으나 상을 당함으로써 관직을 감당하기 어렵게 되자 끝내 병으로 사직했다. 저서로 《회헌일고》가 있다.

• **유인** 劉因, 1249~1293
중국 원나라 유학자. 훈고학을 공부했으나 후에 도학 道學을 익혔다. 시문에 능해 《정수문집》 30권을 저술했다.

• **유장경** 劉長卿, 709?~780?
중국 당나라 관리이자 시인. 자연 경물을 빌려 정감을 표현하는 데 뛰어났으며 시어가 맑다. 저서로 《유수문집》이 있으며, 《전당시》에 그의 시 507수가 남아 있다.

• **유정** 惟政, 1544~1610
조선시대 승려. 임진왜란 때 승병을 모아 휴정의 휘하에서 왜군과 싸웠다. 도원수 권율과 의령에서 왜군을 격파했고, 1604년 일본으로 가 강화를 맺고 조선인 포로 삼천여 명을 인솔하여 귀국했다.

• **유혁연** 柳赫然, 1616~1680
조선시대 무신. 1644년 무과에 급제해 여러 관직을 역임했다. 1653년 황해도 병마절도사에 이어 수원부사로 있을 때 군병과 기계를 잘 정비한 공으로 효종으로부터 내구마 內廐馬를 하사받기도 했다. 이완 李浣과 함께 효종의 북벌 계획에 적극적으로 참여했다.

• **유호인** 兪好仁, 1445~1494
조선 전기 문인. 《동국여지승람》의 편찬에 참여했다. 시, 문, 서에 뛰어나 당대 3절 絶이라 불렸다. 성종으로부터 지극한 총애를 받았으며 당시 4대 학파 중 사림파에 속했다.

• **유희경**劉希慶, 1545~1636
조선시대 학자. 임진왜란 때 의사들을 규합, 관군을 도왔으며 광해군 때 이이첨이 폐모의 소를 올리기를 간청했으나 거절했다. 문집으로 《촌은집》, 저서로 《상례초》가 있다.

• **육유**陸游, 1125~1210
중국 송나라 시인. 약 50년 동안에 1만 수首에 달하는 시를 남겨 중국 시사상 최다작의 시인으로 꼽힌다. 강렬한 서정을 부흥시킨 점이 최대의 특색이다. 저서로 《검남시고》 등이 있다.

• **윤결**尹潔, 1517~1548
조선시대 문신. 1546년에 유구琉球에 표류했던 박손朴孫의 경험담을 토대로 《유구풍속기》를 썼다. 《시정기》 필화 사건으로 참형된 안명세를 위해 정당함을 말한 것이 빌미가 되어 사형되었다.

• **윤선거**尹宣擧, 1610~1669
조선시대 학자이자 서예가. 병자호란이 일어나자 과거를 포기하고, 금산에서 성리학과 예학에 전념하여 학문을 논했다. 저서로는 《노서유고》 26권이 있다.

• **이곡**李穀, 1298~1351
고려 후기 학자. 원나라에 들어가 1332년 정동성 향시에 수석으로 선발되었는데 이때 지은 대책을 보고 독권관讀卷官이 감탄했다고 전한다.

• **이규보**李奎報, 1168~1241
고려 후기 문신. 이권에 개입하지 않은 순수하고 양심적인 관리였다. 그때그때마다 떠오르는 바를 그대로 표출해 작품을 지었다.

• **이단**李端, 743~782
중국 당나라 시인. 770년에 진사가 되었고, 비서성교서랑에 임명되었으나, 병이 많아 관직에서 물러나 초당사에 머물렀다. 저서로 《이단시집》이 있다.

• **이달**李達, 1539~1612
조선시대 시인. 서얼 출신으로 《홍길동전》을 지은 허균과 허균의 누이 허난설헌에게 시를 가르쳤다.

• **이달**李達, 1561~1618
조선시대 임진왜란 때 의병장. 임진왜란이 일어나자 경상도 고성에서 의병을 일으켜 진주성대첩을 승리로 이끌고 성을 지켰다.

• **이덕무**李德懋, 1741~1793
조선 후기 실학자. 박제가, 유득공과 더불어 사가시인四家詩人의 한 사람이다. 정조가 규장각을 설치하여 서얼 출신의 뛰어난 학자들을 등용할 때 검서관으로 발탁되었다.

• **이명한**李明漢, 1595~1645
조선시대 시인. 성리학에 조예가 깊고 시와 글씨에 뛰어났으며, 저서로 《백주집》이 있다.

• **이백**李白, 701~762
중국 당나라 시인. 중국 최고의 시인으로 추앙되며 시선詩仙으로 불린다. 맹호연, 원단구, 두보 등 많은 시인과 교류했으며, 그의 발자취는 중국 각지에 닿지 않은 곳이 없을 정도다.

• **이상룡**李相龍, 1858~1932
독립운동가. 1919년 3·1운동 뒤 한족회를 바탕으로 5월 군정부가 조직되자 총재로 추대되었다. 상하이에서 대한민국임시정부가 수립되자 대한민국임시정부를 지지했다.

• **이상은**李商隱, 813~858
중국 당나라 시인. 시풍이 정밀하고 화려하다. 많은 서정시를 발표했다. 《이의산시집》 3권이 유명하다.

• **이색**李穡, 1328~1396
고려 후기 문신. 삼은三隱의 한 사람이다. 정방폐지, 3년상을 제도화하고, 김구용, 정몽주 등과 강론, 성리학 발전에 공헌했다.

• **이서구**李書九, 1754~1825
조선 후기 문신이자 서예가. 한자의 구조와 의미를 연구하는 데 조예가 깊었다. 벼슬도 순탄하게 올라갔으나 어려서 어머니를 잃은 외로움은 일생 동안 그의 삶에 큰 영향을 미쳤다.

• **이성계**李成桂, 1335~1408
조선 태조. 조선을 건국하고 도읍을 한양으로 옮겼으며 수많은 개혁을 펼쳐 조선의 국가 기틀을 다졌다.

• **이성중**李聖中, ?~?
고려 문신. 열 번이나 초시에 합격했다. 노년에 이르러 임금 앞에서 책을 읽으니 목소리가 크고 유창해서 임금이 장하게 여겼다 한다. 저서로《장와집》을 남겼다.

• **이순신**李舜臣, 1545~1598
조선시대 장군. 임진왜란에서 삼도수군통제사로 수군을 이끌고 전투마다 승리를 거두어 왜군을 물리치는 데 큰 공을 세웠다.

• **이숭인**李崇仁, 1347~1392
고려 후기 학자. 공민왕 때 문과에 급제했다. 문사文士를 뽑아 명나라에 보낼 때 수석으로 뽑혔으나, 나이가 25세가 되지 않아 가지 못했다. 저서로《도은집》이 있다.

• **이옥봉**李玉峰, ?~?
조선시대 여성 시인. 중국에도 이름이 알려졌으며 맑고 씩씩함이 느껴지는 시를 남겼다. 시 32편이 수록된《옥봉집》1권만이《가림세고》의 부록으로 전한다.

• **이우**李堣, 1469~1517
조선시대 문신. 문장이 맑다는 평을 받았다. 특히 시에 뛰어나 산천의 명승을 읊은 것이《관동록》에 전한다. 저서로《송재집》1권이 있다.

• **이유원**李裕元, 1814~1888
조선 후기 문신.《대전회통》편찬 총재관을 지냈고, 흥선대원군 실각 후 영의정에 올랐다. 저서에《귤산문고》,《가오고략》등이 있다.

• **이유태**李惟泰, 1607~1684
조선시대 문신. 효종 때 송시열 등과 북벌 계획에 참여했다. 예학에 조예가 깊고, 경장론을 전개했다. 향촌조직, 오가작통법 실시, 양전, 사창 설치 등을 주장했다.

• **이이**李珥, 1536~1584
조선시대 유학자.《동호문답》,《성학집요》등의 저술을 남겼다. 현실, 원리의 조화와 실공實功 실효實效를 강조하는 철학사상을 제시했으며 조선 사회의 제도 개혁을 주장했다.

• **이인로**李仁老, 1152~1220
고려 후기 문신. 고려 전기 3대 가문의 하나인 경원 이씨慶源李氏의 후손이지만, 일찍 부모를 여의고 고아가 되었다. 총명하여 시문과 글씨에 뛰어났다.

• **이장용**李藏用, 1201~1272
고려 문신. 종1품 문하시중까지 올랐다. 경사經史에 밝고 음양, 의약, 율력에도 능통했다. 저서에《선가종파도》,《화엄추동기》등이 있다.

• **이제현**李齊賢, 1287~1367
고려 후기 정치가. 이제현은 어려서부터 글을 잘 지어서 작가의 기풍을 가졌다고 전한다. 고려 최고의 관직인 문하시중까지 올랐다.

• **이조년**李兆年, 1269~1343
고려 후기 문신. 1306년 원나라에 갔다가 모함을 받아 유배되었고, 풀려난 이후 13년간 고향에서 은거하면서 한 번도 자신의 무죄를 호소하지 않았다.

• **이학규**李學逵, 1770~1835
조선 후기 문인. 유배 기간 중에 정약용과 시문을 주고받으면서 현실주의적인 문학세계를 구축했다. 우리나라 역사와 지리, 풍속과 민생에 관심을 기울여《동사일지》등 다량의 책을 냈다.

• **이행**李荇, 1478~1534
조선시대 문신. 그의 시는 침잠沈潛하고 담아

澹雅한 맛이 있는 점이 특징이며, 특히 오언고시五言古詩에 능했다.

• **이황** 李滉, 1501~1570
조선시대 문신이자 유학자. 주자의 사상을 깊게 연구하여 조선 성리학 발달의 기초를 형성했으며, 이理의 능동성을 강조하는 이기호발설理氣互發說을 주장했다.

• **이희보** 李希輔, 1473~1548
조선 전기 문신. 1506년 직제학 역임 중 연산군의 나인 장녹수에게 아부했다는 이유로 사헌부의 탄핵을 받고 이듬해 파직되었다. 나주목사, 여주목사 등을 역임했다.

• **이희사** 李羲師, 1728~1811
조선시대 문인. 평생 초야에 묻혀 농사일을 하면서 학문과 문필로 세월을 보냈다.

• **인평대군** 麟坪大君, 1622~1658
조선 인조의 셋째 아들. 1640년 청나라의 볼모가 되어 선양瀋陽에 갔다가 이듬해 돌아온 이후, 1650년부터 네 차례에 걸쳐 사은사謝恩使가 되어 청나라에 다녀왔다.

• **임억령** 林億齡, 1496~1568
조선시대 문인. 한시를 지으면서 생활의 실상에 깊은 관심을 가지고 하층민의 처지를 다루려고 한 기풍이 두드러진다.

• **임제** 林悌, 1549~1587
조선시대 시인이자 문신. 황진이 무덤을 지나며 읊은 시조와 기생 한우와 화답한 시조 〈한우가〉 등이 유명하다.

• **잇큐 소준** 一休 宗純, 1394~1481
일본 무로마치시대의 선승. 다이도쿠지의 제47대 주지가 되었으나 퇴직하고 당시 권세에 영합하는 선물을 비난하며 기행을 일삼았다고 전한다. 시집으로《광운집》이 있다.

• **장벽** 張碧, ?~?
중국 당나라 시인. 이백과 이하의 시풍을 매우 좋아해 창작 면에서도 영향을 많이 받았다.《전당시》에 그의 시 16수가 수록되어 있다.

• **장유** 張維, 1587~1638
조선시대 문신. 양명학을 익혀 기일원론을 취했으며, 수양의 방법으로 성리학의 거경이 아니라 정일을 내세웠다. 문장이 뛰어나 조선 중기의 사대가로 꼽혔다.

• **전겸익** 錢謙益, 1582~1664
중국 명나라 시인. 처세에는 절조가 부족한 면이 있으나, 시작에 뛰어났고, 불전 연구까지 했다. 저서로《초학집》,《유학집》등이 있다.

• **전기** 田琦, 1825~1854
조선 후기에 활동한 여항문인. 30세의 나이에 요절했으며, 1857년에 간행된 여항인들의 시집인《풍요삼선》에 몇 편의 유고가 실렸다.

• **전봉준** 全琫準, 1855~1895
조선 후기 동학농민운동의 지도자. 부패한 관리를 처단하고 시정 개혁을 도모했다. 전라도 지방에 집강소를 설치하여 동학의 조직 강화에 힘썼으며 일본의 침략에 맞서 싸우다가 체포되어 교수형을 당했다.

• **정도전** 鄭道傳, 1342~1398
고려에서 조선으로 교체되는 시기에 새 왕조를 설계한 인물. 자신이 꿈꾸던 성리학적 이상 세계를 실현하지 못하고 정적의 칼에 단죄되어 조선 왕조의 끝자락에 가서야 겨우 신원되었다.

• **정렴** 鄭磏, 1506~1549
조선시대 학자. 어려서부터 천문, 지리, 의서, 복서卜筮 등에 두루 능통했다. 일상에서 경험한 처방을 모아《정북창방》을 썼으나 유실되었다.

• **정사룡** 鄭士龍, 1491~1570
조선 초·중기의 문신이자 서예가. 명나라에 다녀왔으며, 1542년 예조판서에 올랐다. 시문과 음률에 뛰어났고 글씨도 잘 썼다. 저서로《조천일록》이 있다.

• **정약용** 丁若鏞, 1762~1836
조선 후기 학자이자 문신. 사실적이며 애국적인 많은 작품을 남겼고, 우리나라의 역사, 지리 등에도 특별한 관심을 보여 주체적 사관을 제시했다. 합리주의적 과학 정신은 서학을 통해 서양의 과학 지식을 도입하기에 이르렀다. 주요 저서는《목민심서》,《경세유표》 등이 있다.

• **정지상** 鄭知常, ?~1135
고려 문신이자 서화가. 문집으로《정사간집》이 있었으나 전하지 않고, 20여 수의 시와 7편의 문장이《동문선》,《동국여지승람》 등에 실려 있다.

• **정창주** 鄭昌胄, 1606~?
조선시대 문신. 1646년 중시문과에 병과로 급제한 뒤 헌납이 되었으며, 1653년 승지로 승진했다가 뒤에 전라도관찰사를 지냈다. 저서로《만주집》이 있다.

• **정초부** 鄭樵夫, 1714~1789
조선시대 시인. 여춘영의 노비였다. 조선 후기 최고 시인들의 작품을 실은《병세집》에 정초부의 시가 무려 11수나 실려 있다.

• **정포** 鄭誧, 1309~1345
고려 후기 문신. 그의 한시는 적소생활 適所生活과 관련된 내용이 많다.《동문선》에 전하는 27편의 한시와 표전 등 12편의 문장은 질적 · 양적인 면에서 모두 문학적 위상을 살펴볼 수 있다.

• **조광윤** 趙匡胤, 927~976
중국 송나라 태조. 중국 대륙을 거의 통일한 황제. 문치주의에 의한 중앙집권적 관료제를 확립했고 과거제도를 정비하여 어시를 시작했다.

• **조광조** 趙光祖, 1482~1519
조선시대 문신이자 학자. 중종 때 사림의 지지를 바탕으로 도학 정치의 실현을 위해 유교적 이상정치를 현실에 구현하려는 다양한 개혁을 시도했다. 시대를 앞서간 개혁 정책은 기묘사화로 물거품이 되었다.

• **조송** 曹松, ?~?
중국 당나라 시인. 광화 4년(901) 70세의 고령으로 왕희우, 유상, 가승, 정희안과 함께 진사에 합격하여 오로방 五老榜이라 불렸다.

• **조수삼** 趙秀三, 1762~1849
조선 후기 여항시인. 신분적 제약에 대한 불만과 갈등이 표출된 시로써 백성의 삶을 사실적으로 묘사해 그들의 고통을 대변하고자 노력했다. 문집으로《추재집》이 있다.

• **조식** 曺植, 1501~1572
조선시대 학자. 출사를 거부하고 평생을 학문과 후진 양성에 힘썼다. 그가 남긴 기록 곳곳에는 당시 폐정에 시달리는 백성을 향한 안타까움과 대응책이 담겨 있다.

• **조업** 曹鄴, 816?~875?
중국 당나라 시인. 젊은 나이에 여러 차례 진사에 응시했지만 합격하지 못했다. 저서에 시집 3권이 있지만 없어졌고, 후세에《조사부집》을 편찬했다.

• **조운** 朝雲, ?~?
조선 연산군 때 전주 기녀로 후에 남곤(1471~1527)의 첩이 되었다. 남곤의 호는 지정 止亭이며 김종직의 문인이다.

• **조운흘** 趙云仡, 1332~1404
고려 말 조선 초의 문신. 1357년 문과에 급제했고, 1380년에 사임했다. 판교원, 사평원을 중수할 때 떨어진 옷을 입고 역부들과 함께 일했다고 전해진다.

• **조하망** 曺夏望, 1682~1747
조선시대 문신. 1739년 승지를, 1741년 대사간을 지내고, 다음 해 강릉부사로 부임하여 경포대를 중수, 상량문을 지어 문장으로 격찬을 받았다. 저서로《서주집》이 있다.

• **종륵** 宗泐, 1317~1391
중국 명나라 승려. 황명을 받아 천계사에 머물렀고《금강반야경주해》를 썼다.

• **죽향** 竹香, ?~?
조선시대 평양의 기녀이자 화가. 신위의 《경수당집》, 김정희의 《완당집》 등에서 그녀에 대한 언급을 찾아볼 수 있다.

• **진사도** 陳師道, 1053~1102
중국 송나라 시인. 일생 동안 부와 명예에 관심이 없었고, 시간이 나면 고심하여 시가를 지었다. 저서로 《후산선생집》, 《후산사》 등이 있다.

• **진자앙** 陣子昂, 661~702
중국 당나라 시인. 대표작으로 〈감우〉 38수 등이 있다.

• **차천로** 車天輅, 1556~1615
조선시대 문신이자 서예가. 명나라에 보내는 대부분의 외교문서를 담당하여 문명이 명나라까지 떨쳐 동방문사 東方文士라는 칭호를 받았다. 한시에 뛰어나 한호의 글씨, 최립의 문장과 함께 송도삼절 松都三絶로 불렸다.

• **차좌일** 車佐一, 1753~1809
조선시대 시인. 재주는 뛰어났지만 관직이 한미하여 만년에 무관 말직에 머물렀던 만큼 세상을 향한 불평이 많았다. 시집으로 《사명자시집》이 전한다.

• **최경창** 崔慶昌, 1539~1583
고려 문신이자 서예가. 문장과 학문에 능해 백광훈, 송익필, 이산해, 최립 등과 8문장으로 일컬어지며, 또한 백광훈, 이달과 함께 삼당시인 三唐詩人으로 불린다.

• **최도** 崔塗, ?~?
중국 당나라 시인. 행적은 미상이나 방랑 생활의 어려운 경지를 읊은 시가 많다.

• **최림** 崔林, 1779~1841
조선시대 학자. 평생을 벼슬하지 않았으나 말년인 1840년 학행으로 추천, 선공감역 繕工監役에 제수되었다. 시문집으로 《외와집》이 전한다.

• **충지** 沖止, 1226~1293
고려시대 선승. 원감국사 圓鑑國師다. 관직에 몸담았으나, 29세에 선원사의 원오국사 圓悟國師 문하에 들어가 승려가 되었다.

• **태능** 太能, 1562~1649
조선시대 승려. 태능은 선 禪과 교 敎를 하나의 근원에서 파생한 두 가지 흐름으로 보는 전통적 견해를 취했고, 이는 서산대사와 일맥상통한다. 지은 책으로는 《소요당집》이 있다.

• **하소기** 何紹基, 1799~1873
중국 청나라 학자. 한림원 진사 출신으로 시와 서에 두루 능했다. 다양한 서체를 익힌 이름 높은 서예가였으며 특히 초서에 탁월했다.

• **하지장** 賀知章, 659~744
중국 당나라 시인. 비서감으로 임명되어 하감이라 불렸다. 나중 관직에서 물러나 방종한 생활을 보내며 두보의 〈음중팔선가〉를 노래한 것으로 알려졌다.

• **한용운** 韓龍雲, 1879~1944
독립운동가이자 승려, 시인. 일제강점기 때 시집《님의 침묵》을 출판하여 저항문학에 앞장섰고, 불교를 통한 청년운동을 강화했다.

• **한유** 韓愈, 768~824
중국 당나라 시인. 대구 對句와 음조 音調를 중시한 화려한 형식의 변려체를 배격하고 자유로운 형식에 유가 사상을 기초로 한 글을 썼다.

• **허난설헌** 許蘭雪軒, 1563~1589
조선시대 여성 시인. 조선시대에 여성이 자기 이름으로 시를 쓰고 이를 세상에 알린다는 것은 극히 드문 일이었다. 허난설헌의 시는 천재성과 함께 당시 여성들의 고통을 극명하게 보여준다.

• **허혼** 許渾, 791~854?
중국 당나라 시인. 여러 관직을 두루 거쳤으며 만년에는 정묘교에서 은거하였다. 그의 시집 《정묘집》은 여기서 이름을 따왔다. 자연의 정취를 즐길 줄 아는 사람이었으나 그의 시에는 비분강개하는 정열이 드러난다.

• **허후**許厚, 1588~1661
조선시대 문신. 정묘호란 때 의병장 김창일을 도와 공을 세웠다. 글씨에 능해 전서篆書, 주서籒書에 뛰어났다. 문집에《돈계집》이 있다.

• **현기**玄錡, 1809~1860
조선 후기 시인. 한말의 시인 김석준이 그의 시 제자이며, 저서로는 김석준이 간행한《희암시략》1권 1책이 있다.

• **혜심**慧諶, 1178~1234
고려시대 고승. 1201년 태학에 들어갔으나, 다음 해 어머니가 죽자 불교에 귀의했고, 후에 고종이 진각국사眞覺國師라는 시호를 내렸다.

• **혜정**慧定, ?~?
조선시대 여승.《신해음사》에 혜정은 선가禪家 여사로 금강산에 거주한 것으로 기록되었다. 비구니로 살아 온 10년 동안 소리 없이 눈물을 흘렸다고 전한다.

• **혜즙**惠楫, 1791~1858
조선시대 승려. 1804년 14세의 나이로 해남 두륜산 대흥사에 출가하여 성일 스님 문하에서 머리를 깎고 승려가 되었다. 20여 년간 학인들을 교육하고 지관을 닦았다.

• **혜초**慧超, 704~787
통일신라 승려. 불교를 공부하러 중국 당나라로 갔으며 이후 인도의 불교 성지를 순례했다. 4년 동안 인도와 주변 나라를 여행한 경험을 바탕으로《왕오천축국전》을 썼다.

• **호소이 헤이슈**細井 平洲, ?~?
일본 한학자이다.

• **홍랑**洪娘, ?~?
조선시대 기생. 삼당시인으로 시명이 높았던 최경창이 북해평사北海評事로 경성에 머무를 때에 가까이 사귀었으며, 시조에 능했다.

• **홍세태**洪世泰, 1653~1725
조선 후기 시인이자 서예가. 궁핍한 생활이 담긴 암울한 분위기의 시를 많이 남겼다. 한시에 대한 재능을 널리 인정받았으며, 비절하고 그윽한 서정의 세계를 표현하는 데 특히 능했다.

• **황공망**黃公望, 1269~1354
중국 원나라 후기 문인. 50세경부터 그림을 그렸고 이름을 떨쳤다. 저서로《사산수결》이 있다.

• **황오**黃五, 1816~?
조선 후기 문인. 뛰어난 문장력으로 김정희, 조두순 등 당대 사대부들과 많은 교분을 쌓았다.《함양군지》에 따르면 이후백 등과 더불어 함양의 4대 문장가로 기록되었다.

• **황정견**黃庭堅, 1045~1105
중국 송나라 시인이자 서예가. 송나라 4대가의 한 사람으로 기이하고 파격적인 시를 써 새로운 바람을 일으켰다. 시집으로《산곡시내외집》이 있다.

• **황준헌**黃遵憲, 1848~1905
중국 청나라 외교가. 1880년에는 일본에 방문한 조선 수신사 김홍집에게《조선책략》을 증정했다. 뒤에 미국, 영국, 싱가포르 등지에서 외교관을 지냈다.

• **황진이**黃眞伊, ?~?
조선시대 기녀. 1604년 암행어사 신분으로 송도에 갔던 이덕형은 개성 땅을 떠들썩하게 했던 황진이의 미모와 명성을 전해 듣고 이를《송도기이》라는 책에 남겼다. 황진이가 남긴 시들은 시조 시인이 꼽은 최고의 시에 여러 편이 오를 만큼 탁월한 작품성을 자랑한다.

• **휴정**休靜, 1520~1604
조선 선조 때 승려, 법호는 청허당淸虛堂이다. 오랜 기간 묘향산에 거주해서 사람들이 그를 서산대사라 불렀으며, 유, 불, 도의 3교 통합설을 창시했다. 저서로는《청허당집》,《선가귀감》 등이 있다.

작품 목록